反转力MAX
推理小说

重返现场

弗洛伊德的恐惧

Freud's Fear

宇尘 著

POLICE DO NOT CROSS POLICE DO NOT CROSS POLICE DO NOT CROSS POL

江苏凤凰文艺出版社
JIANGSU PHOENIX LITERATURE AND ART PUBLISHING, LTD

图书在版编目（CIP）数据

重返现场. 弗洛伊德的恐惧 / 宇尘著 . -- 南京：江苏凤凰文艺出版社，2018.4

ISBN 978-7-5594-1714-5

Ⅰ . ①重… Ⅱ . ①宇… Ⅲ . ①长篇小说－中国－当代 Ⅳ . ① I247.5

中国版本图书馆 CIP数据核字（2018）第 049421号

书　　名	重返现场. 弗洛伊德的恐惧
著　　者	宇　尘
策划编辑	李　艳
责任编辑	袁　媛　姚　丽
出版发行	江苏凤凰文艺出版社
出版社地址	南京市中央路 165号，邮编：210009
出版社网址	http://www.jswenyi.com
印　　刷	北京市昌平新兴胶印厂
开　　本	700 × 990毫米　1/16
印　　张	22
字　　数	300千字
版　　次	2018年 4月第 1版　2018年 4月第 1次印刷
标准书号	ISBN 978-7-5594-1714-5
定　　价	45.00元

在这座迷宫一样的城市里，

你寻找着出路，

野兽寻找着你。

目录

序曲

2011年，11月2日，星期三。M县城火车站旁边一家小旅店。

年轻女人刚刚在卫生间里洗了澡，正对着梳妆镜画眼线。

她的同伴正坐在房间床上看晚间电视节目。过了一会儿，那人问："你到底有多大年纪？"

女人瞅着镜子里焕然一新的脸，很满意。

她回答："我不是告诉过你吗？难道你希望认识一个未成年的？"

"我喜欢成熟的。"房间里的人说。

"难道我还不够成熟……"她咯咯笑道。

"你做什么工作？歌厅小姐？"

"你的问题怎么那么多啊？"女人有点儿不高兴。

浴室门被拉开，那个人走进。

女人赶忙转身，背对着他，嗔道："嗨，你也太心急了吧？总得让我先把衣服穿上啊。"

她透过镜子反射，看见那人手里露出一截棍状的东西。她问："那是什么？"

那人轻声说："这是专门为你准备的……"

蒙蒙的微光透过窗帘，似乎到了黎明的某段时间。

她感觉自己醒了，却又好像仍然睡着，那种异样的感觉毫无征兆地侵入。她猛然打了一个寒战。

床前不知何时出现了一个背身站立的人。房门紧闭，他犹如幽灵般无声无息。她想呼叫住在隔壁卧室的父母，可是她张开的嘴却发不出一丁点儿声音。她想从床上坐起，手脚却麻木僵硬。

那人只在袖口里露出肤色，两只手仿佛苍白色的枯枝，微曲在空气中。

她注意到那十根尖尖的指甲里沾着血渍。

那是别人的血，还是他自己的？

就在她全神贯注地观察那两只手时，盖在身上的毛毯下倏然伸出两只一模一样的枯手。十根尖尖的指甲死死抠住她的脸。她疼得浑身扭曲，却无力挣扎……

她听见站在床前的身影发出阴冷的笑声……

她浑身剧烈一抖。惊醒。

床前的幻象消失了。

毯子下面是她一起一伏的胸脯。

窗帘上附着了一层青色的光。

天亮了。

旅店。

二楼走廊尽头的客房门上挂着“请勿打扰”的塑料牌。

房间里却出现一幕可怕的情景。

女人的头埋在血泊中，一动不动。看不出血是从什么地方流出的。她的同伴用戴着胶皮手套的手指蘸着她的血在墙上一笔一划地写字……

他一边写一边用责备的口吻说：“如果你告诉我你未成年，说不定我会放过你……

第一章 异梦

12 月 22 日，星期四，9 : 24。

刑侦科长郭淮赶到案发现场时，刑警队长李东生正对两名刑侦技术员指手画脚。看见郭淮，他点头示意 :“我也不想把你找来，应该让你趁着这个假期好好陪陪小胡。实在没有办法，这已经是第三起恶性案件了。县局上上下下压力都挺大。能者多劳吧，谁让我们局里最能干。”

郭淮淡然一笑，表示不介意。胡新月也不能介意，她在县公安局做文案。去年跟郭淮同一批分配到 M 县公安局工作。她人长得漂亮，心性也高，整个公安局除了郭淮以外其他人都看不进眼里。这对金童玉女没有经历什么波折就走到了一起，现在已经开始谈婚论嫁了。两人原本商量好趁着这次年假去胡新月老家探望父母，准备来年结婚。

郭淮问 :“什么情况？”

“跟头两起一样。”

郭淮一惊 :“你是说，这是连环杀人？”

李东生侧过身，让郭淮进入房间。两名刑侦员正蹲在地上测量脚印。

整个房间不超过 30 平米。左侧一张双人床，一个床头柜，两把塑料椅。右侧靠墙是写字台，上面放了一台电视机。卫生间在右面墙的隔壁。死者没穿衣服，一丝不挂地趴卧在双人床与写字台之间，从后背看是女性。地上有两只散乱放着的拖鞋。郭淮顺着鞋尖大致所指的方向，看见卫生间半开半掩的门。

他目光收回，落在自己对面的墙壁上。

墙上用猩红的血写着——Finding Face

可以看出，凶手用了很多血液细心地涂抹每一个字母，所以每一个字母下面几乎都溢出了多余的血珠，形状好像在流泪。

李东生说："知道为什么找你回来了吧，单单是这些外文我就不知道什么意思。上两个案发现场好像也写着相同的字。是英文吗？"

郭淮"嗯"一声，蹲下身检查尸体。他并不是专业法医，在条件简陋的县公安局，法医的基本工作通常都由刑侦人员兼职了。

"那些英文是什么意思？"

"找脸。"郭淮说着和另外一个人把尸体翻了个身。

"什么？"李东生没听明白。

女尸仰面朝天地面对着四个男人。跟郭淮一起搬动尸体的技术员惊呼一声从地上跳起来。

尽管郭淮有心理准备，也着实被吓了一跳。

女人的整张脸都被剥掉了。满地鲜血就是从撕裂的脸上流出的。

李东生吞咽一口唾沫："这是人干的吗？他精神病吗？"

短暂的惊慌之后，郭淮重新镇定。他看着女人血肉模糊的脸，目光再次落到墙壁上的血字。

Finding Face

尸检在县人民医院进行，由一名外科医生负责解剖和检查死者内部脏器。

医生告诉李东生和郭淮，死者的内脏完好，没有中毒和外力损坏的痕迹。体表除了脸部以外再没有其他明显的机械伤痕。

"那她的死因是……"李东生想到，莫不是凶手活生生撕脸皮，把被害人疼死了？

郭淮说："死者是被掐死的。"

"掐死？"李东生低头看着陈尸台上的女尸。脖颈上几乎看不到掐压留下的瘀痕。他有点儿怀疑郭淮的判断。

郭淮看出了他的心思，说："通常的扼死是机械性窒息死亡。因为被害人有可能挣扎，凶手卡住被害人的脖子比较用力，在喉头之下或者两侧会出现比较明显的手指印记。解剖时往往能看见舌骨、喉管和甲状腺骨等软骨组织骨折。”

医生按照郭淮所说，用刀在女尸脖颈竖直划下一刀。里面的喉管和软骨完好，并没有郭淮所说的损伤。

李东生瞅着郭淮，不知他用意何在。

郭淮不紧不慢地解释：“注意看死者的脖颈左右，有两处不太明显的新月形压痕，位置在颈动脉部位。因为凶手戴着手套，否则我们会看得比较明显。”

“这样也能掐死人？”李东生问。

“两只手同时压住左右颈动脉，阻止动脉血流向大脑。这样会造成脑部血液循环障碍，从而引起脑淤血、脑缺氧。压强差不多两斤左右的力量，维持十几秒钟，就能够使人丧失意识。还可能刺激迷走神经造成反射性心跳停止。死亡时间远远短于扼住呼吸道的杀人方式。”

“既然这种杀人方式很好用，那为什么我从来都没有看见过这样掐死人的？”

郭淮说：“因为难度太大。必须同时封闭左右两根动脉才有效。通常情况下，凶手选择卡住被害人的喉咙也是为了防止被害人呼救。”

李东生琢磨了一下，提出疑问：“你是说本案的被害人几乎没有挣扎，甚至连呼救都没有，老老实实地等着被凶手掐死？”

“这的确不可思议。”郭淮说，“事实上，前两起案件的两名被害人也是以这样的方式被扼死的，只是杀死他们时凶手用力比这一次大。我们很容易看见了掐痕而已。”

李东生想了想还真是这样。他紧跟着提出假设：“会不会凶手事前给被害人吃了安眠药一类的药物，让他们失去了反抗能力？”

负责解剖的张医生说：“我刚才进行毒理检验显示，被害人除了服用过避孕药，没有服用过其他药物。”

“避孕药？！”郭淮盯着张医生，似乎寻求肯定。

“是避孕药，市面上常见的那种。”

郭淮对李东生说：“综合几点来看，凶手应该跟被害人熟识。根据有两点：一，两个人在旅店开房，且被害人死前服用过避孕药；二，被害人死前几乎没有挣扎。这些特点除了说明凶手是男性，还说明他与被害人之间的关系已经发展到了肌肤相亲的程度。”

李东生说：“我询问过旅店店主。店主说，死者是在昨天夜里八点多钟与一名男子来旅店登记的，没有用身份证件。据店主描述，那名男子身材瘦弱，头发很长，戴着大号墨镜，似乎脸上还画着妆，而且始终都侧身站着，所以她也没有看清楚那人的长相。”

“化妆？”

“对。估计凶手那时候就有意在隐藏自己的容貌了。”

郭淮随即将前两名被害人联系在一起，进行了分析：“之前的两名被害人是一男一女。男的死在自己车里，现场没有打斗痕迹，尸体上也没有发现挣扎的痕迹。女的死在自己家中，门窗没有被翘压进入的痕迹，排除了陌生人入室作案的可能。女人尸体上同样没有挣扎的痕迹。加上现在这名被害人，一共三个人。男的是个体老板，上一个女的是歌厅小姐，而这一个……”

李东生看了看手术台上的女尸，现在他勉强习惯了那副没有脸皮的惨容。他对郭淮的分析提出质疑：“这一个在上中专，刚满 18 岁。三名被害人的性别、身份、年纪都不相同，难道说凶手跟他们每个人都熟悉？那凶手的社交圈是不是有点儿太广了？”

李东生的话有道理，郭淮陷入思索。

李东生又说：“因为第二名被害人是歌厅小姐，我曾经怀疑凶手是在歌厅、迪吧这样的场所物色猎物。但是与那名小姐相识的人我们都排查过了，没有发现身份可疑的人。现在我们的外勤侦查员还在县里几家歌舞厅蹲点儿呢，没有任何消息。”

郭淮说：“或许，凶手是通过其他渠道来物色猎物的。”

“还能有什么渠道？这个县城屁大点儿地方，公共场所就那么几家。那个老板被发现时那玩意儿上套着避孕套。这个中专女学生吃了避孕药。那位歌厅小姐，我估计也是想干这方面的事情。换句话说，这三名被害人多少都跟性交易沾边。你说除了歌厅、迪吧这些地方，他们还能在什么地方跟凶手认识？”

郭淮忽然打断：“等等李队，你没有看出什么异常来吗？”

李东生一怔，想想自己说过的话，恍然。

“对呀。凶手怎么可能既跟男人又跟女人做那种事情？”他随即道，“会不会是两名凶手？一男一女？男的对付女人，女的对付男人？”

郭淮摇头，道：“根据现场发现的足迹鉴定，凶手是同一个人。身高 170cm 左右，体重 130 斤，年纪不到 30 岁。很有可能是男性。”

“很有可能是男性？”李东生对这个结论不太满意。

“凶手脚上穿 41 码的男士耐克旅游鞋，鞋印模糊。但是现场没有发现精斑，所以不能排除女性穿男鞋、伪装脚印的可能。”

“一个身高 170cm，130 斤的女性……”李东生想想，“如果是个女人，也够魁梧的。”

郭淮说：“不管凶手是男是女，他的相貌可能比较中性。这样便于化妆假扮成异性。”

“那他为什么要这样做？”

“这个吗……或许，凶手已经把作案意图显示出来了？”

“哦？在哪里？”

“墙上的字。每一个案发现场，他都采用相同的手段撕掉被害人的脸皮，用被害人流出的血写上相同的英文单词。在个体老板轿车里，血字写在挡风玻璃上。在歌厅小姐的家里，血字写在地板上。在旅店，血字写在墙壁上……”

“那几个英文字母？”

“是。”

“是什么意义来着？”

“Finding face——找脸。”

“早恋？！”

“不，找——脸。寻找的‘找’，脸皮的‘脸’。”

“寻找脸皮？！”李东生费解。

他发现郭淮的眼睛瞅着女尸，顺着他的目光看去，两个人同时望向那颗没有脸的人头。

寻找脸皮是对被害人而言的吗？

这种残忍的手段背后究竟隐藏着什么深意？

郭淮一连在局里和医院之间奔忙了两天，终于在周六抓着机会回家休息一晚。

胡新月并没有埋怨男友，同为警察，她比谁都清楚这份工作的辛苦。她只是问郭淮案子有没有眉目。

郭淮摇摇头，神情歉意地看着女友。

胡新月说："没关系。我给爸妈打个电话，等农历过年时再去吧。"

女友的善解人意感染了郭淮，他拿起女友的手在脸上亲密地蹭蹭。

胡新月睁着水灵灵的眼睛凝望他。郭淮把她抱起来时，她半推半就地说："你都累瘦了，今晚好好歇歇吧。"

郭淮把女友轻飘飘的身体举高，学着宠物狗一样把头埋在她的发丝里，亲密地拱来拱去，痒得胡新月咯咯直笑。

"好啦，好啦，你这大坏蛋。"

自从两人确立了男女朋友关系，便搬出职工宿舍，另外租了一个单间公寓。虽然每月要多交600元，条件也比不上宿舍，但毕竟有了完全属于两人自己的独立空间。免得在职工宿舍时，两个人每天晚上要像做贼一样偷偷摸摸地聚在一起，连声音都要降到最低。天不亮，就得赶在别人起床之前偷偷摸摸分手。郭淮忍不住感叹，本来好好的处对象，咋整得跟偷情一样？胡新月每每到这时就会调皮地唤他西门大官人。

今天晚上，郭淮多少有些心不在焉。胡新月像往常一样极尽温柔，可是他眼前总是甩不掉个没有脸的女人。

那女人很年轻，周岁才18，照片上看很清秀。面对这样的女孩，怎样凶残的人才能狠心把她的脸皮整张撕下来？

而这个凶残的人现在就住在这座平静的小县城里。

云雨之后，他坐在床上吸烟。

胡新月伸出手爱怜地抚着他的背。"怎么不睡？是不是有什么心事？"

"没什么。可能是这两天太忙了吧，脑子有些乱。"郭淮不打算对女友实话实说。

"我听说那个案子了。"

"唔……"

"听说这里从来没有发生过这样的恶性案件。局领导好像商量着请求上级公安局派有经验的探员下来协助。"

"是吗……"郭淮知道，胡新月天天跟在领导身边，消息来源确凿无疑。

他忽然冷笑道："线索就那么多。上级派来的就有办法破案？"

胡新月发现自己说错了话，连忙改口："谁说不是，那些省市局的高级探员很多跟你还都是校友呢。"

女友的宽慰没有让他轻松多少，想到进入僵局的案情，他心头沉重，用力嘬一口烟。窗外夜色沉沉。

"你也不用着急。冷静下来想想，说不定就有解决办法呢？"

郭淮看着女友乐观天真的表情，在她屁股上轻轻拍了一巴掌。"你懂什么。那不是冷静不冷静的问题。"

"我能猜到你为什么发愁哦，大侦探。"

"你能猜到？"郭淮将信将疑。

"你是不是一直在寻找凶手猎取被害人的手段？"

郭淮着实一惊："你对这件案子知道得很清楚吗？"

胡新月说："局长准备呈给上级机关的案情分析报告就是我校对打印的。我知道的并不比你们少多少。"

郭淮点点头。他原以为女友会担惊受怕，看样子比他想象中平静得多。一根烟抽完，他用烟蒂又点着一根。

胡新月继续说："其实我这几天也在想这个问题。李队长把歌厅迪吧都搜遍了，为什么一点儿线索都没有？"

"李队认为凶手隐藏得太深，我们的外勤太笨。"

"我倒不这样想。"

"哦？"

"说不定凶手并非在迪厅或者酒吧歌厅这样的公众场所物色猎物。"

这一点倒是跟郭淮的想法不谋而合。他问："那你认为凶手还能通过什么渠道物色猎物？"

胡新月来了兴致，从床上坐起来。她稍显犹豫地说："我只是猜测啊，不做准的。"

"你说说看。"

"我想会不会通过网络。如果是在网上联系，凶手当然要隐蔽得多。"

"网络……"郭淮眼前一亮，"对呀，我怎么没想到这个？凶手完全可以在交友网站结识被害人……"

胡新月到没有郭淮这么兴奋："要想在网络里找出一个人可不太容易。"

郭淮顺着自己的思路说下去："那倒也未必。三名被害人都是本地人。说明这个交友网站极有可能就是本地人建立的，交友圈子也就限于本地人。假如真是这样，网站规模一定不会很大。我倒是有一个想法——不妨打听一下本地最流行的交友网站，进去试试，说不定会有线索。"

胡新月想了想："那好吧，我帮你。反正我现在还在假期里，有得是时间。"

从第二天开始，胡新月着手上网查找线索。她做事干练，没用两天时间就找到了三家本地人建立的交友网站。最大的一个网站居然有几百人在线。她给自己同时注册了一男一女两个身份。谁知道呢，也许凶手也是这样做的。

郭淮当然也不能闲着。想到市局下派的警官随时有可能到来，压力倍增，他不甘心就这样轻易举手认输，诚如女友所言，这人说不定跟自己还是校友呢。

他化妆成便衣，在三名死者的被害现场附近转悠，尽管这些地方他来过不止一次，他仍然希望能在某一个瞬间，获得意想不到的发现。

他尤其着重查验了发现第三名被害人的旅馆房间。

地面上的血迹已经变成干腐的褐色。地中央用粉笔描画着被害人尸体趴卧的姿态。墙壁上的英文字清晰可见。

他再次走进卫生间，端详着梳妆镜中自己的脸。恍惚间化作一位青春靓丽的少女……

他把所有的物证线索排列在脑海中，整理思路，尝试对犯罪现场重建——

那天傍晚，时间大约在9点种左右……

被害人邹丽萍正在卫生间里化妆。她刚刚洗完澡，衣服还没有来得及穿上，只有脚上穿着一双塑料拖鞋。卫生间的门被推开了。一个人悄然来到她身旁，以某种手法突然制服了她。他把她从卫生间里拖出，地面上留下拖移的痕迹，拖鞋掉下。他戴上事前准备好的胶皮手套。故意把电视音量调大，这样房间发生的响动不会被外面听见。女人还没有死，他把女人仰放在地。掐住她脖颈两侧的颈动脉。女人当时没有丝毫反抗——这一点令人生疑，也许她当时已经昏厥了。

直到确信女人已死，那人才松开手。掏出事前早已准备好的锋利的刀子，动手剥女人的脸皮。这个时间不知道持续了多久。他终于把女人的整张脸皮撕下来，没有丢在案发现场，而是带在了身上。之后，他开始耐心地蘸着被害人脸上不断流出的血水，在墙壁上一笔一划地写字，直到把每一个字母都涂抹成相同均匀的红色，才心满意足。

郭淮目视着墙壁上已经褪变成褐色的英文血字，陷入长久的思索。

Finding Face

时隔多日，这两个印在白墙上的字依然触目惊心。

正因为有了这两个血字以及被害人被撕掉脸皮的手段，这起系列案件才凸显出凶残与诡异。

Finding Face

为什么偏偏是这两个字?

县公安局开分析会讨论案情时，绝大多数人，包括队长李东生在内，都认为凶手在刻意模仿欧美恐怖电影。这两个词本身可能并没有特别含义，只不过是凶手随便从英文字典里找出来，或者看了某部犯罪电影，受到了启发。

郭淮却坚持不同的看法。他质疑说，假如凶手只是为了增加恐怖气氛才在墙壁上写英文字，那他花费心思剥掉三名被害人的脸皮又该怎么解释? 而且，英文字母书写得十分醒目工整，说明他是在有意强调这两个英文单词的重要性。

局长问那两个单词到底有什么重要?

郭淮说，那就是凶手杀人的动机。

Finding Face

他研究着墙壁上的血字。即使现在是白天，在这间屋子里待久了，仍然能够感受到莫名的寒意。似乎总有什么角落隐藏着一双阴冷的眼睛，悄悄打量着你，让你分不清那是死者的冤魂作祟，还是凶手残留的杀意。

他匆匆离开客房。旅店里冷冷清清，服务员都吓得辞职了，只剩下老板娘一个人畏缩在门口柜台里惶惶不安。她现在也是公安局备案的嫌疑人之一。

郭淮走出旅店，简陋的火车站里传来了列车进站的汽笛声。进站口里，衣着各异、大包小裹的旅客进进出出，形色匆忙。如果这里面有一个人正是凶手，那他就将永远消失掉了。

郭淮穿过马路，不知不觉放慢了脚步。他的目光落在马路对面的一个人身上。

那是一位容颜清秀精致的女子。白色的风衣凸显出她姣好的身材。她的引人注目不仅仅在于她出众的相貌，郭淮看见她手中捧着一大束白菊花。

这种只有葬礼上才能看到的东西，正被女子无动于衷地捧在手里。

她把菊花放在地上。接下来做的事更加匪夷所思——她从挎包里拿出一摞冥币，放在菊花旁边。掏出一盒火柴，点着，怔怔地瞅着纸钱在火焰中燃成灰烬。

路人纷纷侧目，投来各种奇怪的目光。女子只是旁若无人地瞅着火堆，直到面前的火焰熄灭，剩下一滩黑色的余烬，她才仰起脸向马路对面深望了一眼，然后转身离开。

女子眼望的方向正是发生血案的旅店。

郭淮加紧脚步，追上女子。

女子略显惊慌地扭头瞧他，眼神中流露出小鹿般畏缩的表情。

郭淮自我介绍了身份。听说对方是警察，女子的神情稍显放松。

“请问你是邹丽萍的亲人吗？”邹丽萍就是旅店中被害的女中专生。

女子困惑地摇头。不知道是没有听明白郭淮的问话，还是表示否认。总之，她的举止透着某种说不出来的古怪。

郭淮觉得她眼前好像蒙着一层雾气，不像胡新月那样，眼睛是清亮亮的。

他邀请女子去街边一家茶社坐坐，女子没有拒绝。

他选了二楼靠窗的位置，透过窗户可以看见那家旅店。

女子双手捧起茶杯，一声不吭地啜饮。她喝茶的姿态很优雅，显示出了良好的教养。这在普遍文化程度不高的小县城里实不多见。

“请问小姐怎么称呼？”郭淮试探着问。

“叶倩颖。”女子的普通话也很标准。

“你是外地人吗？”

“不是，我在这里长大。”女子终于说出一句完整的话。

“叶倩颖……”郭淮重复着她的名字，忍不住又问，“你真的不认识邹丽萍？”

“她是谁？”女子抬起杏核状的眼睛探寻地望着郭淮。

如果不计较那张略显呆板的五官，女子的长相相当漂亮，甚至超过了胡新月。面对这样一位罕见的美人，郭淮也难免脸红心跳。

他收拢住心猿意马的念头，用冷静的语调说：“你有听说过四天前刚刚发生的命案吧。邹丽萍就是那名被害人。”

叶倩颖发出低低的惊呼，呆板的脸上闪过一丝慌惧。

她低声说："原来就是她。"

她的话让人捉摸不透。

郭淮问："你认识这个人？"

叶倩颖摇摇头。

郭淮疑惑了。"那你刚才在街边烧纸是……"

"我是为了给死去的人祭奠。"

"可是你说，你不认识她啊。"

"但是我能切身感受到她的凄惨，却无能为力。"

"……"

见到郭淮不解，叶倩颖说："说来你也许不相信，我能预感到她的死期。"

"什么？"

"千真万确。"

看着女孩坦诚的眼神，似乎不像是在说谎。可是她的话却又分明让人难以置信。

女子刚刚清澈的眼睛转瞬又变得迷蒙。她淡淡说："你相不相信我说的话？"

第二章 天使之面

11 月 6 日，星期日，上午。.

茶社。

郭淮望着窗外的旅店。四天前的夜晚，那个涉世未深的年轻女人就在那里被人撕掉脸皮。现在因为惨死的女孩，他结识了一位陌生的美貌女子。这就是所谓的蝴蝶效应吧。

接下来又将发生什么呢?

他回过头看着叶倩颖，女子优雅地喝着茶。

"你说你预见了那个女孩被杀，这是怎么回事儿？" 他问。

叶倩颖放下茶杯，掏出随身携带的面巾纸沾沾嘴唇，才说："我梦见她被杀了。"

"梦？！" 郭淮有了一种被愚弄的感觉。他发现面前这个女人精神似乎有些不太正常。

叶倩颖的神情开始变得紧张，眼睛直勾勾地盯着前方，仿佛穿过了郭淮的身体。"那天晚上，就在 5 天前，我记得是 12 月 22 日。我早早上床睡觉……在梦里我看见了那个人……"

"哪个人？"

"我不知道。他背对我站着，就站在床前，一动不动。我怕极了。想从床上逃走，可是手脚像是被施了诅咒，动弹不了……"

女子伸出长长的胳膊，像章鱼触手似的缠绕住自己的身体，瑟瑟发抖。

在郭淮眼中她更像是在发癔症。他开始后悔找这么一个人询问线索。

“……他的手很白，很瘦。他的脸隐藏在阴影里，看不清楚……但他脖子上缠绕着一条蛇，颜色很特别的那种……是一条全身长着一节一节环形花纹的蛇……”

“金环蛇？银环蛇？”

“也许吧，我也说不准。”

“金环蛇可是生活在南亚，你的梦也太古怪了吧……”

女孩没在意郭淮的诧异，兀自说下去：“我看见他从地上拖拽着一个女孩儿，那女孩儿浑身瘫软，我不知道她是不是死了。他把女孩儿放在地上。我以为他要强奸她，可是他没有。他在做更恐怖的事情……”

郭淮替她说下去：“用刀子割脸是吗？”

这些消息当地报纸电视上多多少少都有暗示。细心的人通过读报纸也能对案情有大致的了解。郭淮可不想在这个神经质的女人身上继续浪费时间。他说：“叶小姐，如果没有别的事情……”

女子根本没有听到他说话，继续说着：“他不仅仅用刀子。他还用手……太可怕了。我看见他用手硬生生把女孩儿的整张脸皮撕下来……”

郭淮一震。这些细节可是公安局没有对媒体公布的。

“……他的手很光滑，好像没有指纹。手指沾满了血。他就用这双手蘸着死者的血在墙上写字……”

凶手的手光滑是因为戴着胶皮手套，当然没有指纹。

“那人是男是女？”

“我看不清楚他（她）的脸。他（她）穿着藏蓝色的衣服。”

郭淮又是一惊。根据旅店店主描述，跟被害人一起去开房的人的确身穿一身藏蓝色的休闲装。这处细节也是没有向媒体透露的。这女人又是怎么知道的？

难道真是她梦见的？

“他用女孩的血在墙上写 finding face……”女人随口说出一句十分地道的英语。她的文化程度似乎不低，郭淮不禁对她产生了兴趣。

女子怕到了极点，眼圈里攥着泪，原本缺少笑容的脸更显得楚楚可怜。

郭淮拍拍她的手，以示安慰。

“我后来被吓醒了，一整天都心惶惶的。谁知道第二天看报纸得知，真有一个女人被杀了。我想如果我能提前找到那个女人通知她一声，或许她就不会死。”

“所以你才在街边烧纸钱？”

叶倩颖点点头。“其实不止她一个人。之前两位死者被害之前，我都做过相同的噩梦。”

“你烧纸钱只是为了告慰死者？”

女子点头。

看着女子煞有其事的讲述，郭淮也不晓得到底应不应该相信她。但女人可怜的情容着实让人看了心疼。

郭淮说：“不管怎么说，你最好还是不要再做今天这种事，对你不好。”

叶倩颖不解地看着他。

“像这种手段残忍的变态凶杀案，凶手有可能在作案后的几天里悄悄返回案发现场，所以我才在这附近转悠，观察形迹可疑的人。你做这么引人注目的事情说不定会引起凶手的注意。”

“会有这种事情？”叶倩颖着实吃了一惊。

郭淮从兜里掏出记事本，撕下一页纸在上面飞快地写下自己的手机号码，推到叶倩颖眼前。“如果你觉察到有危险，比如说，发现有陌生人跟踪你，可以打我的手机。”

“你确定凶手会盯上我吗？”女人瞪大眼睛追问。

“只是为了以防万一。”

叶倩颖收起纸片，忽然说：“如果那个杀人凶手真的盯上我，也未尝不是一件好事。”

“这是什么话？”

“如果我能引出凶手，你就可以抓住他啦，就不会再有人被害了。”

这话说得天真茹莽，但也讨人喜欢。郭淮笑笑：“你还是照顾好自己比较好。”

两人离开茶社道别时，郭淮再次叮咛她小心。叶倩颖罕见地露出微笑：“不怕。我有坦克。”

这女孩语不惊人死不休。郭淮正感到莫名其妙，叶倩颖走到街边停靠的一辆红色丰田车旁。在这座普普通通的小县城里，开这种车的人凤毛麟角。相比女孩纤瘦的身材，这辆座驾属实是“坦克”。

女孩发动引擎，把轿车掉头，隔着车窗向郭淮摆摆手。扬长而去。

看来她可不是一个简单的神经质小女人。要么是镇里数一数二私企老板的女儿，要么是数一数二私企老板的情人。

遇到郭淮之后，叶倩颖的情绪明显舒畅了很多。她开车直奔市里商业区兜了一圈。买了两套香奈儿衣服，一个新款普尼达提包，外加一袋子她都记不住牌子的化妆品，开车返回县城家中已经是深夜 11 点。父母并没有询问她去了哪里，他们对女儿的疯癫任性习以为常。多年以来，一家人就是这样相敬如宾、一成不变地相处。在叶倩颖记忆中，父母从来没有责骂过她，当然也没有安慰过她。任何事情到头来都可以用钱来处理，除了钱之外，她对这个家没有更多的印象。

她都不知道自己是从什么时候开始患上抑郁症的，也有医生说是神经官能障碍，说白了就是精神分裂前兆。说来好笑，按理说她实在没有什么可以忧虑的，不用像同龄人那样大学毕业就基本等于失业，好不容易找到一份工作，遇到一个对象，两口子就学乌龟一样背着贷款的房子开始了后半生的长征。也许终于有一天他们还清了贷款，最后还要为墓地发愁。相比而言她实在幸运，如果愿意，可以这样优哉游哉地过一辈子。中国待腻了可以去美国，美国待腻了可以去新加坡。

为什么还要抑郁呢？

她的反常表现是从什么时候开始的？在连续不断的噩梦开始之前，还是之后？

这些天来，她只要一闭上眼睛，就能看见那个人一声不响地站在床前。那不是虚幻，而是一个活生生的人，带着某种意图的人。

那名警察是罕见几个可以耐心听她讲完整个故事而没有嘲笑她的人，这说明她还比较正常。她还给那个可怜的女孩儿烧了纸。心里没有了负担，她显出难得的轻松。洗了一个泡泡浴，听了一会儿音乐，就上床睡觉了。

房间里有一面大镜子，躺在床上她能看见自己的睡姿。她忽然发现自己原来是这么漂亮的女人，连她自己看久了都会怦然心动。这样的美人，应该会有很多人爱慕和羡慕吧。

一位富有又美貌的女子。

这样想着，她慢慢睡着了。这一夜她比以往睡得都熟。

窗外不知何时纷纷扬扬飘起了雪花。县城的路灯稀稀落落。街上没有行人。一入夜这里就仿佛变成了一座空城。雪落无声，只有一两声风吗，乍听上去好像谁在呜咽。

她在熟睡中翻了一下身，镜中的美人顿时呈现出一种十分诱人的姿态，她自己全然不知。

房间昏暗，窗帘微微晃动，也许有风，也许没有。床前空空荡荡，没有让她害怕的人影。

她发出低低的呓语，精致的五官上眉梢微微搐动。

在静谧的某一刻，假如她能睁眼，就会看到镜子里那张大床垂到地毯的床罩下摆正在被慢慢掀起……一个人正从床下慢慢爬出……

镜子里沉睡的美人浑然不觉身下正在发生的诡谲的情形。

那个人一点一点爬出床下，从地上缓慢站起。

他通身灰暗，站在床前，阴冷地看着的床上的美人。

美人在睡梦中露出痛苦的表情，她似乎被魇住了，发出可怜的呻吟。

那人弯下腰，仔细打量着美人的脸。然后，抬起枯瘦的手指，悄悄伸过去……

似乎有什么从指尖滴落。

猩红色。

一滴接着一滴……落在美人的脸上……

熟睡的人忽然惊醒，惊恐万状地看着俯身面对自己的那张脸……

滴血的手瞬间消失。

床前的人也消失了。

她坐起，惊魂未定地捂住自己的脸，过了好一会儿才慢慢放下。她鼓起勇气看向镜子——床罩完好地垂到地面，没有丝毫被掀动的痕迹；镜子里的美人也是一脸惊慌的模样。

窗外的雪越下越大。

房间里温暖如春。

心底的惊恐无从消去，她翻身下床，打开电脑。给她认识的一位心理医生发去一份邮件。

没想到对方的 QQ 立刻上了线。

对方写道："这么晚了你还没睡？"

"你不是也没睡吗？"她回复。

"我在看病例呢。你呢，又做噩梦了？"

"是。我都不知道该怎么办了。"

"我教给你的办法都不好使吗？"

"我如果说是。你会不会觉得气馁？"

"那也没什么，心理治疗是需要时间的。实在不行我还可以给你开一些镇定剂。"

"要是还没有用呢？也许我真的无药可救了。说不定你再见到我时，我已经彻底疯掉了。"

"怎么可能？那些医生不过是危言耸听。精神病可不是谁想得就能得的。"

"希望如此吧。对了，今天我去杀人现场了。"

"你去那里做什么？"

"我不是跟你说过我那个可怕的梦了吗？"

"那个梦……"

"我真的梦见那个女人被杀，没有骗你。"

"唔……"

"你也被我吓到了。"

对方犹豫了一下，才在键盘上敲击："没有。"

郭淮的出租房里没有安装网线，胡新月到附近的网吧上网。网吧里乌烟瘴气，满地污秽，好像晚晴的大烟馆。大部分人都在面目呆滞地玩游戏，一双双眼睛熬得跟兔子一样通红。

胡新月同时登陆三个本地的交友网站。跟这个聊两句，跟那个聊两句。一部分人是为了处对象，还有一部分纯粹为了一夜情，更有求包养的。她凭着女人的直觉，确信凶手就是通过这种手段物色猎物的，无疑比去酒吧和迪厅保险得多。这也说明对方是一个十分狡猾的人。

网络交友首先关注的是网名，尽管充斥着大量虚假成分，绝大部分人还是习惯通过名字来判断对方的身份与外表。胡新月想到三名被害人不尽相同的身份。

凶手不可能用单一的网名。看情形他至少同时使用三个以上的名字登录，这无疑给辨识他带来相当的困难。

郭淮不放心把漂亮女友一个人放在三教九流混杂的地方，一下班就赶过来陪她。“有收获吗？”他问。

胡新月撇撇嘴。她给自己起了一个“少女小萌”的网名。来搭讪的人不少，都是男的。她指着十几个跟自己聊过天的名字，说：“大侦探，你能看出这其中哪一个像我们要找的坏蛋吗？”

郭淮浏览了一遍：“我看哪一个都不是。”

“为什么这样说？”

郭淮警惕地看看四周，附近的座位都没有人。他才说：“我这些天不止一次重返三个案发现场查看，感觉凶手。”

“怎么感觉？”

“想象着用凶手的眼睛看犯罪现场。想他是什么样的人，会做什么。”

“说得好神奇。”

“当好一名刑侦人员，这是必须具备的能力。”郭淮说，“现在刑事科学往往把刑侦技术与犯罪心理联系在一起。刑侦人员要通过现场留下的一切痕迹，塑造出罪犯的形象。即便不能精确地画出他的脸，至少也要对他的性格体貌所有掌握。只有这样，一旦他露出马脚，才能立刻把他揪出来。”

胡新月露出欣赏的目光。这就是郭淮带给她与众不同的地方。她问：“那你认为凶手应该是一个什么样的人？”

“我认为他是那种蟒蛇的性格。”

“那是什么性格？”

“隐蔽。”

“隐蔽？”

“三个犯罪现场留下的痕迹少之又少。因为凶手选择的作案时间和作案地点都是精心考虑过的，即使有目击者也很难准确描述出他的体貌特征。而在作案手段上，他尽管凶残，但作案步骤十分直接、仔细，几乎没有漏洞。因此，我能大致判断出他的性格——隐忍、思维缜密。”

“……”

“他不习惯主动出击，首先把自己完全隐蔽起来，确保自己不会遇到危险，或者被暴露。然后，静静地等待猎物自己靠近。一旦时机成熟，他就会迅速出击，绝不犹豫。”

“听你这样说，他好像特种兵一样。”

“他不可能当过兵。”

“哦？”

“旅店老板不是大致描述过他的长相吗？中等身高，瘦弱，沉默。这不太像是从部队锻炼后出来的人。”

“也是。”胡新月多少有些泄气，“那岂非白白忙了一整天。”

“也不能这样说，我们总比过去前进了一步。要不是你灵机一动，我一时间还想不到网络交友呢。”

胡新月受到鼓励，调皮一笑：“好吧，我全力以赴。争取让老公赶在省厅的专员到来之前，亲手抓住凶手，扬眉吐气。”

“还是老婆好。”郭淮凑过来亲她。

“好啦，别在这里闹……”胡新月对在公共场所亲密还有些难为情。

郭淮嘻嘻坏笑。

“等，等一下。”胡新月忽然说。

“怎么了？”

胡新月问：“凶手是不是在每个案发现场都会写上 finding face ？”

“确实，你怎么突然问这个？”

胡新月指着电脑屏幕：“你看这里……”

胡新月眼睛很尖。她一面跟郭淮亲密，同时还不忘浏览屏幕，无意中发现了一个英文名字。

郭淮近视眼，他凑到屏幕前仔细看。那个英文写着 angel face。

“angel face——天使脸……”郭淮评估着这个名字能有多大的意义。

胡新月说：“这里也写着一个 face，跟案发现场墙壁上的其中一个单词一样。”

郭淮不以为然：“那是英语中比较普通的单词，也许这个人只是随随便便这样起着玩的。”

“但你想过没有，face 这个单词虽然普通，但是使用率并不高。”胡新月凭借着自己出众的英文水平开始了分析，“叫 angel 的人或许很多，像 angelo（安杰洛），angela（安洁拉）这样的英文名都是从 angel 这个单词演变而来的。但是英文里用到 face 的情况基本上都是词非所意的短语，像这种用在名字里的情况少之又少。更何况，你不觉得巧合吗？”

“巧合？”

“接连发生的三起命案现场都留下了 finding face。当我们怀疑凶手有可能通过本地交友网站物色犯罪对象时，结果就在交友网站里发现了以英文单词 face 为名的人。你不觉得太巧合了吗？”

郭淮想了想，说：“你再去其它两个交友网站看看。”

胡新月依言打开另外两个本地交友网站的网页，在搜索器栏里键入“angel face”。

搜索结果显示，每一个网站都出现一名叫 angel face 的会员，想必都是同一个人。

胡新月扭脸看郭淮，两个人的眼睛都亮了。

郭淮看看时间，20：23。他说：“今晚时间还早，我们盯住他，看看他有什么动静，进一步核实一下。”

一直待到 11 点，两人都没动位置。郭淮到网吧门口买了点儿吃喝回来，两个人就像蹲点儿一样一瞬不瞬地盯着那个叫 angel face 的网名。

在这三个小时里，angel face 很少与人交谈，大部分时间都在沉默。

胡新月说：“跟你描述的那个人很像啊，你看他几乎不主动找人交谈。”

郭淮说：“你去跟他联络联络，看看他什么反应。”

于是胡新月主动向 angel face 发出聊天邀请，过了好半天对方才回复。

“他可真沉得住气。”胡新月嘀咕。

对于网上聊天郭淮是外行，胡新月却轻车熟路。她装扮成一个十九岁的女学生，把能想到的小女生常用的萌词嗲句统统搜刮出来，添加进对话中，看得郭淮直起鸡皮疙瘩。他幻想胡新月要是身穿学生装嗲声嗲气地跟他说话，那该是可爱，还是吓人？

胡新月正是考虑到第三名被害人就是一名女学生，才选择了这个身份。变态狂罪犯选择的目标往往分成两大类，一类是针对从事色情服务的女人下手。这样他们内心深处的负罪感会无形之中降低，最典型的罪犯就是“开膛手杰克”。还有一类罪犯刚好相反，他的犯罪对象主要是青春少女，甚至是男童幼女。这样的罪犯会把自己打造成魔鬼，采取自我毁灭的方式持续作案，直到被捕为止。最典型的罪犯是20世纪初绰号为“布鲁克林吸血鬼”的阿尔伯特·菲什。他大约对300位受害者作出过性侵犯行为，杀害了其中15名幼童。他把这些幼童虐待致死，最后吃掉。并把整个过程以日记形式记录下来，寄信给被害人家属。当他在法庭上被询问自觉应该受到怎样的惩罚时，他平静地回答，希望用最残忍的刑罚把我一点点折磨致死。

胡新月也在猜测这位假想罪犯的口味。毕竟，他的犯罪对象既包括妓女也包括女学生，甚至还有男人。

郭淮提醒她：“不要表现得太过热情。假如他真是我们要找的人，那他一定十分警觉。”

胡新月把握得很有分寸。她称赞对方的英文名字起得好听，问他是不是长得很漂亮。

Angel face打字速度稳定，语速适中。并不显出热情，也不冷淡。说话含蓄，语句里透着幽默与机智。

郭淮在旁边看着女友跟对方聊天，评价道：“这个人肯定受到过高等教育。你能不能问出他的职业来？在这个县城里，这样的人寥寥无几。”

胡新月用小女生般天真的口吻写道：“你这人好有趣。让我猜猜你是做什么的。嗯……嗯……我知道了，你是养大白猪的。”

“你怎么会这样想？”对方似乎有点儿奇怪。

别说对方奇怪，连郭淮都想不到女友会冒出这么一句话。但看上去的确吸引了对方的注意。

“因为呀，我舅舅就是超市里卖肉的，给他送货的男的长得就蛮帅的。他也爱上网，听说正在自修本科呢，说起话来一套套的。不会真这么巧就是你吧？”胡新月倒是挺能编。

Angel face写道：“小姑娘你真有意思。你是暗恋那个人吧……我看你笨笨的倒像一头小猪。”

胡新月冲着郭淮做出一个V手势，对方上钩了。

“你怎么说话像我舅舅一样呀。可不要这样说哦，我会生气的。我生气起来，可吓人了。”

“好好，我不说你是小猪。”

“可你还是说了，你这人真可恶。呜呜……”

胡新月聊着聊着绕了一个弯儿，再次问到对方的身份。Angel face 依然没有正面回答。他反过来问起胡新月的身份。

“你猜呢？”

“初中生。”

“讨厌啦，人家看起来就那么小吗？”

对方写道：“我根本看不见你，当然猜不准啦。你让我看一眼就好了。”

“怎么看呀？”

“用摄像头拍一张照片发过来不就好了。”

郭淮说：“我看你没把他套住，他倒是快要套住你了。”

胡新月当然不能答应。以小女生的方式拒绝对方的办法有很多，她推脱说身边没有摄像头，对方似乎不太相信，反应似乎也冷淡下来。

“真狡猾呀。”胡新月说。

当天晚上，他们并没有取得更进一步的结果。郭淮的看法是先稳住他，放长线钓大鱼。如果 angel face 真是罪犯，就会慢慢露出马脚。

12 月 28 日，星期天。

郭淮原本打算陪女友去购物。正吃早饭的时候卧室里的手机响起。郭淮告诉胡新月：“你去帮我接吧。如果是李东生，就告诉他我不在，他找我除了开会就没别的事情。”

胡新月走进卧室。过了一会儿她回来，把手机递到郭淮面前，神情有些古怪。

“怎么了？”郭淮问。

“是找你的。不过不是李东生，是一个女的。”

“女的？”

“我问她姓什么，她不肯说。问她找你干什么，她也不说。我就把手机给你拿来了。说不定她真有急事呢……”

胡新月话里透着酸溜溜的味道。女人在这方天生嗅觉灵敏。

郭淮小心翼翼地接过手机，像捧着一个手榴弹。他心虚地瞧着女友，提醒自己千万不能说错话。

“是郭警官吧。”听筒那头传来了悦耳的女声。

郭淮冲女友做出困惑的表情，记忆中似乎没有这么一号人。

胡新月的目光意味深长。她用刑侦的眼光研究着男友。

为了表明无辜，郭淮冲着话筒冷冰冰地说：“你找哪一位呀？我认识你吗？”

对方愣了一下，嗔道：“我是叶倩颖。我们才刚刚见过面，你怎么忘了？还是你把手机号码留给我的呢。”

没想到还真认识。郭淮连忙改口：“对不起。我没想到会是你。”刚说完这句话，就感觉女友的目光在脸上刮了一下。

他吞了口唾沫，硬着头皮问：“你找我有什么事吗？”

叶倩颖的声音忽然变的神秘兮兮：“你还记得我跟你说过的噩梦吧？”

“嗯……”

“我又做梦了……”

郭淮的脸色变了变。

他现在也不知道应不应该相信那个疯癫的小女人。不过她对案情细节的了解的确使人怀疑。而且她说过，自己能预见将要发生的凶杀……

郭淮犹豫了一下，说：“那我们见个面吧，你选一个地方。”

他感觉女友的目光又在脸上刮了一下。

在新婚之前闹误会可不太好，可是如果向她解释自己跟一位陌生女人见面是为了听她说梦，好像更有欲盖弥彰之嫌。

放下手机，他考虑着如何向女友解释。“这个……是这么一回事……”

胡新月似乎并不介意：“我知道你是为了办案，那就快点去吧。记得早些回来，我今天晚上给你做好吃的。”

这好吃的可不是那么容易咽的，因为这是异常温柔的胡新月做出来的。郭淮感到了巨大压力。他意识到，一旦跟这样的女人结了婚，自己一辈子都得在她这一棵树上吊死了。

叶倩颖选了县城里最高档的一家饭店跟郭淮见面。虽然换了一套颜色鲜艳的高档皮装，五官依然呆板，宛如一尊石膏。

女人对郭淮并没有表现出热情，心不在焉地喝着饮料，不时看看周围吃饭的人，跟电话里那位急于跟自己见面的女人判若两人。郭淮决定单刀直入，直奔主题。免得跟这个女人待久了加深女友的怀疑。

他问："你电话里提到的梦是怎么回事儿？你又做了那种噩梦？"

叶倩颖的目光倏然落在郭淮脸上。一聊到这个话题，表情随即就变了。她喃喃道："真是一个可怕的梦。或者根本不是梦……"

郭淮再一次被她神秘兮兮的神色感染了，静静地听着。

"我睡觉的时候，发现有一个人躲在我的床下。半夜里偷偷爬出来……"

"有人躲在你床下？"郭淮皱皱眉。

"你要相信我，我没有说谎！"叶倩颖加重语气。

郭淮只好点头。

女人继续说："他的十根手指都血迹斑斑。他从床底下爬出来，用这双手摸我的脸。"

"……"

"然后，我惊醒了，看见他就站在我床前，看着我。"

"男人还是女人？"

"他的脸一团漆黑，好像根本就没有脸。我不敢仔细看。"

"然后呢？"

"然后……我就记不住了。可能是吓昏过去了。"

郭淮从头到脚重新打量叶倩颖。叶倩颖问："你做什么？"

"他没有伤害你？"

叶倩颖眉头蹙起，反问："难道你希望我被伤害？"

"我倒不是这个意思。我是说，如果你说的那个人对你心怀歹意，那他当时干什么不下手呢？"

叶倩颖摇头："正因为我想不明白，才来找你这位专业警察来帮我分析。"

郭淮说："我的分析是那个人绝对不应该放过你。"

"呃？"

“如果我是那名罪犯，我想要抓住的漂亮女人已经落到我的手心里。我为什么要停手？”

郭淮戏谑的口吻让叶倩颖脸颊一红。她说：“你意思是说，我在说谎，根本没有那回事？”

“我可没那么说。”郭淮心想，就是如此。我要是把你说的话复述给胡新月，她一准儿认为我有外遇了。

叶倩颖冷冷地说：“也许我根本不应该找你出来。你果然跟那些人一样，认为我是疯子。”

郭淮只能露出自嘲似的笑。

叶倩颖叫来服务员结账。道不同不为谋，她似乎多一分钟也不再想跟郭淮呆在一起。

她怄气似的告诉郭淮：“不管怎么样，在这个穷乡僻壤的破镇子里，还是能找到一个懂我的人的。”

“看来我不是。”郭淮说。

“我原以为你是，看来只剩下 angel face 先生了。”

她说完起身离座。

郭淮一把抓住她的手，把她拉回到座位上：“等等，你刚才说什么？”

“你干什么？”叶倩颖气愤地抽回手，抚着手腕上的指印。

“对不起。”郭淮道歉，“你刚才提到的那个人叫什么？是不是叫 angel face？”

“跟你有关系吗？你不是把我当成精神病吗？”

郭淮不想跟她纠缠，他追问：“你是不是在交友网站跟那个人认识的？”

叶倩颖眨眨眼睛：“你怎么知道？”

郭淮叫了两杯酒水，缓和了一下气氛，才开始问叶倩颖是怎么跟 angel face 认识的。

“就像你说的，在网站上喽。有什么好大惊小怪的。”叶倩颖回答。

“你怎么知道他是男的？你跟他见过面吗？”

“这是我的隐私。我为什么要告诉你？”叶倩颖忽然耍起小脾气，脸朝旁边一扭，捧着酒杯兀自啜起玫瑰酒。

郭淮夺过她手里的酒杯放在旁边：“你先回答我。”

“你这人真粗鲁！”叶倩颖嗔怪地瞪他一眼，“我跟他没见过面，只是在网上交往。他在帮我治病。”

“治病？”

“我……”叶倩颖略显犹豫，“也许我精神上真的出了一点儿问题……”

她赶忙补充：“只不过是一些小问题。就是偶尔胡思乱想，心里焦躁，经常做噩梦什么的，没有医院医生说得那么严重。”

“你说他帮你治病，就是指精神方面的疾病？”

“他很有学识，对我的心理问题分析得头头是道。他还教给我一些简单的治疗方法，像‘丹田呼吸法’‘空想法’‘冥想法’等等，都很有效果。他肯定是钻研心理治疗的医生。”

“他亲口这样对你说的？”

“那倒没有。但是猜也猜得出来啊。普通人谁会对心理治疗了解那么多？”

郭淮陷入沉思。

这座县城还真是小。看似不相干的人和事，转一圈就能发生关联。

angel face，又是 angel face。

是巧合吗？

他对心理治疗的了解并不多，没办法判断那个人告诉叶倩颖的治疗方法是真是假，但叶倩颖似乎对此深信不疑，这也正好加深了郭淮的怀疑。倘若 angel face 是一个毛躁直接的人，他反而会把他从嫌疑人名单中抹掉。

他考虑了许久，才对叶倩颖说：“叶小姐，最近一段时间终究不太安全，你要小心一些才好。”

叶倩颖怀疑地看着：“我该怎样理解你的好意？关心我？还是轻蔑我？”

“随便你。”郭淮扔下这句话便结账离开。

他不能对叶倩颖解释太多涉及案情的细节，但在脑子里却慢慢形成了思路。

他对 angel face 这个人越来越感兴趣了。

第三章 面对嫌疑人

12 月 29 日，星期一。

郭淮把对 angel face 的怀疑以及分析推测写成一份简短的报告交给局长。他虽然不能肯定对方就是凶手，但是希望能对这个人展开全面调查。首先要通过网络技术手段把这个人找出来。

局长没表态。把决定权交给了主抓案件的李东生，李东生面露难色。他找到郭淮说：“我们县城里的通讯分公司没有这种技术。必须向市局打报告，请他们的技术人员来帮助调查，甚至还要惊动省里。一旦找出了这个人，是凶手还好说，万一不是可怎么办？耗费人力不说，动静太大可能还要挨上面批评。”

郭淮看不惯他这种畏首畏尾的做派，又不好说什么。他考虑的是凶手再次作案，到那个时候你们又会把责任推给谁？

胡新月这时想到一个法子。她说：“要不然我们以警察的身份去找那三个交友网站的管理员，让他查看注册会员的个人信息。说不定就能找出这个人来。”

郭淮表示怀疑：“他注册的十有八九是假名假身份。”

胡新月说：“也未必。那三个网站中有一个是需要身份证号码注册的。即便他使用别人的身份证，那个人至少也跟他认识。”

郭淮大喜：“你怎么不早说？”

“你也刚问到我嘛。”

angel face 的身份证号码没费太大周折就被找到了。输入公安网，立时调出了一个人的全部信息。

突如其来的进展不知是让人兴奋，还是忐忑。民警们围在一台老掉牙的winndows2000系统的电脑旁，看着胡新月噼里啪啦敲打着键盘。

“念一念。”李东生说。

胡新月从头开始念：“陈晓松，男，汉族，1983年10月15日出生。本地人。在本地念小学，C市念中学。C市师范大学毕业，主修商务英语专业……”

“等等。”郭淮打断。

他对李东生说：“他在交友论坛上却是以心理医生的身份出现的。”

胡新月插话：“以心理医生自称无疑方便交流，比较容易让对方向自己倾吐心声。”

“是这样……”李东生似乎对郭淮的假设信心不足。

他对郭淮说：“看情形，你怀疑的这个人还应该在本地生活，想找到他不太难。如果我们直接把他带来，你有把握让他认罪吗？”

他这样一问，郭淮反而犹豫了。

李东生见状，说：“既然你也没有十足的把握，就不值得我们调动大量人力。不如你继续搜查，等证据确凿了再抓捕比较稳妥。”

郭淮心想，难道要等凶手再次作案吗？

晚上，胡新月对郭淮说：“我看你跟李队说话时脸耷拉老长，你接下去打算怎么办啊？”

郭淮冷冷道：“能怎么办？只有靠自己了。”

“你单枪匹马的，会不会有危险？对方可是连男人也杀的。”胡新月担心。

郭淮笑道：“你怕守寡啊？”

胡新月赶忙掩住他的嘴：“可不许乱说，多不吉利！”

郭淮抱起她放在膝上：“我不会有事的。我怎么舍得丢下这么漂亮的老婆呢。”

胡新月动情地搂住他的脖子。

“你发誓。”

“我发誓。”

药店位于街道拐弯处，位置偏僻，不大容易找到。

郭淮假装买药的顾客，信步推门走进。房间不过40平米。有一个柜台，柜台后靠墙一排药架，站着一位三十几岁穿白大褂的妇女。

郭淮说自己胃痛，随口编了一些症状。妇女略通医术，帮他分析病症，介绍了几种药。

郭淮一面应和着一面偷偷打量环境。药店普普通通，还算干净整洁。柜台后面有一扇门，门后应该还有一间屋子，除此之外就没有什么了。

他问妇女："您是这里的老板吗？"

"是。"

"您怎么称呼？"

"姓陈。"

"哦……您一个人张罗这家店蛮辛苦吧？"

妇女略显奇怪地打量郭淮，没说话，似乎生出了疑心。

郭淮索性掏钱，一口气买了好几种药，花了一百多块钱。妇女面色稍缓，她说："我还有一个弟弟帮我打理，所以也不怎么累。"

郭淮点点头。

妇女略带自豪地又说："我弟弟可是医科大学毕业的呢。在咱们县城里也是首屈一指的。"

"哦，是吗？"郭淮立刻找到了话引，"恕我直言，现在像他这种医科大学毕业生十分抢手，去大城市很容易就能找到好工作。在这里实在屈才。"

"谁说不是。"妇女叹口气，"我弟弟虽然不是学医的，但也是热门专业。他就是心野，不肯老老实实找份踏实工作，非要做生意。结果……"

"姐，你说什么呢？"一个声音从郭淮背后意外传来。

郭淮扭脸一望，见到一个30左右的男子，正拎着一个塑料袋从门外走进。

男子经过郭淮身旁时，郭淮略一打量——中等身材、消瘦、清秀。

男子似乎觉察出了什么，目光轻轻一瞥，正好与郭淮四目相对。

两个人在沉默的瞬间里注视彼此。

男子走过，带着埋怨的语气跟妇女说："姐，你就喜欢跟别人说东道西，也不管认识不认识……"

妇女于是不再跟郭淮说话。郭淮见好就收，转身离开。

出了药店，他并没有走远，而是拐进街对面一个隐蔽的胡同里。从手提袋里拽出另外一件外衣换上。隔着胡同的墙，从一个不太容易被发现的角度观察药店门口。

下午四点多钟，那对姐弟关门停业。

他们沿着西面的街道走下去。前面是一个菜市场，郭淮远远跟在他们身后。那对姐弟果然进了市场。

郭淮只好跟着他们走走停停，在来来往往的行人间左转右拐。买完菜之后，姐弟俩继续走了一段路，然后分道扬镳。原来他们不住在一起，郭淮估计，姐姐应该已经结婚生子了。至于那个陈晓松，网名叫 angel face 的男子，他直觉他应该是单身。

angel face

一个男人如果给自己起这个名字，内心中应该有相当严重的自恋情节，甚至有同性恋倾向也为未可知。这让郭淮想到了三名被害人之中有一名男子。

他拉开更远的距离，小心地跟在陈晓松背后。

陈晓松低着头走得很慢，似乎在想心事。他很少抬头打量身旁路过的行人。

通常惯犯的神态举止与常人存在着很大不同，民警们习惯称之为“挂像”。有经验的警察往人群中一打眼就能瞧出来。从这一点上判断，陈晓松相当普通。他即便站在公安局大门前也不会有人注意到他。这也是李东生和局领导不重视他的原因。他们普遍认为，撕脸魔谨慎稳健的作案手段比较符合惯犯的特征。他们更相信凶手是一名外地的流窜犯，因此才倾向于请求市级警局援助。

郭淮却抱有完全不同的看法。

他在警官学院上学时，阅读过众多国内外经典纪实案例。往往越是要案奇案，罪犯的身份越不符合习惯上的认知。现代犯罪行为分析理论的奠基人——美国犯罪心理学家约翰·道格拉斯认为，很多恶性犯罪事件的罪犯在实行犯罪活动前数月、甚至数年已经开始了犯罪计划。这不是说明他们有足够的耐心，而是他们犯罪的欲望与日俱增。很多连环杀手在童年和少年时期就有虐待动物的行为。他们最初也许同许多喜欢恶作剧的孩子一样，会用弹弓和石头打伤邻居家的宠物，但是他们并不满足，他们开始从街上捡回流浪猫、狗，进行更加细致的折磨……假如在这个阶段仍然没有被制止，他们的手段会日益完善。也许在 10 年之后，他们就会在一个活人身上有条不紊地做着当初在动物身上所做的一切事。而心理学创始人弗洛伊德直截了当地宣称，每个人心灵深处都隐藏着一个外表无从看到的罪犯。

郭淮很想知道，前面那个踟蹰独行的人，心底又会隐藏着怎样的真面目？

忽然，他一怔。

就在刚才溜号的短短几秒钟里，前面那个人已经从眼前消失了。

他脑子嗡嗡作响。

街道并不宽阔。左侧是位临火车道的陡坡。右侧是模具加工厂的水泥墙。距离最近的食杂店也在20米开外。那个人能去哪里？

他从来不相信灵异。但在那一刻，却不经意想起叶倩颖讲述的噩梦——那个出现在梦中的没有脸的人。

他马上想到会不会对方发现了自己？

那个人，姑且还能称作做人的话，是不是正躲藏在某个不可思议的地方观察着自己？

原本他在暗处，对方在明处，现在颠倒过来。

他犹豫了一下，没有停下脚步，继续向前走。

对方有可能是一个连男人都杀的人。

“我不会有事的。我怎么舍得丢下这么漂亮的老婆呢。”

“你发誓。”

“我发誓。”

他下意识地伸手摸腰里的枪。

没有。

他这才想起，自己的枪通常都放在办公室抽屉里。

他没有停下脚步，继续向前走。天正在变黑，路上几乎看不到行人。这条街偏偏没有路灯，只有远处几家店铺门窗里的灯光照着灰扑扑的街面。

走了十几步，他印象中那个人就是在这里消失的。

他左右看看，猛然看见原来左侧有一条十分隐蔽的小巷。

想到自己刚才的惊慌失措，不禁哑然失笑。自己早该想到这个的，怎么可能想到了灵异？

那个神经兮兮的女人再次浮现于眼前。

他原以为自己根本不屑于她的胡言乱语，现在看来自己竟然不知不觉地被她感染了。

也许这件案子原本就透着令人难以捉摸的诡谲。

Finding Face

Finding Face

为什么要 finding face？

无人能解。

他走进小巷，有灯光。巷子里有一家小卖铺。

穿过巷子豁然开朗，面前出现了几栋半新不旧的居民楼。

那个叫陈晓松的人就住在这里吗?

天已经黑下来，将他重新隐藏在暗处。黑暗并非总叫人心慌，那要看你在做什么。现在他可以放心地站在楼下观察地形，不用担心暴露。

看情形那个人不会把被害人带到自己家里，那样很容易被邻居发现。这也可以解释，为什么凶手的作案地点都很随机——他的住处不具备让他作案的条件。

为免打草惊蛇，今天到此为止，郭淮默默记下周围的环境，沿着原路返回。想想自己刚才的惊慌，心里还觉得好笑。如果胡新月知道了，不知道会怎么看待她心目中的大侦探。

经过巷口的小卖铺时，他想着买包烟。正要进门时，一个人正推门走出。

他悚然一惊——陈晓松。

陈晓松正低着头走出来，两人几乎要撞在一起。

就在陈晓松抬头看他的刹那，郭淮赶紧别过头去，匆匆走进小巷里。

他心头一阵狂跳，不知道对方有没有看见自己的脸。身后没有脚步声，他意识到对方站在原地没动。他正在注视着自己的背影吗?

郭淮没敢回头。快步走出巷子，一口气走出很远，听背后没有动静，才放慢脚步。他已经汗流浃背。

直到这时，他才意识到自己刚才的表现有多么糟糕。小卖铺里还有人，陈晓松根本不可能在那个时候袭击自己。可是那个时候，他却怕得要死，好像一只狼正在追他。如果他不那样慌张，昏暗中对方说不定认不出自己。现在他或许已经惊动了对方。一切都搞砸了。

他掏出仅剩的一根烟，哆嗦着塞进嘴里。用力攥紧烟盒，狠狠地摔在地上。他都不知道是在恨凶手还是他自己。

接下来该怎么办？

回到家一按门铃，门立刻就开了。胡新月几乎是从屋子里跳出来，一下子抱住郭淮。把郭淮弄愣了。

“你吓死我了，怎么这么晚才回来？我给你打电话你也不接。”胡新月眼眶还是湿的，似乎刚刚哭过。

“我不是去处理案子了吗？就把手机关了，你别多心。”郭淮以为她担心自己又跟那个女人见面去了。

胡新月急道：“我怎么能不担心？我问李队你去了哪里，他说你独自去调查那个嫌疑人了。我都吓死了！你怎么敢一个人去？万一他真是凶手怎么办？我提心吊胆地等到晚上你都没回来。我怕你……”

原来是因为这个。郭淮抚摸小猫似的捋着她软软的秀发。

“这有什么好担心的。我不是跟你发过誓吗？我会逢凶化吉的。”

“你还开玩笑，我是认真的！”胡新月连吓带气，又啜泣起来。

郭淮只好打起精神，搜肠刮肚想到一个笑话，添油加醋地讲出来。

胡新月笑点相当低，一旦笑了，一切就雨过天晴了。

她扬起睫毛上挂着泪珠的眼睛，深情地注视郭淮，扑哧一笑。

她把郭淮拉进屋：“我做了香酥鸡，你再不回来就凉了，来尝尝好不好吃。”

郭淮坐在餐桌旁，看着胡新月忙里忙外的身影，心头升起一股暖意。她漂亮、聪明、对感情专一，又很会体谅人。能让这样的女人为自己担心，为自己落泪，无疑是一件幸福的事情。

餐桌上胡新月忍不住问郭淮调查进展得如何。

郭淮没隐瞒，把情况大致说了一遍。说到自己在巷子里与嫌疑人对面遭遇时，他略加改动，没说自己当时被吓得落荒而逃。

胡新月倒是听得惊心动魄。她目光崇拜，语气却嗔怪道：“你胆子也太大了，连枪都不带。发现情况不妙逃走就是了，何必和他对峙？那种穷凶极恶的家伙，逼急了什么都做得出来。”

郭淮说：“我真正担心的是，万一他怀疑我的身份怎么办？”

“是啊。”胡新月赞同，“你说他行事谨慎细致，那他有可能宁信其有，不信其无。如果他手里有一些不利于自己的证据，他肯定会想办法销毁的。”

郭淮叹口气，道：“我担心的就是这个。按理说我应该立刻打电话通知李东生，派人对他家进行彻底搜查。不过李东生肯不肯听我的还很难说。”

胡新月漂亮的眼睛转悠两下，说：“我倒有一个主意。”

“什么办法？”

胡新月做出为难的表情。

“不过要担点儿小风险。”

凭着对女友的了解，这主意肯定是馊主意。反正郭淮一时间也想不出更好的办法，就问：“你说说看。”

“明天我去陈晓松的药店，如果他在我就想办法拖住他。如果他不在，说明他在家，我就谎称是他过去的女同学，让他姐姐把他找出来。你就在他家楼下守着，他一离开，你就进去……”

“你让我去撬门压锁？”郭淮差点叫起来，果然是馊主意。

“小声点儿。”胡新月忙摆手，“别让邻居听见。”

“再说，即便我有时间进到他家里，你一个人跟他见面也太危险了。”

“我不会跟他单独在一起，要么在药店，要么拉他去饭店。总之是公共场所，人多的地方，他不敢把我怎么样。”

郭淮犹豫。

胡新月倒是信心满满，道：“这是最好的办法了，否则夜长梦多。等他把证据统统销毁，你之前就白忙了。”

“好吧。”郭淮下定决心。

2012 年，11 月 10 日，星期一。

郭淮和胡新月都没想到陈晓松的药店今天放假关门。

两人站在药店门前，面面相觑。

胡新月说：“事到如今，没办法也得想办法。”

白天走上那条偏僻的街道丝毫没有了昨天晚上的灵异感觉。那条小巷依然隐蔽，但也不过是普普通通的一个巷子。郭淮不敢告诉女友自己昨天晚上就是在这里被吓得落荒而逃。

两人花了不少时间才打听出陈晓松住在哪栋楼哪个门牌号。两人在楼前楼后巡视了一圈儿。陈晓松住在二楼靠山墙的一间屋子，透过脏兮兮的窗户看不清里面有没有人。

胡新月索性大着胆子直接去敲门。如果有人应声，她转身就跑。敲了几下，门后居然没有动静。她把耳朵贴在门上听了一会儿，鸦雀无声。

她兴奋地跑下楼找到郭淮。

“他不在家，说不定去他姐姐家了。你正好利用这个机会进去搜查。我给你放风。”

这是一栋 90 年代的旧楼，许多家都是铁皮包门，甚至没有安装门镜。这对郭淮来说可是一件好事。他没费力气就把外门撬开，站在门口听了听，确信里面没有人，他才走进房间。

一室一厅，房间十分简陋。家具也少得可怜，而且颜色款式都很不搭配。

郭淮想起陈晓松的姐姐说，弟弟曾经在 C 市做生意，亏本之后才回来帮她经营药店。看来这是一间租住的房子，家具也都是从各处淘来的旧货。

陈晓松的生活很有条理，物品不多，摆放得整整齐齐。没有单身男人常见的邋遢。这样的人做生意，即便不一定能发财，但也不容易亏本。他不禁想知道陈晓松在 C 市是做什么工作的。

他花了十几分钟就把总共不到 50 平米的房子检查了一遍。没有发现任何有价值的线索，这让他很泄气。

难道自己的直觉错了？

也不排除昨晚陈晓松跟他碰面之后，回家清理掉证据的可能。

但郭淮还是有些不甘心。他走到窗前，看见胡新月正站在楼下，装作散步的样子，观察着四周的情况。他决定花些时间再细致寻找一遍。

卧室里的写字台上放着几本书，郭淮拿起来翻看，都是关于心理治疗方面的书籍，很多地方都用不同颜色的笔做了标记。一个学商贸外语的人居然会如此深入地学习旁门知识，着实令人费解。

其中有一段用红笔圈起的段落这样写道——

由本能的推断，我们可以说，梦是一定有着某种意义的，即使那是一种晦涩的“隐意”用以取代某种思想的过程。因此我们只要能够正确地找出此“取代物”，即可正确地找出梦的“隐意”。

梦的隐意……

郭淮冥想片刻，逐渐发现陈晓松是一个思维相当深刻的人。

他随即有了一个念头。他拉开写字台所有的抽屉，里面有许多书本。他迅速在里面翻找。

思想深刻又沉默寡言的人往往都有一种癖好——写日记。至少是可以表明心意的文字类的东西。

翻到左手边的抽屉时，他眼前一亮，从一摞稿纸下面抽出三个厚厚的蓝色塑料皮的记事本。翻开，几乎每一页都工工整整、密密麻麻地写满了蝇头小楷。他大略一瞥。最初一页的时间记录是 1996 年 3 月 14 日。最后一页的时间记录是 2010 年 12 月 1 日。

他难掩心中兴奋。得到这份东西就能对陈晓松这个人做一个全面的分析。日记几乎是最好的物证线索。让他遗憾的是没有近期的日记记录。他仍然无法知道这个人最近一段时间都在干些什么。

会不会有这段时期的日记，但是被陈晓松销毁或者藏起来了？

他翻开时间最早的日记本，按照时间顺序，迅速浏览起来……

陈晓松的文字风格简洁通顺，读起来很舒适……一幅幅画面逐渐在郭淮眼前浮现。随着阅读速度加快，内容越来越丰富，画面连接在一起，变成了一幕幕情景剧……一个人的日常生活，喜怒哀乐，不为外人所知的内心挣扎，一览无余地展露于眼前……

时间在不知不觉中飞逝……

幸运的话，陈晓松今天晚上都不会回来，那他就有足够的时间了。

正在他全然忘我地进入到那个人的内心世界时，窗外传来了刺耳的叫嚷声。

他一时间还没有反应过来发生了什么事情，几秒钟之后，他猛然怔住，那是胡新月的叫声。

他连忙丢下日记本跑到窗前。看见胡新月正倒在地上，面前站着一个推着自行车的男人。

那男人赫然正是陈晓松。

他惊骇。刚才到底发生了什么？

这时，只见胡新月伸手揪住陈晓松的裤腿，大声哭喊："你把人家撞得这么重。我的脚动不了，肯定骨折了。"

四周已经有人聚拢上来。

陈晓松大声斥责："你这人得讲道理吧。明明是你不好好走路，故意往我车上撞。"

胡新月对周围看热闹的人说："大家给评评理，他刚才说的话有人信吗？"

围观的人明显站在了看似弱势的一方，纷纷说："撞了人就是不对。""就算对方也有责任，毕竟是个女孩儿受伤了，总得送人家到医院检查一下吧。"

有一个多事的小伙子发现胡新月模样不错，凑上来说："姑娘，干脆我背你去医院看看怎么样？"

陈晓松脸红脖子粗，恶狠狠地瞪着胡新月。

胡新月张大泪汪汪的眼睛回瞪他。

双方僵持不下，楼下一片嘈杂。

郭淮站在楼上看着。他还是头一次看见胡新月耍泼。他知道女友是在大声叫喊来提醒自己。陈晓松一定是意外返回，让她措手不及，只好采用这种招数拖延他。

就在这时，陈晓松忽然扭脸望向自己家的窗户。

郭淮下意识地往后一缩，惊出一身冷汗。

他难道已经猜到了胡新月的意图？还是他原本就预料到有人会趁他不在时潜入家中？他现在的突然返回，就像他昨天晚上的意外消失，他的每一个举动都让人难以预料。

就在这时，忽听楼下一阵骚动。只听胡新月大声叫喊："你不能走，怎么能把人撞伤了就逃跑？"

不好。

陈晓松正要上楼，自己再不走就会被堵个正着。

郭淮抓起日记本就往屋外跑。跑到门口又站住了，也许陈晓松也只是怀疑，自己这样做会不会打草惊蛇？可是两手空空地离开他实在又不甘心。

该怎么做？

他头上涔涔流汗。自己居然在紧急关头不知所措了。

楼道里已经传来了急促的脚步声。

他咬着牙，把记事本塞回了抽屉。忽然看见了桌脚的废纸篓，他想都没想，抓起一把，转身跑出卧室。

门锁骤然转动，外门被用力推开。

面色阴沉的陈晓松从门外大步走进。

客厅里没有人，声息皆无，亦如他离开时。

他随手关上门，穿过客厅，走进卧室，狐疑地四处观察。没有发现什么异常。

他走出卧室又在不大的房间里转了几圈，仍然没有发现什么。

他的心这才慢慢放下。

想起刚才那个女人，他眉头又皱了皱。真的是一个意外吗？

看热闹的人渐渐散去，胡新月站起身，拍打衣裤上的灰土。想起自己刚才的泼妇样儿，她都觉得没脸见人。她抬头看看陈晓松家的窗户。很安静。说明郭淮没有被他堵住。他成功脱身了吧？

想到陈晓松现在说不定正站在窗后咬牙切齿地瞅着自己。她决定赶紧离开这是非之地。

她装模作样，一瘸一拐地走进小巷。走出小巷后，回头看没有人跟踪，她才加快脚步，同时掏出手机拨郭淮的电话。电话接通了，说明他已经成功脱险了。

她问："你现在在哪儿？"

"你往右面看，那根电线杆下面。"

胡新月扭脸一看，街边不远处果然有一根歪斜的木头电线杆。郭淮坐靠在电线杆下，头上有一张治疗男女泌尿系统疾病的小广告。

她扑哧一乐，走到他近前说："为了你，本姑娘脏了一条裤子，还装了半天瘸子。你怎么报答我啊？"

郭淮瞅瞅她，说："那还好。"

胡新月装出不高兴，道："你什么意思啊？我弄成这幅惨相，你说风凉话？"

郭淮扶着电线杆站起来。

胡新月问："你这是怎么了？"

郭淮说：“你是装瘸子，我现在是真瘸了。”

“啊？”

“扶我一下。”

看见郭淮一瘸一拐地走路，胡新月也不知该好笑还是该心疼。

“你怎么弄的？”

“他开门时，我还在屋里。”

“那你是怎么逃走的？”

“我从阳台上跳下来的。跳得太急，把脚扭了。多亏是二楼，如果再高两层，我就得坐轮椅了。看来蝙蝠侠还真不是谁都能干得了的。”

回到家，郭淮的脚腕已经肿起老高。胡新月拿出酒精给他揉搓。

郭淮从口袋里掏出一把废纸放在桌上。

胡新月直皱眉，问：“你从哪里捡来的垃圾？”

“如果真是垃圾，那我今天可就白忙活了。”

他拿起一个纸团摊开一看，上面只有胡乱的几圈笔画，可能是笔水不通畅，随便在纸上划的。还真让女友说准了，他叹口气，重新团成团，扔到纸篓里。

胡新月说：“你果然捡垃圾去了。”

他又拿起一个纸团，展开，目光落在上面。

胡新月问：“写着什么吗？”

“没写什么。”

“那你在看什么？”

郭淮把纸递给她，自己又从桌上拿起一个纸团。

胡新月看着手里皱皱巴巴的纸上，用素描的笔法画着一个场景。似乎是一间屋子，但是大部分空间被铅笔涂成灰黑色，以胡新月观察者的角度看，画面底端还有一个似乎长方形的某种物体。在它旁边，一个人正背身站立着。从背影难以分辨那个人是男是女。

“这是你从什么地方捡来的？”她问郭淮。

“陈晓松卧室的纸篓里。”

“这是他画的？他画这些是怎么意思？”

“那幅画画的是一个人站在床前。”

“这是一张床？”胡新月不知道郭淮是怎么看出来的，她又问，“那为什么要涂抹得这么黑？”

“因为是在夜晚。”

“画上的人是谁啊？是他自己吗？”

“谁知道？也许吧。”

胡新月问：“其他几张纸也画着类似的画？”

“嗯。”

“有没有画人的？”

“有。”

“让我看看。如果是一个人的正面，说不定他画的是同一个人呢。”

郭淮把手里的纸递给她。胡新月接过来一看，脸色一下变了。

纸上画着一个正面的半身像，头发被虚化，看不出性别。脸部被铅笔彻底涂成了黑色。

“这……这又是什么意思啊？”胡新月发现自己的声音也变了调儿。

“这是一个人在梦里看见的。”郭淮说。

“梦？”胡新月露出难以置信的表情。

“是梦。”

“你怎么知道是梦？”胡新月反反正正看了看几遍，都找不出郭淮判断的依据。她觉得两个人现在不像是在分析案情，更像是在读灵异小说。

“这的确是梦。因为在我拿到这几张画之前，听见那个做梦的人亲口对我描述过这些场景。”

“做梦的人？”胡新月拿过其余几张纸。

有的画着一张床，床上躺着一个人，床下藏着一个人；有的画着一张床，旁边有一面镜子，床上的人睡着，镜子里那张床上相同的人却坐了起来，背景是一张虚化的人脸，依然看不清五官……

她心有余悸地说：“如果你不说是梦，我还以为是陈晓松自己想象出来的。多么阴暗啊，怎么做出这么可怕的梦？”

郭淮没有回答，似乎在怔怔发呆。

胡新月说：“做梦的人肯定不是陈晓松。那又会是谁？”

她抬眼看着郭淮："是你头两天见面的那个女人吗？"

郭淮从沉思中惊醒。他原本不想告诉女友这些，没想到胡新月居然猜到了。他只好点头，说："她神经兮兮的，就喜欢给人讲她做的噩梦。"

"那陈晓松又怎么会知道这个女人的梦？"

"具体我就不清楚了。但我们知道他们是通过网络认识的，也许是那女人告诉他的。"

胡新月小心地把跌打药膏贴在郭淮肿起的脚踝上，她说："这件案子很古怪。"

郭淮抬眼看她，道："古怪？"

"我们现在怀疑陈晓松，可是这个女人又是怎么回事？"

"你是说那个神经病？"

胡新月拿过那张画着半身像的纸，指着那张漆黑的脸说："为什么会这样？"

"她说在梦里看见的脸就是一团漆黑。"

"也就是说，这个梦里的人没有脸。"

"的确。"

"三名被害人都被剥掉了脸皮。而这女人梦见的人也没有脸皮。哪会有这么离奇的事情啊？"

"她说她能在梦中预见凶手杀人。"

"有这等事？"胡新月难以置信地睁大眼睛看着郭淮。

"原本我也不太相信。可是她在梦中知道的很多细节与我们的案情都很吻合。"

"原来如此。"胡新月想了想，"那我们再来说这幅画，你还记得三个被害人的死亡现场写着的英文字吧。"

"Finding face。"

"Finding face——寻找脸。为什么要寻找脸呢？"胡新月指着手里的画，"是不是没有脸才会寻找脸……"

第四章 寻找脸皮的人

胡新月指着那副没有人脸的素描画说，是不是没有脸才会寻找脸？

郭淮被触动，受伤的脚无意中落到地上，疼得他呲牙咧嘴。

他说："所有的死者都被凶手撕掉了脸皮。从现场来看，finding face 是指被害人而言。正如你所说，没有脸才会寻找脸。但问题在于，凶手为什么要布置出这种复杂的犯罪模式？"

犯罪模式是指罪犯在犯罪现场中所表现出来的，可以作为证据的整体和其独特的行为特征。这些特征可以用来研究罪犯的犯罪意图和个性倾向。

胡新月问："李队他们都怎么看？"

"他们认为凶手撕脸和留下英文纯粹是为了发泄变态欲望。如果套用犯罪心理学的学术用语，这种行为称之为行为标识。"

"行为标识？"

"细讲起来，话可就多了。简而言之，就是一个人独有的行为特征。在犯罪活动中往往表现在下意识做出的不必要的行为。通常用它来确定罪犯的性格。"

胡新月点点头，又摇摇头。"这样说来，我倒不认为凶手这样做仅仅是为了宣泄暴力。"

"怎么说？"

"因为我觉得他的意图太明显了。"

"意图明显？"

"如果只是凶手下意识的行为，应该表现得比较模糊、随意才对。"

“等等……”郭淮吞咽一口唾沫，“你从哪里知道这些的？”

“看侦探小说啊。我说得不对吗？”

郭淮没说话。现在的侦探小说都赶上教科书了。他上了那么多年学，难道比不上看两本小说？

胡新月继续说：“本案的凶手不管是撕掉死者脸皮还是用死者的血写字，都需要花费很长时间耐心地做。这绝对不是不经意的行为，也不必做得这么精细。他这样做是在传达他的意图。他有明确的目的性。”

郭淮琢磨着女友的话，问：“按照你的思路，凶手形成的犯罪模式，就是通过撕掉死者的脸皮和对应留下的英文 finding face，来显示‘被害人找脸’的意图。可是这个意图该怎样解释呢？在这个犯罪模式中，凶手又在扮演什么角色？”

胡新月重新拿起那张没有人脸的素描画。

“姑且不说那个女人的梦是真是假，但是，这画却给我提供了另外一种犯罪假设。”

“另外一种犯罪假设？”

“这幅画上画的这个人无论怎样看都不像是被害人。那么在现实中，凶手所说的 finding face，也可能不是对被害人而言的，而是对凶手而言的。”

郭淮着实吃了一惊，难以置信地看着女友。

“有这种可能？”

“如果是这种可能，在你刚才所说的犯罪模式中，凶手就有了角色——他在 finding face。那些被害人就成为了他表明意图的装饰品。”

“尽管如此，新问题又出现了。他为什么要 finding face？”

胡新月揉着太阳穴说：“这个我就想不出来了，要靠大侦探你的本事了。”

的确，以胡新月的角度分析的案情更加合理。他要面对的是一个寻找脸的凶手。

胡新月又给了郭淮一个建议：“我觉得，你不应该轻视那个做噩梦的女人。”

郭淮打趣道：“你该不是想等她做梦梦见那个凶手长什么样吧？”

“那倒不是。”胡新月神情郑重，“我总觉得她跟这个案子有很深的渊源。”

“根据是什么？”

“感觉。”

听说市公安局下派的专员这两天就能到，郭淮脚伤还没全好就一瘸一拐地开始了调查工作。他决定采纳胡新月的建议，找叶倩颖重新了解一下情况。他甚至准备了录音笔，准备暗中把她说的话统统录下来，回来后仔细分析。

让他颇感失望的是，叶倩颖的手机一直无人接听。他回想上一次两人分手时的情形，气氛还算融洽，对方不可能故意回避他。如果不是这个原因，她为什么不回复？

突然，他想到了一种不太好的可能。

难道……

忽然响起的手机铃声把他从胡乱的思想中拉出，他接听手机："有什么事儿吗，老婆？我现在……"

听筒那头传来女人冷冷的质问："谁是你老婆？"

不是胡新月的声音。

他一愣："请问你是？"

对方说："你用几十通电话骚扰我，现在又装作不认识了吗？"

"原来是叶小姐。"他心头一喜。

"以后可千万别再称呼错了。"叶倩颖冷冰冰地提醒。

"你这两天干什么去了，我打了那么多通电话你都没接。我正担心你呢。"

叶倩颖顿了一下，然后说："居然还有人担心我？真的假的？如果我死了你会不会难过？"

郭淮说："你年纪轻轻可不要乱说话。你如果遇到什么难处可以告诉我，我会尽力帮助你的。"

叶倩颖又不吭声了。

郭淮问："你不回我的电话，是不是出什么事了？"

过了好半天，叶倩颖才声音沙哑地说："我又做噩梦了。"

"那个人又出现在你床前了？"

"这次不是。"

"不是？"

"这次的梦不一样。我梦见……"

她沙哑的声音开始变得飘忽。郭淮不禁想起头两次见面，她讲述梦境时那种雾气笼罩的眼神。

“……我梦见我去了一个很远很荒凉的地方……天上下着雨，冰冷刺骨，四周只有浅色的砂地、泥板岩的山壁、枯黄的杂草……我一个人在那个空旷的地方游荡，看不见一个人……只有我一个人走着……”

郭淮知道她又犯了癔症，想打断她，最后还是忍住。

“我走啊，走啊……”叶倩颖絮絮地说下去，“我不知道我要去哪里，好像两条腿根本不听我的摆布，它们似乎要带我去什么地方……”

郭淮故意咳嗽了一声。

他说：“叶小姐……”

“嗯？”电话那头的叶倩颖似乎仍然在神思飘游。

“我们现在可以见个面。见面时你再详细地讲你的梦，你看好不好？”

沉默了一会儿，叶倩颖说：“不好。我现在不能跟你见面。”

“为什么？”

“不为什么。”

“说不定我现在能帮你摆脱那些可怕的梦呢。”

“嗤——嗤——”电话那头传来叶倩颖神经质的笑声。

“你帮不了我。”她说。

“你现在在哪里？”

“你帮不了我。”

“你能不能告诉我，你在哪里？”

通话忽然中断。

“这个疯女人！”郭淮恨恨地骂。

他已经走出家门，正靠着十字路口一根电线杆。他没有料到叶倩颖居然会拒绝他。望着熙来攘往的行人和车辆，他脑子里一片混乱，理不出头绪。接下来该怎么办？

也许现在最好的选择是陪女友在家里看电视。

但他总觉得有什么地方不对劲，他感觉到了一种潜伏的危险。

他点了一根烟，抽到一半的时候，脑子里渐渐形成了新的思路。他给局里分管户籍的办公室打了一通电话。

“你们帮我查一查一个叫叶倩颖的人，查查她家是干什么的。”

十几分钟后，办事员回复：“叶倩颖的父母是台湾人。”

“台湾人？”郭淮显得很吃惊。

“档案里是这样写的。他们夫妇来大陆做生意，后来就在本地定居下来，已经有将近20年了。”

“他父母现在是做什么的？”

“档案上只记载了房地产开发商，具体的就不清楚了。”

“你把她家的电话和家庭住址都给我。”

郭淮拨通了叶倩颖家的电话，接电话的人自称是叶家的女佣。

还真是有钱呢，郭淮嘀咕。他问：“叶小姐在不在家？我是她一个朋友，听说她最近身体不舒服，方便的话我想去探望一下。”

女佣说：“叶小姐已经两天没有回家了。”

“什么？”郭淮一惊，“那你知道她人在哪里吗？”

“这个我可不知道。兴许是去了朋友家。”

两天没回家……那她刚才从什么地方给自己打来的电话？

他又拨叶倩颖的手机，这一次始终没有人回应。

她不肯接自己的电话，也不愿跟自己见面，她说自己正在被噩梦困扰，那她现在又能干些什么呢？

也许只有等那个疯女人亲自来告诉他，否则他永远猜不到她的想法。

这条线索行不通，他决定开始第二条线索。

好在县城不大，没用上半小时，他就走到了目的地。这一次他站在更远更隐蔽的地方——窥视那家药店。

他不确定陈晓松现在在不在店里。陈晓松家他是不敢再去了，说不定对方已经记住了自己的脸，必须避免跟他直接接触。

前三次作案，每个作案间隔大约一周左右，现在距离第三名死者女中专生被杀刚好一周。

对于连环杀手的调查统计，存在着一个时间上的显著特征——越是作案间隔规律的罪犯，他们的作案间隔会随着次数的增加而缩短。从最初频率的一个月可能发展到几天作案一起。当他们的欲望越来越无法得到满足时，就会失去最初的冷静，开始铤而走险。这也是连环杀手们落网的主要原因。

那种想重复杀人的欲望越来越难以忍受了吧？

郭淮死死盯着药店门前。

那个狡猾又冷静的人，到底还能隐藏多久呢？

手机发出了短信提示音。他打开一看，是胡新月发来的——

“千万要小心。需要我时，随叫随到。”

他的心被温柔地触动了。

当他重新抬起眼睛，远处的视野中出现了一个久候的身影。

陈晓松走出了药店。

郭淮心头一震。他果然在这里。

他也悄然离开了藏身地，远远地跟在陈晓松身后。陈晓松走得比以往快。郭淮受伤的脚一瘸一拐，跟得有些吃力。

陈晓松并没有走回家的方向，他穿过一条马路，走进一条小街。郭淮看不出他想干什么。又走了五六分钟，陈晓松忽然停下，转身往回走。

他这一下出人意料，再次惊到郭淮。他忙不迭地转身蹲到一个地摊旁。地摊正在甩卖锅碗瓢盆，好些人蹲在那里挑拣。郭淮混在这些人当中，也装模作样地拿起面前几个不锈钢饭盆，翻来覆去看着，心里却在七上八下地想着陈晓松。

他偷眼往身后瞄。陈晓松刚刚从他身旁经过，距离他不过三四步远。这种惊险让郭淮既紧张又亢奋。

陈晓松明显放慢了脚步，东张西望，似乎在找寻什么。

看样子他并没有发现自己，郭淮长出一口气。他瞅着陈晓松的背影，也想知道他到底在找什么。

陈晓松微微一站，快步走进街左侧一家商店里。

过了五六分钟，他拎着一个塑料袋离开，沿着来路返回。

郭淮没有继续跟踪，他等陈晓松走远了，才从地摊旁站起身。拖着又麻又疼的脚，来到陈晓松刚才走进的那家商店门前。抬头一看，是一家五金百货商店。

他推门走进，商店里面比门面看上去要大一些。

他正在东张西望，一个矮胖的中年男人从货架后面捧着一大卷胶皮管绕出来。他问："你要买什么？"

郭淮说："我想向你打听刚才进来的那个人。他来买什么？"

店主眯缝起小三角眼，用怀疑的眼神上下打量郭淮。

郭淮只好亮出警官证。

店主马上变了表情，他心虚地问："刚才那个人他怎么了？"

"这你不用管。"郭淮说，"你只要告诉我，那个人在你这儿买了什么东西就行了。"

店主说："他买了一截铁链，一把小刀，一卷儿宽胶带……对了，还有一把锥子。"

"就这些？"

"就这些，没错。"

郭淮沿原路回到药店附近，继续蹲守。陈晓松一下午都在药店，直到晚上四点种才下班离开。

郭淮注意到，他手里没有拎着那个塑料袋。他远远地跟着陈晓松，看见他拐进那个隐蔽的小巷才停住脚步。

他一下午都在心里琢磨陈晓松去五金店买的那些东西。他预感到陈晓松想干什么，但他想不出能是什么事情。

晚上回家，他把今天的发现告诉了胡新月。胡新月也很费解，她想了半天，才说："会不会是他又想作案了？"

郭淮脸色阴沉，道："这也是我担心的。可是他买的东西太奇怪了。如果要作案，绳子不是比铁链更方便吗？买刀子可以理解，买锥子又该怎么解释？"

胡新月想了想，脸色变得有点儿苍白。她似乎想到了什么可怕的事情。

"也许，也许他是一个变态呢？侦探小说里涉及的那些变态杀人案很多都是根据实际案例改编的。那些作案手段都不是常人可以理解的。这个杀人撕脸的罪犯肯定也不是正常人，常人怎么可能使出那么恐怖的手段？"

郭淮不吱声了。

在陈晓松的眼睛里，这些东西一定都有用处。

你之所以无法理解，因为你还没有走进他的内心之中。

11月10日，星期四。

郭淮天不亮就来到县公安局。拿出抽屉里那把64式手枪带上。

他独自一人来到陈晓松的住宅楼。

绝大多数人才刚刚起床，他躲进对面的楼洞里。8点左右看见陈晓松走出住宅楼。

郭淮尾随他来到药店。看着他开门走进，他才又绕到昨天蹲守的地方潜伏起来。他预感到陈晓松在这一两天就会采取行动。他会片刻不离地盯住他，直到他露出马脚。

陈晓松的姐姐今天没来，只有他一人在照顾药店。也许今天他不会有什么动作。

郭淮忽然冒出一个念头，陈晓松的姐姐是否了解弟弟的隐秘？他回忆着跟那个女人交谈时的情形，从她的神态举止上看不出惴惴不安的样子，很可能陈晓松连她也瞒过了。这样说来，他所面对的人比他想象中更加克制而谨慎。

这场较量演变到最后成了忍耐的比拼。

嫌疑人泰然自若地坐在药店里上班。

警察目不转睛地潜伏在角落里。

郭淮隔一段时间就会机械地看看手表。电子数字悄然改变……不知不觉，日影移动到头顶，接着向西偏斜……陈晓松仍然待在药店里不肯出来。郭淮的肚子开始咕噜噜叫唤，他从睁开眼皮到现在一口饭都没吃。他有了一种被愚弄的感觉。

陈晓松会不会在故意戏耍他？

难道自己又在什么地方露出了破绽？

他实在有些沉不住气，于是走出胡同，从侧面街道绕到药店门前。这时正有两位情人模样的顾客推门从药店里走出。就听那女的抱怨：“真怪。大门开着，人没影了。哪有这样做生意的？”男的说：“都让人偷光就有他哭的了。”

郭淮大吃一惊。拉住那个男的就问：“里面没有人吗？”

对方被他弄的不知所措，结巴着说：“是，是呀……你……”

郭淮丢开他们，推门走进药店。

柜台后面没人。

他一眼落在那扇通往里屋的门上。他伸手一推，门就开了。

里面只是一间普通的屋子。干净卫生，有一扇隔帘，后面有一张办公桌。出乎郭淮意料的是，办公桌旁边还有一扇门。他推开门，竟然通向屋外一条胡同。

这让他始料未及。

陈晓松无疑是从这里离开的。

他去了哪里？

他回头看着陈晓松坐过的办公桌。发现上面放着几张涂涂抹抹的纸，旁边有几管笔。纸上的图案很像一幅画。

他拿起最上面的纸，上面画着一截锁链。下面一张纸用黑笔涂着很重的一个粗道，一端很尖，另一端粗了好几倍。他认出来是一把锥子。

他立刻想到了陈晓松昨天去五金商店购买的那些东西。他几乎一整天都待在药店里，就是一直在画这些东西？

抽出最下面那张纸。那是一个人的半身像，这个人的脸没有被涂成黑色，能辨认出性别，能辨认出五官……

这是一张女人的脸。

郭淮注视着那张女人脸，猛然想到了一个人。

他立刻推门跑进胡同，一直跑到大街上。毫无目的地四处张望。

房间里那张画着女人脸的纸静静地飘落到地上。呆板的五官没有表情地看着外面……

第五章 擒凶

昨天晚上，郭淮跟踪陈晓松回家时，注意到他手里没有拎着从五金店里买回的那些东西。他把那些东西放在了药店里，可是现在在药店却找不到。那么，陈晓松是拎着它们出去了。

他肯定要用到那些东西。

郭淮用那只没受伤的脚狠狠踢翻街边一个垃圾桶，那只扭伤的脚却跟着疼起来。

他骂自己蠢。早该想到的，他早该猜到陈晓松要干什么。

现在陈晓松离开了多久？

他去哪里了？

他抓着头发，在街口发疯似的转着圈子。

他掏出手机飞快地拨了一个号码。关机。他又给那人的家里打了电话。接电话的仍然是那个女佣，说小姐一直都没回来。

接下来怎么办？

他尽量克制自己的焦躁。慢慢来，他告诫自己，慢慢来……想想是不是什么地方被忽略了……好好想一想……

他转身走进胡同，从后门回到陈晓松的药店。药店里仍然没人。他找的不是人，走到药店正门，他一眼看见了门口停放的自行车。

他灵光一现。对，就是这个。

陈晓松没骑自行车，也没有锁门，说明他去的地方距离药店不会太远。他甚至做完事情之后还有时间回到药店。像往常一样等到下班时间，悠闲自得地从正门离开，好像他一整天都待在药店里。没有人会怀疑他，包括监视他的警察……

如果将他去的地方进一步缩小范围呢?

三名被害人。第一位，个体老板，死在自家车里。第二位，歌厅小姐，死在自己家中。第三位，中专生，死在旅馆里。

这说明凶手作案时对地点并没有特别的要求，只以方便为原则。叶倩颖的家据这里很远，家中又有人，可以排除在外。选择叶倩颖的车作案就要把车开出很远，考虑到陈晓松还要返回药店，这种可能性几乎也可以被排除。当然更不可能选择在陈晓松家里。这样说来，最有可能的仍然是旅馆。

郭淮拨通公安局的内部电话，他以药店所在的街道为圆心，画了一个五里地半径的圆。他告诉对方："你去给我查一查城区地图。以解放三路为基准，查一查五里地范围内都有哪几家旅店，越不起眼的越好。就像你们平时抓嫖娼通常去的那些地方。"

对方开玩笑："小郭，你脑袋开窍啦，什么时候改行做起了基层的……"

他急了："别问那么多，赶紧给我去找！"

对方被吼得不敢应声，立刻照办。很快就有了结果，按照郭淮的要求，一共查到了三家小旅店。规模都不大。

对方在电话里疑惑："小郭你去执行任务吗? 没听说今天安排行动啊?"

郭淮没工夫跟他解释，挂了电话。今天是他一个人的任务。

房间里，他用铁链绕在女人的脖子上，一段用锁头锁在床头暖气管上。

女人的呼吸微微急促起来，她有些紧张。

陈晓松轻声问："你觉得难受吗?"

女人没说话，眼睛睁得大大的。

陈晓松扯出一条胶带，缠绕在女人的手腕上，然后固定在一端床脚。他又开始固定她另外一只手。女人没有抗拒。她的眼神又开始变得涣散，好像完全不在意在她身上所发生的一切。

陈晓松把她绑成一个十字，躺在床上。

他问："需要我给你脱靴子吗?"

她没说话，安静地看着床前的男人。

他轻轻褪下女人的鞋袜，端详了一会儿。“你的脚很小，很漂亮。”

他说着从塑料袋里取出一把刀，放在女人脚边。接着取出一柄锥子，挨着刀子放下……

郭淮首先找到最近的一家旅店。距离不算远，位置却很偏僻，简陋得好像贫民窟，他很难想象在这种地方开旅店会有顾客上门。

他向登记台的服务员描述了叶倩颖的大致形象。这样时髦又漂亮的女人在县城里还是比较引人注目的。

服务员矢口否认。

还剩下两家旅店。此时天已经快黑了。不祥的预感在郭淮心中越来越强烈。最坏的一种可能是，陈晓松现在已经回到了药店。郭淮在这里急得焦头烂额，而他正像往常一样悠闲地走在回家路上。

郭淮现在都不知道自己应不应该放弃。

叶倩颖安静地躺在床上，脖子上拴着铁链，双手分开被绑在床脚两端。她没有表现出多么恐惧，眼中的雾气反而更浓了。

陈晓松拉上了窗帘，房间里顿时变成黑暗。

他拿起床上的刀，用一块手帕轻轻擦拭。

叶倩颖努力睁大眼睛，对面人的轮廓依然模糊不清。

陈晓松慢慢转过身，背对着叶倩颖。

那梦中的一幕忽然再现……

那个站在她床前的人……

那个看不见脸的人……

叶倩颖本能地开始挣扎，铁链被用力扯动得“哗啦，哗啦”直响……她的双手被牢牢绑住，无法动弹。直到此时，在她眼中才显露出深深的恐惧……

郭淮听天由命地走向其中一家旅店。这家旅店靠近街边，并不难找。他向老板描述起叶倩颖的外貌，对方连连摇头。

郭淮发现他眼神有些飘忽，就一巴掌拍在柜台上，道：“如果你敢肯定那女人没来过这里。万一出了事，你就是同犯！”

老板见过世面，并没有被恐吓住。他说："民警同志，我开店向来遵纪守法，绝对不会搞那些卖淫嫖娼的违法活动。那个向你举报的人要么是跟我个人有仇，要么就是在忽悠你。”

说着，老板就从柜台里掏出一打儿钱，不由分说地往郭淮兜里塞。

郭淮说："你干什么？”

老板嬉皮笑脸："民警同志辛苦，就当是买包烟的。”

他误会了，让郭淮哭笑不得。

郭淮推让，老板非要给钱，两人正在纠缠之际，什么地方突然传来一声另人惊悸的惨叫。

两个人不由自主地停住。

郭淮问："你听到了吗？”

老板咽了口唾沫，点点头。

郭淮说："好像从楼上传来的。你楼上有住宿的女人吗？”

老板说："不到 3 点钟时，有一对男女来住店。那个女的跟你刚才提到的女人有点儿像。”

现在已经 5 点了。

郭淮从腰里拔出手枪。

“你立刻带我去他们的房间。”

老板这才意识到情况有多严重，两条腿不由自主瑟瑟发抖。

郭淮一面检查枪里的子弹，一面说："你不用担心，指给我房间就可以了。其余的事情我来处理。”

老板用力吞咽："民……民警同……同志，那个男的，也……也有枪吗？”

郭淮说："他用不着枪。他徒手就能把人脸撕下来……”

“啊？”

两人走到二楼楼梯口，老板说什么都不敢往里走了。他指着靠里面第二间房说："就是那儿。”

郭淮立刻冲到了门前。

他攥住门把手一推，锁着。

他后退一步，往门上狠狠踹了一脚。脆弱的胶合板门应声断裂。

他举枪冲进房间。

房里景象赫然在目。

昏暗的光线中，一个人跪坐在床上，手里攥着一把刀。他身下躺着一个被绑的女人。

就在郭淮破门而入时，床上被惊动的人转过脸。正是陈晓松。

“把手举起来！”郭淮大喝一声。

陈晓松肩膀一颤。突然从床上滚到地上，然后一咕噜爬起，钻进了旁边的卫生间。

整个过程快得不可思议，好像他早有准备随时逃跑似的。

郭淮跑进卫生间，陈晓松不见了。

有一扇窗开着，窗外是街道。

郭淮把身子探出窗外，看见一个背影正沿着街道狂奔。

郭淮深深呼吸，举枪瞄准。

陈晓松奔跑的姿势十分矫健，眨眼之间已经跑出了 20 米。

枪响了。

陈晓松的身子栽了两栽，歪歪斜斜地继续向前跑。郭淮本想再开一枪，犹豫了一下，把枪放下了。

房间里传来叶倩颖嘤嘤的哭声。这个神经兮兮的女人似乎直到此时才意识到自己刚刚经历了怎样的凶险。

陈晓松被子弹打中后，又挣扎着跑了一段路，终于体力不支摔倒在地。郭淮给公安局和医院打了两通电话。

10 分钟后，急救车赶来把陈晓松拉走。叶倩颖没有受什么伤，被民警带到了公安局做笔录。郭淮没有跟去，他感觉十分疲倦，便一个人回了家。

胡新月开门看见他的模样吓了一大跳，问出了什么事。

他淡然一笑：“结束了。”

“结束？”胡新月稍稍一怔，眼睛里现出了光彩，“你把陈晓松抓住了？”

郭淮说：“还应该感谢那个疯女人。要不是她引出了凶手，我也不会这么快抓到那家伙。”

胡新月给了郭淮一个熊抱。

“那么，大侦探，案子结束了是不是可以继续申请假期啊？咱们的年假还没过完呢。”

现在无论胡新月说什么，郭淮都说好，他只想好好歇一歇。至于陈晓松的案子，余下的交给李东生去处理吧，郭淮不怎么在乎记功授奖那些事。

胡新月一口气做了五道菜，好像过年一样，酒也摆到了桌上。可是酒还没等喝到嘴里，公安局那边就打来了电话。打电话的是李东生。

郭淮首先问："陈晓松没死吧？”

“没有。”李东生电话里说，“你打伤了他右腿。子弹连骨头都没伤到，碰到了一根血管，血流了不少。”

“唔。”郭淮听出李东生的声音里没有兴奋的意思。

他正纳闷，李东生说："你现在来局里一趟。”

郭淮说："今天我就不去了，队长你看着处理吧。审讯陈晓松最快也得等到明天才能进行，让我歇一晚吧。”

他原以为李东生会答应。没想到李东生的口气变得十分严肃。他说："什么都别说了，你现在赶紧过来。”

郭淮一愣，问道："出什么事情了吗？”

李东生冷冷地说："你过来自己看吧。”

“看，看什么？”

“那个被你救下的女人。”

李东生挂断电话，郭淮如坠云里雾里。

他飞快地穿好衣服，胡新月问："怎么了，不是说不用过去了吗？”

郭淮来不及解释，也不知该怎么解释，匆匆离开家门。

一路上他都在脑子里回想整个案发经过，找不出有什么差错。凶手被擒获，被害人被成功解救。刑事案件中最重要的两点他都做到了。

李东生到底是怎么了？让自己看那个神经兮兮的女人干什么？

他一头雾水地来到县公安局，一进门就感觉气氛不对。

负责撕脸魔凶杀案的警察们都到齐了，一个个表情严肃，似乎都在等他。看见他走进办公室，所有人脸上都不易觉察地浮现出某种深意。

“你来了。”李东生冷冰冰地打招呼。

郭淮点头，随即问：“到底发生了什么事？”

李东生说：“刚才我给叶小姐做笔录。让她复述案发经过……”

“那又怎么了？”

“她跟你说的完全不一致。”

“什么？”郭淮一瞬间没听明白。

“叶小姐说，陈晓松没有伤害她。”

“什么？”郭淮惊得说不出话，随即冷笑，“她明明被凶手绑在床上。我亲眼看见陈晓松手里拿刀，正要对她行凶。我命令陈晓松举起手，他跳下床，翻窗逃跑。我才会开枪射击……”

“你说的都是真的？”李东生怀疑地看着郭淮。

郭淮被气笑了：“这我怎么可能胡说八道。现场不是有凶器吗？”

他侧脸对一个刑侦科的年轻民警说：“小赵，在现场时我不是让你把锁链、刀子那些物证仔细收好吗？”

赵庆连忙点头：“是这样，郭科长。我把那些物证都放在化验室了。”

郭淮回头对李东生说：“说真说假都没用，就用证据说话。化验一下刀柄和锥柄上的指纹，就知道那些东西是不是陈晓松拿过的了。叶倩颖说她有没有被挟持。化验一下铁链和胶带，捆绑她时，那些东西上会很容易留下她的皮屑和毛发。你要人证我也有，我在上楼解救叶倩颖之前，和旅店老板都听到她发出的惊叫声。”

“但是她并没有受伤啊。”李东生说。

郭淮没好气地反问：“难道我先等凶手扎她两刀，或者正在撕开她脸皮的时候再进屋救人？”

李东生脸上微微发红，也知道自己刚才的话说过头了。他友好地拍拍郭淮的肩膀，说：“我们都知道你最近工作十分辛苦，抓撕脸魔你立了头功。问题就是那个被害人的证言让我们也挺为难。”

郭淮冷哼一声：“她原本就是一个神经不大正常的女人。她的话颠三倒四，你们也能相信？陈晓松选定她作为目标已经不是一天两天了。我早就提醒过她小心，她根本置若罔闻。”

李东生打哈哈说："别闹情绪嘛，谁让我们干这行呢。"

郭淮说："队长你放心吧。把物证检验完之后一切就落实了。铁证如山，不容陈晓松不认罪。"

他这样一说，李东生也放宽了心。办公室里原本紧张的气氛随之缓和下来。

郭淮心里却堵了一个疙瘩。

他实在没想到问题居然出现在叶倩颖身上。

这个女人真的疯了不成？

11月11日，星期五。

郭淮昨天一夜都没有睡好。今天早早来到县公安局实验室，着手对案发现场收集的物证进行化验。

他要做指纹鉴别化验与皮屑、毛发化验。化验难度不算高，他很有把握。

指纹鉴别是刑侦技术的基础学科。案发现场的指纹可划分为三大类：明显指纹、成型指纹、潜伏指纹。

明显指纹指目视可见的纹路。比如手沾油漆、血液、墨水等物品转印而成。

成型指纹指手接触柔软物质印下的痕迹。比如手接触粘土、蜡烛等压印而成。

潜伏指纹指经过身体自然分泌物，如汗液，转移形成的指纹。这类痕迹通常肉眼很难发现。往往要通过技术处理才能够显露出来。

郭淮带上乳胶手套，端坐在试验台前，首先从物证袋里拿出那把刀子。

刀已经开了刃，很锋利，上面没有血迹。

郭淮昨天破门而入时，因为房间挡着窗帘，光线昏暗，他没有看清叶倩颖是否受伤。也许他真的去早了，他应该等着陈晓松割开她那张漂亮脸蛋儿再动手救人。

刀柄是光滑的硬塑料，属于非吸水性物质。检验这类物体上的指纹比较容易。郭淮拿过磁粉瓶，把铁粉均匀地喷涂在刀柄和刀鞘上，然后，拿一块小磁铁来回扫刷。很快刀柄上出现了一大块黑色的纹理，能够清晰地辨认出掌纹与五根手指，那是右手握住刀柄的形状。刀鞘上也出现了类似的纹理，是左手的指纹。他拍下照片后，把刀子放回物证袋。

虽然锥子柄是木制的，但是因为镀了一层漆皮。所以仍然属于非吸水性物质。郭淮用同样的办法收集到了几乎完整的指纹。

他拿来昨天晚上给陈晓松做的指纹卡。两相对比，完全一致。

从铁链与胶带上寻找毛发和皮屑要费事得多，郭淮打开紫外灯，在紫外线光的照射下，花了两个小时做完一切。他把搜集到的细微毛发放到电子显微镜下观察。毛发较短、弯曲，横截面呈三角形，这是人的体毛。毛发上还有完整的毛囊组织，再花上一点儿时间，他能把 DNA 检测出来。

那些皮屑也都是来自人体表皮。那是脖颈与铁链摩擦时留在上面的。

直到此时，郭淮彻底松了一口气。

他拿着化验结果找到李东生，李东生如获至宝："有了这些，不怕陈晓松不认罪。"

郭淮异道："陈晓松不肯认罪？"

"你昨天回家以后，我就派人去医院对他进行连夜突审。那家伙狡猾得很，仗着自己有伤，装疯卖傻，不管问什么都一声不吭。直到今天早上，他开口说的第一句话就是'我没犯罪'。"

"会有这种事情？"

通常情况下，凶狠残忍的罪犯在被捕的第一时间往往还处于亢奋状态，他们很容易坦白交代所犯下的一切罪行。在被关押一段时间后，很多人冷静下来，恢复了思考能力，于是出现了翻供现象。刑侦人员的物证以及目击者的证词就显得尤为重要，往往在最后时刻起到决定作用。

然而，像陈晓松这种作案时遭捕，面对干警们的突审还能保持极端冷静的角色实属罕见。

郭淮问："被害人叶倩颖那边呢？"

"她昨天晚上做完笔录就回家了。"

"也就是说她的笔录上写着她不承认陈晓松伤害她？"

李东生点头，说："所以我说，你的物证结果至关重要。"

郭淮心头火起。

"那也不能就这样算了。派人去把她接来，我要亲自问她。"

11：25

民警开车把叶倩颖从家接到了警察局。

米色风衣裹着修长的身材，配上高跟皮靴，步态款款，长发飘摆，无论走在哪里都惹人注目。

看见郭淮，叶倩颖绽放出友好可人的微笑。

郭淮铁青着脸，一句话都没说。

他推开一间办公室的门，让叶倩颖进屋。随手拉来一把椅子，让她坐下。

郭淮斜坐在桌子对面。先冷冷地注视了女人一会儿，才说："叶小姐，你知道我为什么找你来吧。"

叶倩颖不解地看着他，问："为什么？我不知道。"

郭淮差点儿抓起桌上的茶杯摔在地上。他强压满腔怒火，说："是关于你昨天做的笔录。"

"那不是做完了吗？有什么问题？"

女人的表情很无辜。

郭淮冷笑道："你在做笔录时是怎么说的？"

女人瞅着他，似乎不明白他的意思。

郭淮说："昨天发生的一切你都记得很清楚吧。虽然你经常精神恍惚，不应该连刚刚经历了什么都记不住吧？"

叶倩颖说："我记得啊。"

"你跟陈晓松是在网上认识的，本地的交友网站，对不对？"

叶倩颖点头。

"他的网名叫 angel face。自称懂得一些医术，是吗？"

叶倩颖点头。

"你很信任他。所以他约你出来时，你没有拒绝。"

叶倩颖点头。

"你们昨天是怎么碰面的？"

叶倩颖似乎还想点头，忽然意识到自己正在被提问，她想了一会儿说："他跟我约了一个地点，就在……就在那家旅店不远处的交通岗。我们见面之后，他就领我去了那家旅店。"

"然后呢？"

"然后……"叶倩颖脸色一红，似乎难于启齿。

郭淮替她把话说下去："他命令你躺在床上，开始捆绑你。"

叶倩颖咬着嘴唇，慢慢点了下头。

"你没有挣扎。因为他拿出了刀，是吗？"

叶倩颖说："我觉得他不会伤害我，才让他绑我的。"

“接下来他做了什么？他做了什么吓得你尖叫？我在屋外都听见了。”

叶倩颖俏脸霎时变得惨白，说：“他……他当时站在床前，背对着我……当……当时的屋里很昏暗……我看见他的背影，他站立的姿势……分明就是……分明就是我在梦里看见的那个可怕的人。”

叶倩颖眼神直勾勾地瞅着一面空白的墙壁，仿佛墙上隐藏着什么东西。

郭淮抬手在她眼前晃晃：“嗨，看这里。”

叶倩颖这才把目光慢慢转回到他身上，眼中的恐惧一览无遗。

郭淮说：“然后，他拿着刀子向你逼过来是吗？”

叶倩颖点下头。

“你很害怕，所以你用力挣扎。可是你的手被他绑得很紧。你当时很无助……”

叶倩颖抬起眼睛，吃惊地望着郭淮。郭淮的描述就好像他当时站在他们身旁。

郭淮继续说：“他的刀离你很近，他想割你什么地方？脸吗？”

叶倩颖摇头：“可是他并没有真的割伤我。”

郭淮咬牙：“他没有伤害你，是因为我破门而入。我的枪对着他，你难道忘记了吗？”

叶倩颖说：“你的确是在那个时候赶到的。”

“你承认就好。”郭淮已经不想再跟她废话了。李东生正隔着一扇门坐在壁房间听着，现在人证物证都吻合了。

谁知叶倩颖又说道：“可是，即便你不来，我觉得他也不会伤害我。”

郭淮差点儿疯掉。他用力一拍桌子，把叶倩颖吓得浑身一抖。“那你认为他把你绑在床上，用刀子在你眼前比划是在干什么？陪你玩游戏吗？”

叶倩颖小声说：“可是……可是他之前有跟我说过要做什么，他保证不会伤害我。我也同意了的。”

“我看你是真疯了。”郭淮骂道。

叶倩颖想了想，又说：“难道真像你说的那样，他把我带进旅店是想要伤害我？”

“唔……”郭淮揉着发胀的太阳穴，“你才明白吗？”

由于被害人叶倩颖在案发当晚做笔录时否认陈晓松有伤害她的企图，这份笔录的内容不知怎么被陈晓松的家人知道了，他们立刻找到县公安局要求放人。公安局领导不得不下派民警全面调查陈晓松，期望获得更多证据来起诉嫌疑人。他们走访了陈晓松的亲人和邻居，没有接到任何举报，周围人对陈晓松的看法基本一致——待人随和、性格内向、无不良嗜好。对陈晓松家彻底搜查后也没有发现任何新的作案证据。

“这小子干净得简直就像一张白纸。”李东生感叹。

郭淮反驳：“案发现场找到的刀子、锁链、锥子和胶带还不够说明问题？”

“话是如此，单单陈晓松不认罪还好办。”李东生叹了口气，“关键是被害人叶倩颖的那份笔录要了命，居然维护陈晓松，还说那天的事情只是他们之间演的一场戏。这就无形之中降低了那些物证的分量。”

“演戏？！”郭淮大声道，“刀都抵在脖子上了，那叫演戏？”

“那你如何解释为什么被害人要为犯罪嫌疑人开脱？有谁见过这种荒唐的事情？”

“我后来找叶倩颖谈过话，她已经动摇了自己当初的想法。我们可以再去找她做一份笔录。”

“两份笔录前后不一致，陈晓松的家人会认为我们做了手脚。这样他们更有把柄了。

“即便没有笔录又如何？被害人根本……”不等郭淮说下去就被李东生打断，“是一个神经病，是吧？”

的确。郭淮就想说这个。

“这些猜测我们私下里说说可以，毕竟不能当作给嫌疑人定罪的依据。”

“……”

“我们又没有办法证明陈晓松跟另外三起撕脸杀人案有关联……所以，我们现在没有办法逮捕他。”

“陈晓松现在在哪里？”

“在医院。”

“也就是说，只要他觉得伤养好了，随时可以出院回家？”

李东生沉默。

“混账！”郭淮拽下警帽用力往桌上一掼。

“伙计，这些倒还好办。”李东生拍拍他肩膀，显得忧心忡忡，“万一陈晓松杀人罪名不能成立，我担心你会有大麻烦。”

1月9日，星期日。

C市医科大学附属医院。

陆小棠每天下班之后都会来这里。每一次走进医院大门，心口都会莫名其妙地乱跳一阵。

因为明天她就要被派往M县城处理一桩棘手的案子，领导特许她半天假回家收拾行装，所以她今天提早来到医院。她没敢去重症监护室，而是径直来到医生办公室。正巧碰到了慕容雨川的主治医生。

开口之前，她首先观察医生的表情，没有看出什么异样。她这才试探着问："孙医生，他怎么样了？"

孙医生难得露出笑容："告诉你一个好消息，高烧已经退了，心率也恢复了正常。可以说完全脱离危险期了。"

陆小棠一时间既想笑，又想哭。她背过脸，迅速把眼中的泪水擦去。回过头来连声向医生道谢。

孙医生说："也多亏了年轻人体质好，抵抗力强。"

陆小棠忽然又担心起什么，连忙问："那会不会……会不会留下什么后遗症？"

"这个还不太好说。"孙医生从墙上悬挂的一排X光照片中抽下一张，指着左侧肋骨间的一块白色瘢痕说："这里是弹孔位置。子弹斜向从后背穿过身体。幸亏偏过了心脏，也没有伤到动脉血管。否则造成体内大出血，那就危险了。"

孙医生又感叹："你们做警察的真是不容易啊。像他这样年纪轻轻的还没对象吧？万一出了危险，那就真可惜了。"

陆小棠苦笑。她心里说，他连警察都不是呢。

慕容雨川躺在病床上沉沉熟睡。瘦削的脸完全失去了光泽，左右颧骨明显地突楞出来，好像变成了另外一个人。陆小棠看着，心里一阵难过。

直到现在，她都觉得眼前发生的一切仿佛做梦一样。

在她眼中，这位儿时一起穿开裆裤长大的伙伴天生就有一副好命。相貌出众、智商过人、家资丰厚。天底下能得的好处老天都赏给他了。所以她时常忍不住动起自己跆拳道黑带的拳脚修理他一番，谁让他的命太好，连受伤都不会？

现在，这个好命的人被一颗小小的子弹轻而易举地放倒在床上。罪犯只开了一枪，那颗子弹就几乎要了他的命。

她在心底感到深深的内疚。当初是她执意把慕容雨川带到刑警队参与办案的。倒并非是公安局真的缺少一位出色的法医，陆小棠主要是看不惯慕容雨川吊儿郎当不务正业的做派，想通过侦破刑事案件来激励他。没想到却是这样的结果。现在回想起来，看他做一个花花公子，只要能快快乐乐地生活，又有什么不好呢?

人总是不愿满足，要么尝试改变别人，要么改变自己。往往事过境迁才发现，自己期望的东西正是自己曾经失去了的。

慕容雨川的下巴上隐约泛起一层青胡茬。

陆小棠歪着头端详。她还是第一次注意到慕容雨川留胡须的样子。不知不觉中，这位从小只喜欢调皮捣蛋的家伙已经长成男人了。

她把慕容雨川的被子掖好，抬头看见床头柜上的那束瓶花有些打蔫。

“我去换一束花，稍等哦。”她轻声说着，走出病房。

医大附属医院楼下有一条街，街尾有一家花店。

陆小棠喜欢花香，尤其是海棠，大概跟她名字里有一个字相同的缘故。她不知道慕容雨川会喜欢哪一种花。前年慕容雨川妈妈得了急性胃炎，陆小棠去医院探望之前问慕容雨川，你妈妈喜欢什么味道的花? 慕容雨川挠了半天脑袋也没想出来。她叹了口气，问，那你喜欢什么味道的? 那家伙就把鼻子凑到她身上嗅了嗅说，这种味道。结果当然是又挨了她一顿拳脚。

她挑了一阵子，买了一束蝴蝶兰。希望这束花能支撑到她出差回来。希望她回来时，能看见那家伙像过去那样活蹦乱跳。她暗暗发誓，今后不管慕容雨川再怎么胡闹，绝对不再对他动粗。

快要走到慕容雨川的单人病房时，陆小棠忽然停住脚步。她听见病房里多出了一个人。

一瞬间在她脑海中掠过众多张面孔。

她最怕见到的是慕容雨川的父母，慕容雨川受伤的消息她一直没敢告诉他们。

有可能是那位日本女孩儿吗?

罪犯原本瞄准的是濑户美奈子，慕容雨川替她挡了那颗子弹。可是自从慕容雨川被送进医院之后，濑户美奈子就像雾一样消失了。难道她直到现在才想起来探望一下为了她几乎送掉性命的男友吗?

陆小棠胡思乱想着走到病房门外。隔着门玻璃，她看见一个女子的背影，坐在床前。

不是慕容雨川的母亲，看背影年纪不大。

难道是濑户美奈子？

陆小棠端详片刻，又觉得不像。也不像邱诗嫣。她在脑子里把慕容雨川身边的女人们统统过滤一遍。一时间想不起房间里这个女孩儿是谁。这个花心大萝卜到底认识多少女人啊？

她注意到，女孩儿有一头出众的长发。不但漆黑，而且奇长，几乎垂到了臀部。

女孩儿正坐在病床前跟慕容雨川说话，或者说是在自言自语。在她的声音里听不出一丁点儿悲伤之意。

就听她说："我这次来原本是想买些礼品的。可是又拿不准你倒是死了还是没死，就不知道该送你什么了。"

慕容雨川双目紧闭，呼吸微弱。

她端详了一阵子，说："你是不是不行了，嗯？"

"……"

女孩儿伸出小手在他脸上晃了晃。见慕容雨川仍然没有反应，她皱起眉头："你是不是感觉很痛苦？听说那颗子弹把你肺叶打穿了。我乍一听这个消息，以为你死翘翘了。没想到还真是能活。"

她掀起慕容雨川的被子，又解开他的上衣。看着他胸前密密缠绕的绷带，又说："到底是哪个地方中的子弹呀？是这里吗？是不是很痛呀？"

女孩儿说着把小手按在慕容雨川胸前。

慕容雨川迷迷糊糊中发出低低的呻吟。

"果然是很难过呀。"女孩颇显同情，说，"反正都是死。不如我帮你彻底解除痛苦，你看好不好？"

"唔……"

"千万不要谢我，我……"

"住手！"陆小棠再也沉不住气，高叫一声，推门冲进。

女孩扭回头。一张精美绝伦的小脸儿，大眼睛弯成两道月牙，笑吟吟地瞧着陆小棠。她说："我如果不吓一吓你，你还要躲在门外不露头呢。"

陆小棠惊愕。

这个女孩她不十分熟悉，但是这张漂亮到不真实的脸和这双妖魅的大眼睛，她却无论如何都没法忘记。

她就是传言中被同父异母的姐姐杀害并肢解的日本偶像明星——真野琉璃。

公安厅现在还有关于她被害经过的案件记录，里面包括她被肢解后残留的尸体照片。因为她的死，她的姐姐濑户美奈子被认定为犯罪嫌疑人，慕容雨川被迫带着美奈子远遁他乡，成为了通缉犯。严格说来，慕容雨川落到今天这步田地，蝴蝶效应的始作俑者就是这位死而复生的美少女。

陆小棠无论如何都想不到能在这里再次看见真野琉璃。

“你吃惊的样子好好玩呢。”真野琉璃咯咯笑起来，大喇喇往病床上一坐。

“你给我起来！别碰雨川！”

陆小棠一声断喝，把真野琉璃着实吓了一跳。不等陆小棠伸手拉她，她赶紧从床上跳起。“别过来，别过来，我知道你武功高强。我小孩家家的，可经不起你一拉一拽。”

陆小棠注视着女孩的大眼睛，她发现这个鬼灵精怪的小魔头真的有点怵她，这让她多少觉得舒心一些。

陆小棠拉过一把椅子坐下，像审犯人似的瞧着真野琉璃。

她说：“你装神弄鬼，诈死埋名，玩得好好的，怎么突然就出来了？”

真野琉璃说：“探望一下我这位可怜的姐夫。我姐姐一次都没有来过吧？听说这个傻瓜是为了她才受重伤的。”她同情地叹息，“铁石心肠的美奈子啊，居然都不来看一看。”

陆小棠并不反驳真野琉璃，她也是这样想的。虽然看见美奈子腻在雨川身边她会觉得不舒服，但是眼瞧着慕容雨川孤零零躺在床上，那个他情愿为之送命的女人却不在身边，她又觉得愤愤不平。

她问：“你有美奈子的消息？”

“她呀，被爸爸关在大使馆里，做她的乖乖女呢。等大法医濑户先生处理完尸检工作，就一同回日本。”

陆小棠望着病床上的昏昏沉睡的慕容雨川，不知道应该感到同情，还是生气。

她把目光又落在真野琉璃身上，冷冷道：“你为什么不多死两天？等你姐姐被我们抓住判刑，岂不是更好玩？”

真野琉璃知道陆小棠故意挖苦她。她叹了口气，道：“没办法呀。那具尸体的检验结果都出来了，证明不是我。再玩儿下去就没什么意思了。何况我爸爸亲自从东京赶过来，这点儿伎俩瞒不过他的眼睛。”

陆小棠把整个案情迅速在脑海中过了一遍，问："你为什么要设计诈死，嫁祸你姐姐美奈子？"

真野琉璃随随便便回答道："没有什么设计啊。只不过是一个小小的恶作剧而已。"

"恶作剧？"陆小棠皱眉。举国震惊的杀人案居然从这个小女孩嘴里轻飘飘地说出来。

真野琉璃说："美奈子从小娇生惯养，日子过得太舒服了。我给她平淡的人生中添加一点儿小小的波澜。"

陆小棠审视着真野琉璃，目光闪亮。

"我明白了。你一直在妒忌你姐姐是吗？濑户杉男，你的父亲，抛弃了你们母女，同样都是他的孩子，对美奈子却如掌上明珠般被呵护。而你从小到大，每一步成长都要经过相当的艰辛。你怎么能不怀恨在心？"

真野琉璃对陆小棠的话似乎不屑一顾，但是她的手却不知不觉攥紧了。

陆小棠继续说："所以，你借着来中国巡演的机会，把其中一站定在S市。并邀请美奈子参加。表面上看你是在向美奈子显示姐妹情谊，暗地里你已经开始策划陷害她了。你和山崎宽两个人设计了绑架案，又故意将美奈子的房间伪造成绑架现场。然后，你们把慕容雨川、濑户美奈子、乔凯、邱诗嫣一同囚禁起来。你也伪装成其中一名被害人，混在他们之中，之后，你和山崎宽里应外合，演出了一幕诡异的死亡囚禁游戏。"

真野琉璃冷笑："说下去。"

"我猜，你们当时并不真想把他们杀死，至少不是全部杀死。你需要一个逃出去的目击者，向警方描述囚禁经过，帮助警方确信美奈子就是绑架杀害你的人，至少是参与者之一。"

真野琉璃笑道："那个笨丫头如果真有这样的智商就好了。"

陆小棠说："你留下的那具没有头与四肢的尸块，的确给美奈子制造了很大的麻烦。加上先前伪造的证据，美奈子理所当然的被认定为凶手。不过你却没有置她于死地。"

"她的死活我才不在乎。"

"就是因为那具当初被认定为你的残尸经过DNA化验，确实不是你的尸体，美奈子也得以洗脱罪名。这样说来，你或多或少还念着一点儿手足之情。"

"哼。"真野琉璃小嘴一撇。

“或者，还有一重原因。”陆小棠说。

真野琉璃大眼睛在她脸上一瞬：“什么原因？”

“即便你真想置你姐姐于死地，也很难得偿所愿。就像你刚才说过的，你的伎俩瞒不过你爸爸的眼睛。他本身就是举世闻名的法医，同时他也清楚你们母女与他之间的恩怨，所以他根本不可能相信濑户美奈子会设计杀死你。我估计，当他得知美奈子参与绑架杀害你的消息后，立刻从东京赶来，要求参加尸检。因为他猜到了你根本没有死，他甚至猜到是你在幕后搞鬼。所以，尸检结果一出来，他就不再要求中国警方追查真正的凶手。因为凶手是他的另外一个女儿。”

“哼。”

“这样折腾一通，你彻底出气了吗？”

“还成。”真野琉璃忽然咯咯笑起来。

“但我还想确认一件事，不知道你愿不愿意告诉我？”

“什么问题？”

“死亡论坛，the choice of Sisyphus 的版主，铁铸女人到底是不是你？”

真野琉璃爽快地点点头。

“不过我只是其中之一。”

“另外一个是山崎宽？”

“还有更多的人。”

“……”

“吃惊吧？铁铸女人只不过是一个象征性的身份而已。她不属于某一个人，所以她才会永远存在下去。”

陆小棠说：“这样说来，你来 S 市的目的并不单纯是陷害你的姐姐，是吗？”

真野琉璃不屑：“那个笨丫头还不值得我们这样大张旗鼓。我只是捎带着惩罚她一下而已。”

“你刚才说‘我们’是什么意思？”

真野琉璃到了关键时刻偏偏不肯说下去了。陆小棠却不想就此打住。

“能设计出那样复杂的系列自杀案件，当然不可能是一两个人能够完成的。你们引导那些人自杀，最终目的到底是什么？”

真野琉璃小嘴巴闭得紧紧的。无论陆小棠怎样问，她都不理不睬。

陆小棠忽然道：“YETI 是怎么回事？”

这句话仿佛一下子刺中了真野琉璃的要害。她的小脸儿霎时间变了颜色，急忙问："你怎么知道？是慕容雨川告诉你的？"

"他带着美奈子逃亡时，曾经给我发来一条短信，说得很简单。"

真野琉璃扭头瞧了一眼慕容雨川："看来他果然该死。"

陆小棠眯起眼睛："你这次是来杀他的？"

真野琉璃不置可否，对陆小棠说："有些事情，你知道得越少越好。等慕容雨川醒过来，你最好也告诉他管好自己的嘴巴。否则……"

女孩儿的眼中闪出一丝阴冷。陆小棠觉得脊背发凉。

女孩儿说着，想绕过陆小棠。

"你要走？"

"难道不可以？"

"你的死讯一传出，你们日本国民伤心至极，吵着闹着要我们中国警方承担责任。我最好把你这个日本国宝送回去。"

真野琉璃讥诮道："我才不稀罕当什么偶像明星。像个器皿似的天天摆着给别人看。像现在这样的生活，自由自在，蛮好。我如果高兴，说不定就在这里住下了。"

"想得真好。"陆小棠冷笑，"你觉得我会放你走吗？"

真野琉璃也笑了："你觉得你真的拦得住我吗？"

陆小棠轻蔑地瞧着她。她倒想看一看，这个手无缚鸡之力的小丫头怎么从她面前逃出去。

忽然，她的表情变了。

就在她迅速站起转身的刹那，一支黑洞洞的枪口已经对准了她。

该死。她早该想到的。真野琉璃敢一个人来，肯定有所准备。

然而让陆小棠没有想到的是，用枪指着她的人她认识。

尽管鸭舌帽和黑色的口罩几乎把那张脸整个罩住，但是那双野兽般逼人的眼睛她永远都不会忘记。

乔凯。

又是该死的乔凯。

似乎每一次遇见这位冤家对头，她都会陷入绝境。

这一次，这位杀人在逃犯的枪口近在咫尺。她实在看不出还有什么转机。

真野琉璃问："你想现在杀了她？"

“我无时无刻不在等待这个机会。”

乔凯说着，慢慢扯下脸上的口罩。

鼻梁正中间那个弹孔仍然触目惊心。比起上次看见时，伤口里面生出了更多的新肉，里面的骨茬大多被包裹起来。

真野琉璃一缩脖子，打了个寒战：“快别秀你那张脸了，看着我就害怕。”

乔凯说：“这都是拜她所赐，你说我该不该回报她。”

陆小棠回头看着真野琉璃：“你怎么会跟他认识？”

“稀奇吗？”真野琉璃说，“如果没有我们的帮助，他怎么可能活到现在？”

陆小棠吃惊地看着她：“你是说 YETI？”

真野琉璃只是微笑，不置可否。

陆小棠恍然：“难怪我们警方一直都抓不住他。他被我开枪打成重伤后居然能迅速康复，又每每能在意想不到的情况下出现，我一直在怀疑有人在幕后保护他。原来就是你们……”

真野琉璃说：“我们对他有救命之恩，所以他对我们死心塌地。”

“你的 YETI 果然很可怕，那到底是一个什么组织？”

“我刚才警告过你，最好还是收起你的好奇心。”

乔凯说：“想让她收起好奇心，我有一个一劳永逸的简单办法。”

“你要杀她？”

真野琉璃问话的同时，乔凯的手枪微微扬起，对准陆小棠的脸。

真野琉璃说：“你如果开枪，她的脸岂不是要被打花了？”

乔凯说：“我就是要她尝尝我曾经忍受的痛苦。幸运的话，她也会像我一样活下来。那副模样会比现在更加吸引人。”

陆小棠额角沁出冷汗，她出手再快也快不过子弹。

真野琉璃嘟起小嘴：“太残忍了吧。她长得这么漂亮，开枪打死太可惜了。”

“可惜？”乔凯冷笑，“谁知道呢？也许慕容雨川会难过。”

“谁说的。”真野琉璃忽闪着漆黑的眼睛，“我也会难过。”

她走到陆小棠跟前，忽然张开双臂环抱住她。

陆小棠吃了一惊：“你干什么？”

真野琉璃扬起小脸儿，莞尔一笑：“你看不出来吗？表示我的好感呀。”

这一下倒把陆小棠弄得手足无措，脸上发烧。

真野琉璃咯咯笑道："原来你也会脸红啊，好好看。"

陆小棠瞪她倒"你在拿我取乐？"

"怎么会呢？"真野琉璃大眼睛里流动着魅惑的光彩，"我是真心实意喜欢你，你看不出来吗？你以为今天是偶然碰上我的吗？"

"你……你不是来看慕容雨川的吗？"

"嘁。"真野琉璃偏偏小嘴，"他不过是一个臭男人而已。我怎么会为了一个臭男人冒险跑到这里？"

"那你……"

"因为我知道，你这一段时间天天都来照顾他。所以……"

陆小棠张口结舌："你，你，你来看我？"

真野琉璃表情很萌地使劲儿点头，脸蛋儿绯红很好看。

陆小棠比看着乔凯的枪更害怕，连忙把腻歪在自己身上的女孩儿推开，一直后退到床沿。

乔凯咬牙道："我看你是小疯子。"

"随你怎么说，反正我不许你伤害她。"

真野琉璃说着又向要往上扑。陆小棠赶紧后退，双腿被床沿一挡，跌坐在慕容雨川身上。慕容雨川发出痛苦的呻吟。陆小棠赶紧又跳起来。

真野琉璃忽闪着大眼睛说："不要这样激动哦，女骑士。来日方长，我们还有见面的机会。"

她扭头瞪了乔凯一眼："还不赶紧把枪放下！"

乔凯咬咬牙，心有不甘地收起枪。

两人离开很久，陆小棠都没有醒过神来。她长到22岁，头一次遇到向自己示爱的女人，而且还是宅男女神心目中的日本偶像明星。

这是个什么乱七八糟的世界。

第六章 法庭交锋

1月10日，星期一。

C市中级人民法院。

陈晓松对郭淮的起诉案在4号审判庭开庭。审判过程不对外公开。

陆小棠走进审判庭，审判正进行到双方辩护阶段。

正中间端坐主审法官和两名陪审员，书记员坐在一旁飞快地打字。

审判庭左侧坐着原告陈晓松与公诉人。陈晓松穿一身病号服，右腿膝盖以下缠着厚厚的绷带。两根手杖放在身边。

审判庭右侧坐着被告郭淮和他的辩护律师。原告与被告的家人也分左右两侧坐在旁听席上。

整个审判过程火药味十足。

公诉人拿着诉讼材料，情绪激愤地讲述案发经过。陈晓松一声不吭地坐在他身后。

公诉人说："……当时，我当事人陈晓松先生与朋友叶某坐在旅馆客房里休息，被告郭淮在没有事前声明的情况下破门而入，举枪对准我当事人。情急之中，陈晓松本能地选择逃跑，在他翻窗越出后，被告郭淮追到窗前，在没有发出警告的情况下武断地开枪射击。打伤陈晓松……"

郭淮的律师举手示意："审判长，请您允许我更正一下公诉方的错误。"

审判长同意。

被告律师说："公诉人在讲述案发过程中断章取义，有意误导我们的对案情真伪的判断。首先，我的委托人郭淮警官在抓捕陈晓松之前已经对他进行了长时间的跟踪，对他一些反常举动产生了怀疑。在事发当天，陈晓松秘密与女子约会，这种方式与近期在M县频繁发生的撕脸杀人案件的犯罪手段颇为相似。这自然加深了郭警官对他的怀疑，于是郭警官找到陈晓松与叶某幽会的旅店。当时他听到楼上传来女子呼救，他理所当然地考虑到叶某的安危，情急之下才破门而入。而当时房间里的情形是叶小姐正在被陈晓松绑在床上，陈晓松压在她身上，手里拿着一把刀……”

律师有意停顿，环视审判庭，以加深听众的印象。随后他，继续说："别说是一名警察，无论谁在那种时候看到那种情景，都不会相信陈先生对叶小姐没有恶意。郭警官理所当然要履行人民警察的职责，保护叶某的安全。他曾经大声喝止陈晓松，让他举起手来。可是陈晓松并没有这样做，而是跳窗逃走。他的一系列行为加深了他作案的嫌疑。考虑到嫌疑人陈晓松情急之下有可能对街上行人造成的伤害，郭警官才被迫开枪将其击伤。从执法程序上看，郭警官的行为完全符合警官守则，没有任何僭越行为和不当举止。所以我认为，陈晓松对于郭警官的指控纯属无稽之谈。”

旁听席上一阵躁动。陈晓松的姐姐、姐夫和外地赶来的父母一个个怒视被告席，似乎想跳起来破口大骂了。而郭淮的女友胡新月紧蹙的眉头倒是略微舒展，露出久违的笑意。

陈晓松对于郭淮的起诉案震动了省市公安系统。郭淮在执行任务时开枪击伤嫌疑人，因此，这起诉讼已经不仅仅是单纯的刑事案件或者民事纠纷，审判结果将关系到整个公安系统的声誉。陆小棠作为C市公安局委派的专门调查员，负责从客观角度重新调查案件，以便市局能在第一时间采取应对方案。

被告律师的质疑明显起到了作用。三名审判员不由得窃窃私语，交换意见。

陈晓松低着头，不知道心里正在想些什么。

公诉人沉不住气了，马上针对被告律师的质疑进行反驳："在我看来，被告人律师是在有意袒护被告。被告郭警官对陈晓松先生采取的跟踪、侦查以至之后的抓捕过程完全基于主观臆断。他是在没有足够证据证明我当事人陈晓松先生犯罪的情况下盲目地开枪射击。我说得对不对？”

公诉人咄咄逼人的眼睛盯在郭淮脸上。

被告律师正要说话，公诉人抢先道："我希望由郭淮警官亲自来回答我的提问。”

审判庭里发出一阵躁动。所有人的目光不由自主地落在郭淮的脸上。

郭淮缓慢地把眼睛对上被公诉人的目光。

他的眼睛里布满血丝。虽然神情镇定，却似乎压抑着激烈的情绪，让人感觉他有可能在某时某刻突然爆发。

坐在他身旁的律师紧张地看着他，担心他万一开口说错，让对方抓住把柄。

郭淮简简单单地吐出几个字："我有证据，我有足够的理由那样做。"

公诉人并没有找到破绽，他并不罢休。"请问您能否详细说明，您所指的证据是什么？听说您在公安局从事刑侦技术工作，最好请您用自己的专业技术来证明。"

郭淮说："在案发前一段时间，我曾经用连续几天的时间跟踪嫌疑人陈晓松……"

坐在对面的陈晓松肩膀微微抖动，抬起眼睛看了看郭淮。

公诉人立刻制止郭淮说下去，他对法官说："审判长先生，在司法程序中，执行人员擅自对公民进行跟踪调查也是违法行为，他所谓的证据根本不应该被采纳。"

"我反对。"被告律师从座位腾身站起，"如果郭警官有足够的理由怀疑嫌疑人，他就可以有限度地行使警察的权利。"

"那么请问他怀疑的理由是什么？"

"他在调查撕脸杀人犯的案件中，怀疑凶手利用交友网站寻找目标，在接触后杀害被害人，在案发现场留下 finding face——找脸的字迹。他同时调查了当地三个交友网，发现有一个以 angel face 为网名的人同时注册了三家网站。相似的英文名引起了他的怀疑，于是顺藤摸瓜找到了陈晓松。"

公诉人不由得讥讽道："仅仅因为一个相同的英文单词就怀疑我当事人有罪，哪有如此牵强的道理？"

郭淮再也按捺不住，开口道："我想请公诉人首先弄明白一件事情，我是在调查凶杀案，不是在研究如何狡辩来打赢官司……"

"我抗议。"公诉人说。

"被告，请注意言辞，不要进行人身攻击。"法官说。

郭淮点头，平复一下情绪，才接着说："作为一名刑侦人员，任何一点细微的蛛丝马迹都不应被放过。我不否认，我最初只是在怀疑陈晓松，我不确认他就是凶手，所以我才对他展开了调查。随着调查的逐渐深入，他的一些可疑的行为也引起了我的关注……"

公诉人说："请你说具体一些。"

郭淮犹豫了一下，目光不经意地瞥向旁听席，胡新月也正在望着他。

两人目光交汇。

郭淮最初的证据是在陈晓松家的纸篓里发现的几张诡异的涂鸦，特别是里面那张没有人脸的肖像画，暗合了三名被害人被撕掉脸皮的犯罪手段。不过那是他违法潜入别人家中获得的证据。

胡新月冲他摇头，示意他不要说。

郭淮话到嘴边改了口，他对公诉人说："我暗地跟踪了陈晓松几日，就在案发前一天，我看见他去五金店购买了一些可疑的东西。"

"都是什么？"公诉人追问。

"一把开刃的刀、一截锁链、一柄锥子、一卷胶带。"

"就这些？"

"对。"

"只凭这些你就怀疑我的当事人计划犯罪？"公诉人像嗅到骨头的斗牛犬，一口叼住了不放，"这些东西都是些日常用品，任何人都有可能购买，否则商店就不会销售了，不是吗？"

"那你说普通人同时买这些东西能做什么？"

"这句话应该我来问你。"公诉人把郭淮的话锋挡了回去，"作为一位有经验的刑侦人员，你应该很清楚，单凭这些东西根本不可能给一个人定罪。事实上，你当时根本没有把握认定我的当事人就是凶手。"

他说得对。郭淮当时的确不能。

公诉人挖苦道："你的证据就是所谓的侦探推理，是吗？你把自己当成了福尔摩斯，还是把侦破工作当成了推理小说？"

旁听席上有人忍不住笑了。

郭淮的律师见势不妙正要说话，郭淮示意他让自己来回答。他说："在第二天，也就是事发那一天，我照常蹲守在药店附近，我猜测嫌疑人在一两天之内就会采取行动。"

公诉人打断："又是猜测。郭警官，你办案都是依靠猜测才能进行吗？"

"让我把话说完！"郭淮抬高了声音。

法官这时说："公诉人，在被告叙述过程中请不要随意打断。"

公诉人悻悻坐下。

郭淮继续说："就在我监视药店的过程中，陈晓松从药店一扇隐蔽的后门悄悄溜走，而且没有锁上前门，整个药店空无一人。请问这也算正常吗？我该不该怀疑他？"

公诉人似乎又想反驳，郭淮这次抢在他前面说："在我找到他与网友见面的那家旅店之后。二楼只有他和那位网友两位住店的顾客。我当时忽然听见了一个女人的呼救，立刻想到了他在作案，于是就冲上楼，破门而入……"

法官问："你看见了什么情景？"

郭淮打量着坐在原告席上的陈晓松。陈晓松的头略微低垂，瞅着光滑桌面上映照出的自己模糊的脸，全然没有注意到一双钉子般的目光正射在他身上。

"我看见那个女网友叶某被绑在床上，而陈晓松手里拿着一把刀正在她面前比划。我拔枪对准了陈晓松，同时喝令他举起双手。出乎我意料的是，他选择了跳窗逃走，所以我只好开枪。"

郭淮顿了顿，目光从陈晓松脸上移动到公诉人脸上，他缓慢而有力地说："我知道，法律最终凭靠的是证据。作为刑侦技术人员，我在逮捕陈晓松后第一时间里就收集了现场的作案工具。陈晓松用铁链拴住被害人叶某的脖子，用胶带绑住她的两只手。说到此处，我现在倒要反问公诉人，普通人也是这样使用铁链与胶带的吗？陈晓松当时手里拿刀，似乎也不大可能是用来切菜的。"

郭淮的亲友席上发出了低低的笑声。胡新月紧锁的眉头再一次舒展开来。

陈晓松的亲友们则鸦雀无声，默默地注视着陈晓松，每个人的表情都很复杂。

郭淮继续说："经过对作案工具的物证检验，在铁链上发现了叶某的皮屑和汗毛，在胶带上同样找到了叶某的皮屑与汗毛。这些化验结果可以证实我刚才说过的话。而在刀柄和刀鞘上发现了陈晓松完整的指纹和掌纹。在锥柄上同样发现了陈晓松的掌纹。即便用简单的刑侦逻辑来推理，我相信所有人也都能想象出旅馆房间里发生的情形。如果一定要说有什么地方说不清楚，就是那把锥子，我不知道是做什么用的，我想陈晓松先生应该知道得最清楚。"

他的目光霍然一掠，终于抓住了陈晓松的眼睛。他还是第一次如此确切地观察这个男人。

那张脸略窄，眼睛狭长，很难看清完整的瞳仁。因为受伤脸上缺少血色，他的鼻子和嘴比较端正，但也没有什么特别之处。这是一副毫不起眼的长相。从这张面孔上很难看出一个人的心思。

郭淮眯起眼睛，用凌厉的目光探寻着对方表情深处的涵义。

陈晓松稍微显出慌乱，把眼睛错开。

仅此而已，没有更多的反应。

郭淮心里想，他是天性如此沉默，还是故意装的？

原告、被告双方的辩论已经进入白热化的阶段。郭淮咄咄逼人，已然反客为主，占据了主动。陈晓松的家人一个个脸色惨淡，陈晓松的母亲已经捂着脸低声啜泣。

假如陈晓松输了这场官司，他不仅无法告倒枪击他的人，警方随即便会以谋杀罪名的指控逮捕他。再次开庭时，他将沦为戴着手铐坐在被告席的犯罪嫌疑人。

陆小棠注意到郭淮这一侧的亲友席上，有一位身穿警服容貌秀丽的年轻女子尤其专注。她的表情几乎是随着法庭上的形式变化而变化，当郭淮被公诉人逼问时，她比谁都紧张，当郭淮占据主动时，她又比谁都兴奋。不用问陆小棠都能猜到她跟郭淮的关系。

陆小棠原本并不在意这场官司谁胜谁败，作为局外人，她完全保持着看客的心态。可是关注那个女人的时间长了，她油然生出一种同命相连同命相怜的感觉。不知不觉地拉近了跟她的距离。

至于郭淮，他比陆小棠预料中出色得多。透过眼神与说话就能够看出他干练的个性与缜密的思考能力。陆小棠不免怀疑，这样的警察会在办案中犯下那样明显的错误吗？还是这件案子隐藏着什么出人意料的原因？

就在此时，开庭以来一直沉默寡言的原告陈晓松忽然开口："我没有伤害叶小姐。"

郭淮冷笑："你的确没有。因为你当时一看到我就逃跑了。"

"我也没有想要伤害叶小姐。"

"那你来告诉我，你把一个女人带到旅馆，绑在床上，拿刀子对准她是打算干什么？"

所有人的注意力都关注在陈晓松身上。

陈晓松缓慢扬起苍白的脸，他这一次没有回避郭淮的目光。

四目相对。

仿佛四把两两相抵的刀子。

仿佛两头龇牙低吼的豹子。

"你从一开始就全部搞错了，警察先生。"陈晓松用沙哑而疲倦的嗓音说。

“什么？”郭淮锁起眉头。

所有人都看着陈晓松。

“我的确买了刀子、铁链那些东西，但不代表我要伤害她。你所看到的并不代表事情本来的模样，你被自己的眼睛欺骗了。”

郭淮冷笑连连：“那你告诉我，你当时在对那个女孩做什么？”

“我在对她进行心理治疗。”

“什么？”

全场哗然。

连公诉人都万分惊诧地瞅着委托人，问陈晓松：“你怎么之前不告诉我这些？”

陈晓松没有回答他，转而看着郭淮说：“你对你眼中所谓的被害人了解多少？”

“……”

“她是一位有着中度以上抑郁症的患者。”

“这我略知一二。”郭淮说，“她时常做一些噩梦，说话也经常颠三倒四……”

“那就是抑郁症的基本症状之一……”

“等一下。”郭淮的律师忽然打断。他早已蓄势待发，举手向法官申请发言。

法官皱了皱眉头：“被告律师，你可以等到原告陈述完之后再发表看法。”

“法官先生。我说的话十分有用。”

法官勉强同意，示意他说。

被告律师立刻说道：“我手里拥有原告陈晓松的全部履历。他于2002年到2006年期间在大连外国语学院就读商贸英语专业，获得商学学士文凭。毕业后在C市一家外资企业做销售工作，后与人合伙开过网店。一年前他才回到老家M县城帮助姐姐打理药店生意。在陈晓松整个求学与工作经历中，我找不到任何相关心理治疗方面的学习与经验。我想请法官先生考虑，一个仅仅学习过商贸英语的人如何去给别人做心理治疗？”

法官果然动容。他把目光落在陈晓松脸上，问道：“原告你可否先解释一下你对叶某所做的‘心理治疗’是什么含义？”

陈晓松承认：“我的确没有在校专科学习过心理治疗。我对相关知识的了解是通过专业书本及资料自学得来的。我通过手里掌握的相关知识，再针对叶小姐向我反映的心理问题，进行有针对性的疏导和调节。”

“你的心理治疗就是把病人绑在床上？”律师抓住要害，双眼放光，“我是否可以这样理解，你所谓的心理治疗其实是打着医生的幌子，实则暗怀其他目的？”

陈晓松顿时被逼到了悬崖。

所有人，包括陆小棠在内，都目不转睛地瞅着原告人，等待他的解释。

陈晓松稍稍咳嗽，用沙哑的声音说：“抑郁症英文称为 depression，是一种常见的心境障碍疾病，可由各种原因引起，以显著而持久的心境低落为主要临床特征，且心境低落与其处境不相称，严重者可出现自杀念头和行为。多数病例有反复发作的倾向，每次发作大多数可以缓解，部分可有残留症状或转为慢性。抑郁症的病因大致分为三类，遗传因素、生化因素、社会心理因素……”

他并没有针对被告律师咄咄逼人的质问进行辩解，而是解释起抑郁症的相关知识。

“你并没有直接回答我的问题。”被告律师打断他。

陈晓松并不理会，他继续说：“现今医学界通常使用‘CCMD—3 抑郁发作诊断标准’来测试换患者是否患有抑郁症，以及患有抑郁症的程度。抑郁发作以心境低落为主，与其处境不相称，可以从闷闷不乐到悲痛欲绝，甚至发生木僵。严重者可出现幻觉、妄想等精神病性症状。某些病例的焦虑与运动性激越很显著。‘CCMD—3 抑郁发作诊断标准’归纳出八类症状表现：一，兴趣丧失、无愉快感；二，精力减退或疲乏感；三，精神运动性迟滞或激越；四，自我评价过低、自责或有内疚感；五，联想困难或自觉思考能力下降；六，反复出现想死的念头或有自杀、自伤行为；七，睡眠障碍，如失眠、早醒或睡眠过多；八，食欲降低或体重明显减轻；九，性欲减退……”

“……在这九项中，具有四项以上的症状就可以被诊断为患有抑郁症。我对叶小姐做过测试，她符合其中七项标准。刚才郭警官所说，叶小姐经常做噩梦，说话颠三倒四，那表现在第五与第七两项。如果仍然不相信我说的，你们可以请专业心理医生重新对她进行测试。”

法官这时问：“叶某的抑郁症达到什么程度你是否知道？”

“是。根据‘CCMD—3 抑郁发作诊断标准’，叶某的社会功能已经受损，属于中度以上抑郁症的征兆，甚至已经达到重度。伴随一定程度的精神病症状。”

被告律师忍无可忍，拍案而起：“纯属无稽之谈。如果叶某的情况真如你所说的这样严重，她的家人早就会发现把她送到医院治疗了，为什么还要通过你这位业余人士来诊断？”

陈晓松说："因为叶小姐受到过良好的教育，之前并没有相关心理疾病的病史，她属于突发性的心理症状，所以有些时候她还会有意克制自己的不良情绪，这在某种程度上掩盖了她的实际病症。"

"那她到底是有病还是没有？"

"我跟她接触超过一个月，根据CCMD—3抑郁发作诊断标准，符合症状标准和严重标准至少持续两周以上的就可以定性为抑郁症。我经过观察后确信，她早在超过一个月以前就已经暴露出这种抑郁症。"

被告律师不肯罢休："即便她真的患有抑郁症，你持刀把她绑在床上又该如何解释？"

"这要解释起来可就复杂了。"

"不要兜圈子，这是关键问题。"

"简而言之吧，那是一种治疗手段。"

"治疗手段？"律师看了看郭淮。郭淮也露出不解。

"这属于心理治疗范畴。"陈晓松说，"我虽然没有进大学专业学习心理学，但却是深入研究过。临床心理治疗的前提是要对患者的病因有所了解，才能对症下药。如果是遗传性的心理疾病，可能需要药物和物理疗法辅助。如果是心灵遭受创伤的后遗症，那就需要改变患者所处的环境……"

"……诊断患者的心理疾病病因是一项艰难的任务。我所采用的办法是通过环境布置，加上心理暗示，来刺激患者的反应。"

"听上去像是在拿活人做实验。"被告律师讽刺。

陈晓松没有反驳，继续说："我的每一个步骤都是遵照专业书籍操作的。之所以购买刀子、锁链那些东西，是因为叶小姐曾经详细地对我讲述过长期困扰她的噩梦，那些东西统统出现在她的梦里。她的抑郁症有一个特别明显的症状——连续不断、离奇而古怪的噩梦。于是我才想到通过她的梦境入手，选用一些道具，重现在她梦中出现过的场景。这就相当于让我进入到她的梦境里，我可以身临其境亲身体会她的感受，说不定就能够找出让她患上抑郁症的病因。"

"简直是荒唐透顶。"被告律师嘲弄道，"陈先生，你告诉我，你现在头脑还清醒吗？"

不仅是他，审判庭里几乎每个人都显出迷惑。

重建一个人的梦境？他们虽然不知道心理治疗中是否真有类似的做法，但听上去的确难以置信。

陈晓松冷冷地瞧着对面的被告律师与郭淮。

他说："随便你们怎么想，至少叶小姐接受了我的建议。所以，两个月前那天晚上，我们才约定找了一家旅店。之所以选择那一家，是因为旅馆的房间格局与她卧室的房间比较像，便于重建梦境。"

"那个女人会接受你的建议？"被告律师怀疑，"或许你事前并没有提到铁链和刀子。"

"我做这件事情之前把所有治疗步骤和需要的道具完全告诉她了。那些只不过是道具，不会真的伤害到她，只要能够起到刺激的作用便足够了。"

陈晓松从上衣口袋里掏出一张纸条。对法官说："这是叶小姐的私人手机号码。你们可以打她的手机。"

他的身体还没有完全康复，说话显得气力不足，但是语气似乎胸有成竹。

法官于是同身旁的陪审员低声商量。

一提到那个神经兮兮的女人，郭淮脸上不由得变了颜色。他侧脸看向坐在旁听席前排的女友，胡新月也在焦虑地看着他。

他的律师安慰他说："你不用担心，我之前已经跟姓叶的女人谈过话。她站在我们这一边。她现在相信是你救了她。"

"她这样说？"

"话里是这个意思。"

郭淮心里多少踏实了一些。想起女人那双蒙着雾气的眼睛，就能预感到她飘忽不定的思绪。希望上次跟她谈话起到了作用，希望这个神经兮兮的女人接电话时神志清醒。

法官宣布临时休庭。

接下来半小时时间无论对于被告还是原告都是一种煎熬。

陈晓松的母亲在哭，陈晓松的父亲和姐姐在劝。

郭淮看着胡新月，露出难言的苦笑。

陆小棠没料到会碰到如此戏剧化的情节。她作为一个旁观者，坐在后排不起眼的地方安静地观察着两方面人。

郭淮正在跟女友低声说话，眼睛不经意掠过陆小棠这里，他似乎刚刚发现这个陌生人。他不由得定睛细看，当然不是因为陆小棠长得漂亮，而是她那身警服，她的肩章是两道横杠、两枚星花，二级警督，和M县公安局局长同一级别。郭淮不用多想，就猜到了她的身份。

他的脸立刻冷了下来。

胡新月还没弄明白男友怎么会忽然之间变了脸。正在疑惑，法官和陪审员已经重新回到审判台上。

主审法官拿起桌上的法槌敲了一下。

审判庭立时肃静下来。

所有人都屏息凝神。甚至连陈晓松也瞪大了细长的眼睛，一眨不眨地看着他。

决定命运的时刻到了。

无论郭淮或者陈晓松，注定有一个人笑，一个人悲。

法官语气平缓地说："我们刚才给证人叶小姐打了电话，询问那天的事发经过是否符合原告所说。叶小姐的话已经被电话录音，现在请书记员播放录音。"

书记员慢吞吞地摆弄面前的电脑，连接音箱，似乎有意刁难那些迫不及待的人们。

"我就是案发当天唯一的当事人……"一个略显沙哑的女声突兀地响起。

人们的心同时缩紧，仿佛同一时刻静止了一切动作，审判庭里只有叶倩颖在断断续续地诉说。

"那天在旅店发生的事，陈晓松先生之前确实有告诉过我。后来那位郭警官突然出现……我想，或许他是误会了……"

听到这里，郭淮已经不想再听下去。他看向律师，律师一脸茫然："怎么会这样？我明明问过她，她当时不是这么说的……"

陈晓松的亲友们情不自禁地欢呼起来。陈晓松反而显得很淡漠。

法官敲击法槌，示意安静。

按照法律程序，所有人坚持把整段电话录音听完。

法官看了看原告与被告双方："你们双方还有什么要说的？"

公诉人现在满面红光："事实已经很清楚。我们用不着再说什么了。"

郭淮一言不发，狠狠瞪着对面的陈晓松。

陈晓松依然选择避开他的目光。

郭淮的律师趁着最后的发言机会做最后一搏。他说："我要对证人叶小姐的证言提出两点质疑。"

审判庭里的气氛瞬间又发生了微妙的变化。

在法官宣布最后判决结果之前，一切都有可能发生。

陆小棠忽然想到了一个不太恰当的比喻，审判就好像一场世界杯淘汰赛，终场哨响之前不要妄下定论。不过就眼前的情形来看，陆小棠实在想不出郭淮还能有什么翻身的余地。他之前举出的有力证据让那位“被害人”叶小姐的证词完全否定。叶小姐的证词明显站在原告陈晓松一边。即便外行人都能一眼看出郭淮输了。陆小棠好奇地看着被告律师，想看看他还能变出什么戏法来。

被告律师说：“我认为，单凭叶某的证词，还不足以证明我当事人郭警官的误伤罪名。首先，连原告陈先生都言辞确凿地承认证人叶某患有重度抑郁症，甚至存在精神问题。”

公诉人立刻争辩：“我的当事人只是认为叶某存在这类病症，但没有确实。这不能否认叶某有着跟普通人一样的判断力。”

被告律师说：“她到底有没有这样严重的精神问题，有没有判断能力，这一点目前我们都没有办法确定。我们毕竟都不是专业的心理医生。所以说，她说的话有多大可信度至少存在了疑问。这是其一，其二……”

被告律师顿了顿，确信所有人包括法官在内集中了注意，才说：“即便针对叶某刚才的证词分析，也能找到漏洞。请大家仔细回想她说到最后时的那句话……她原话说，‘我想或许他是误会了……’”

“这有什么好质疑的？”公诉人打断。

被告律师摇了摇头，胸有成竹地说：“我们只需要稍稍斟酌一下叶某这句话的含义，就能发现问题所在。她所说的‘他’自然指郭警官。她说郭警官或许是误会了陈晓松，也就是说，他认为陈晓松有可能的确没有歹意。但是她话里用了‘或许’一词，暗示她本人也在怀疑另外一种可能，那就是郭警官当时的行为完全正确，陈晓松确有伤害她的意图，只不过因为郭警官的介入，不得不终止将要进行的犯罪行为。”

“这是什么混账逻辑！”公诉人霍然站起大叫。

“肃静！”法官不满地制止，“被告律师说下去。”

“是。虽然陈晓松解释，他对叶某使用刀具与铁链等危险品是为了做什么‘重建梦境’的心理治疗。但那也只是他个人的一种解释。他的确有可能事前是这样对叶某说的，叶某当时也相信了。但这并不代表他所说的就是他真正的意图。所以，现在甚至连叶某本人都难以判断到底孰是孰非，她才会说出那样模棱两可的话。”

说到这里，被告律师的用意已经很明显。他在无法为郭淮开脱的情况下，将有利于原告人的证人证词驳倒。原本对郭淮不利的局面再次被打乱。双方剑拔弩张，争论到最后仍然是平局。对于被告郭淮来说，至少还有转机。

陆小棠不得不佩服 C 市公安局亲自为郭淮挑选的辩护律师。

法庭再次休庭半个小时。

半小时后，主审法官宣布，审判暂时中止，等待进一步调查之后，择日宣判结果。

被告与原告双方，每个人脸上的表情都很复杂。看不出谁满意，谁失望。

这种结果留下了变数。无形中把决定的要素压在了陆小棠肩上，尽管她一直坐在角落里，尽管审判庭里绝大多数人还不曾注意到她。

陆小棠发现郭淮又在打量她，目光冷淡，怀有戒备。

也难怪，她现在所做的原本就是一件费力不讨好的差事。

休庭之后，陈晓松拄着双拐被簇拥在亲人中间，慢慢走出市中级人民法院。阳光照在脸上，刮过的凉风吹干了额头上密密的一层汗珠。他深深吸一口气，长长吐出。

这时，郭淮也正拉着女友的手从旁边一扇玻璃门走出。

经过他身旁时，郭淮有意在他面前站下，慢慢转过身，锥子一样的目光猛然盯在他脸上。

他的心骤然一缩。

郭淮开口：“你的运气真好。”

陈晓松勉强挤出一丝笑：“谢谢。”

“希望下一次，你也能够一样幸运。”

扔下这句话，郭淮拉着女友大步走下台阶。

公诉人不知何时走到陈晓松身旁，问：“他刚才威胁你了？”

陈晓松研究着郭淮的背影，缓缓道：“我不会再给他机会了。”

公诉人扭过脸，研究着他的表情，压低声音问：“你能不能告诉我，你对那个女人到底有没有那种企图？”

陈晓松忽然觉得好笑，于是就咧嘴笑了。

第七章 无罪释放

1 月 10 日，星期一，傍晚。

M 县城。

住惯了几百万人口城市的人要在小县城里找人并不觉得困难。陆小棠对照笔记本上的住址，敲开了郭淮的家门。开门的就是上午坐在法庭旁听席头排的那位年轻女警。

女警换了一套鹅黄色的休闲衫，增添了几分娇媚，不像警察，更像一位邻家女孩儿。

“您找哪位？”胡新月困惑地望着陆小棠。在法庭时，她并没有留意到陆小棠。

“我找郭淮，郭警官。”陆小棠说。

郭淮从屋里走出，看见陆小棠，着实吃了一惊。

他很快恢复了平静，冷淡地说：“请进。”

不等陆小棠做自我介绍，郭淮首先道：“想必您是上级派来审查工作的领导吧。”

“领导可谈不上，只不过是上指下派而已。”

胡新月倒是显得很好奇：“原来你就是市公安局派来的调查员啊。我原以为会是一位年富力强，城府很深的男人呢。”

陆小棠微笑：“我看上去很稚嫩吗？”

“那倒不是，好像跟我差不多年纪，很意外。”

陆小棠没好气地说：“发号施令用不着年纪大，康熙 6 岁就当皇帝呢。”

胡新月偷偷捅他，用眼神示意他不要乱说话。

陆小棠说："郭警官，你对我还不太了解，或许会有些误会。不管陈晓松到底是不是真正的罪犯，我想我的最终目的和你是一样的，都是为了制止撕脸凶手继续作案。"

郭淮瞧了她一眼："这么说您对撕脸杀人案也很了解喽。不知道你有什么高见。对我的办案有什么看法，不妨现在明说。"

陆小棠听出他话里的挖苦，但不想跟他针锋相对。她说："我只不过是读过你们县公安局的案情报告而已，但我发现里面有太多模棱两可的说辞。所以我才来请教你，我相信对这起案件的调查没有人会比你更加深入。"

"可不要高抬我，我刚刚才被嫌疑人告上法庭。说不定我这个无能的警官不久之后连当刑警的资格都没有了。"

"事实刚好相反吧。"陆小棠说，"你是县公安局唯一一个接受过高等刑侦科学教育的干警，也是公安局里的骨干。这个县城去年一共发生了 98 起刑事案件，其中恶性刑事案件 11 起。除了其中两起抢劫案的犯罪嫌疑人在逃，其余案件全部破获。可以说你们县公安局的破案率是相当高的。每一起案件的物证检验都由你主要负责。你同时兼任刑警队副队长，实力是毋庸置疑的。"

郭淮叹了口气，道："你把我的一切都调查得清清楚楚吗？"

陆小棠看了一眼胡新月，打趣道："但我不知道你有这么漂亮的一位女朋友。"

胡新月脸颊红润，对陆小棠的印象立刻好起来。

郭淮也终于露出笑容，揽住女友肩膀说："她不是我女朋友。"

胡新月和陆小棠同是一愣。

郭淮说："她是我老婆。我们马上就要结婚了，怎么还能叫女友？"

胡新月脸上洋溢着幸福的喜色。"你们坐，我去泡茶。"她说着殷勤地跑开了。

陆小棠心头却莫名泛起一丝酸意。

唉，怎么又想起那个可恶的家伙了。

郭淮把撕脸杀人案的侦查始末详细地讲给陆小棠听。甚至把自己私自潜入陈晓松家里搜查的事情也说了。他补充："我把这些都告诉你是为了让你明白我为什么怀疑那个人。但你如果把这些写在报告里，到时候我可不承认。"

陆小棠摆摆手说："我可不是古板刻薄的人。你这种事情我也不是没干过，特殊情况特殊对待。"

她转而又说："不过听你这样说来，这起杀人案的案情的确离奇。那位你们在法庭上提到的叶女士，她本身就难以解释。她的噩梦是怎么回事？她梦到了没有脸的人，这座县城里就真的有一名罪犯把人杀死然后撕掉脸皮。若非听你亲口跟我说，我实在难以相信。"

"还有更难以相信的。"

郭淮让胡新月进屋拿出一个纸盒，放在桌子上。

"这是什么？"陆小棠问。

"你可以自己打开来看。"

陆小棠掀开盒盖，看见一摞皱皱巴巴的纸，上面用铅笔和碳素笔涂抹着一幅幅的图案。

"这是我搜查陈晓松家时，在纸篓里发现的。"

陆小棠抽出其中一张，看见纸上画着一个背身站立的人，不禁问："他是谁？"

"不知道。"

陆小棠又翻了几张，忽然看见一幅脸部被涂黑的肖像画。她拿起来端详了一会儿，领会了郭淮的意思。

"你是说，画上的也是没有脸的人。"

郭淮点头。

"现在你知道我从什么时候开始怀疑陈晓松了吧。"

"可是这些证据你都没有在法庭上提及。"

"因为不是通过正常法律渠道获得的。我担心公诉人借题发挥，搞不好弄巧成拙，我就罪上加罪了。"

"恐怕你还有一层顾虑吧。即便真把这些东西拿上法庭也未必就能够告倒陈晓松。"

"哦？怎么说？"

"陈晓松上午在法庭上已经说过，他自学心理学。正在给那名姓叶的女人进行心理治疗。我想他会把自己画的这些画解释为叶女士梦到的，他正在通过多种渠道来研究她的噩梦。"

郭淮叹口气。

"的确。我估计他到时候肯定会这样说。"

“但你自己却有不同的解释是吗？”

郭淮心想这女警官好厉害。他之前还猜测，她年纪轻轻职位这样高，没准儿是靠着那副长相才得到今天的位置。

陆小棠正在平静地望着他，她想听听郭淮完整的破案思路，然后再分析问题出在哪里。

“我想，陈晓松的‘心理治疗’手段同样有可能只是一个幌子。他也许只是对心理学感兴趣而已。借着心理咨询为名，欺骗被害人。这也是当今高智商罪犯们常用的手段。”

“难道他不可能有真才实学？”

“假如真是那样，就更加危险了。我虽然对心理学知道得不多，倒是听说过，个别心理医生通过暗示和催眠之类的手段，使被害人丧失意识，从而进行犯罪的。”

“你认为陈晓松有这样大的本事？”

“不知道。通过我这一段时间的跟踪，我发现他是一个很难让人看透的人。”

“你现在有没有看透他？”

郭淮摇摇头。

“既然你还没有看透，为什么那么肯定他就是凶手？”

郭淮一时无言以对。他犹豫了一下，才说：“其实，我对他的怀疑不仅仅源于那些离奇古怪的涂鸦，以及事发前去五金商店购买的那些东西。”

“……”

“我原本不想跟你说，因为我手头没有实际证据。”

“那是什么？”

“其实，那天我潜入他家里时，除了发现这几张涂鸦纸，我还看到了一样东西。”

“……”

“陈晓松的日记。”

“他写日记？”

“三大厚本，时间跨度从他上中学开始起一直到去年。我曾经想把那些日记拿走，又担心被他发现打草惊蛇。所以看了几眼就放回了原处。”

“估计上面不会有他的犯罪计划吧？”

“当然没有。通常心智成熟的罪犯都不会把犯罪计划写在日记里，我想这个你也明白。尽管如此，读他的日记，仍然让我有种害怕的感觉。”

说到此处，郭淮的脸色凝重起来。

胡新月端来一盘烤花生和五香南瓜子放在茶几上。

等女友走后，郭淮才说：“他近几年的日记都很普通，写的无非都是些日常生活和工作上的琐事。”

“你的意思是，他过去写的日记里有某些特别的东西？”

“是一些让人看了就很不舒服记录，也就是他上中学那段时间。”

“那时候他也只不过是一个十三四岁的孩子吧。”陆小棠说。

“的确。不过他跟其他孩子有些地方很不一样。”

“表现在什么地方？”

郭淮看了看陆小棠：“你真的想听吗？这跟案情没有任何关系，而且不太适合讲给一个女人听，所以我也没告诉我老婆。”

陆小棠眨了一下杏核眼，目光里闪出一抹挑战的意味。

“那好吧。”郭淮点下头，“他曾有一段日记，用了十几个篇幅来记录他如何把一只猫绑起来活活饿死，观察它如何腐烂成一堆骨头的过程……”

陆小棠感到头皮一奓。从郭淮的表情上就能看出自己现在有多么惊慌。

郭淮并没有嘲笑的意思，他说：“也许男人还好接受一点儿，小时候可能多多少少都有过欺负小动物的经历。对你们女人来说，这简直太可怕了。”

陆小棠不否认。回想起小时候跟慕容雨川在一起玩，那家伙也比较残忍。制作各种昆虫标本，拔鸡毛、剪猫胡子、往狗尾巴上拴转头。但也远没有达到郭淮所说的那种程度。

“他为什么要那样做？”

“他并没有写得很清楚，只是将自己的行为称作‘理化研究’。”

“他还做过类似的事情吗？”

“是。诸如，把刚出生的狗崽泡在硫酸里……”

陆小棠胃里泛起了酸水。

郭淮就此打住：“你还好吗？”

陆小棠勉强点下头。

郭淮说：“这些毕竟是十几年前发生的事情，跟陈晓松现在的行为不会有直接关系，所以我没有把他的日记带出来。只是每次回想起来，我就觉得很不舒服。”

“那些日记你都看全了吗？”

“没有。当时没有那个时间，只是匆匆一瞥。谁知道呢？也许里面隐藏着一些重要线索我当时没有发现。现在后悔也晚了。”

“是这样啊……”陆小棠考虑着，“如果你能确信他的日记里存在着重要的线索，我到可以想办法申请一张搜查令。但考虑到现在的形式对我们很不利，媒体记者都在目不转睛地盯着我们，绝对不能失算，否则我们就得吃不了兜着走。”

郭淮无奈地摇摇头。

陆小棠忽然想到了什么，问：“在你们拘留陈晓松那几天里，是不是搜查过他家？有没有找到那几本日记？”

“没有。”

“你们仔细搜查遍了？”

“是。搜查时，跟我潜入他家时的情形几乎完全一样。但是那三本日记却没有找到，也许是被陈晓松故意藏起来了。”

陆小棠听郭淮说完，感觉这些分析主要是依靠推理，缺少有力的证据支持。难怪陈晓松能够反客为主，把郭淮告上法庭。

她说：“不管怎样，我倒认为，我们暂时只有先把陈晓松的嫌疑排除在外，一切调查从头开始。”

“从头开始？”

“我需要所有关于三起撕脸凶杀案的资料，特别是物证报告和尸检鉴定。”

郭淮脸色一沉：“你认为我的分析是完全错误的，想在那些物证和尸检报告中能发现我之前的纰漏，对吗？”

陈晓松已经成了他心中的血痂，只要一碰他就能发疯。

陆小棠说：“我不是不相信你。只是现在我们已经没有其他侦查渠道可以利用。法庭上你虽然没输，可是形式对你并不利，你已经不能再像过去那样毫无顾忌地调查这个人了。这一点我想你心里很清楚。我们现在能做的只有踏踏实实收集足够的证据，把凶手找出来。不管最终是不是陈晓松，这都是我们身为警察应该做的。”

话一出口，陆小棠有些后悔，她等于完全否定了对方。郭淮脸上一阵红一阵白，刚刚融洽的气氛陷入沉闷。

两人停止了交谈。郭淮从果盘里拿出一颗花生捻在手里，慢吞吞地捏碎外皮，却没有吃。尴尬中陆小棠起身告辞。

送陆小棠出门时，郭淮说：“我会尽量配合你工作，但我也不会坐以待毙。我从来就没放弃过亲手抓住凶手的决心。”

这位出色的刑警终于显露出锋芒的个性。

“那好啊，我也希望如此。”陆小棠展颜一笑，毫不示弱。

郭淮目送陆小棠走下楼梯，陷入沉思。胡新月不知何时来到他的身边，轻声说：“侦探老公这下可有压力了。”

“哦？”

“我觉得她可不简单。你如果不抓紧，搞不好凶手真能被她捉住。”

“也许只是一个绣花枕头呢。”郭淮这样说有些底气不足。

陆小棠走出郭淮家就发起愁来。刚才只是装出的气势，她心里却是没底。

物证材料就那么多。郭淮看上去精明强干，如果连他都找不出更多的线索，自己多看一遍恐怕也无济于事。不过她也不赞同郭淮偏离物证线索，仅凭主观想象推测的做法。现在轮到她来处理案子，她应该怎么做呢？

走在冷冷清清的街道上，几乎没有行人。小县城的居民没有夜生活，天一黑就早早关门闭户。习惯了大都市灯火辉煌的夜景，此刻就仿佛走到了世界的边缘。只有萤火虫般微弱的路灯悬挂在孤零零的电线杆上。远处是浓重的夜色，隐约分辨出起伏的山峦，只是颜色比夜色稍浅，再远就是无边无际的黑暗，看得让人心慌。

难言的孤独感掠上心头。好像世界上只有她一个人，父母在另外一个世界，慕容雨川在另外一个世界。人多的时候，听慕容雨川叽里呱啦满嘴废话让她心烦，一个人的时候，她又想念。

倘若那家伙现在在身旁，他会怎么看待这件诡谲的案子？

一位梦见无脸人的女人。

一个在现实中撕脸皮的凶手。

一张出现在画纸上的空白脸。

Finding Face。

Finding Face。

Finding Face……

墙壁上用血写成的英文字母，在月光的照射下逐渐变得鲜艳。干涸的血渍慢慢融化，流淌过白色的墙壁，像一行行痛苦的眼泪……地上趴卧着满脸是血的人……他的脸皮被捧在一双手里……一个沙哑的声音说："我终于找到了……"

陆小棠霍然惊醒。

苍白的月光照在对面墙壁上，空空如也。

她翻转身子。木床发出细微的吱吱声。

她拨开眼前的乱发，拿起枕边的手机看看时间，凌晨3点。

"我也是做噩梦的女人吗？"她把脸埋在枕头里，迷迷糊糊问自己，"那个凶手难道真能感应到噩梦，正在外面撕人脸吗？"

1月11日，星期三。

陆小棠来到县公安局，郭淮把早已准备好的案件卷宗交给陆小棠。尽管他心里不痛快，做事还是认真负责。刑侦材料、证人笔录、尸检鉴定，巨细靡遗地放到陆小棠眼前。

陆小棠随意翻了几页，跟呈交给市局的材料基本一致，只是在细节上交代得更加详细，照片更多。几张尸检照片着实吓到了她。如果不是亲眼目睹，很难想象一个人的脸皮被硬生生撕下去会是什么样。

她之前看到的照片都是现场概览照相。细节上比较模糊，只看见被害人或躺或卧在血泊中，满脸血污。现在有几张照片是在医院里尸检时拍摄的特写，鲜血都已被清洗干净，能够看清楚死者脸部撕碎的肌肉纤维和脂肪残留，甚至还有白色的骨头。假如陆小棠的医学知识足够丰富，她都能指着创面叫出每一块面部肌肉的名称。

照片比文字更能带给人震撼。

陆小棠匆匆把带照片的几页翻过去，也许这些东西适合给慕容雨川来看。

尸检是由郭淮与县医院一名医生配合完成的。尸检鉴定上写明——凶手先将被害人用颈动脉挤压方式扼死。然后右手持刀，配合左手把死者脸皮剥下。

凶手的刀法比较熟练，不排除从事医院外科工作或者屠宰职业。当然还有一种可能，凶手之前有过类似的作案经验。

郭淮在“尸检分析”中写道，鉴于三名被害人一男二女，使得我们对凶手性别的判断出现了很大分歧。以我个人观点，我更倾向于男性。因为凶手撕脸的手段既需要良好的心理素质，也需要力量，这些都是男性的特点。

陆小棠对此倒不敢苟同。因为她曾亲自抓捕过凶猛的女性罪犯。作案手段与男人如出一辙。特例总归是存在的，在经验方面郭淮毕竟远不及陆小棠。

陆小棠仔细看完物证鉴定与尸检鉴定。她揉着胀痛的眼睛，慢慢在脑海中梳理线索。揉着揉着，她停住了。

有什么地方不对劲。

她重新打开材料，翻到尸检部分，逐字逐句又看了一遍。忽然闪念，陆小棠一震。对，就是它。

她找到郭淮，问他尸检步骤是不是完整。

郭淮似乎早有准备，他说：“放心吧陆警官，我和孙医生虽然比不上你们市局的专业法医，但也不会轻易出现差错，更不会敷衍了事。”

陆小棠说：“既然如此，疑点就来了。”

“什么疑点？”

“你们尸检鉴定上描述三名死者所遭受的伤害。”

“有问题吗？”郭淮一时间弄不明白陆小棠用意何在。

“三名死者的脖颈上都有被凶手扼杀的痕迹，还有被撕掉的脸皮，除此之外再没有其他伤痕。你想想，不觉得奇怪吗？”

“奇怪？”

陆小棠对他有些失望：“被害人至少应该有挣扎的痕迹吧。难道他们一动不动地等待被凶手掐死，毫不反抗？这无论如何都不符合逻辑。”

郭淮瞧着陆小棠，忽然笑了。

陆小棠不解。

郭淮从办公桌抽屉里拿出一页纸，递给陆小棠：“我的确也发现了这个疑点，而且写在尸检鉴定里了。刚才给你材料时，故意抽出一张。我想试试你。”

陆小棠又好气又好笑，也许他是为了昨天晚上的不愉快有意刁难自己。想不到这位基层刑警好胜心如此强，一点儿团队意识都没有。

她说："既然你早就发现了，我想听听你有什么看法。"

郭淮这次倒显得诚恳："老实说，我也一直在为这个问题困扰。太不可思议了。"

"肯定会存在某种合理的解释。"陆小棠思索着说，"原因要么出在凶手身上，要么出在被害人身上。"

郭淮顺着她的思路分析下去，说："假如原因出在被害人身上，只能解释为他们是自愿被凶手掐死的。除此之外，我们还能怎么解释？"

"自愿被杀？"陆小棠琢磨了一下，"这种可能性微乎其微。虽然曾经出现过请人杀死自己的案例，但那其实等同于自杀，由于被害人没有勇气自杀，才找人来帮助他了结。本案的情况却不同，三名被害人的身份、性别、年龄、职业相去甚远，被害人死前也没有出现厌世的征兆。我还注意到，他们三人的尸体都出现了不同程度的暴露……"

"是。死者的情形以及案发现场都暗示着，他们好像正准备与人发生关系。"

"一个仍然渴望享乐的人，是不太可能想要自杀的。"

郭淮承认陆小棠说得有理。他说："那另外一种可能就是凶手使用了某种手段，使得被害人完全丧失了抵抗能力。"

陆小棠再次向郭淮确认，问道："被害人尸体上除了那两处明显的伤痕，真的再没有其他的伤痕？"

"我们检查得很细致。手臂上没有捆绑束缚留下的青肿、没有擦伤、没有割伤，身体上也是一样。"他看了陆小棠一眼，似乎看出她的疑虑，"我知道你想问什么，是不是凶手使用针头一类的东西给他们注射了麻醉剂，或者给他们喝了什么东西。"

陆小棠就是这个意思。

"告诉你，没有。也许针头太细，留下的伤口不容易被发现，但是我们做过毒理实验。三名被害人的血液、胃液、尿液里都没有发现任何药物。这种假设是不成立的。"

"难不成凶手像湘西赶尸一样对着被害人念一段密咒，被害人就服服帖帖了？"

“不骗你，我还真往这方面想过。”郭淮解嘲道。

“肯定是通过某种办法。”陆小棠坚信，但她也只能说出这一句话。

“现在你应该了解我为什么丢开物证线索，另辟蹊径了吧？”

昨晚在他家，他和陆小棠就是因为这个问题产生分歧的。

陆小棠略带挖苦道：“所以你相信那个女人的噩梦，梦里没有脸的人还有废纸上胡乱的涂鸦，还有那个看着动物一点点腐烂成骨头的人？”

“你不相信吗？”郭淮不理睬陆小棠的揶揄，他注视着陆小棠的眼睛。

“我？”

“你认为那些都是无稽之谈，认为我也是一名无聊的警察是吗？”

这家伙又像吃了枪药。

陆小棠当然不能像对待慕容雨川那样先扁他一顿，然后声明自己的立场。她对不熟悉的人态度还是蛮温和的。

“我可没有那么想。”她大度地笑笑。

郭淮毫不退让，说：“既然你也承认那些死者是在绝无反抗的情况下被离奇杀死的，为什么不能承认其他离奇的事情？”

这一下倒把陆小棠问住了。

但同时她也闪出了一个念头。

她对郭淮说：“现在我想去看望一个人。你要不要一起去？”

“看望谁？”郭淮不解。

“陈晓松。”

郭淮的气势汹汹立刻化作目瞪口呆。

陆小棠暗自好笑。她故意要刺激一下这个自以为是的县城小民警——跟姐作对你还嫩了点儿。

郭淮主动要求跟陆小棠一起去县人民医院探望陈晓松。

陆小棠顺路买了两袋子水果。她要充分利用自己现在的身份优势——既可以站在郭淮一边参与破案，又可以借调查冤假错案为名接近嫌疑人，她无疑有相当的自由度。

郭淮则不然，可是他却不肯示弱，硬着头皮跟来。

果不出陆小棠所料，陈晓松和郭淮一见面，火药味就充满了整间病房。

两个男人在沉默中对峙。

满眼仇视。

陆小棠率先打破僵局，向陈晓松说明了来意。陈晓松对陆小棠的态度倒还算和气。他指桑骂槐地跟陆小棠说："我乍看到郭警官走进来，还以为又要来抓我呢。"

"他只是想跟我一起来探望你的病情。"

"是吗？"陈晓松用鼻子哼道，"希望他不要诅咒我快点儿死才好。"

郭淮脸色铁青，额角青筋迸起。

这时病房门被推开，一个女人走进来。陆小棠不认识。郭淮一见，铁青的脸立刻气成了紫色。

那女人看见郭淮也很吃惊："想不到会在这里看见你，郭警官。"

郭淮冷笑："我更想不到会在这里看见叶小姐。你居然没被铁链拴在床上，也没喊救命，庆幸至极。或许，你这种有钱女孩儿就是喜欢玩这种危险的游戏，是不是？"

叶倩颖很难堪。

她小声说："你上次跟我说的，我原本是相信了的。可是后来……后来，我又觉得陈先生的确是在帮我，所以我……法院给我打电话时，我没帮你说话。"

郭淮余光里发现，陈晓松正冷冷地瞧着自己，眼中隐含奚落之意。他气得简直发疯，恶狠狠瞪了叶倩颖一眼。"你用不着向我解释。我只是好奇，下一次看见尸体会在什么时候，会是谁的脸皮被剥掉？说不定我还认识那个人呢。"

连傻子都听懂郭淮的毒舌了。

叶倩颖吓得脸色惨白，眼泪几乎就要出来了。

陈晓松对陆小棠说："看看。这就是咱们的人民警察。随意向市民开枪，随意给市民定罪，随意威胁市民人身安全……"

陆小棠不等他说完，赶紧把郭淮推出病房。

她第一次冲郭淮发火，道："你知道你刚才在说什么吗？"

郭淮自知理亏，默然不语。

"我一直以为你很精明，怎么能做出这么愚蠢的事情来？"

郭淮说："我实在咽不下这口恶气。眼睁睁看着罪犯在眼前耀武扬威，我还得低声下气。尤其是我亲手救出的被害人，你也看到了，不但不感激，居然还能大言不惭说出那种话来，天底下怎么能有那么糊涂、那么混账的人？"

陆小棠说："算了。你先回去，这里让我来处理吧。"

她也没料到，郭淮一来就把局面搞得这样僵。现在她只能靠自己了。

看着郭淮气呼呼离开，陆小棠回到病房。

陈晓松正在安慰叶倩颖。两人看上去十分融洽，很难相信郭淮所说的凶手与被害人会如此和睦相处，更别说陈晓松能将叶倩颖绑在床上，举刀伤害了。

大概是陆小棠没穿警服，态度又很和气，陈晓松对她没有排斥，甚至很愿意同她聊天。陈晓松坦然承认，自己最初的确想通过交友网站认识一些异性朋友。"但这并不违法，完全是个人自由。"他重申。

"郭警官看见你用 angel face 这个网名，当时觉得很敏感吧。"陆小棠拿郭淮当炮灰，觉得有点儿对不起他。

陈晓松气哼哼道："我只是为了引人注意，才故意起了一个时髦又好懂的英文名字，angel face。谁知道杀人凶手会在凶杀现场也留下 face 这个单词。但即便如此，怀疑上我也太经不起推敲了吧？"

陆小棠点头称是，顺便打量那个不太喜欢说话的叶倩颖。

她就是那位做噩梦的女人，郭淮嘴里的神经病、疯子。这场惊动省市公安系统的官司，根源就出在这个女人身上。

叶倩颖的穿着打扮是那种典型的时尚贵族女，配上她姣好的容貌，即使走在大都市街上都是一道靓丽的风景。

让陆小棠感觉别扭的是这个女人神情萎靡，全然没有她这个年纪的女孩所应有的生气，好像一个失魂落魄的老妇人一般。

而且，透过她的眼睛很难读懂她的心思。

她眼睛笼罩着一层雾，让你越看她越觉得模糊。

第八章 梦的符号

也许是考虑到陆小棠有可能帮助自己打赢这场官司，陈晓松尽量解答她的一切疑问。谈到案发当天的情形，陈晓松把昨天在法庭上说过的话重复了一遍。

“我在重新构建叶小姐的梦境。郭警官当时对此一无所知，完全误解了我的意图，结果造成了这种难以收场的局面。”

陆小棠对心理治疗方面的知识并不比郭淮知道得多。她在想，假如当时破门而入的人是她，看见一个男人正把一个女人绑在床上，举刀相向，自己会不会朝他开枪？

陈晓松看出了陆小棠的疑虑。他说：“其实‘梦’并不像你们想象中那么神秘。平常人一说到‘梦’，就把它想象成虚无缥缈的神秘主义。但其实，早在一百年前，就有学者详细地阐述过梦境与现实的关系。”

“哦？”

“精神分析学的创始人弗洛伊德。”

“我知道这个人。”

“他的成名著作叫《梦的解析》，分析的就是人的梦境。”

看见陆小棠露出好奇，陈晓松来了兴致。他说：“弗洛伊德认为，梦是一种人类潜意识的心理活动。”

“潜意识？”

“对。弗洛伊德有一个著名的‘心理地形说’。把人的心理意识解释为三部分——意识、前意识、潜意识。‘意识’就是我们日常的心理活动，你计划做什么事情，想和谁约会，讨厌某某东西……你能感受到的、想到的，这些就是我们的意识。‘前意识’则是你不经意的行为。你当时或许没有意识到，但是当你集中注意力去思索，就能够明白的自己的目的性。”

“‘潜意识’呢？”

“‘潜意识’则要复杂得多。弗洛伊德在‘心理地形说’中用冰山作比喻。他说，我们的意识就像漂浮在海中、露出海面的冰山顶端，而我们的潜意识则是淹没在海面之下更为巨大的部分。我们压抑的欲望，不好的经历统统封闭其中，让我们难以觉察。”

“还有这种说法？”陆小棠没想到陈晓松对心理学有如此深刻的研究。

她无意间瞥了一眼坐在床脚的叶倩颖，那女人对陈晓松滔滔不绝的讲解反应十分冷淡。眼神也有些呆滞，好像处在一种游离于现实与虚幻之中的状态。陆小棠想起郭淮对她的评价，这女人的确很奇怪。

她正为叶倩颖分心，陈晓松已经继续讲下去：“潜意识是我们心灵的垃圾桶。”

“垃圾桶？”这种比喻对陆小棠来说还蛮新颖的。

“你如果读过心理学书籍，就会知道人的本性包含了强烈的欲望，诸如性欲、暴力欲、食欲等等。在现实生活中，这种欲望并非总能得到满足，一旦得不到满足，就会产生许多消极的影响。心灵的自我防御机制会把这些消极感受从大脑中筛选出来，封闭在潜意识中，以保证主人能够比较乐观积极地生活下去。”

陆小棠看了看叶倩颖，似乎明白了陈晓松的意思。

“你是说，做梦经常能够反映出一个人潜意识中的欲望……”

她又顿住，叶倩颖梦到没有脸的人能反映什么欲望呢？

“你说对了一半，陆警官。”陈晓松说，“潜意识除了能隐藏人的欲望，还能清除心灵中的创伤。”

“……”

“临床心理学中有一种叫创伤后选择性记忆的症状，你听说过吧？”

陆小棠点头，说：“我见过。有些人在遭遇重大事故或打击之后，对事故发生的经过印象模糊，或者干脆忘记了。”

“对。不过，那并不是说患者的脑子受到损伤，而是心灵自我防御机制把这段记忆屏蔽了。只有在潜意识中，还存在着关于这些灾难记忆的零散碎片。”

“那你认为叶小姐的噩梦反应的就是潜意识中的记忆碎片？”

“梦也是一种心理活动。在人睡眠时，精神处于完全放松的状态，这也是人的自我防御机制最弱的时候，那些漂浮在潜意识中的碎片就会不经意地被释放出来，经过大脑的重新拼接、组合，最后制造出了我们的梦。所以我们的梦往往看起来十分离奇古怪。”

“那你通过‘重建梦境’的手段，有没有办法解释她梦到的那些东西？”

一直默不作声的叶倩颖忽然说话：“这种连续不断的噩梦弄得我筋疲力尽。我就是希望陈先生能帮我找到原因。”

原来她一直都在听他们说话。

陈晓松摇头叹息：“目前为止，收效甚微。上一次的实验做到一半时叶小姐似乎有了反应，却被突然闯进来的郭警官打断了。”

“那你可以重新做一次啊？”陆小棠说。

陈晓松微笑着摇头。

“心理实验跟化学实验不一样，它是不断变化着的。针对同样一种症状，不同的患者反应不一样，同样的患者在不同时间里反应也不一样。原则是要让患者在全身放松、毫无觉察的状态下进行实验，才会有效果。现在再做相同的实验，当叶小姐遇到熟悉的实验过程，她的心理自我保护机制会本能地产生阻抗，没办法真正融入到当初的梦境中，即使得到实验结果，也会偏离真正的原因。”

“这样说来，你对叶小姐的噩梦仍然一无所知。”

“我只知道她的梦很可怕。”

“有多可怕？”

陈晓松瞧着陆小棠，闪过一丝狡黠的笑意，说：“我把叶小姐梦到的东西都画在草纸上用来研究，后来都被警察收走了。我想，陆警官你也有看到吧。”

陆小棠有些尴尬，只好说：“我是看过一些，但不知道都是什么。有一个面部被涂成漆黑的人给我印象很深刻。”

叶倩颖明显哆嗦了一下。

陆小棠侧脸看她。她很好奇，一个梦中的幻象怎么会令这个女人如此恐惧？

叶倩颖站起身说：“我去一趟卫生间。”

她是借故逃跑，害怕他们谈论这个话题。

陆小棠现在或许明白，即便陈晓松愿意为叶倩颖再做一次“梦境重建”实验，叶倩颖本人却未必会答应。

叶倩颖站在卫生间里，凝视着墙上方镜里的自己。

镜子里的女子也在凝视她。

那是一张十分漂亮的脸，漂亮到令她自己都有些吃惊。只是那张脸没有笑容，表情呆板冰冷。

她抬手轻轻触碰自己的脸颊。

镜子里的女人也在抚摸自己的脸。

她想对那个美女做出一个友善的微笑。

那个美女的笑容竟然充满了恶毒与嘲弄。

她吓得捂住自己的脸。

陈晓松说：“她梦里的那个人要么背对她站立，要么一张脸完全隐藏在黑暗中。我只是根据她的梦境如实反映在画面上。”

“你买的刀、锁链、锥子、胶带也都出现在她的梦里？”陆小棠问。

“除了胶带。”陈晓说回答，“我买胶带是因为她说自己在梦中一动不能动，所以我用胶带来固定她。其他三样东西都有。”

“在她梦里那三样东西都出现在哪里？”

陈晓松颇有深意地看着陆小棠，问：“你怎么对她的梦也这样感兴趣？”

“仅仅是好奇吧。”这是陆小棠的心里话。

“其实我画上画的并不是她噩梦的全部。我只是把一些简单的图像画了出来。”

“她还梦到了更多？”

“你以为我做‘梦境重现’是根据什么？整个场景，所有道具，甚至按照时间顺序发生的一些细节，都要尽可能如实地反映患者梦到的一切……”

“难道在她梦里也有人用刀威胁她？”

“那倒不是，不过也够可怕的。她梦见了杀人。”

陆小棠皱皱眉。

“杀人？”

“一个人用刀和手把另外一个人的脸整块撕下来……然后放出一条身上有环状

花纹的蛇把那个疼得抽搐着的人死死咬住……”

“什么？蛇？”

“我在这里解释一下，梦中出现的事物与现实存在着一种象征替代的关联，通常是由一个比较中性的图像来代表一个能引起潜在不安的想法。因此，一个人梦到的东西无论多么离奇，都能在现实中找到相应的替代品。”

“那蛇象征什么？”

“蛇在她梦里的作用是束缚被撕脸的人，就应该解释为一种绳状能束缚人的东西。她梦见的是有环状花纹的蛇，环状花纹则暗喻环状物。让我在现实物品中寻找它所象征的对象，我想锁链最符合标准。”

“那锥子象征什么？”

“锥子也许就是锥子，或者隐喻什么，我还没想到。”

“锥子在她梦里出现在什么地方？”

“锥子插在杀人者的头上。”

“什么？”

“她是那样梦到的。”

陆小棠现在领略到梦的离奇了，时常会颠覆正常的逻辑。

陈晓松接着说：“她还梦见杀人者用手接着从被杀者脸上滴下的血，在透明的黑暗中写字。”

“Finding face？”

“对。”

“在她的梦里，杀人者是男是女？”

“看不见脸，一团漆黑。”

“也就是说，没有脸的人是她梦里的凶手……”

“警官小姐。”陈晓松略带戏谑，“分析梦可不像你们破案。按照弗洛伊德的分析方法，很多梦实际所指代的含义恰恰与梦境本身截然相反。梦见凶杀案也许暗示出做梦者正处在焦虑之中，凶手也许只是象征一次受伤的经历而不是具体的人。”

陆小棠白了他一眼，那你之前说那么多不是等于废话吗？

她在考虑是不是自己也犯了跟郭淮一样的错误。她居然期望在一个抑郁症患者荒诞无稽的噩梦里寻找线索……

梦中的无脸人——现实中的撕脸魔……

或许只是一个巧合。

现实往往存在各种各样的巧合。

叶倩颖掬了一捧水拍在脸上。冰冷的水刺激着皮肤，慌乱的心绪平伏了一些。她仰起头，望着镜子里的女子。

镜中女子也在望着她，水珠沿着脸颊不住往下滴……

三个被撕掉脸皮的人，血也是这样从脸上往下滴……

她慌忙把脸别开。

那种恐惧感并没有消失，镜子里的女子仍然冷冷地注视着她。

她想要马上离开，两条腿却挪不动分毫，仿佛镜子里的女人正在她身上施加某种诅咒……

她慢慢地把脸重新转向镜子。

她看见镜子里的女人正在瞅着她笑。

一只手无声地从她背后猝然伸出，缠住她的脖子。

陆小棠问陈晓松："你对叶小姐的家庭了解吗？"

"这个我倒不是很清楚。不过看她的穿戴和开的车，家里一定很有钱。我要是她，肯定到大城市去生活。何必困缩在这么一个小县城里？"

陆小棠随口说："你不也一样吗？听说你大学毕业后到C市工作了两年。怎么又想起跑回来开药店了？"

陈晓松一怔，表情有些僵硬："我……我做生意赔了。"

陆小棠看了他一眼，没有说什么。

陈晓松连忙又说："你也知道，现在社会复杂，竞争激烈。光有学历，不表示一定能成功。"

陆小棠点点头，感觉陈晓松的目光有些古怪。抬头看他时，他的眼睛已经转移到别处。

一只冷硬的手捂住了叶倩颖的嘴，她无法叫喊。

镜子里的女子也瞪大了一双惊恐的眼睛瞅着她。

袭击她的不再是噩梦里的幻觉，是一个男人，一个实实在在的恐怖身影。

男人把她的脖子扭向一边，这样她就没办法透过镜子看他的脸。

男人用另外一手摸她的脸，他的指甲很长，慢慢刮着她的脸。她心惊胆战，不知道接下去会发生什么。

男人的嘴唇贴在她耳边，低声说："宝贝，你居然还是那么漂亮啊。"

她想问，我认识你吗？可是从她嘴里只能发出呜呜声。

男人的手慢慢滑到她的脖子上，她感觉那只大手可以轻而易举把她的脖子拧断。她开始挣扎。

"嘘——"男人发出桀桀的低笑，"你这只小猫还挺不老实。"

她感觉掐住她脖子的手指正在缩紧，一口气被憋在嗓子里喘不上来。如果她能照镜子的话，现在的脸一定正在扭曲。那个梦中没有脸的人，似乎正躲在黑暗中的某处看着她……

情急之下，她用高跟鞋的尖跟狠踏男人的脚面。男人疼得松开手。她夺路而逃，跑出卫生间。男人随后追出，想把她拽回去。

她尖叫着，慌不择路地向前跑。男人伸长手臂抓住她的头发。

这个场面恰巧被去而复返的郭淮看到，他从楼梯冲进走廊里截住了男人。

叶倩颖大口喘息，这才有时间回头看那个几乎掐死自己的人。那是一个身材高大的英俊男人，那张英俊的脸此刻无比狞恶。

他用健壮的身体撞开郭淮，又向叶倩颖扑来。

叶倩颖魂飞魄散。

郭淮一把抓住男人的肩膀，想用擒拿的功夫把他制服。哪知对方壮得像头牛，用力一晃膀子，把郭甩了一个趔趄。

郭淮又扑上去。男人冷笑一声，双手揪住他，结结实实把郭淮摔倒在地。郭淮后脑磕在地上，一阵眩晕。同时听见叶倩颖的惊呼。

就在这时，一个人闪到近前，一伸手抓住了男人的衣领。

男人挥起粗壮的胳膊向后扫，却扫了个空。胳膊猛然被对方双手缠住，紧跟着脚下一绊，莫名其妙地摔了一个跟头。男人怒气冲冲从地上爬起来。定睛一看，站在面前的竟然是一个略显瘦弱的年轻女人。

他恼羞成怒，抡拳打过去。

陆小棠连躲都没躲，把脚抬起来。她本来就是长腿，男人胳膊再长也没有她腿长。男人只感觉一眨眼，对方的脚就出现在自己头顶，紧跟着他就躺在了地上。

郭淮在一旁看得目瞪口呆。他只在奥运会跆拳道比赛转播中看到过刚才的动作，术语好像叫下劈。

他现在才知道这位女警官为什么如此骄傲。

陆小棠问郭淮："你没受伤吧？"

"没有。"郭淮脸一红，发现自己还坐在地上，赶紧站起来。

"你刚才怎么不用枪逼住他？"

"我不习惯带枪。"

"哦。"陆小棠瞥了他一眼。眼神似乎说，身手不咋地就别装。

郭淮掏出手铐给男人两只手拷到背后。

男人面露惊慌："你们想干什么？"

郭淮冷冷道："这句话也是我想问你的。"说着掏出警官证在他眼前摇晃。

"我没干什么啊，你们为什么要抓我？"

"你蓄意伤害，又拒捕，你说够不够抓你？"

"我根本不知道你是警察。"男人辩解，"你说我蓄意伤害，我伤害谁了？"

郭淮瞅了瞅叶倩颖。

男人马上说："我没有想要伤害她，警官先生。我跟她只是发生了一些矛盾。"

"所以你想杀了她是吧？"

"开什么玩笑？我是叶倩颖的男朋友。男女朋友谁没发生过一些小摩擦啊？"

这句话把郭淮说愣了。他问叶倩颖："他说的是真的？你该不会告诉我，你刚才跟这个男人也是在做游戏吧？"

叶倩颖冲郭淮使劲儿摇头："他在骗你。"

郭淮不容分说，按住男人搜身，没有翻到刀子一类的危险品。

男人恶狠狠瞪着叶倩颖："你这个贱人胡说八道。好好看看，我就是你男朋友，你敢不承认？"

叶倩颖吓得浑身发抖，颤抖的声音道："我不认识你。我根本不认识你。"

男人勃然大怒，要不是郭淮拉着，他被铐着双手也能扑到叶倩颖身上。

郭淮对男人说：“有什么话到警局去说吧。”

他拽着男人下楼时，男人忽然转过头，冲着叶倩颖嘿嘿冷笑：“你认为你跑得掉吗，你跑不掉！”

郭淮把男人带走之后，叶倩颖虚脱地靠在墙壁上。

陆小棠关切地问：“你还好吗？”

叶倩颖心有余悸地问：“他如果回来找我，我该怎么办啊？”

陆小棠说：“那就看他犯的是什么罪，或许他再也回不来了。”

叶倩颖似懂非懂地点点头，目光有些离散。

傍晚，陆小棠护送叶倩颖回家。叶倩颖吓得不轻，她的车由陆小棠开。陈晓松虽然有伤行动不便，也答应陪叶倩颖一起回家。

叶倩颖的家坐落于小镇边缘。

在一片简陋的房舍街道中，赫然出现一座巨大的院落，围墙高耸，大门气派。院子里有青翠的草坪和苍绿的老树，簇拥掩映着一幢欧式的别墅。别墅外表的毛水泥灰墙上爬着四季常青的藤蔓。丰田车开进大门就仿佛进入到另外一个世界。

陆小棠全然没有想到叶倩颖家奢华到如此地步。这样的别墅应该建设在上海、深圳的豪宅区中，却出现在一座极为普通的小县城里，给人一种难以描述的不协调感。

叶家有两个佣人。男的是厨师，来自福建。女的负责打扫卫生，本地人。

叶倩颖父母在 50 岁上下，父亲叶秋生头发灰白，偏瘦，文质彬彬。母亲赵海兰体态略显臃肿，稍显寡言。夫妇俩都穿着唐装，据说是台湾人。

他们对待陆小棠和陈晓松态度和气，却也十分冷淡，稍微寒暄几句就离开了。

叶倩颖此时的情绪才稍稍平稳。她解释说：“我父母喜欢安静，在台湾就这样。”

“这么说你也算台湾人喽。”陆小棠说。

“其实还不是都一样。”叶倩颖不以为然，“我出生在台湾，可那是很小时候的事情了。九十年代初我们就来到大陆，我对台湾都没有什么记忆。”

女佣端来三杯咖啡，还有一托盘夏季水果。一只安哥拉大猫小心翼翼地从门外走进来，戒备又好奇地打量着陌生人。陆小棠伸手摸它，花猫敏捷地躲开了。

叶倩颖说：“我们家很少来客人，它怕生。”

陆小棠接上刚才的话题，说：“你们怎么会想到来大陆？”

“父母是来大陆投资做生意的。应该算是改革开放以后最早的台商吧。说起来，我长这么大还从来没有回过台湾老家呢。”

叶倩颖感慨之余，拿起盘子里一颗草莓，拈在手里把玩。不经意地跟沉默寡言的陈晓松目光相碰，莞尔一笑。

陈晓松也冲她微笑示意。

陆小棠问：“你们在台湾还有亲戚吧？”

“有啊。不过都没见过面，只是在照片上看到过。说来说去，我们现在都已入乡随俗，和台湾那边早已没有什么来往了。”

陆小棠心想，看样子你们在大陆的朋友也不多。想象一个女孩子从小到大守着一对性格孤僻的父母，住在这样一栋冰冷空荡的大房子里，物质生活极尽奢侈，精神上是否快乐就不得而知了。

她多少有些同情这个女人。

“你从小到大都住在这座县城里吗？”陆小棠问。

“我初中时去的C市，一直读到高中。然后就出国留学了。”

“出国留学？”

叶倩颖倒没有显出得意：“也没什么意思。只不过是为了混一个文凭，只要有钱其实在哪里生活都一样。”

陈晓松这时插话道：“叶小姐是去哪个国家读书的？”

“我……”

安哥拉大猫讨好似的凑上来，叶倩颖轻轻搔着它毛茸茸的脖子。

“我去澳洲留学，悉尼大学。”

陆小棠惊讶。想不到这位富家女竟然还是一位高材生。

一个富有、漂亮又有学识的女人居然会患上抑郁症？

当晚，陈晓松因为腿脚不便留住在叶家。陆小棠告辞时没再看到叶倩颖的父母。叶倩颖提出要开车送她回去。

陆小棠说用不着，路不远，正好走路散散心。

走出叶家大门，陆小棠有意无意地回头看了看。身后的街道几乎没有行人，只停着一辆马自达轿车。

她沿着街道往前走，脑子里尽想着医院里袭击叶倩颖的那个人。刚才有好几次，她想开口问叶倩颖到底认不认识他，又怕刺激到叶倩颖，只好忍住。

身后传来车轮碾过路面的声音，车行缓慢，很久都没有从身旁经过。走到下一个路口时，陆小棠站住，转回身，看见刚才停在路肩的马自达轿车出现在前面。

她透过轿车的挡风玻璃，看见驾驶与副驾驶座位坐着两个人，似乎是一男一女。轿车停下了。

车门打开，从驾驶室走出一个戴着眼镜、白胖圆脸的男人，年纪不超过30岁，身材略矮。

陆小棠顺便看了一眼副驾驶座位。坐着一位短发年轻女人，脸上有着浅浅的雀斑。

男人走过来，先礼貌地向陆小棠点点头，才开口说话："你好，请问，你是叶倩颖小姐的朋友吗？"

陆小棠狐疑地打量他。

男人连忙解释："是这样，我叫冯俊，是叶倩颖小姐的旧友。"他又指着轿车里坐着的女人，"她叫高敏，是我女朋友，也认识叶倩颖。"

"哦。"陆小棠说，"冯先生，你刚才问我那句话是什么意思？"

"是这样，我们看见你从叶小姐家里出来，所以就来向你打听一下她的近况。"

陆小棠越听越糊涂。

"你们既然跟她是朋友，有什么事情，为什么不直接找她？"

"我们跟她也有好些年没见了。最近听说她得了抑郁症，所以想来问问情况。"

"是这样啊。还好吧，没有什么大问题。"

"也就是说不算严重，是吗？"

"严重？"

"就是说……"男人斟酌着词语，"她的精神方面没什么问题吧？"

"你是问她有没有精神病？"

"也可以这么说。"

"她很正常。你怎么会这样问？"

冯俊打哈哈说："只是随便问问。"

随便问问……

陆小棠瞧着胖男人不太自然的脸。她忽然说："她刚刚遭人袭击了。我是警察，负责护送她回家。"

冯俊吃惊地望着陆小棠，好半天才反应过来。

"她……她被袭击了？受伤了吗，严重不严重？"

"受伤倒没有。不过受到一点儿惊吓。"

"不知道袭击她的人长什么样？"

发现陆小棠现出怀疑，冯俊解释说："我也是关心她，顺便问问。"

"袭击她的人身材高大，大概有190cm多。跟她年纪相仿，自称是她的男友。你对这个人有印象吗？"

冯俊摇摇头："没见过这种人。"

"那她过去有没有男友？"

冯俊迟疑了一下："我也不太清楚。毕竟跟她有些年没有见面了，对她的近况不是很了解。反正叶倩颖长得漂亮，又有气质，追求她的人不少。至于同哪一个比较亲近，我就不晓得了。"

"看来你跟她也不是关系很近的那种朋友。"

"可以这么说。"

"可你倒是蛮关心她的。"

"还好吧，只是普通朋友。"

"她现在在家，你不妨去亲自去探望一下。看到老朋友，说不定对她也是一个安慰呢。"

"那个……改天吧，今天有点儿晚。"

冯俊匆忙向陆小棠告辞，钻进马自达，掉头开走了。

莫名其妙的两个人，莫名其妙的谈话。

自称是叶倩颖的朋友，在叶家大门外等候，却不进门。

陆小棠发现叶倩颖身边净是一些莫名其妙的人。

20：09。县公安局，审讯室。

唯一一盏台灯照在男人的脸上，晃得他睁不开眼。

“叫什么名字？”郭淮一边记录一边问。

“蒋浩天。”男人气焰现在消褪了。

“做什么工作？”

“家电推销员。”

“什么地方人？”

“C市。”

“C市？”郭淮抬眼看他，“你现在家住在C市？”

“是。”

“你住在C市，跑到这来干什么？”

蒋浩天嘟哝：“我都说了。我是叶倩颖的男朋友。”

“别胡说了！”郭淮一拍桌子，“叶倩颖当我的面已经否认了你们的关系。她根本就不认识你。你说，你到这里究竟想干什么？”

蒋浩天也不示弱：“我没胡说，我真是她男朋友。”

“那她为什么要矢口否认？”

“因为……”蒋浩天咬牙，“因为，女人若是心狠起来比什么都毒。她知道你是警察才故意那么说，就是想通过你的手整死我。”

“你刚才还说你们是男女朋友，男女朋友之间至于下这种死手吗？”

“为什么不能？女人心深不可测，你怎么知道她到底是怎么想的？”

“我倒是觉得你深不可测。”

“你什么意思？”

“你在医院里对叶倩颖的暴力意图很明显。我亲眼看见，那绝不是一个男人会对自己女朋友能做的事，所以叶倩颖才会没命地逃跑。假如当时没有被我恰好碰见，很难想象你会对她做出什么事来。”

“我根本没打算对她做什么，我又没有带凶器。”

他居然提到凶器……

郭淮说：“我刚才给叶倩颖打电话询问过。你在卫生间里用力掐住她的脖子，她……”

蒋浩天猛然从凳子上站起，大叫大嚷：“告诉你，我跟她就是情侣。还要我说几遍你才能听懂啊？”

郭淮眼看着他戴着手铐的双手威吓似的在自己面前挥舞。他毫不怀疑，这个浑蛋恨不能用手铐勒死自己。

“坐回去！”他猛拍桌子。

“我就是她男朋友。我们在C市上大学时候认识的。”

“坐回去！”

“你有没有听明白我在说什么？”

“坐回去！”

值班的民警听到审讯室里的叫喊纷纷赶来，三个人合力才把蒋浩天按在凳子上，把他的两只手别在背后，铐在凳腿上。

郭淮心有余悸地看着蒋浩天。他再要发狂，有没有可能把凳子抡起来砸自己？

蒋浩天被铐坐在凳子上，像一只垂头丧气的大猩猩。

他一脸无奈地说：“拜托，警官先生，我真的没有骗你。你为什么不肯相信我？”

“那好吧，说说你跟叶倩颖是在什么时候交往的。”郭淮拿起笔开始记录。

“上大学的时候，我跟她都在C市师范大学就读过。不相信你们可以去查。”

“我会的。”郭淮说，“你们交往了多久？”

“从大一时就开始交往了。”

“一直交往到现在吗？”

“那倒没有。”

“也就是说你们分手了……”

“……”

“说说分手的原因吧。为什么你会这么恨她？”

“原因在她不在我！”蒋浩天抬高嗓门，手铐摩擦着凳子。

郭淮放下笔，抬头看着他。

“说说吧，最好是一个能让我信服的理由。”

“她在大二的时候不辞而别，突然就人间蒸发了。”

“哦？”

“后来我才知道，她是去澳洲留学。她申请了澳大利亚一所大学，办了护照，去大使馆面试，完全都是背着我暗中进行。等她准备好一切手续，连招呼都没打就从我眼前消失了。我到处找她，一直找到学生档案管理处，才得知她转学了。”

“在那之后，她跟你联系过吗？”

“没有。她连邮箱都换了。”

“那就是说你们一直没有再见过面。那你又是怎么找到她的？”

“我直到最近才听说她回国了，就跑来找她。”

“你找她做什么？你们的关系已经断了。”

蒋浩天用力嚼动下颏骨，说：“没那么便宜。不是她想断就能断！”

“你来找她报复？”

郭淮轻描淡写地抛出这句话，目光紧紧盯住蒋浩天的眼睛。

“我不知道，也许是跟她理论理论，也许是想扇她几个耳光。”

“就这么简单？”

“那还能怎样？”蒋浩天仰起脸对视郭淮。

“我想问你一个问题。”

“嗯。”

“为什么当初叶倩颖出国留学时，会对你不辞而别？”

“这个问题你应该问她。”

“刚才在医院里，她看见你一脸惊恐。这又是为什么？”

蒋浩天沉默。

“她跟你之间的关系，看上去并不像男女朋友，更像是施暴者和受害者。”

蒋浩天瞟了他一眼。

“说来说去，你还是不相信我。”

郭淮冷不防问：“你来M县几天了？”

蒋浩天顺嘴说：“十多……”他猛然顿住，马上该改口，“没几天……”

“你来M县这些天都在干什么？”

“我就是来找叶倩颖的。”

“就是为了找她？”

“除此之外我还能干什么？”

郭淮把头伸到他面前，眼睛盯着他的眼睛。蒋浩天极不自在地吞咽唾沫。

郭淮解开他的手铐。

“你要放我走？”蒋浩天疑惑地看着郭淮。

郭淮拿过纸、笔放在桌上。

“你过来在上面写几个字，我就放你走。”

“你开玩笑吧？”

“你写不写？”

“写。”

蒋浩天从凳子上站起来，走到桌前。郭淮全神戒备地瞅着他。

“写什么？”

“用英文写——finding face。”

蒋浩天犹豫了一下，拿起铅笔，飞快地写出两个英文单词。

郭淮拿起纸走出审讯室，对两个值班的民警说：“结束了。先把他送到看押房。”

两个民警进屋把蒋浩天重新铐起来，押着他走出审讯室。

蒋浩天冲着郭淮大笑，道：“我就知道你在跟我耍诡计，你怎么可能轻易放我。”

郭淮没理睬他，拿着那张纸走到办公室。专案组的人都在，李东生也刚刚赶来。

第九章 胡新月的疑心

郭淮把纸交给技术科一位民警，让他比较纸上的笔迹与案发现场凶手留下的笔迹，是否同一个人。

李东生对郭淮说："下午在医院发生的事我听说了。你觉得这个人有多大嫌疑？"

郭淮这回学乖了。他反问李东生："队长你怎么看？"

李东生迟疑了一下，说："你之前认为陈晓松是凶手，叶倩颖是被害人。虽然最终结果还没有定论，但在这个时候叶倩颖遭人袭击，时间上是不是太巧合了？"

"巧合……"郭淮考虑着。

"我也同意队长的说法。"一个熟悉的声音传来。

郭淮扭头看见了胡新月。

"你怎么来了？"

"你看看都快9点了，我把晚饭给你带来了。"胡新月说。

立刻有人赞叹："真羡慕郭科长啊。看人家小胡，标准的贤妻良母呐。"

胡新月脸上微红，眉眼却是喜滋滋的。

郭淮打开保温饭盒，满满一盒热气腾腾的饺子。他招呼其他人一起吃。

胡新月这才接上刚才的话："叶倩颖遭袭击的确有些蹊跷。"

郭淮说："就算蹊跷，那又如何能证明蒋浩天与撕脸杀人案的关系？"

"我记得你曾经跟我讲过犯罪心理学方面的知识，给了我启发。"

郭淮记得是有这么一回事，不过那都是为了让她崇拜自己，囫囵吞枣，现学现卖而已。现在他差不多都忘光了。

胡新月说："你说过，根据犯罪现场可以分析出有组织力凶手和无组织力凶手。有组织力凶手，会预先策划犯罪，暗中监视被害人，自备凶器到犯罪现场，离开时会清理痕迹。而无组织力凶手往往盲目地进行犯罪，杀死被害人后，现场也十分混乱。所以显而易见，撕脸凶杀案的罪犯是一名有组织力凶手。他作案谨慎，耐心地剥掉被害人脸皮，在墙壁上写字。说明这个人头脑十分冷静，完全是有目的地施行犯罪计划。"

"你说得很对。"郭淮点头。其他人都大眼瞪小眼地看着警花。

胡新月受到鼓励，继续说："有组织力凶手还有一个很突出的性格特点，那就是拥有强烈的控制欲。他会十分关心警方对案件的反应，以及侦破的进度，甚至还会大摇大摆地走进警方视线里，然后从容脱身。"

李东生吃惊地问："会有这种可能？"

胡新月点点头，征求似的看着郭淮："你还告诉我，有组织力凶手喜欢冒险和挑战，从中充分享受操控全局的乐趣。如果他有能力把警察玩弄在股掌之间，他就绝对不会放过这个机会。"

这些知识其实郭淮并不知道，不知是什么时候胡新月自学的。她这样说或许只是出于好意，想维护郭淮的形象。但是郭淮心里却有点儿不是滋味。

胡新月说："陈晓松跟我们县公安打官司的事情闹得满城风雨，凶手想必也已经知道得很清楚了。叶倩颖在陈晓松案件中被认为是被害人，凶手肯定也已经知道了这个女人。他会怎么做？仅仅是看看报纸，或者道听途说来了解消息吗？我倒是觉得，他说不定真的会把叶倩颖当作下一个目标。他渴望亲自参与进来，同我们一起做游戏。如果他仍然能够全身而退，那会让他像吸毒一样开心。"

郭淮的脸色已经很难看。胡新月没有注意到，自己无意中已经否定了陈晓松的嫌疑，那就等于否定了男友之前的判断。

郭淮似乎随意地问："假如凶手真是蒋浩天，他亲自跑到医院里袭击叶倩颖完全是一种愚蠢疯狂的行为啊。有组织力凶手怎么会如此轻易地暴露自己？"

"也许他认为，我们还没有足够的证据定他的罪。毕竟他没有拿凶器。"

"是吗……"

胡新月这才发现郭淮难看的脸色，她涨红了脸，低头不吱声了。

郭淮说："目前为止，我们毕竟还是掌握了凶手的部分特征。我们可以通过凶手留下的笔迹和身高来对比嫌疑人。"

胡新月附和地点头。

"根据目击者描述，凶手身高中等，大概也就在170cm左右。而蒋浩天足有190cm。差距也太大了。"

李东生这时说："三起杀人案中，只有一起有目击者，而且还不能确定他所看到人一定是凶手。我们也不能单凭身高来判断。"

"那么剩下的只有笔迹了。"郭淮说。

1小时后……

负责笔迹鉴定的民警一脸愁容地走进办公室，对李东生和郭淮说："案发现场墙壁上的英文是标准的罗马体，蒋浩天是手写体，经过电脑扫描。几乎没有相同之处。"

李东生说："那就让他按照罗马体重新写一遍。让他用手站着墨汁写，完全模仿凶手的样子。"

蒋浩天第二次书写笔迹似乎跟凶手的笔迹差不多。

李东生眼睛发亮，问技术员："这一次怎么样？"

技术员说："光凭目测还不行，得扫描到电脑里，跟凶手的照片进行重叠。计算有多少个共同点。包括书写习惯和字母的间距等等。只要能找出超过五处以上的共同点。基本就可以确定是同一个人。"

胡新月这时忍不住说："即便两者笔记不相同也不能肯定就不是一个人。"

李东生问技术员："存在这种可能吗？"

"的确如此。"技术员说，"因为影响书写字体的因素很多。即使是同一个人，随着生活、工作环境的改变，书写习惯也会发生变化。在短期内，则会受到体力和精神状态的影响，特别是在有意识控制的情况下。"

鉴定结果不幸被胡新月言中，蒋浩天的笔迹与凶手的笔迹只有三处相同点。

所有人都显出失望。

郭淮一时间却感到一种释然。到目前为止，还没证据表明他抓错了陈晓松。可是，既然他对自己如此有信心，为什么又要抓捕蒋浩天呢？连他自己也解释不清楚。

“怎么办？难道就这样放了他？”李东生心有不甘。

郭淮说：“现在没有证据证明蒋浩天是凶手。”

“想想刚才小胡的分析，很有道理。从逻辑上说，蒋浩天的犯罪嫌疑的确很大。万一真是他，这样放走就太可惜了。”

郭淮看了一眼女友，胡新月把头低下。

李东生说：“我可以扣留他48小时。在这段时间里尽快寻找证据。那个叶倩颖也可以提供人证。”他似乎信心十足，认定蒋浩天就是凶手。

一股羞恼冲上郭淮头顶。

“要扣留他可以。但我不会再负责审讯，也不负责此案。一个陈晓松就够我受的了，难道还要添一个状告我的人？”

李东生被噎得脸红脖子粗，气氛显得十分尴尬。

于是有人起来打圆场说：“不如暂时先放了蒋浩天，派人跟踪他。”

“脱裤子放屁。”李东生带着怒气说。

他对郭淮说：“蒋浩天放与不放你来决定，这样行吧？”

郭淮沉默片刻，说：“放。”

蒋浩天离开前，没忘了到办公室向郭淮等一干民警打声招呼：“回见啦诸位。”说完大摇大摆地走出县公安局。

李东生忽然想起了什么，自言自语地感慨道：“说不定真让小胡说对了。凶手不仅了解叶倩颖，也肯定了解陈晓松和郭淮。他分析出了所有人的关系和矛盾，于是才敢大胆地闯进医院里行凶。看上去疯狂愚蠢，但他早就料到能够全身而退，因为他知道警察肯定会放了他。否则就等于承认抓陈晓松抓错人了。”

李东生是有意说给郭淮听的，郭淮心口宛如扎进了一根针。

民警们空欢喜一场，各自回家。路上，郭淮心事重重。

胡新月犹豫再三，试探着说：“你是不是生我气了？我不是有意的，我其实只是想帮你的忙……”

她讨好似的拉郭淮的手。郭淮没什么反应，十分冷淡。两人默默地走了很长一段路。

郭淮唏嘘一声：“你知道，月儿……我不能被陈晓松告倒，我不能输给他。”

胡新月动动嘴唇，想说什么。最后只是“嗯”了一声。

"绝对不能！"郭淮说。

房间漆黑一片。

陈晓松盯着高悬在天花板的吊灯。树枝状的装饰凝聚了微弱的月光，犹如鬼魅在头顶飘动。

在陌生的房间里，他睡意全无。思绪在脑海中盘旋。

他估摸着已经过了午夜，才慢吞吞从床上坐起身，穿上拖鞋，走到门前轻轻拧开旋钮。

走廊里幽静昏暗，空气冰冷。

他住在一楼一间小空房里。叶倩颖和父母住在二楼。

他想要方便。记得二楼楼梯口有卫生间，于是拖着受伤的右腿，吃力地爬上楼梯。刚中枪时，他并未感觉有多疼，就像小木槌在他腿肚子上敲了一下，他还坚持跑了一段路。而现在，只要这条腿稍稍用力就酸麻胀痛，郭淮用一颗花生粒把他变成了瘸子。

好容易爬到二楼，他才想到一楼说不定也有卫生间，自己为什么会这么蠢？

或许在前意识中他根本不想上来撒尿？我想干什么？他问自己。

等他清醒过来，发现自己站在了叶倩颖的卧室门前。

他稍稍犹豫，推开了房门。

这间房就是发生噩梦的地方。假如他现在走到叶倩颖床前，当她从睡梦中惊醒，会不会以为噩梦变成了现实？

接下去又会发生什么呢？

他拖着伤腿，悄悄走进房间。当他来到床前，不由得大吃一惊。

床上没人。

叶倩颖去了哪里？

他正在迟疑，身后走廊里传来孩子低低的啼哭声。细弱的声音从半开的房门外若有若无地传进来。

他背上的汗毛陡然竖起。

他根本不知道这栋房子里还住着小孩子。

小孩本身并不可怕。但是，夜晚、孩子和哭声三者加在一起，就是世界上最可怕的东西。

叶倩颖去了哪里？

孩子的哭声是从哪里传来的？

陈晓松慢慢转回身，觅着哭声走出房间。那哭声就停止了。

除了叶倩颖的房门，其他所有房门都关着。那个小孩能躲在哪一扇门后呢？

走廊尽头是叶倩颖父母的卧室。房门紧闭。他们可能没有听到哭声，可能已经习惯了。

陈晓松的目光最后落在了餐室。餐室的门开了一条缝，他不记得自己上楼时那扇门是否开着。

他走过去，推门而入。

房间中央是一张椭圆形的长条大桌。桌上一字排列三个装饰性花篮。四周墙壁上悬挂着大框油画，看不清画的内容。还有巨大的壁炉，估计只是装饰用的。

陈晓松没工夫研究房间的格局。他鼻息凝神，仔细辨认黑暗中一个个形状。猜测着什么地方能藏一个小孩儿，或者看起来像一个小孩儿。

他弯下腰看餐桌下面。哭声突然在他身边响起。

他几乎跳起来，受伤那条腿也感觉不到疼了。

就在壁炉顶上，一双绿油油的眼睛看着他。

他的心瞬间缩紧。

紧跟着又放松。

原来是那只安哥拉大猫。

大猫“嗷”的一声跳下壁炉。正是陈晓松刚才听到的哭声。

大猫走近陈晓松，站住，扬起绿油油的眼珠打量他。似乎想透过他的眼睛研究他。

陈晓松要不是腿受了伤，很想踢它一脚。他很讨厌这个装神弄鬼的家伙此时用这样一种眼神看他。

大猫不眨眼地瞧他。瞳仁因为黑暗扩张成两个窟窿。

他感觉猫的眼神里似乎藏着深意。

他忽然意识到，猫看的不是他，而是他身后。

汗毛竖起。

他缓慢地转回身。

一个黑影就站在几步外。

猫看的就是这个影子。

黑影隐藏在黑暗里，只是勾勒出一个人形的轮廓。

陈晓松稳定心神，朝黑影走去。假如黑影想伤害他，他也是跑不了的。

走近，他才勉强看清那个黑影的容貌。

那是叶倩颖痴懵的脸。

“怎么是你？”他问。

“我害怕。”叶倩颖声音发出颤抖。

陈晓松想说，你站在这里别人更害怕。

他说：“你不去睡觉，站在这里干什么？”

“我做了很可怕的梦，我不敢回房间了。”黑暗里很难看清她的脸，只有白色的牙齿微微闪光。

“你又梦见那个人站在你床前了？”

空气微微摩擦，叶倩颖似乎在点头。

陈晓松说：“我陪你。这样你就不会怕了。”

叶倩颖“嘤”了一声，往他身边靠了靠。

安哥拉猫仰起头，用绿油油的眼睛瞅着他俩。

陈晓松拉着叶倩颖，一瘸一拐地送她回房间，扶她躺在床上。

陈晓松说：“你安心睡吧，我等你睡着了再走。”

叶倩颖一把抓住他的手，指甲几乎抠进肉里。

她固执地说：“你不要走。我睡着了你也不要走，你一走我就会做噩梦。”

陈晓松想说，我在这里你就不怕吗？在黑暗中，我跟你梦见的人又有什么区别？

当然他不会说这种话，他伸出另外一只没有被叶倩颖抓住的手，摸她的脸。他感觉女人的脸微微抽搐，似乎有些恐惧，然后平静下来。

他在黑暗中感觉着她五官的轮廓，细长的眼睛、挺拔的鼻梁、柔软的嘴唇。他的手继续往下移动，她的呼吸明显急促。

“不要……”她说。

他没有停止，而是更加放肆。在他解开叶倩颖的睡衣时，叶倩颖忽然奋力反抗。她开始抓咬陈晓松的手。

叶倩颖像一只不肯驯服的小豹子，有几次几乎挣脱陈晓松的双手跳下床。陈晓松用力压住她，直到她全身的力气都耗尽了，才把她抱进怀里慢慢地亲吻她。

叶倩颖没有再反抗，宛如一个布偶安静地躺在他怀中。

两个人并排躺在黑暗中。

叶倩颖说："你怎么敢这么放肆？我应该告你强奸。"

陈晓松说："但你现在不怕噩梦了。"

叶倩颖幽幽道："你知道我刚才梦到了什么吗？"

"又是那个看不见脸的人？"

"还有。"

"还有什么？"

"还有一个我认识的人。"

"……"

1 月 12 日，星期四。

郭淮一早来到公安局。传达室李师傅说："小郭，这里有你一份快递。"

"哦。"郭淮接过来瞄一眼寄信地——C 市，寄信人署名，吴铭。

他想不起自己认识这么一个人。

来到办公室。同事们一个个懒洋洋的。还有一周就过年了，所有人心里都长了草。

负责调查蒋浩天背景的周新福过来说："蒋浩天的确是 C 市师范大学毕业生。叶倩颖在 C 师大读到大二，后来出国留学到澳大利亚。蒋浩天没有说谎。"

队长李东生正在给一个民警交代任务，他下意识地向这边看了一眼。周新福的话他也听到了。

郭淮稍稍觉得满意。他撕开了信封，里面只有一张纸片。他拿起来看了一眼。脸色顿时就变了。

纸上用从杂志上剪下来的英文字母整齐地排列成一句英文——

I just want to find my face，Do not stop me，bastard。

（我只要找到我的脸，不要阻止我，蠢货。）

他的冷汗冒出来。

他抄起电话，咨询县邮局。邮局的人说，像这种跨城市的快递，本省内当天就能寄到。

郭淮看着桌上的英文信。也就是说，对方是在昨天从C市邮局寄出的。

难道凶手人在C市？

吴铭，就是没有名字。

蒋浩天昨天闯入医院袭击叶倩颖是在中午。从C市到M县的车程不到一个小时，理论上说他有这个时间。

而陈晓松这几天一直在县医院住院，他根本没办法去C市寄信，何况他没有必要这样做。

他盯着纸片上的英文，拿纸的手不由自主地哆嗦起来。

“怎么了，小郭？”李东生不知何时来到他身边。

郭淮像是被烙铁烫了一下。

“没，没什么。”

“那是什么？”李东生看见纸上的字母。

郭淮忽然想起李东生不懂英文，马上说：“朋友跟我闹着玩儿的。”

“噢。”李东生并没多想，拍拍郭淮肩头。似乎已经忘了昨天的不愉快。

郭淮却觉得浑身上下说不出来的难受。他已经骑虎难下了。

正在他发呆的时候，门卫打内部电话说，有一个人找他。

一个他意想不到人。

他把那张使他心神不宁的英文信塞到了抽屉最底层，用一种冷冰冰的目光看着走到办公桌前的叶倩颖。

叶倩颖有些不知所措。

“有什么事吗？”

“昨天的事情多亏了你，我还没来得及好好向你道谢呢。”

“道谢？”郭淮随手拿起桌上一支笔，漫不经心地敲着，“你想怎么谢我，请我吃饭？”

“假如你不介意的话……”叶倩颖小心地说。

坐在附近办公桌的人，不经意地侧脸瞧了瞧叶倩颖。漂亮女人无论做什么，总难免让别人联想更多。跟一个女人出去吃顿饭与跟一个漂亮女人出去吃顿饭，含义大不相同。

郭淮可不想闲话传到胡新月耳朵里。

他冷冷地回答：“如果你就是因为这件事来找我，那大可不必。”

叶倩颖涨红了脸，很是难堪。

郭淮以为她会掉头就走，谁知叶倩颖踌躇了一会儿，又说：“我有话想跟你说。”

“哦？什么话？”

叶倩颖扫视一下办公室里的其他人。

“可不可以单独找一个地方？”

又有人侧脸往这边瞅了。郭淮没办法，只好离开座位，带着叶倩颖到隔壁的物证实验室。

“你有什么话就快说吧。”

“我昨天晚上又做梦了。”

“哦。”郭淮掏出一根烟叼上。

“你知道我梦见了什么吗？”

“没有脸的人又出现了是吗？这次他又想杀谁？”郭淮在身上摸打火机。

“不单单是这个，我还梦见了你。”叶倩颖声音颤颤的。

郭淮打出的火苗静静地烧着。他忘了点烟，抬起眼睛，凝视叶倩颖的眼睛。那双漂亮的眼睛始终笼着一层雾。

他们静静地对视彼此。

他忽然被烫地一抖手，火苗熄灭，散发出些许焦糊的气味。

“我没骗你，我说的都是真的。”叶倩颖说。

房门被一个人推开。两人扭头，看见胡新月走进来。

“那个……”郭淮语塞，好像自己真的做错了什么似的。

胡新月倒很自然，对郭淮说：“局长叫所有人去开会。我都通知到了，就差你。”

这时她才有意无意地看了叶倩颖一眼。

“我马上就去。”郭淮觉得还是尽早离开这块是非之地比较好。

“那就不打搅你了。”叶倩颖告辞。

临走时她又强调：“我的梦向来都很准。你好自为知吧。”

胡新月捧着文件夹离开实验室，郭淮赶紧追上她解释：“那女的找我跟案子有关系。她……”

“她就是叶倩颖吧。”胡新月头也不回地说，“那个做噩梦的女人。”

“是，是。”

“长得挺漂亮。”

没等郭淮再说话，她已经走进会议室里。

会议并不是针对撕脸凶杀案开的，主要议题关于年关时加大监管力度的总动员。郭淮时不时偷瞄胡新月，她坐在局长旁边负责会议记录，神情倒是泰然自若。郭淮心里七上八下，暗暗骂那个多嘴多舌告密的家伙。

会议结束后，胡新月没跟郭淮打招呼就收拾东西回家了。她现在还在放年假，来局里纯粹是为了陪郭淮。

胡新月生气从来不会大吵大嚷，淑女有淑女的风度。她可以不给郭淮洗衣服，不给郭淮做饭，不跟郭淮亲热，甚至连一句话都不说。能把人活活憋疯。

郭淮忽然发现，从另外一个角度来说，叶倩颖的梦也是蛮准的。她梦到的那个人未必会死，但肯定会倒霉。

胡新月的确生气。她原本就气叶倩颖忘恩负义，陷害郭淮。结果却发现郭淮不但不记恨，还跟这个可恶的女人秘密交谈，她的气就更大了。

也许是她错怪了男友，郭淮并不是那种喜欢拈花惹草的男人。但她宁愿将错就错。谁让叶倩颖那么漂亮？有一句话怎么说来着——未雨绸缪。

她妈妈常说，男人是野马，你得让他撒欢他才愿意驮着你。偶尔你紧紧缰绳，让他知道你存在，你在意他。作为一个聪明女人，她从来都没对郭淮说过我爱你，也没有强迫他说。对于世界上最会说谎的生物，海誓山盟只是自欺欺人，她宁愿相信日久情深。

她今天并没有打算不给郭淮做饭，她也不忍心看他委屈地吃泡面。折磨自己爱的人就是折磨自己，这个道理她懂。

她特意到市场买了三条明太鱼。郭淮最喜欢吃鱼。

回到家，她估摸着时间开始做菜。

等着心怀忐忑的男友走进家门的一刹那，闻到可口的饭菜香，看到善解人意的女友，那该是一种怎样的温馨呢?

门铃声打断了她的思绪。她没想到郭淮这么早回来。自己的小计划出了点儿瑕疵。

她放下正在水龙头下冲洗的鱼，在围裙上擦干净手。

门铃又接连响了两声。

"等一下啊。"她应着声过去开门，心想郭淮从来都不催她，今天怎么了。

等她打开门，门外没有人。

这一下把她弄愣了。

难道是郭淮跟她开玩笑?

她上下楼梯看了看，没有藏着人。倒是听见有人下楼的声音。

或许不是郭淮，是别人弄错了门牌号。

转念一想，她又觉得这种想法站不住脚。

那人按完她家门铃后，再没有按其他人家的门铃。他是有目的而来的，那为什么又突然离开呢?

她随即想到，自己刚才应了一声，那个人却走了。难道他要找的人不是自己?

他要找的人是郭淮……

她想起今天在公安局看见了叶倩颖。那个不祥的女人，只要她一出现，就不会有好事发生。

她打了一个激灵。

那人要找的是郭淮……

她赶紧摘下围裙，换上一双轻便的旅游鞋，跑下楼。

走出楼洞口，放眼四周，她一时间有些发懵。

忽然看见一个住在一楼，常拎着小板凳前后楼转悠的老太太，她走过去问："刘奶奶，您刚才看没看到一个人从咱们楼里走出来?"

老太太有点儿老年痴呆，双眼发直地瞅着天空。“有吗……有吗……”

胡新月大失所望，正想走。老太太又说：“好像是有吧……”

“您记不记得那个人长什么样？”

“那个人呀……”老太太瞅着胡新月，不紧不慢地回忆，“穿着一套粉色的羽绒服，染了棕色的头发，小模样挺俊的。”

“是个女的？”胡新月吃了一惊。

“女的？”老太太瞅着胡新月，“是女的。”

胡新月稍稍一怔，随即恍然。老太太说的那个女人不是她吗？

她哭笑不得。

“奶奶，不是说我，在我之前，有没有其他人从楼里出来啊？”

老太太好像刚刚清醒过来。她说：“对，对，那个人也穿羽绒服。跟你穿的颜色不一样。你穿粉色。他穿紫色。”

“他是男的女的？”

“男的。”

说完，老太太又补充：“也可能是女的。”

胡新月几乎要疯掉了。她只好问：“那你看没看见他朝哪个方向走了？”

他们住的居民区有四个出口。这次老太太没糊涂，指了指右手方向的水泥台阶。

胡新月道了声谢。赶紧加快脚步，一口气走到了街上。

老太太耽误了她不少时间，那个人说不定已经走远了。

好在她还知道那个人穿着紫色的羽绒服，应该比较显眼吧。

她沿着街道走下去，一路上左顾右盼，到处寻找紫色的身影。

一直走到交通岗，街道由一条变成了三条。行人增多，也有了车辆和噪音。

她不由得泄气，心里却在为郭淮暗暗担忧。

忽然，有什么闯入她的视野，一晃又消失了。

她回过神，目光在三个街道来回扫视，她确信那是紫色的影子。但怎么可能又消失了？大白天的总不能是闹鬼了。

这样过了约有 5 分钟，那条紫色的身影终于再次出现了，正从一家超市里走出。

由于距离远，胡新月没办法认出那人穿的是不是羽绒服。但是只有他一个人穿着紫色的衣服。

不管是不是按门铃的人，胡新月都决定跟上他。

那人把风帽罩在头上，脚步匆匆。

胡新月也加快了脚步。

两个人相距始终保持在50米左右。

不是胡新月有意保持距离，而是她体力实在太差。平时穿高跟鞋，习惯了走碎步，突然穿上旅游鞋，迈开大步，她发现自己都很难走出直线来。

那人没有乘坐公交车，他住的地方应该不会很远。

胡新月心中暗自思索：这个人到底有什么企图？如果他的目标真的是郭淮，那他到底想对郭淮做什么？有组织力凶手，除非把犯罪对象选定为警察，很少会与警察针锋相对。他们更热衷于戏耍警察，而不是消灭对方。

但是还有一种可能会让凶手铤而走险。胡新月刚刚想到，一旦对凶手不利的证据掌握在办案警察的手中，普通的杀人犯会逃之夭夭，而有组织力凶手则更有可能把绊脚石踢开。

她回想郭淮办案这两个月，忙得焦头烂额，甚至还被一个嫌疑人告上法庭。归根结底就是没有足够的证据。既然如此，凶手还有必要犯险找他吗？

还是说，郭淮不知不觉中已经找到了辨认凶手的有力证据，只是还没有意识到……

她越想心里越紧张。早已忘记了跟男友之间的小摩擦，转而为郭淮担心起来。

每当郭淮外出办案，超过吃饭时间却没有回家时，她都会提心吊胆，万一他遭遇什么不测，她都不敢想象她该怎样面对接下去的生活。

她从来都没有告诉任何人，她有多么深爱着这个男人。

穿紫色羽绒服的人走进了一条岔道，道路开始崎岖。他上了山坡，山坡上房屋稀少，渐渐被灌木取代。这是县城里一片没有被开发的荒地。由于地势不好，一直没有开发商相中。

胡新月远远跟在后面，心里直敲鼓。是不是对方发现自己了，有意想甩开自己？

那个人忽然停下脚步，胡新月赶忙躲进土路边的简易茅厕里。她捏住鼻子，强忍着刺鼻的恶臭，踮起脚越过砖墙望着那个人。

那人并没未朝她这个方向看，只是掏出手机打起了电话。

胡新月听见了零碎的只言片语，但是没办法听清楚他在说什么。这都不重要，重要的是她还没有被发现。

这里实在太臭了。她希望那人不是话痨。

估摸着五六分钟，那人收起手机。继续前行。

胡新月这才长吁一口气。想到自己所处的地方，她立刻逃了出来。

那人沿着土路一直向前，翻过了山丘，重新回到街上。山坡下的房舍街道，照比之前看到的凌乱、破旧，有些地方是半农村半城镇的格局。

胡新月对这种景象并不奇怪。她老家就在城乡结合部。她秀丽的外表与温柔的脾性跟人杰地灵扯不上半点关系。她从小就习惯了与父母和弟弟挤在40平米的泥坯房里。全家人依靠出卖土地后得到的一点补偿款过活。恶劣的环境激励她刻苦学习，她一心想逃离农村，用功读书是唯一的出路。天真的女孩当时还不知道，她的相貌比起书本能给她带来更多的机会。她不太懂得运用自己的优势，所以大学毕业后，逃离一个农村又到了另外一个农村。

唯一让她感到幸运的是，她遇见了她爱的人。

除了财富以外，生活原本还有更多的期待。

第十章 日记里的秘密

那人越过了火车道，对面是一条小街。胡新月远远跟着，直到看见那个人走进一家小门面，牌子上土里土气地写着“太平街复印社”。她想不到如此破旧的地方还有复印社。

她看着那人用钥匙开门。

他是复印社的店主?

胡新月忽然一阵兴奋。不管怎样，她知道了对方的身份。

她站在街口踌躇。要不要现在回去跟郭淮商量下一步怎么办?但是，万一这个人跟着这起案子没有关系，他们岂不是又白忙了?

她决定冒一次险，亲自与这个人接触一下。

想到这，她心头既紧张又兴奋。

她在警官学院学的虽然不是刑侦专业，但是她敏锐的头脑确是与生俱来的。

她掏出化妆盒，对着小镜子理了理头发，使得自己看上去不像是慌忙赶路的样子。

准备停当，她故意放慢脚步，悠闲地来到复印社门口，轻轻推开门，走入。

房间狭小简陋。进门是一个柜台，一摞出售稿纸、记事本和各种型号的笔。柜台后有一台电脑，连接着老式的东芝打印机。电脑和打印机的白色塑料外壳已经褪成了淡黄色。

柜台后面没有人。

复印机正对着一扇门，门上挂着风景挂历。

她打量一遍小房间里的摆设，足足 5 分钟，没有人出来。

她问："有人在吗？"

没人回答。

等了一会儿，她抬高声音又问了一遍，仍然没人回答。

她绕过柜台，拍拍那扇门。门没有锁，开了一道缝隙。

"有人吗？"她喊。

无人答应。

她疑惑不解。站在门前仔细听了一会儿，里屋没有任何动静。

如果不是因为她刚才亲眼看到穿紫色羽绒服的人开门走进屋，她肯定认为店主临时离开了。

会不会里屋还有一扇门，那个人从那里出去了？

这样想着，她大起胆子，把门慢慢推开。

一条狭窄的小走廊，散发出一股说不出来香还是臭的味道。直到现在，她都没看见那个人是男还是女。

看那人行走的姿势像男人，听他只言片语的声音，又有点儿像女人。也许是一个女性化的男人，或者是一个男性化的女人。这些都不重要，重要的是敲门的人到底是不是他？他跟撕脸凶杀案到底有没有关系？

胡新月谨慎地迈进小走廊。她已经想好了措辞，万一对方突然出现在眼前，她就装作惊讶的顾客抢先说话。

穿过走廊是一个形状不规则的客厅。客厅里有三扇门，她猜测应该是卧室、厨房和卫生间。

客厅里没有多少家具。一台长虹电视、一个灰色的沙发床、沙发前放着一个茶几、茶几上摊着几个记事本、还有一管钢笔。胡新月侧脸，看见墙上悬挂着一面大镜子。镜子里的自己正神秘且紧张地看着她。

不知为何，一个意外的念头闯进她心里。

假如她现在推开卧室门，她或许将看见一具身穿紫色羽绒服的尸体。他的脸被剥掉了，无法辨认他的性别与相貌。

激灵灵打了一个冷战，她着实被自己吓到了。

她有一种马上离开的冲动，同时又渴望留下来。

犹豫了片刻，她居然走到卧室门前，伸手去推门。

门开了，发出一声“吱呀”。

她赶忙后退几步。

她看见了床，看见了椅子，看见了窗帘和牛眼灯泡。

但是没有尸体。

女人的直觉也不总是准确。她索性推开厕所门与厨房门。没有尸体，也没有人。

房子里真的没人。

她明明看见那人走进门的，总不可能凭空蒸发了。她从来都不相信推理小说里描述的“密室”诡计。所谓“密室”其实是一种幽闭恐惧的体验。

她发现除了卧室以外，每一间屋子都有窗户。客厅、厨房的窗户大，厕所的天窗小。那个人无疑从窗户离开了。这种行为的确很让人奇怪。

她思索原因。郭淮在陈晓松药店附近蹲守时，陈晓松就是悄悄从药店后门离开与叶倩颖会面的。他诡异的举动当时引起了郭淮的怀疑。由此类推，这个紫色羽绒服的人翻窗离开，是不是也想给外人制造一种假象？

他现在去了哪里？

他是不是有什么目的？

这样一想，胡新月对这个人的猜疑顿时加深了。看来她没找错人。她不知道那个人什么时候回来，也许一个小时，也许半夜……

她的目光迅速在房间里扫视。她在警校里也修习过刑侦学科，侦查搜索那一套对她来说并不陌生。

她首先从客厅开始，目光转了几圈，落在了茶几上几本记事本上。

她伸手拿过翻开的那一本。

1997年，3月12日，星期三……我又尿床了。我也不知是怎么搞的。这么大了还尿床，的确难于启齿。我偷偷把床单洗了。这一次，妈不会发现……

这分明是一篇日记，而且是十几年前的日记。写日记的口吻是一个孩子。这个人现在至少也应该二三十岁了。

胡新月心里奇怪，这个人翻出自己十几年前写的日记干什么？

她接着翻了两页。

很好奇我的实验成果。那是没有人可以理解的。实验进行了这么久，我一天天观察着实验的进展。这个世界简直太奇妙了……

少年兴奋的心情溢于言表，但是没有说明是什么实验。胡新月又往后翻，目光忽然落在其中几行上。

我每次去看它，它都会冲着我卖力地叫。我知道它饿坏了。我也不想这么做。可是为了实验只有委屈它了。那些搞科学研究的人，不也用小动物做实验吗?

又翻了两页。

1997 年 5 月 18 日，星期日。今天我去看它时，它已经不能动了。但还活着。它能学小孩子那样可怜兮兮地叫唤，但是很微弱……

1997 年 5 月 20 日，星期二。它死了。

……

1997 年，8 月 10 日，星期日，它已经完全变成了一具灰白色的骨头。

胡新月手足冰冷。眼前出现各种色彩纷乱的碎片。仿佛是一团团的血，又仿佛是一张张破碎的脸……

“啪”的一声响。

她吓了一哆嗦，张皇四顾，房间里只有她一个人。低头看见手里的日记本不知何时掉在了地上。

她忽然想起郭淮曾经提到过陈晓松的日记。这个人在少年时曾把一只猫活活饿死，记录它腐烂的全过程。

郭淮所说的日记是不是就是她手中拿着的这一本?

难怪他看了陈晓松的日记后坚定了对他的怀疑。

更多的疑问紧跟着涌入胡新月脑中……

郭淮逮捕陈晓松之后，对他家进行了详细的搜查，唯独没有找到他的日记。因为他的日记已经转移到了其他地方。

假如眼前这本日记就是陈晓松的日记，为什么他的日记会出现在这个地方？

这家复印社的店主跟陈晓松又是什么关系？

那个穿紫色羽绒服的人有没有可能就是陈晓松本人？

那人的体型跟陈晓松的确有几分相似，但是考虑到陈晓松有枪伤，不可能走那么快……

饶是胡新月聪明过人，一时之间也想不明白究竟。

她当机立断，把这几本日记一并带走。郭淮说，陈晓松日记里的时间跨度从他中学时期一直持续到去年，也就是从 1996 年到 2010 年，一共三大本……

等等。

她看着茶几上的日记本。不是三本，而是四本。

这四本都是陈晓松的日记吗？

郭淮不可能连这么简单的数字都搞错。或者，他在陈晓松家里看到的的确只有三本日记……

她飞快地拿起桌上的日记，一本本翻看。她无心浏览内容，只是注意页眉上的日期……

当她一眼瞥见“2011 年，5 月 7 日”的日期时，兴奋得差点叫出声来。

陈晓松并非过了 2010 年就不写日记了，而是那本日记郭淮没有看到。

假如日记一直记录到撕脸杀人案发生之后，或许就能够找到有价值的线索，甚至是证据也说不定。

她飞快地向后浏览。

当她的目光扫过 2011 年 9 月 26 日这一页时。她的精神被什么一下吸住，拔不出来了。那一天正是第一起撕脸杀人案发生的前一天。

她盯着那一页，漂亮的眼睛因为惊讶瞪得老大。

“怎么会是这样……”她喃喃道。

就在她全神贯注地看着日记，一件诡异的事情悄然发生。

卧室那扇门开始慢慢转动……

一条身影从那扇没有窗的房间里悄悄走出……上身穿着紫色羽绒服……

胡新月刚才推开卧室房门，根本没看到人。现在却有一个真实的人从房间里走出。

难道密室真的出现了？

胡新月盯着2011年9月26日那一页，努力思索。全然没有觉察到身后慢慢靠近的那个人。

那人目光阴冷地瞅着胡新月。

他并不是幽灵，也不会巫术。他没办法让自己隐形或者缩小身体。他走出的房间也没有暗道。其实答案很简单。胡新月刚才开门时，他贴在了门后的墙上。胡新月头脑聪明，却没有经验。她以为房间里声息皆无就断定没人。她犯了一个最浅显的错误。

穿紫色羽绒服的人已经来到她身后，一伸手就能碰到她。他稍显犹豫，似乎在考虑接下去该怎么做。

突然，胡新月冷不防转身，用手里的硬皮笔记本砸在背后人的鼻梁上。

那人痛得捂住脸，发出呻吟。

他刚才犯了一个智力上的错误。尽管他脚步很轻，但是对面墙上的大镜子却暴露了他。他刚走出卧室就被胡新月发现了。她惊骇之余临危不乱，以同样出人意料的方式回击了对方。

假如胡新月上警校时能够学一点儿擒拿格斗，她一击就能够把这个人制服。她看见对方弯腰捂脸，没敢乘胜追击。她抓住那本日记，拔腿向外跑。

她跑出客厅，穿过小走廊，不时回头看那个人有没有追上来。

她推开走廊门，外面是复印社的小工作间，门外就是街道。

就在此时，一阵剧烈的刺痛感经过身体。

紧跟着是一阵麻木。天旋地转。

她已经辨认不出方向，只觉得胸口憋闷，眼前一阵阵发黑。她摔倒在地，日记本也脱了手。

她在迷迷糊糊中，感觉有一双手在地上拖她。

她努力想睁开眼睛，可是眼皮很沉，勉强能睁开一条缝。强烈的眩晕让她的瞳仁很难聚焦看清楚东西。所有的景象都是扭曲的，转动的……

她感觉自己被拖回了客厅。

墙上有一面大镜子、有一台电视机、一个沙发床、一张茶几，茶几上放着几本日记，还有那个穿着紫色羽绒服的人。

她直到此刻都想不明白那个人是怎么撵上她又制服她的。她明明就要成功逃脱了。

她忽然感到深深的恐惧。

就像一只坠入猎人陷阱的动物——无比绝望，却又充满了求生的欲望。

郭淮，郭淮。她流出了眼泪。快来救我。

一双冰凉的手伸到她脖子上，从后面卡住她。奇怪的是，她并没有感觉到痛苦。她只是觉得脖子两侧的部位又酸又麻，心率开始紊乱……

蓦然地，死亡的寒意蔓延她的全身。

一个激灵她清醒过来。

她知道背后那个人正在杀她。她本能地生出一股力量，用力从地上站起。

掐她的人猝不及防被她挣脱，急忙再次掐她的脖子。胡新月开始反抗，她很想使用擒拿功夫，把身后的人背摔在地，可惜她没有那个力气。

她看见镜子里自己惊恐万状的脸，还有那双蛇一般可恶的手。

郭淮。郭淮。快来救我。

那个人已经没有了刚才的斯文，他的十根手指对准了胡新月的喉咙，狠狠用力。这样她喊不出声。

胡新月也没有放弃。她看见镜子里纠缠的四只手，好像正在演绎一场手语哑剧，姿势滑稽又可笑。但是她却不敢停，只要她停下，她就再也见不到郭淮了。

她拼命从嗓子里挤出一句话。

“你就是那个 finding face 的恶魔吗？”

身后的人稍稍一怔。

“你就算杀了我。我男朋友也一定会抓住你！”

胡新月柔弱的目光忽然变得无比尖厉，盯住墙上的镜子。

她终于透过镜子，看见了凶手。那个寻找脸的凶手。

她注视着凶手的脸，思索着“找脸”的含义。

那个人的两只手再次掐住她的脖子。

她放弃了挣扎。

那是一种难以描述的痛苦。

从小到大的和种经历，奇迹般闪现在她脑海中，逼真得宛如昨天刚刚发生过一样……

印象最深的还是第一次见到郭淮的情景。那个相貌平平、稍显瘦弱的男子，失态地盯着她看。她并不是没有被仰慕自己美貌的男人盯着瞧过。但是，没有一个人像郭淮当时那样憨傻，那样纯粹……

郭淮……她的眼泪顺着脸颊滑落……

16：12

郭淮今天回家比往常早，一路上都在叨念进门时要说的台词。把女人惹火容易，但把女人哄乐就是一门学问了。

在叶倩颖的问题上郭淮有点儿冤枉。看见美女丝毫没有想法，那绝对不是男人，但是郭淮毕竟还是没有越雷池半步。尽管如此，女友的小雷达还是探测出了潜在危险。在感情问题上，女人是天生的战略家。

郭淮没有像往常那样敲门，他做贼心虚地自己开门。

胡新月没有像往常那样迎出来，似乎还没有消气。

他故意咳嗽几声。房间里无人答应，连一点儿声息都没有。

他感觉什么地方不对。走到卧室里，胡新月不在，厨房和厕所里也没有。她出去了。

难道她还在跟自己赌气？她能去哪儿？朋友家？

郭淮坐下来等了一会儿，觉得心神不宁。给胡新月打电话也没人接。给胡新月的朋友打电话，都说没看到她。

因为那么一点儿小事就不依不饶，似乎不是胡新月的处事风格。

郭淮又等了一会儿，听到门外楼梯响，就起身开门看。

不是胡新月。

再给她打电话。已经关机了。

他这时有些心慌。

又听到楼梯响，似乎上到了这一层。他起身去开门，门外却没有人。

他站在缓步台上，探头从楼梯的缝隙间往下看，感觉不到有人在楼梯上。

“难道是错觉吗？”他自言自语。

正要进屋，注意力忽然被门上什么东西吸引了。

门上贴着一张纸。

是他回家以前就有了，还是刚刚贴上的？

他伸手揭下，眼睛往上一瞟。

纸条上用标准的罗马体写着 Finding Face。

冰冷的恐惧爬上了他的背脊。

叶倩颖说，我的梦向来都很准。你好自为知吧。

Finding face 的凶手果然来找他了。

郭淮回头，背后没人。

他却惊出了一身冷汗。

这张纸条是杀人预告吗？暗示凶手已经开始关注他了。他打算以什么方式对付他？

郭淮下意识地摸摸自已的腰，又没带枪。他总是没养成这种习惯。

他打算以什么方式对付他？

一个可怕的念头突然闯入脑子。

他再次给胡新月打电话。手机依然关机。

不祥的预感袭来。

他回到房间仔细检查，才发现胡新月白天穿的警服和高跟鞋都在。她刚才回过家。

厨房里还有胡新月刚买的鱼，围裙放在案板上。看着明太鱼，郭淮心里一阵难受。胡新月并不是真的生他气，她正在给他做晚饭，做的还是他最喜欢的饭菜。

他继续检查，发现胡新月的一双旅游鞋不见了。她很少穿旅游鞋出门。她出去做什么？

他摸着下巴，静静的琢磨着……

19：45

郭淮走到楼下。随便碰到什么人就问，有没有看见我女朋友。认识郭淮和胡新月的人纷纷摇头，不认识他们的人，诧异地瞅着郭淮，以为他发神经。

冬天，楼下的人本来就少，他又说不出胡新月是在什么时间离开的。有人劝他：“你也不用太担心。你女朋友好歹也是一个警察，不会有危险的。没准儿一会儿就回来了。”

对待这种不冷不热的安慰，郭淮无动于衷。那些人不能理解郭淮的处境。他们平时看到的刑事案件只发生在电视新闻里，他们并不知道身处其中的风险。

邻居们三三两两围拢上来，极少有人真正担心，大多数是抱着猎奇心打听发了什么事。郭淮不住摇头，失望地离开。人群里只有一个老太太，目光直直地盯着郭淮的背影，嘴里翻来覆去地嘟哝。

“粉色羽绒服，棕色的头发，粉色羽绒服，棕色的头发……”

19：34。

陈晓松正在精心地烹饪风味牛油鸡，这是印度名菜，他特意从网上学的。香草、奶油、酸乳酪这些特殊的食材也都是从网店邮购的。

药房工作轻松，他闲暇之余除了上网玩游戏，便研究烹饪。自从离开大城市，他的生活节奏也随之缓慢下来。生活条件虽然比不上过去，倒也少了许多压力。他现在甚至已经开始习惯小城市的生活了。

随着烤箱温度升高，混合香草的奶油香四散飘逸，充满了整个公寓。连窗外经过的路人都不由自主地停住脚步，仰头张望。

“再过十分钟，新罗宫廷大菜正式出锅。”他冲房间里说。

房间里正在播放宫斗电视剧——

“凌云峰一别已是终生大错，我求你不要离开我！我是你的妻子，你带我离宫，我不想待在这里，我不想待在这里！我求你带我走！”

“有你这句话，我此生无憾！在我心中，你永远是我唯一的妻子。”

急促的敲门声这时响起。

陈晓松开始还以为是电视剧里的声音。等到敲门变成了砸门，他才惊醒。

他冲房间里大声喊：“你去开下门，我这里忙着。”

房间里没人应声。

宫斗剧正演到高潮，几个女人为了争一个老男人打得不可开交。

陈晓松无奈地叹了口气，去开门。

他刚拧开锁头，门从外面用力拉开。迎面一个人几乎冲到他身上。

陈晓松万万没想到进来的人是郭淮。

此时的郭淮青筋暴突，双眼充满血丝。像一只吃人的狼，死死盯住面前的陈晓松。

陈晓松心头一阵紧张："你来干什么？"

郭淮二话不说，一把揪住他的衣领："你把我老婆弄到什么地方去了？"

陈晓松一脸茫然："你在说什么？"

"别在跟我演戏了！你说！我老婆到底在哪儿？"

郭淮使足力气，扼得陈晓松上不来气。

"松……松手……你松手……"陈晓松也不示弱，挥起拳头打郭淮的脸。

郭淮没躲。

拳头砸在他鼻子上，鼻血淌下，顺着下巴滴到地上。他毫无反应，仿佛打在别人脸上，流的是别人的血。

陈晓松惊骇地看着他："你……你疯了吗？"

郭淮用力把他推倒。

房间里看电视的人终于被惊动，跑出来看究竟。看到两个男人扭打在一起，郭淮脸上、衣服上全是血。她吓得大叫。

郭淮一眼瞥见了叶倩颖。

"在这里居然也能遇见你。"郭淮冷笑。

他伸手揪住陈晓松的衣领把他从地上提起来。

叶倩颖想要阻止，却又不敢："郭警官，你到底要干什么？"

"这句话我正想问他。"郭淮盯着陈晓松回答。

陈晓松努力想把郭淮的手掰开。

"你在说什么乱七八糟的话。你找女朋友怎么找到我这里了。"

"你别跟我装傻！"郭淮使劲摇晃他，"胡新月是不是来你这里了？或者，你去了我家，把她带走了。"

陈晓松似乎听明白郭淮的意思了。

他镇静下来，嘴角浮现出讥诮的笑容。

"你是说，你女朋友胡新月失踪了是吗？"

郭淮瞪着他的眼睛。

陈晓松笑意更深："你居然会想到她来我家。她虽然长得漂亮，可是我这儿已经有一个了，不可能再收留一个呀。两个女人我可吃不消。"

他瞥瞥叶倩颖，用眼神戏弄郭淮。

郭淮当胸一拳把他打倒，又把他从地上揪起，"你再敢说一个字侮辱我老婆，我就杀了你！"

陈晓松并不怕他："是你最先说的。我是顺着你的意思理解。"

郭淮这一拳打向他的脸。陈晓松有所防备，用手挡了一下。拳头擦过嘴角，把他的嘴打破了。

叶倩颖尖叫着跑上来："别打了，再打出人命了。"

陈晓松揉着下巴："没关系。我给他放点儿血，他给我放点儿血，扯平了。"

郭淮怒不可遏，还想打。被叶倩颖拦住。"到底发生了什么事情，你不能心平气和地说吗？"

陈晓松接过话："你还没有听明白吗？他女朋友丢了。他以为是我把他女友弄走了。"

叶倩颖一脸惊异："我去公安局的时候还看见她了呀。"

郭淮勉强压制怒火，说："在那之后她回家了。然后就失踪了。"

"你确定？"叶倩颖瞪大眼睛。

郭淮没必要再跟她废话。这个巫婆的确梦准了。她梦见了郭淮，郭淮虽然安然无恙，但是女友丢了。

他目不转睛地逼视陈晓松："你现在老老实实回答我。你刚才是不是去过我家？"

"……"

"在我家门上贴纸条的人是不是你？纸条上写着 finding face，那个撕脸魔究竟是不是你？"

陈晓松轻蔑地笑道："你在开什么玩笑？"

"我再问你一次，胡新月现在到底在哪里？"

"你在开玩笑吗？"陈晓松重复。

郭淮双眼冒火，却无计可施。

"你今天晚上来我家，又想以警察身份逮捕我吗？"陈晓松问。

叶倩颖吓了一跳，问郭淮："你真是来抓他？"

郭淮没说话。

陈晓松说："放心吧，他不是来抓我的。他没有证据。"

郭淮牙齿咬得咯嘣响，说道："如果我以警察身份来，只会循规蹈矩地把你带到警局。但是现在，我说不定会打死你……"

陈晓松不为所动。他问郭淮："你凭什么认定你的女朋友有危险？"

"我用不着向你解释。"

"那好。我再问你一个问题。你凭什么认定是我绑架了你女朋友？你不要对我说，你仍然没有证据。"

郭淮的确没有。他反问："你今天下午去什么地方了？"

陈晓松眨眨眼睛："在药店上班。离开后买菜，回家。"

郭淮冷笑："也就是说，你不能证明你所说的话都是真实的对吗？"

陈晓松皱起眉头。

叶倩颖这时开口："我能给他证明。我今天一直陪着他，跟他一起离开的药店。"

郭淮怀疑地瞧着她："你中午不是去公安局找我了吗？"

"是呀。"叶倩颖点头，"当时，陈晓松就在公安局门外等我。然后，我们就一起去购物了。买完东西就回来。他的腿有伤，所以一直都坐我的车。你还有什么不明白的吗？"

郭淮一时间无言以对。抓住陈晓松的手慢慢松开。

又是这个人证，把郭淮所有的假设统统推翻。

"现在你弄明白了吗，警官先生？"陈晓松问。

"……"

陈晓松把脸缓缓贴近他，两个男人，两张脸孔，彼此对立，截然相反……

陈晓松颇为同情地说："为你女朋友失踪的事，我深表遗憾。也希望她能平安无事。"他话锋一转，"但同时，我也希望你能提高一下身为警官的素质，你的判断力实在令人失望。"

郭淮恨恨地后退，转身走出大门。

"等等……"陈晓松叫住他，"我体谅你现在的处境，所以我会考虑向法官申请，推迟下次开庭的时间。希望再开庭时，你的未婚妻仍然会坐在你的亲友席上。"

郭淮离开了。

陈晓松的脸上浮现出不易觉察的笑意。他关好门，回身看见叶倩颖正在望着他。

"怎么了？"他问。

“你刚才不应该那样刻薄地说他。”

“他这是自找的。”陈晓东说。

“毕竟人家女友失踪了，换成是谁都会着急。”

“但他不应该怀疑到我头上。之前又不是没有教训。”

“可是这一次，若不是我替你撒了谎，你的确没办法洗脱自己的嫌疑。”

“这样说来，我应该好好报答你喽。”

“那倒用不着。我只是不希望你出事。”

陈晓松走到她近前，梳理她略显蓬乱的长发，半开玩笑说：“你该不会也相信那个警察的话，认为是我绑架了他女友吧？”

叶倩颖摇头说：“你做不到。你的腿有伤。”

“你比那个警官聪明。”陈晓松笑了，“可是听你话里的意思，怎么好像我想那么干，只是没有能力似的……”

叶倩颖抬起雾蒙蒙的眼睛：“我以为你很恨郭警官。”

“我是恨他。但不代表我要对她女友下手。我为什么要伤害一位柔弱的女人呢？”陈晓松像是反问，又像自言自语。

叶倩颖的表情变得更加困惑。

“我们净说这些干什么？走，去尝尝我的风味牛油鸡味道如何，凉了就没有香味了。”陈晓松揽着叶倩颖的胳膊进了厨房。

郭淮回到家，看着女友的衣服和鞋子发了一夜呆。

本该是一个温馨甜蜜的夜晚，两个人言归于好，甚至比过去更加恩爱。残酷的现实就这样突如其来，把一切都砸得粉碎。

胡新月没有回来。

噩梦正变成现实。

恐慌正逐渐加深。

当他意识到公寓里只剩下他一个人，他害怕得哆嗦不止。

第十一章 解剖台上的未婚妻

1 月 13 日，星期五，清晨，7：08。

胡新月失踪事件惊动了县公安局。郭淮第一次成为了报案人，或许是受害者家属。

做完笔录，他捂着脸蜷缩在沙发里，黑暗反而能使他安心。

李东生想劝他两句，话到嘴边却不知如何开口。

陆小棠作为外来人，更不能说什么。连她也忧心忡忡。她比其他人更能体谅郭淮此时的痛苦。就像她看见慕容雨川中弹倒在面前时一样，那种彻骨的恐惧，她永生难忘。

她对李东生说："我们现在必须想尽一切办法尽快找到胡新月。时间拖得越久，她可能就越危险。"

李东生斟酌着问："你认为胡新月失踪跟最近的撕脸杀人案有没有关系？"

他们交谈时故意远离郭淮。撕脸凶手是一个谁都不愿触及的话题。

陆小棠说："我们姑且往这方面想，如果不是当然最好。"

如果不是，胡新月又为什么会失踪？

李东生说："郭淮昨天去过陈晓松家，他是本案中被最初认定的嫌疑人。"他说着看了看远处的郭淮。

"这些我都知道。"陆小棠说，"陈晓松怎么了？"

"有人给他作证。他因此没有作案时间。"

“他的腿受了重伤，想作案只怕也不太容易吧。”

“我也这样想。”李东生点头，“至于其他的嫌疑人嘛，我们倒是放走了一个……”

沙发上的郭淮忽然腾身站起，大步走出办公室。

李东生一皱眉，这家伙是不是疯了。他刚想跟出去，被陆小棠拉住。“让他去吧。现在谁也拦不住他。”

李东生叹气，语气里不无责备道：“当初所有人都不同意放走蒋浩天，是他固执己见。倘若胡新月现在真在这个男人手里，郭淮连肠子都得悔青了吧。”

没人知道郭淮此刻的心情。

他径自找到负责联络外线的警员，问道：“蒋浩天你们还在监视吗？”

“是，郭警官。”

“马上给我联络上外线，问昨天蒋浩天一天的行踪。”

外线联络员通过对讲机回答：“蒋浩天这几天一直都待在旅馆里。”

“一直都待在旅馆？”郭淮追问，“你肯定？”

被一逼问，联络员显得底气不足：“大部分时间吧。”

“大部分时间是多少？”

“他……他偶尔也外出。”

“外出去了哪里？”

“这个……我没……”

郭淮脸色发青：“你为什么不跟踪他？派你出去是去晒太阳吗？”

联络员在那头小声反驳：“我只负责定点监视，并没有要求我跟踪。”

一句话呛到郭淮肺管子，他冲着对讲机大吼：“你忘了自己是干什么的吗？如此重要的嫌疑人从你眼皮子底下溜了，你都不管不问，你还当什么警察啊？”

对讲机那头立刻哑口了。

郭淮周围的人也都默不作声。

郭淮接着问：“现在呢？蒋浩天在什么地方？”

“还……还在旅馆里。”

郭淮立刻返回办公室，招呼所有民警：“有行动，立刻跟我走。”

看到郭淮铁青的脸色，没人敢多问，纷纷戴帽、上枪，一阵风似的跟着他离开公安局上了警车。

陆小棠犹豫着要不要跟去。李东生说："这么多人还抓不住一个？我们在这里等着吧。"

9：12

郭淮带着七名警察包围了蒋浩天所住的小旅店。

那名外线联络员看见郭淮大气都不敢出。

"他在几号房间？"郭淮问。

"一楼右拐。第四间，门牌号 012。"他紧接着又为自己的失职解释，"郭队长，上面没说他是刑事案嫌疑人。要不是您今天来，我们下午就准备取消监视了。"

郭淮冷冷地瞥了他一眼。联络员不敢吭声了。

他领着人进入旅店。店主和服务员看见一群举枪的警察闯进来，不知道发生了什么，一个个呆若木鸡，微微发抖。

郭淮径直来到 012 号房门前。敲门。

无人应答。

他把钥匙插进锁孔，没做任何防护准备，推门进屋。

房门后并没有困兽犹斗的蒋浩天。

蒋浩天的行李还在房间里，被褥团成团儿丢在床上。烟灰缸里插满了烟头，还有一个用过的避孕套。警察们一窝蜂闯入房间，原本不大的房间，立刻变得拥挤不堪。

"郭科长，厕所里也没有。"

郭淮说："把外线给我叫来。"

外线联络员一进屋就傻眼了。

"人去哪儿了？"郭淮问。

"他……他昨天晚上还在。也许，也许一会儿还能回来。"

"还能回来？你是怎么当上警察的？"郭淮嘿嘿冷笑，暴怒的神情几乎要把面前这个人吞下去。

有人问："郭科长，现在怎么办？"

"跟陆警官联系，看看她能不能调动 C 市警方，去搜查蒋浩天 C 市的家。"

陆小棠把情况告知了 C 市刑警队，那边同时展开了行动。

郭淮这边调动县公安局全部警力，全线搜索蒋浩天和胡新月。

12：16。C市刑警队那边回复消息，蒋浩天没在家。他的家人也不知道他去了什么地方。

13：08。县公安局民警也没有找到蒋浩天。

李东生说："看来他事前早有准备，一时半会儿未必能抓住他。"

陆小棠说："关键是找到胡新月，保证她的安全。也不能逼得太紧，否则罪犯有可能撕票。"

午后飘了一场雪。对于普通百姓来说，农历春节将至，年味儿更浓了。

雪刚停，县公安局接到报案。有人在小土岗发现了一具女尸。

小土岗因地得名，是县城西北一个荒乱的土丘。土岗上多是杂草矮树，有些散乱的破房子。

女尸的发现地点在公厕旁边的枯草丛里，距离贯穿土岗的小路不远。目击者也不确定尸体就是女性。他只是看见一个穿着粉色外衣的人趴在草丛里。看衣服猜测是个女人。

县公安局的法医工作一直由郭淮带领的物证科兼职。

陆小棠对郭淮说："这次我领着人去吧，我在市局没少接触这类案子。"

郭淮并不接受陆小棠的好意，他坚持说："我去，我必须亲自确认。"

确认什么？

托运尸体的箱式警车停在土路边。陆小棠、郭淮带着两名物证科的人踩着积雪，向枯草丛中那团鲜艳的东西走去。这里是县城地势最高处，站在这里可以环视整个城区，成片的房屋被笼罩在白色的冻雾里，看不见人影，仿佛是一座孤零零的空城。

郭淮距离尸体还有几步远时停住了脚步。他认出了那件粉色的羽绒服，还有草蓝色的休闲裤和白色旅游鞋。

他感觉眼前一阵晕眩。

"郭科长！"旁边的技术员关切地问，"你还好吧？"

"唔……没事。"他咬咬牙，走到尸体跟前。

两名技术员先用相机对尸体进行各个角度拍照。初步收集了附近疑似脚印的痕迹和泥土样本。忙完一切看着郭淮，等待他下一步指示。

郭淮看着尸体的后背，眼神杂糅着恐惧与希望。他迟迟没有说话，也许这具尸体并不是胡新月。

陆小棠看着郭淮，动了动嘴唇，正想说话。郭淮深吸一口气，对技术员说：“翻过来吧。”

尸体被翻过来时，所有人的心都缩紧了。

郭淮立刻把头别到一旁。

死者的脸皮被完整地揭掉了。

谁都无法想象，这具尸体曾经有一张美貌动人的脸。

郭淮还清晰地记得，胡新月笑起来会露出好看的白牙，宛如小巧的贝壳。他们亲吻时，他很喜欢舔她的牙齿，那种温润的感觉如此亲切。那个人就躺在自己眼前。

泪水涌进眼眶，他不敢张嘴。只要一张嘴，他就会不顾一切地号啕大哭。

陆小棠拍拍他的肩膀，没说什么。她走到郭淮前面，把尸体和技术员挡住。她给郭淮流泪的时间。

没想到她的举动反而激怒了郭淮。他不需要同情，任何同情都是对他的侮辱。

他强迫自己重新站起来，走到尸体近前。他强迫自己忘记尸体的身份，像对待其他尸体那样看着她。

“检查出死因了吗？”他听见自己压抑的声音问。

蹲在女尸头部附近的技术员小心翼翼地翻开女尸的衣领，说：“很可能是扼杀。”

喉咙部位有清晰的压痕。

陆小棠这时说：“我之前咨询过省里的犯罪心理专家。他归纳出了撕脸魔的犯罪行为标记，扼杀、撕脸、留下 finding face 的英文。”

犯罪行为标记指，罪犯在实施犯罪中表现出的一种明显的行为模式。这种行为模式属于他的性格特征，是为了满足其情感或心理上的特殊需要而出现的行为模式。警方通常用来比较两起以上凶杀案是否为相同罪犯所为。或者已知嫌疑人是否与相关案件有关联。

现在已经找到了两个相同点。

郭淮四处张望。附近只有荒草和积雪，根本没有可以写字的地方。

“只要是同一个凶手所为，他会想尽办法留下自己的标记的。”陆小棠说。

最终还是她眼尖，指着远处厕所的墙壁。上面用粉笔模模糊糊写着——Finding Face。

郭淮锉碎牙齿。

“我一定要把那个杂种剥皮抽筋！”

女尸被直接拉到县医院。太平间旁边一个实验室被用作解剖间。县医院派出张医生配合警方。

县公安局方面考虑到郭淮和死者的关系，想派其他人代替他，被郭淮拒绝了。他说，这起案子的尸检工作原本就由我来负责，没有人比我更了解凶手的手段。何况，如果我不去，局里还有谁去？

他说的是实话。李东生对刑侦是外行，对法医更是一窍不通。物证科其他几位技术员又没有解剖尸体的经验。

17：08

县医院。

在简陋的实验室里进行尸检。陆小棠和李东生到场记录。

尸检开始前，李东生想起一句安慰郭淮的话，说：“小郭，你也不要太难过。尸体是不是小胡还不一定。你也只是根据被害人穿的衣服猜测。一会儿正式尸检时，说不定证明出是别人呢。”

郭淮狠狠瞪了他一眼，走开了。

李东生摘下警帽理理头发，掉过头问陆小棠：“他怎么那个态度？我刚才说的话有错吗？”

陆小棠尴尬地笑笑。心说，他只是瞪你一眼，换成是我，就给你一脚下劈。

几天前，这里躺着上一个被害人，那名女中专生。一张脸同样被撕得惨不忍睹。郭淮只是感到心惊，全然没有现在的震撼。

他看见张医生拿一把剪刀把尸体的衣服剪开，一层层剥下，女尸的身体渐渐暴露在眼前。他说不出心里是一种什么滋味，犹如他自己在众目睽睽之下脱光衣服一样深感羞辱。

李东生说出的话虽然可恨，他还是忍不住看了看女尸的身体，也许李东生真的说对了。他的目光只在尸体上略微一扫就挪开了。那些特征他都熟悉得不能再熟悉了。他闭上眼睛都能想象到，搂着这个身体入睡时是什么感觉。

李东生这时竟然不合时宜地问：“真的是小胡？”

郭淮没说话。他看见张医生已经把手放在尸体上。他正准备开始解剖。但在郭淮眼里，却看见他变成一个十足的流氓，正准备强暴胡新月。他听见了胡新月向他呼救——

“救救我，郭淮，救救我。”

他忽然冲到张医生面前，把在场所有人都吓了一跳。张医生的手术刀刚刚碰到尸体，连忙缩回。“有什么问题吗，郭警官？”

郭淮回过神来，尴尬地说：“没，没什么。您继续。”

张医生并不清楚死者跟郭淮之间的关系，对他来说所有的尸体都是一样的。

郭淮看了陆小棠一眼，这名女警官除了眉宇间带着悲哀，神态十分镇定。他又一次小瞧了这个花瓶女人。她可能早已不止一次接触过类似的案件。他们的目光不经意间碰到一起，他发现对方眼神里又传递来那种怜悯。他又一次受到羞辱，是不是在这个女人眼里，此时此刻的自己分明就是一个不可救药的可怜虫？

他让自己的表情重新冷硬，转身面对着尸体。

张医生的第一刀已经切进胡新月的身体。郭淮的手不自主地按在自己胸口相应的部位。

他从来未曾想过，胡新月的身体竟然如此脆弱。她的美貌，她的生命，哪怕她的骨骼，都轻而易举地被人粉碎。

张医生剪最后一根肋骨时，对郭淮说：“帮我把软骨和筋腱去掉。”

他们之前合作过不止一次，郭淮负责给他打下手。遇到胸骨这样的大骨，需要两个人配合着把胸骨取下。

但是这一次，郭淮畏缩了。他戴着乳胶手套的双手伸到一半就僵住了。

张医生不解其意。只好自己费力地把胸骨整个取下。

在开放的胸腔里，心脏和肺叶发散出鲜艳的光泽。说明死者依然年轻健康。仅凭目测就能看出，死者内脏没有任何疾病。张医生把刀伸进器官之间，切断了一些连接。“郭警官，帮我把不锈钢盆拿过来。”

这一次郭淮没办法推脱了。他硬着头皮，捧起洗脸盆大小的不锈钢盆，放在胡新月尸体旁。

张医生一股脑地把内脏推进了盆里。这个举动显示他还不够专业。陆小棠记得慕容雨川在尸检时，每一个器官他都会仔细检查，绝不会如此马虎。

郭淮端起一盆内脏。看着被掏空了的胡新月。现在不仅仅她的脸被毁掉，她的整个身体也被毁掉了。

他再也忍不住，跪在地上干呕不止。眼泪夺眶而出。

尸检被迫中断。

李东生这下犯难了。他征求陆小棠的意见："郭淮现在上不了。张医生解剖技术还行，但毕竟不是专业法医。看来得等到郭淮恢复一段再说。"

陆小棠说："我们可以等，凶手不会。况且死者是他女友，还是不要再打击他了。我们换人吧。"

"可是，我们县局里……"

陆小棠明白他的意思。她说："人手你不用担心，我可以临时从市局调法医过来。"

郭淮回到家，感觉像做了一场无法自拔的噩梦。胡新月残破的尸体形象时不时地跃入眼中，每一个情景都让他心惊胆战。那是他的未婚妻，深爱他的女人，要给他生养小孩的女人。

胡新月曾警告过他，不要放走蒋浩天，他没有听。他一心想证明陈晓松的罪名。他固执、愚蠢、虚伪，现在他得到了惩罚。

他拼命喝酒，喝到酩酊大醉。天旋地转中他暂时忘记了痛苦，漂亮的女友又复活过来，同他一起生活。他抱着她，亲吻她，向她道歉，感觉如此真实……

当他蓦然醒来，一切幻影消失，眼前只剩下空房间和冰冷的空气。

天边微白，正是黎明的某个时刻。

胡新月不在了。

彻彻底底不在了。

小小的公寓变得从未有过的空旷。

1 月 14 日，星期六，清晨。

陆小棠回到 C 市没有径直去公安局，而是来到医大附属医院。

郭淮的遭遇也让她感到心神不宁。

她走进病房。病床上的人还在睡着，似乎跟她前几天离开时没有什么两样。床头桌上的花已经萎蔫了。看来这两天没人来探望他。她心中一阵酸楚。

她搬了一把椅子轻轻放在床前，坐在椅子上，看着沉睡中的人。

她没敢问医生慕容雨川最近的状况如何。看见慕容雨川沉睡不醒，她心里更是不安。她甚至冒出一个可怕的想法，慕容雨川会不会永远这样睡下去，不会醒过来了……

沉睡中的人轻轻翻了一个身，被子里的手臂搭在陆小棠腿上。

陆小棠略感欣慰。前一阵慕容雨川还不能翻身呢，看来恢复了不少，就是不知道意识恢复得怎么样。

她这样想着，感觉腿上一阵痒。低头看见那只手似乎轻轻地摩挲，再看慕容雨川，仍然双目紧闭，睡相深沉。

陆小棠马上明了，伸手在慕容雨川脑门上弹了一下："别装睡了。"

慕容雨川的眼睛先是欠一条缝。看见陆小棠杏眼圆睁，虎视眈眈地瞅着自己。他这才把眼睛缓缓睁开，有气无力地说："你什么时候来的？我都不知道。"

陆小棠说："你不知道我来，还能把手放我腿上？"

慕容雨川感慨万千，道："昏昏沉沉这么多天，我都忘了自己是谁了。"

"现在想起来了吗？"

慕容雨川做出可怜巴巴的模样："小陆姐姐，我都这么惨了，你还舍得打我吗？"

这一下倒把陆小棠说愣了。慕容雨川趁机又在她腿上捏捏。

陆小棠现在有点儿无计可施。她抓起慕容雨川的手。"摸摸手吧，这下总可以了吧？"

陆小棠罕见的在慕容雨川面前败下阵，慕容雨川得意地笑了两声，牵动胸口的枪伤，疼得龇牙咧嘴。

他握着陆小棠的手，发现她如果不攥拳头，手还是满细滑的。

陆小棠还不太习惯跟慕容雨川这么亲密，况且，她不确定他心里想着的是不是那个日本女孩。她把手抽出来，伸出两根手指在慕容雨川眼前，问道："这是几？"

"三。"慕容雨川回答，"这个答案你满意吗？"

陆小棠微笑："我担心你变成植物人，看来没有。"

"但你似乎把我当成小动物了。"

陆小棠笑而不语。

过了一会儿，慕容雨川又说："我爸妈怎么都没来？"

陆小棠只好说："我没敢告诉他们。"

[illegible]是不是很有负罪感啊。你没有保护好我，现在没办法交代了吧。"

陆小棠被戳到了痛处，有点儿急："这是什么话。你跟我在一起的时候遇到过危险吗？你还不是为了那个日本女孩才……"她忽然住口，意识到自己失言了。

慕容雨川只是笑笑，笑容中却隐藏着几许失落。

陆小棠猜美奈子一定没来过。

难道真如她妹妹所言，她正准备跟父亲返回日本吗？难道她真能狠下心肠与过去彻底断绝？

为了保护他们，陆小棠化装成蓝香琴，只身潜入贵州农村。她亲眼看到他们亲密无间，俨然热恋中的爱侣。若不是她一时气急，朝慕容雨川扔了一刀，坏了他俩的好事，美奈子没准儿已经怀上慕容雨川的孩子了。可是，现在又怎样呢？那个长着迷人的脸、柔柔弱弱总能讨男人喜欢的日本丫头到底在干什么？忘掉她跟慕容雨川之间的一切？或许，又如真野琉璃所说，美奈子真有难言的苦衷，说不定她正想方设法赶到这里见慕容雨川。这样一想，陆小棠的心又乱了。如果美奈子抛弃慕容雨川，她会很生气。如果他们和好如初，她更感觉别扭。

慕容雨川一言不发，目光看着虚空，想着心事。

陆小棠很想问他，你是不是盼望着那个日本丫头来找你？当然这种话她只能想想而已。

慕容雨川忽然开口问："你这两天去了哪里？有新案子了？"

他有意岔开话题，做出以往那种满不在乎的表情。

陆小棠迟愣了一下，说："没有啊。"

"你从小撒谎脸就不红不白的。照镜子看看你现在的表情多么自然？肯定在说谎。"

"有吗？"陆小棠摸摸自己的脸。

"说说看，又是谁把谁杀了？让我也解解闷。"

陆小棠明白，慕容雨川在努力转移话题，暂时忘掉美奈子。她索性把正在处理的案件详细地讲给他。

慕容雨川听完她讲述，向往不已："好久没拿手术刀了，要是让我去多好。"

"你要是亲眼看到那个女警死得有多惨，就不会说这种话了。"陆小棠说。

"她长得很漂亮吗？"

陆小棠点头。

"那的确有点儿可惜。"慕容雨川居然叹了口气。

"凶手可不这么想，他不管俊丑，手段同样残忍。"

一谈到凶杀案，慕容雨川精神大为好转。他想到了一个很有趣的问题："你说先前被杀的三名被害人，死前都没有挣扎的痕迹？"

“是。尸检照片我都看过，的确看不到被害人有任何反抗的迹象。”

“老老实实被人撕脸皮，那还不疼死？”

“是先被掐死，然后才剥皮。”

“你刚才说的那名女警死前也没有挣扎？”

“她还没有开始尸检。但是我估计跟前三个也差不多。”

“奇怪，奇怪。你有带尸检照片来吗？”

“我带那些东西干什么？”

“闲来无事看一看，消遣消遣嘛。”

陆小棠瞪眼：“你以为我像你那么变态？”

慕容雨川想了想又问：“死者被掐的是什么部位？”

“脖子左右的颈动脉。”

“颈动脉？”慕容雨川抬高了嗓音。

“有什么不对吗？”

“太罕见了。闭塞颈动脉血管虽然可以用极小的力量和极短时间使人丧失意识，但必须同时闭塞住左右两根血管才有效。而且，挤压过程中绝对不能够松手，否则前功尽弃。”

“但是凶手的确是用这种办法扼杀被害人的。”

“你知道，这种杀人方式有一个很好听的名字。”

“哦？”

“情人杀。”

“情人杀？”陆小棠皱眉。这个名字的确很好听。

“因为凶手的手指能接触到被害人的身体，他所接触的部位通常都是情人之间才能接触的。这是互动方式的杀人，杀人过程不暴力、不流血，凶手可以感知被害人从挣扎到逐渐失去知觉，直到最后死亡的整个过程。这是情人才会有的耐心。通常情况下，因情生恨的谋杀中，这种扼杀方式是最常见的。往往涉及性犯罪的杀人案中，凶手也喜欢使用扼杀方式。”

陆小棠回想起尸检报告，点点头。“的确。前三个被害人的死亡现场多多少少都与性关系联系上了。第一位被害人是个体老板，死在自家车里。发现尸体时，他还带着避孕套。第二位是歌厅小姐，死在自己家床上，身上衣服很少。第三位，中专生，死在旅馆里，衣服也很少。”

“等等。”慕容雨川打断，“你说第一位被害人带着避孕套……他是男人？”

“对呀。”

“这可真是蹊跷……”

“怎么说？”

“在扼杀犯罪中，特别是涉及暧昧关系的杀人案里，男杀女的比例最大，也有女性掐死男性的。但是，像你所说这种被害人性别混合，统统被扼死，我还是头一次听说。”

“怎么杀不是杀？偶尔也有例外吧。”

“那不一样。论实效性，有很多杀人方式都比扼杀更为省事方便。扼杀还有可能造成被害人反抗，使凶手可能留下更多线索。之所以有些杀人犯喜欢扼杀方式，是因为他们渴望从体验被害人慢慢死去的过程中得到快感。”

“或许，他是一个双性恋呢？”

“双性恋杀手？你们有没有检查三名被害人的生殖器？”

陆小棠差点儿把椅子坐翻。要不是慕容雨川有伤，她早用自己 38 号的鞋底堵住他嘴巴了。

陆小棠的同情已经变成了羞恼 :“你该不是诚心拿我寻开心呢吧？”

慕容雨川嘿嘿一笑 :“你误会我了。我是问，他们死前有没有发生过性行为？”

这句话倒是提醒了陆小棠 :“没有。”

“你们对女被害人提取阴道分泌物了吧。”

“没有发现精液。”

“有没有体液？”

“好像……好像也没有。”

“如果凶手真是性变态杀手，他没有理由不跟被害人发生关系。要么在杀人前，要么在杀人后。性行为与杀人是不可分开的。”

陆小棠一震，这倒是之前没有想到的。

“那为什么会出现现在这种情况？”

慕容雨川想坐起来，不小心牵动了伤口，疼得嘶嘶直抽冷气。陆小棠帮忙把他的枕头垫高一些。他这才说 :“我没有看到犯罪现场，也没有参与尸体检验，不能妄下结论。出现这种情况肯定有原因，譬如，凶手性无能……”

陆小棠似乎想到了什么。

“你说有没有这种可能……”

“什么可能……”

“凶手并不是性变态。他杀人的目的也跟性虐杀没有关系……”

“继续说……”慕容雨川来了兴趣。

“凶手最初通过 M 县当地的交友网站联系到被害人。然后，跟被害人单独约会。在准备与被害人发生性行为之前，把被害人扼杀，然后撕脸，留下英文 finding face。整个过程看上去很像典型的性虐杀。可是听你这样一说，仔细想想，有没有可能所有犯罪手段都是凶手有意伪装的？”

“他为什么要伪装？”

“因为他想隐藏真正的杀人目的。”

陆小棠一本正经地说完，发现慕容雨川一眨不眨地注视她。她忙说：“我只是猜测，未必准确。”

慕容雨川微笑：“小螳螂，你变聪明了。”

陆小棠白了他一眼：“我本来也不笨。”

“不过，假如凶手杀人另有目的，那个目的是什么呢？”

“这个我还想不明白。”

“谁知道呢，也许凶手的目的已经清清楚楚告诉我们了。”

“哦？”

“Finding face 呀。”

“Finding face……”陆小棠琢磨着，“我一直倾向于把凶手留下的文字看成是他为了渲染恐怖气氛而写的。”

“也许你说得对。但不管怎样，凶手每次都在现场写下相同的字，还撕下被害人的脸，对他来说，face 似乎有着某种特别的意义。”

跟慕容雨川聊天的确带给陆小棠很大启发，头脑里也理出了一个思路。临走时，慕容雨川提醒她：“下次来，别忘了带些尸检照片过来。”

大概也只有慕容雨川能把看那些被撕掉脸皮的尸体照片当成是一种消遣吧。

陆小棠刚想拒绝。慕容雨川又说：“你说死者被掐死时毫不挣扎，我一定要亲眼瞧瞧这些中了邪的可怜家伙才甘心。”

第十二章 失踪的人脸

1 月 14 日，星期六，下午。

陆小棠带着市公安局的实习法医李涵回到 M 县。

自从慕容雨川受伤住院后，这还是李涵第一次单独承担重任。不必像马仔似的跟着慕容雨川屁股转，他兴奋不已。老天如果睁眼，最好能让那个讨人厌的高富帅在病床上“嘎嘣”一下，中国的贫富差距又会缩小一点点。

当李涵看到胡新月的尸体，着实被惊出一身冷汗。

尸体开膛破肚，胸腹变成了空腔，还没有缝合。内脏器官满满地堆在旁边一个不锈钢大盆里。

最让他胆怯的是尸体根本没有脸。他想不出来什么原因能把一个女人的脸弄成这样。他更想不出，这个女人生前能长成什么样。

陆小棠和李东生都在。李东生充满尊敬与期待地望着李涵。

李涵直皱眉：“谁把尸体解剖成这样的？”

李东生略显尴尬：“是县医院的外科医生。不太专业是吗……”

“这哪里是尸检，这简直是……”他想说“屠宰。”

因为内脏都混在一起，李涵花费一些时间把它们一一分类。交给医院进行毒理化验。他这边开始从头到脚检查尸体。他的动作很规范，完全按照教科书上的要求，有条不紊。

陆小棠之前净跟慕容雨川合作，慕容锋芒毕露的行事风格让李涵显得很平庸。带他来时，陆小棠还有些担心这个实习生难堪重任，现在看来多余操心。

尸体的喉部已经被切开，李涵先是查看皮肤上的掐痕，然后用镊子与手术刀撑开刀口。确认无疑，他才说："死者是被掐死的。在喉头左右两侧有明显的椭圆形指头压痕和新月形指甲痕。耳孔和鼻孔有渗血现象。舌头伸在牙列之间。"

他用钳子撬开上下牙床，朝里面看："口腔黏膜有散点状出血。这些都是典型的扼死征象。对应的颈部解剖显示……"他拨开脖颈上的刀口，"肌肉组织，甲状腺出现广泛性出血。舌骨大角和环状软骨发生多处骨折……"

"你是说凶手很用力？"陆小棠问。

"十足的力气。"

陆小棠对李东生说："前三位死者只是颈动脉被按住，凶手并没有使出如此粗暴的手段。

李东生点头。

李涵继续说："从脖颈的指痕上看，凶手掐她的姿势比较奇特。"

"呃？"

"通常情形下，扼杀都是由力量较大的一方把弱者压倒，用左右手拇指或者虎口压住被害人的喉咙。但是，眼下这处痕迹比较杂乱，除了拇指痕迹以外，好像还有食指中指无名指，甚至小指的指印。凶手好像是用十根手指拧断了被害人的喉咙。"

李东生咂嘴："真是一个变态疯子！"

陆小棠质疑："会不会是凶手和被害人当时所处的姿势比较特殊造成的？"

李涵琢磨了一会儿，眼前一亮："你说得对。我想到一种可能，凶手有可能站在被害人身后从后面掐死的她。"

"从后面掐？"

"从后面掐脖子很不容易。一则凶手视线被遮挡，再则，胳膊的力量使不上，只能靠手指的力量。所以，尸体上的掐痕才显得如此杂乱。"

李东生用双手在自己脖子上比量："还真是不容易。既然费力为什么凶手还要这样做？难道他想尝试不同的杀人方式？"

"等一下。"陆小棠摆手示意他安静。她抓住脑海中一个闪念，慢慢延展开，形成清晰的思路。

她说："从凶手掐死胡新月的姿势可以分析，她是遭到突然袭击时被杀的。凶手一定是趁她不备，从背后悄悄靠近她，迅速掐住她的脖子。在那种情形下已经不能够选择其他的杀人方式了。”

她沿着这个思路分析下去。“如果把胡新月与前三名被害人比较会发现很多不同之处。首先，前三名被害人都是凶手通过上网结识后，约到指定地点杀害。胡新月却是死在了户外黄土岗。其次，前三名被害人衣着单薄，准备与凶手发生性关系。胡新月没有。再加上完全不同的扼杀手段。说明……”

“说明什么？”李东生追问。

“说明杀害胡新月并不在凶手的计划之中。尽管凶手同样使用扼杀，留下相同的英文，但是比起之前的三起谋杀，他明显准备不足。”

李东生发现，陆小棠利用的推理根据都很平常，怎么自己之前就没想到把这些信息联系在一起呢？

他随即问：“那凶手为什么要杀害胡新月？”

说到动机，陆小棠一时间也答不上来。如果慕容雨川在这里就好了，那个鬼脑子在关键时刻能给她不少帮助。

李东生不甘示弱，他分析道：“胡新月是郭淮的未婚妻，郭淮和我是负责这起撕脸凶杀案的警察。凶手会不会因此对郭淮采取报复行动？他原本没想杀害胡新月，只是想绑架她或者弄伤她。可能是由于胡新月反抗或者呼救，他一时心急，就把她杀死了。”

陆小棠不否认李东生的假设。不过，假设不止一种，每一种都能推断出不同的结论。哪一个可能性最大？

李涵这时插言：“死者身上并没有发现明显的反抗痕迹。”

“没有反抗？”陆小棠诧异。

“她的指甲完全没有损伤。按理说，被人从后面掐住脖子，肯定要用力掰开对方的手指才对。”

李东生说：“这就是本案让人费解之处，头三名被害人被杀时也没有反抗。你说邪门儿不邪门儿？”

“会有这种事？”李涵瞅着女尸，不由得起了一层鸡皮疙瘩。

陆小棠忽然想到了什么，她问李东生：“胡新月被害那天，下班离开公安局时，穿着什么衣服？”

“警服。”

“脚上呢？”

“高跟鞋吧……怎么了？”

“昨天尸检时你也看到了，她穿的并不是警服，脚上穿的也不是高跟鞋，而是旅游鞋。”

“也许她回家之后又出去买菜呢？”

“买菜为什么不在下班回家时顺路买？再说买菜怎么跑到了黄土岗上。”

李东生被问住了。

“我猜想，她是不是先回的家，之后换上羽绒服和旅游鞋想外出做什么事情。而这件事跟凶案有直接关联呢……”

“你是说，她发现了凶手的蛛丝马迹？既然那样，她为什么不告诉我和郭淮？她一个姑娘家家难道胆敢去捉凶手？”

陆小棠心想，我就敢，没什么了不起的。

她说：“也许她只是怀疑，还没有确认。”

“她正常下班回家，能出现什么事情让她怀疑？”

“总之，肯定出现了什么不寻常的事情。”陆小棠的目光落在李涵脸上。

李涵顿感压力。

陆小棠说：“这具尸体跟前三具尸体都不一样，是凶手在缺少准备的情况下仓促杀害的。凶手有可能会在忙乱之中留下什么蛛丝马迹。你一定要把每一个检验步骤做仔细。”

李涵应声。心想，用不着你提醒，我也绝不会比慕容雨川差。

陆小棠想到了什么，又嘱咐他：“尸检完成之后，尽量把尸体修饰得好看一点儿。这女孩太可怜了，听说正准备跟男友结婚。希望她男友下次看到她时，或多或少得到一些安慰吧。”

李涵瞧着女尸烂糟糟的脸，不由得摇头，说：“脸我没办法处理，只好拿一张面具盖住。”

三个人一时间陷入沉默。

李东生直到现在还难以相信，那个待人亲切的姑娘转眼之间就这样没了。

陆小棠问：“蒋浩天还没有抓到吗？”

“没有。”一提到这个人李东生就来气，“自从胡新月失踪后，那小子也消失了。郭淮现在满县城发疯似的搜查他，直到现在也没有半点儿消息。说起来，郭淮本身还要为未婚妻的死负责任。释放蒋浩天那天晚上，除了郭淮以外我们所有人都反对，胡新月还特意为他分析了蒋浩天的嫌疑，可是这小子根本听不进去，认准陈晓松是疑犯。我们犟不过他，只好放了蒋浩天。结果怎么样？他放了一匹豺狼，对方根本不会感谢他，反过来对他未婚妻下了手。他倒成了害死妻子的帮凶。”

虽然李东生话说得偏激，但不无道理。陆小棠想起郭淮近乎癫狂的举止，他内心的痛苦别人无法想象，而且这种痛苦他将永远背负下去，一生不得安宁。

陆小棠不知道应该恨这个人，还是同情这个人。

这时，李东生接到县局打来的电话。告诉他，刚刚又接到了报案，跟撕脸杀人案有关。

李东生脑袋一下就大了，说：“这么快又死人了？”

电话那头的警员带着紧张的语气催促：“李队长，您还是亲自来看看吧，报案人在这里。”

陆小棠一看李东生的脸色就知道情况不妙。她没多问，两个人匆匆赶回公安局。

16：34

县公安局。

报案人正在焦急地等待，李东生和陆小棠一看见他大为意外。

这个人就是陈晓松。

“我正等你们呢。他们说必须等队长来了才能处理。”陈晓松神情镇定，让人看不出到底发生了什么事情。

李东生乍看见他不由得发愣。

陆小棠开口：“说说你报案的原因吧。”

陈晓松说：“事实上报案人不是我。”

“哦？”

陈晓松说着朝身后招手，从角落里站起一个女人。陆小棠一见，也认识，是那个自称能梦到撕脸凶杀案的女人——叶倩颖。

“我陪着她一起来。”陈晓松说，“她吓坏了。”

“吓坏了？”

叶倩颖这时来到陆小棠面前，脸色比以往更加苍白，嘴唇没有血色，似乎在隐隐发抖。

陆小棠正要问原因，发现陈晓松看自己的眼神有些古怪，她稍稍一怔，随即意识到，他看的是自己身后。

李东生也注意到了，两个人几乎同时转头。猛然看见郭淮正站在身后，两人同时一惊。

一天不见，郭淮仿佛变了一个人。纠结蓬乱的头发遮着一张灰暗的脸，红通通的两颗眼珠子呆滞地看着前方，却又放射出两道寒光。

他没跟李东生与陆小棠打招呼，直接走到叶倩颖与陈晓松面前。

叶倩颖吓得后退几步，仔细打量才认出他是谁，发出一声惊呼。

郭淮的目光从她脸上慢慢转移到陈晓松脸上。

陈晓松被他瞧得有几分胆怯，但他依然站在原地。他朝郭淮友好地笑笑，好像已经忘记了两人先前的打斗。

他礼貌地问：“自从郭警官上次从我家离开，我和小叶这两天都很记挂你，不知道你女朋友找到没有？”

这句话就像一把刀，狠狠插进郭淮的胸口。

他痛苦得整张脸都揪起来。

陈晓松困惑不解地看着他，然后把目光投向陆小棠和李东生，道：“郭警官这是怎么了？”

陆小棠和李东生保持沉默。

陈晓松忽然道：“莫非胡新月胡警官遭遇了什么不测……”

他无意中把郭淮的伤口一把撕开。

所有人都看得出郭淮全身在哆嗦。

陆小棠担心郭淮会控制不住自己的情绪暴打面前这个人。

陈晓松露出吃惊的表情，仿佛刚刚得知这个消息。他深表同情地对郭淮说：“希望你节哀顺变。”

陆小棠注意到这个男人丝毫没有悲痛，他的眼睛里甚至隐藏着笑意。

他在幸灾乐祸。

郭淮毕竟控制住了自己的暴怒。他用嘶哑而低沉地声音问："你俩来干什么？"

"来报案，关于撕脸魔。"他说话时故意加重撕脸魔三个字的语气。

现在谁都知道，因为郭淮失职，不仅枪伤了无辜群众，而且害了自己的未婚妻。

"难道叶倩颖又做噩梦了？"

"这次不仅是噩梦那么简单了。"陈晓松神色变得紧张而神秘。他把一直躲在身后的叶倩颖拉到前面，"让她告诉你们吧。"

叶倩颖战战兢兢地说："今天上午……我，我收到了一个邮包。我一打开……啊——"

她冷不防惊叫一声。把所有人都吓了一跳。

陆小棠搬来一把椅子，让她坐下。

"你慢慢说，邮包里是什么？"

叶倩颖吓得有些神志不清，支支吾吾半天也没说清楚寄给她的邮包里到底装着什么。

陈晓松说："我建议你们自己亲自去看。叶倩颖的车停在公安局门前，邮包就在车后座上。"

等邮包拿来放在桌上，众人看见一个30cm见方的小纸箱，包装是EMS。绑扎纸箱的胶带已经被撕掉，想必是叶倩颖和陈晓松之前打开的。

唯有郭淮的目光没有落在纸箱上，他在打量叶倩颖和陈晓松，似乎不太相信他们的话。

李东生打开纸箱，里面有一个塑料袋，塑料袋里有一个薄薄的东西，他没看清是什么，他把塑料袋拿出来，在白炽灯下晃了晃。他看见那张白色的东西，有一些褶皱，还有几个窟窿，有点儿像……

像一张面具。

他的手忽然一哆嗦，塑料袋掉在办公桌上，没发出很大的声响。

办公室里鸦雀无声，所有人都意识到了那是什么。

一张剥下来的人脸。

叶倩颖几乎吓昏过去，缩在陈晓松怀里。

陆小棠也觉得嗓子发干。她想凑上去仔细看看，可是有点儿心虚。慕容雨川那个小浑蛋，这时候应该他出面才对。

“法医呢？”李东生大声喊，“叫李医生来！”

他忘了李涵还在县医院处理胡新月的尸体。

郭淮走上前，慢慢拿起塑料袋，他把那张脸皮抚平，贴在桌面上。

摊平的脸皮显得比正常人脸大出一倍。边缘参差不齐，一端带着些许毛发，像是额头部位，对应的左右两边两片耳朵还在。比起这张“大脸”。五官聚集在中央，或者说是五个大小不一的窟窿。在眼眶形状的窟窿上还留着两道眉毛。除了平添几分滑稽之外，更使人深感恐惧。

郭淮仔细端详了一会儿，说：“不是。”

“不是什么？”李东生问完，才明白他是指胡新月。

郭淮说：“这张脸皮比较粗糙。下巴的位置有些胡茬，这是一个男人。”

陆小棠说：“是撕脸杀人案的第一位被害人吧。”

虽然没有经过法医检验，但无疑所有人都赞成这种看法。

郭淮转脸，目光冰冷地瞧着叶倩颖，问道：“为什么凶手会给你邮寄这种东西，你认识凶手吗？”

叶倩颖又惊又怕：“我……我怎么会……会认识他……”

“既然不认识，他怎么会知道你家的地址，还想到给你邮寄东西？”

“我怎么……怎么知道啊？”

陆小棠说：“凶手对叶小姐了解并不稀奇。郭警官和陈先生对簿公堂的事情已经上了报纸。即使在C市也知道你们两位，凶手也不例外。我们的犯罪心理分析师对他做过心理画像。他是一个典型的组织力凶手。头脑冷静，思维缜密。他会时时关注案情进展情况，收集一切跟案情相关的人和事件的资料。你们的官司很可能引起了他极大兴趣，他会了解一切与这场官司相关的人。叶倩颖作为重要的证人之一，必然受到他关注，他会打听她的家庭住址，工作单位，也包括收集她的照片。”

郭淮没有反驳。他承认陆小棠的分析有道理。

李东生说：“那他为什么要给叶小姐邮寄这种东西？”

陆小棠说："组织力凶手是不甘寂寞的类型，他早已准备好寻找机会来展现自己的能力，戏要警方。他撕掉脸皮带走，就是准备好在适当的时刻公之于众，制造更大的震动。至于使用什么方式，则随机而动。叶小姐作为案件的牵连人之一，比较容易成为凶手的选择对象。"

叶倩颖声音颤颤地问："那他会杀我吗？"

陆小棠也说不准："也许，他只是想通过你制造恐慌。"

郭淮冷笑道：'你做梦不是能预感到他杀人吗？等你梦到他杀你时，跑来报案也不迟。"

叶倩颖哭丧着脸，撅起了嘴。

她无助的神情让郭淮忽然想起了胡新月，他把脸别到旁边。

陆小棠拿起包裹看了看邮寄地址，说："这是从本地的快递公司邮来的。邮寄人署名叫吴铭。当然就是没有名字的意思。"

李东生说："我现在带人去查。看看快递公司对邮寄人有没有印象。"

陆小棠说："我劝你不要抱太大希望。凶手如果这样狡猾，他有可能雇别人替他去寄东西。所以，即便快递公司的人记得那人的相貌，也未必是我们要找的人。他不会轻易暴露这样的破绽。"

20：02

李涵对胡新月的尸检工作基本完成。他说："胡新月全身上下只有脖颈上的掐痕。还有脸上的伤痕。除此之外，没有任何受伤或者搏斗过的痕迹。"

陆小棠皱眉："也就是说，她在被杀害时的确没有反抗。"

"是。"

"这不合逻辑啊。"陆小棠说，"四名被害人乖乖被凶手活活掐死。哪有这种道理？"

李涵说："我检查得很仔细，的确没有搏斗过的痕迹。"

"之前的三具尸体你也看过了？"

"是。县公安局写的验尸报告虽然粗糙，但是检验结果都是正确无误的。"他看见陆小棠神情里似有怀疑，补充道，"我完全是按照标准的尸检步骤进行的，绝对不会出现疏忽。虽然结果出人意料，但我们只能相信科学。"

科学检验推导出了超出常理的结论。陆小棠之前还期望着县公安局出错，现在看来她得重新调整自己的思路。

毫无反抗地被杀……

陆小棠思索着可能出现这种情况的种种假设。一直想到头疼，也没哪一种假设符合逻辑。

她只好问李涵其余的问题："还有什么线索吗？"

"有。"李涵说，"胡新月的旅游鞋和裤子有磨损的痕迹。磨损的都是不常见的部位，所以我想，她在死后被人在地上拖拽过。"

"哦？那就是说，发现她尸体的地方并不是第一案发现场。是凶手杀害她之后弃尸到那个地方的。"

"应该是这样。"

"我记得她的衣裤和鞋子没有被土弄脏。也就是说，凶手拖拽她的地方很干净。"她眼前一闪，"也许她被杀的地方是在室内也说不定……"

"当今的凶杀案里，杀人弃尸并不算罕见。"

"但是对于一个不太计较杀人场所的罪犯来说，他搬运尸体就显得不同寻常了。目前来说，胡新月的尸检结果符合我之前的猜测，胡新月原本并不在凶手的杀人计划中。出于某种原因，凶手不得不杀掉她。那天下班之后她先回到家，然后外出去了什么地方。我想一定跟撕脸杀人案有关……"

"对了，我还发现了一些东西。不知道跟这起案子有没有关联。"

"是什么？"

"在她右手拇指指甲里发现了一点儿白色纤维化的东西。她的指甲有轻微磨损，指甲油也磨掉了。我怀疑她用手指抠过什么东西。只是现在手头没有特殊仪器，我还无法知道她抠下来的东西是什么。当然，这也许跟本案没有什么关系。"

"还是尽可能查出是什么。任何一种可能都不要轻易放过。"

"那我只好抽时间回一趟市局，用专门仪器测测看。"

陆小棠想到一个法子，说："你可以先用这里的显微镜，把它放大了拍下照片。等我这两天回市局汇报工作时，拿给物证科的人看。"

李涵的尸检虽然没有提供特别有价值的线索。但至少比之先前已经前进了一步。陆小棠现在很想知道，胡新月被害那天下午到底去了什么地方？莫非她真的发现了凶手的踪迹？

在胡新月的弃尸现场，物证科的人几乎没能提取到像样的脚印痕迹。冬天坚硬的土层无疑成了隐藏罪犯的帮凶。陆小棠甚至怀疑，凶手早已经预料到了这一点。

案情发展到这一步，四个人被残忍杀害，是即将结束，还是刚刚拉开序幕？陆小棠不得而知。

因为她不知道凶手的杀人动机到底是什么。

Finding face 究竟是什么意思？

为什么要撕掉每一位受害者的脸？

为什么每一位受害人都情愿被扼死却不挣扎？

李涵准备加班加点检验叶倩颖送来的那张人脸皮。脸皮上没有血，微微有些发皱，看来凶手邮寄之前处理过。陆小棠估计李涵很难从上面找到什么线索。她便离开了县医院。

走在路灯稀少的街道上，夜晚冰凉的空气让她清醒了不少。忽然冒出一个可怕的念头，凶手有没有可能正躲藏在暗处偷窥自己，寻找机会像杀害胡新月那样从身后悄悄接近，迅速掐住她的脖子。

她毫不怀疑对付这种袭击，她能瞬间想到五不同方式反制袭击者。她可不是胡新月和美奈子那种软弱可欺小绵羊一样的女子。然而，一想到四名被害人死前毫不反抗的诡异情景，她又有些心虚。那家伙到底是怎么做的？假如他对自己下手，自己也无法反抗吗？

她站住，回头瞅瞅身后，摸摸腰里的手枪。

如果慕容雨川看到她现在这个样子，肯定会笑话她。

但她属实有点儿害怕。

她不由得加快了脚步。

等到她的身影即将消失在街角，从她刚才经过的一棵树后，路灯无法照到的黑暗区域里，缓缓走出一个人。

这人的眼睛注视着陆小棠融入夜色的背影。

真是很警觉啊……

第十三章 惧变

1 月 14 日，星期六，夜。

急促的敲门声惊动了正在刷牙的陈晓松。他开门一看。

一个披头散发的女人哆哆嗦嗦地站在门外，脸上毫无血色，嘴唇却涂得猩红。活脱一个女鬼。

陈晓松先是吃了一惊，仔细一看才认出是叶倩颖。“这么晚了，你怎么来了？”

叶倩颖二话不说，一头扎钻进房间，好像背后跟着一只食人的妖怪。

她眼眶潮湿，眼影也花了，似乎刚哭过。

“我害怕……”她声音颤抖，“我不敢待在家。”

“你爸妈和佣人不是都在家吗？”

“我害怕……”叶倩颖坚持，泪光闪闪。

一个女人因为害怕，居然大半夜孤身一人，开车穿过半个城区跑到别人家，还要摸黑穿过胡同、上楼梯……这是什么逻辑？

女人有时候根本不讲逻辑。

陈晓松哭笑不得。他问：“你吃晚饭了吗？”

叶倩颖摇摇头。

陈晓松拿出两桶泡面：“天太晚了。你将就一下吧。”

娇生惯养的叶倩颖到了别人家居然不挑食，两桶泡面不但吃光，连汤都喝了。

陈晓松问：“一张床一个沙发。你睡床还是沙发？”

叶倩颖跳到床上，用被子把自己裹起来。她的表情仍然充满恐惧。

"你还在为早晨那个邮包害怕？"陈晓松问。

叶倩颖的脸明显抽搐了一下。

陈晓松坐在她旁边，伸手抚着她的头发，宛如安慰一只受惊的猫。

"你说……"叶倩颖犹豫着开口，"为什么我会收到那个包裹？"

"……"

"是不是意味着，接下来被杀的人会是我？"

"那都是你的猜测。杀人犯杀人难道还要事前通知对方？又不是演电影。"

"可是，我这两天心惶惶的。胡新月被杀前我就梦到了，前三个人也是这样。我总觉得还要出事……"

陈晓松揽住她战栗的肩膀，安慰道："别胡思乱想了。梦由心生，你心里总想，久而久之就会受到影响。"

"心理学就是这样分析的？"

"差不多吧。"

叶倩颖对他的话将信将疑。

陈晓松搂她的手紧了紧，轻声问："你还想治疗你的心病吗？"

"上次那个法子太吓人了。特别是你站在床前背对我站着，跟我梦到的一样，差点儿把我吓死。我不想再尝试了。"

"如果不绑住你，不用刀子，你愿不愿试一下……"陈晓松的手从她的肩膀慢慢滑下。

叶倩颖的呼吸明显急促。当那只手摸到她的小腹时，她忽然推开陈晓松。"不……不要那样……"

"你不想？"陈晓松稍微皱眉。

"我……我今天恐怕不行。"叶倩颖可怜巴巴地瞧着陈晓松，"我一点儿感觉都没有。"陈晓松点头，伸手拉她。叶倩颖缩到了床脚，"我今天真的不行，求你别为难我好不好？"

陈晓松微笑："我只是让你靠着我坐，连这你都害怕吗？"

叶倩颖这才慢吞吞爬过来，重新靠在陈晓松怀里。

陈晓松指指窗外说："又下雪了。"

"是吗？"叶倩颖扭头去看窗外。

漆黑的夜幕下，不计其数的雪片缓缓飘落，无声无息，宛如一个个降临人间的精灵。她怔怔看着，不经意间流下两行眼泪。

“你怎么了？”陈晓松问。

“没什么，忽然想起一些过去的事情。”

“不会是又做了什么梦吧？”

“不是。”叶倩颖迷蒙的眼睛忽然变得无比清澈，“那时候，我只是一个小姑娘，从来不做什么噩梦，也不知道害怕。”

“你那时候很快乐吧？”

“是。”

“有很多男朋友吧？”

叶倩颖笑了：“怎么会呢？我从来不交男友的。”

“难道一个男友都没有？”

“那又怎么了？有女友就够了呀。嘻嘻。”

“我真想看看那时候的你是什么样子的。”

陈晓松说完，叶倩颖半天没有回应。他侧脸，发现她的头一点一点的，打起了瞌睡。

“你困了，就睡吧。”

“不行。”叶倩颖挣扎着睁开眼睛，“我不敢睡，一睡我就会梦见那个没有脸的人杀人。我担心这一次梦到的是我自己……”

“别胡说了。”

“不，你要相信我，我说的都是真的。”

“好，好。我相信你。”陈晓松几乎在哄她。

“我真的梦得很准。”叶倩颖强调。

陈晓松说：“这样吧，我给你吃两片安眠药。睡着之后就不会做梦了。”

“你失眠吗？”

“当然不。”陈晓松打开衣柜，拉开抽屉，从里面找出一个深棕色的小瓶，“你忘了我是干什么的吗？我家里别的东西没有，药可有得是。”

他倒出两粒蓝色的小药片在瓶盖里，又到了一杯水，递给叶倩颖。

“这是什么？”

“巴比妥，普通的安眠药。你以前吃过吗？”

叶倩颖摇头。

“两片就够了。能保证你一觉睡到明天中午。”

叶倩颖把药片接在手里，用水送服。陈晓松看着她把药片吞下去，眼神有些怪异。

“你干吗用那种眼神看我？”叶倩颖问。

“没什么，是你太多心了。好好歇着吧。”

陈晓松扶着叶倩颖躺下，给她盖上被。叶倩颖露出甜蜜的笑容。陈晓松又陪着她聊了一会儿天。叶倩颖不知不觉闭上了眼睛，陈晓松什么时候离开的房间她都不知道。

药片发挥了效力，她睡得很沉。

窗外的雪越下越大。街道和屋顶都覆上了一层厚厚的积雪。橘黄色的路灯在纷飞的雪雾中黯淡。整个城镇在一夜之间被一场突如其来的大雪湮没。

镇定剂的药力把她的噩梦压缩成一团漆黑，不再有恐怖的背影，不再有混沌不清的脸，不再有受害者无助的哀号……只有黑暗，她能看见的只有黑暗，黑暗沉重地压在她身上，冷得像一块巨大的冰。盖在身上的棉被被寒气浸透，裹在身上的内衣被寒气浸透，她在沉睡中发抖，宛如躺在冰天雪地中……

北风在黑暗中呼啸，像凄厉的呼叫。

放过我，求求你放过我……

她浑身颤抖。

惨叫声音渐渐消弱，片刻再次响起。

放过我，求求你放过我……

她在沉睡中拼命甩头。

放过我，求求你放过我……

她紧闭的眼角沁出泪水。

骤然从沉睡中惊醒。

被子被掀开，她赤条条地躺在床上。难怪她会感觉冷，她是被冻醒的。

她想摸衣服，这才惊觉自己的手脚被绑住了。

黑暗里出现了一个轮廓，俯身向她，她几乎就要大声喊叫。当那人接近时，她隐约辨出了陈晓松的脸。

她不知道自己被绑成现在这个样子多久了。她的双臂被捆绑得发麻，感到脸上、身上的某些地方一阵阵刺痛。她似乎受伤了，可能正在流血。

她吓得要哭出来。陈晓松究竟想干什么？

陈晓松并没有脱裤子。他用手在叶倩颖光滑的身体上摸。不是整个手掌去摸，而是用手指轻轻地摩挲，好像在感觉什么。

就在叶倩颖刚想要叫，陈晓松掏出了什么东西对准她。叶倩颖吓得闭上眼。

吧嗒一声。

她感觉紧闭的眼皮忽然一亮，变得透明，她能看清皮肤里面的毛细血管。陈晓松正在用手电照她。

陈晓松的手摸在她脸上，手电光随着手指移动。他接下来的动作更怪异。他扒开了她的嘴，用手电向里面照。看了半天，他把手电移到她的鼻子上，竟然用手指掰她的鼻孔看。叶倩颖又羞又急，她现在倒盼望着他能恢复到正常人那样。陈晓松又开始观察她的耳朵眼儿，然后拨开头发看头皮，接着是腋下……

叶倩颖吓得一声都不敢吭，她紧闭双眼，装作睡熟，忍受着这个人变态的举动。他给自己吃安眠药，就是为了趁自己睡熟时干这个吗？

这时手电忽然灭了。

陈晓松用英语骂了句“Fuck。”翻身下床，去换电池。

他一走出房间，叶倩颖开始努力扭动被绑住的四肢。她的手脚已经冻得发僵。下身却没什么感觉。那个变态难道一直都在打着手电观察自己的身体吗？

双臂勒得太紧，又压在背后，她挣了几下就放弃了。脚上的绳子绑得似乎不太紧。她错动几下脚踝，绳套居然松了。

陈晓松的轮廓忽然出现在门口。

她一下就僵住了。

如果陈晓松发现自己已经醒了，他会怎么对付自己？

陈晓松走到床前，叶倩颖的心脏登时缩紧。

陈晓松打开手电，继续用手指像先前那样摸她的身体。

他的手电停在了她的小腹。他观察了好一阵，继续下移。叶倩颖最担心的事情发生了。她不用看也知道，他正在往她身体里瞧。她羞恼至极。恨不能把他的眼珠子挖出来。

陈晓松似乎还觉得不过瘾，把她的两条腿抬起，这样可以看得更清晰。他似乎没有注意到叶倩颖脚上的绳子已经解开了。

叶倩颖感觉陈晓松的头正抵在自己的膝弯。机会来了，她两条腿一张，忽然夹住陈晓松的脖子。她再柔弱，腿的力量也要比胳膊大许多。

就在陈晓松惊觉时，她两条腿已经缩紧，陈晓松立刻就受不了，他用手掰她的腿。叶倩颖使出全身力气，向外一推，把陈晓松整个人踹到床下。

她趁机跳下床。脚步踉跄地跑出卧室。

她的两只手还绑在背后，只好背对着用两只手去摸门锁。

拜托。拜托。快点儿。

卧室里传出陈晓松痛苦又愤怒的呻吟。他一条腿还有枪伤，行动不便，也许她还有逃走的机会。

快，快……

她摸到了门锁。这时陈晓松已经扶着墙走出卧室。

她拉开门闩，整个身子往门上靠去。铁门颤动了一下，没开。她这才想起，房门不只一道锁。

陈晓松站在卧室门口，瞧着赤身裸体、双臂背绑的她。黑暗中他的眼睛闪闪发亮，宛如看着一只拴在圈里的绵羊。

“外面那么冷，你要上哪儿去？”他说话声音异常温柔。

对他之前的信任已经化作绝望般的恐惧，叶倩颖宁愿光着身子走在雪地里，也不想在这里多待一分钟。

“求求你放过我吧。”她听见自己带着哭腔的声音说，那声音竟然跟梦里的呼救声如出一辙。

“你在说什么啊？我没对你做什么啊。”他向前迈了一步。那条受伤的右腿也不再一瘸一拐。

叶倩颖惊奇地瞧着他的腿。陈晓松说：“没有伤到骨头，其实没有看上去那么严重。”

叶倩颖本能地向后退，却被冰冷的房门拦住，无法再挪动一步。仅仅一道门，隔断了她一切希望。

她瑟瑟发抖。双脚已经冻僵，比脚掌更冷的是她的心。

陈晓松的目光从她的脚趾慢慢移动到小腹，再到胸脯，再到脸颊，就像刚才那样用目光抚摩她的身体。

她泪流满面。

陈晓松怜惜地说："跟我进屋吧，你会生病的。"

"我不要。"

"你真不听话。"

他伸出手。

叶倩颖发出歇斯底里的大叫。

夜深人静，她的叫声显得分外刺耳。

意想不到的事情瞬间发生。

叶倩颖背靠的门忽然劈裂，洞开。她不由自主地向外栽倒。没有摔到地上，被一个人托住了。

那人一扶她，手感异常滑腻，这才发觉她光着身子，赶忙又把她推开。

门外不止一个人，数条黑影蜂拥而入，不容分说把陈晓松按翻在地。

有人打开电灯。叶倩颖这才认出那伙人中间有一个是郭淮。其余三人她不认识，猜想是便衣。绝望的她简直感激涕零。

几名便衣乍看见一位赤身裸体的女人出现在眼前，不但被绑着，脸上、身上还有血痕，一个个目瞪口呆，完全忘了自己在干什么。

郭淮大声训斥："都看什么看？赶紧干活。"

警员们这才恍然，纷纷转身。

郭淮脱下自己的外衣罩住叶倩颖的身体。叶倩颖这才感到冷，连连打了几个喷嚏，红着脸说："你能不能帮我把绳子解开。"

郭淮面无表情地走到她身后给她松绑。然后跟两名警员押着陈晓松下楼。剩下一个警员问郭淮："队长，这女的怎么办？"

"当然带着她一起来，做笔录。"

叶倩颖回到卧室里穿衣服，在灯光下看见自己的胳膊和腿上有很多伤痕。她摸了摸脸，脸上也疼。到卫生间里一照镜子，才看见脸上三条清晰的抓痕，血迹还未干。她心疼地流出眼泪。

十恶不赦的陈晓松到底对她干了些什么？

郭淮把陈晓松押到县公安局，准备连夜突审。

陆小棠和李东生得到信儿，从各家床上爬起来，打着呵欠，前后脚赶来。

李东生感慨："多亏小郭叼住了陈晓松不放，说不定这一次还真让他蒙准了。"

自从胡新月被害，县公安局的侦破目标直指失踪的蒋浩天。郭淮数日来带着警员们没日没夜地搜捕蒋浩天，几乎到了癫狂程度。他愤怒、悔恨、压抑，让所有人担心他没准儿哪一天会拔出手枪饮弹自尽。县领导们正商量要不要把他送到机关疗养院休息一段时间。就在此时，叶倩颖和陈晓松到公安局报案，凶手寄出了第一位被害人的脸皮。

警员们对凶手的意图存在分歧。有些人认为凶手旨在借用叶倩颖散布恐怖气氛，有些人则认为凶手预示下一个目标是叶倩颖。无论哪一种假设，都没有确实的根据。

郭淮没有参与争论，他在众人的争论中冷眼旁观。重新冷静下来之后，他把目光再次投落到已经被忽视的嫌疑人陈晓松身上。

他今天的意外出现引起了郭淮的怀疑。

组织力凶手的主要特征之一——掌控与冒险欲。

组织力凶手往往为了显示自己超群的能力，会想方设法介入到警方的办案中，观察他们的侦破进度，然后计划下一步行动。案情发展到现在，蒋浩天显露出重大作案嫌疑，但同时，陈晓松其实也同样有嫌疑。郭淮向李东生和陆小棠阐明自己的推理观点——假如叶倩颖就是凶手的下一个目标。在此时，陈晓松陪同她一起来公安局报案。他既亲自了解了警方的反应，同时又能很好地隐藏自己，如果接下来他杀掉叶倩颖，警方仍然会把凶手认定为蒋浩天。这种狡诈的犯罪手段，完全符合组织力凶手的特征。

他的推理虽然没有得到众人认同，但也没有反对。于是，郭淮果断带领三名警员，暗中跟踪陈晓松。接下来发生的事情竟然被他言中。

陆小棠倒是没有李东生那样兴奋，她考虑得更多。“叶倩颖现在怎么样？不要忘了她的口供至关重要。”

这样一说，李东生也有些心里没底，道：“不会吧，陈晓松把她伤害成那样，要不是郭淮他们及时赶到，她还能有命在？她难道疯了，还要替陈晓松辩护？”

叶倩颖正待在单独一间小屋里，惊魂未定。拿着小镜子，愁眉苦脸地看着自己脸上的伤痕。

陆小棠亲自来问叶倩颖案发经过，暗自思索着这个神经兮兮的女人会说出什么话。

叶倩颖似乎难以启齿。在陆小棠的再三询问下，她才支支吾吾地把陈晓松的怪异举止说出来。

陆小棠心里画着大大的问号。她试探地问叶倩颖："那你是怎么想的？你认为他像上次一样，是在跟你做游戏吗？"

叶倩颖急忙打断："怎么可能？他要杀我，他是个变态，我看出来了，他是个变态。"

"你确定你说的话，不会过后再更改吧？"

"当然不会。"叶倩颖指着自己脸上手臂上的伤给陆小棠看，"这都是他弄的。你看……"

她心有余悸地说："如果你们那时候没赶到，我恐怕现在连命都保不住了。"

陆小棠心说，你还没有糊涂到家。

一名警员把陈晓松带进审讯室。他铐着手铐，拖着受伤的右腿，一瘸一拐地走到铁凳子前坐下。

郭淮不怒自威地坐在对面。

陈晓松还是头一回走进审讯室，上一次郭淮是在医院里审讯他。现在，他坐在冰冷梆硬的凳子上，稍显不安。

"你的腿好些了吗？"郭淮开口问。

陈晓松完全没料到郭淮会问他这个。

他微微抬头，疑惑地瞧了郭淮一眼。

"看你走路时那么吃力，我还担心你的腿真瘸了。"

陈晓松带着讥嘲的口吻回答："谢谢你的关心。"

郭淮好半天都没有再说一个字。

时间在安静地走着。

过分的静谧中隐藏着无形的压力。坐在郭淮身旁的记录员大气都不敢出。

郭淮自始至终瞅着陈晓松，目光没再移动到其他地方。

过了不知有多久，20 分钟？40 分钟？一个小时？

陈晓松咬紧牙关，汗珠沿着额角滑落到脸颊。

他终于忍不住，抬头对上郭淮的目光。那双冰冷的眼睛让他抖了一下。

那已经不是一名警察所有的眼神。那双眼里了包含了太多东西。那是一双因为妻子的惨死而充满仇恨的眼睛。那是一双充满杀机的眼睛。

陈晓松毫不怀疑，假如郭淮能够确定自己就是杀害他未婚妻的凶手，他会毫不犹豫掏出手枪，打碎自己的头颅。

于是他下定决心，对郭淮说："你们应该放了我，我没罪。"

郭淮牵动好几天没刮胡子的脸，笑了："你还指望那个傻女人像上一次那样犯糊涂吗？"

"她上一次没有犯糊涂。她相信我，是对的。"

"那么这一次又怎么解释？"

"我的确也有责任。"陈晓松叹息，"上一次，我事前征得了她的同意。而这一次却没有。"

"你是说这一次仍然是你的试验？"郭淮用笑容压抑着愤怒。

"用试验一词不太正确，我是在想办法治疗她的病。"

郭淮狠狠一拍桌子，把坐在旁边的记录员都吓了一跳。

他近乎怒吼地说："你扒光叶倩颖的衣服绑起来，用下流的手段折磨她。当她向你求饶时，你意图行凶……"

"我没有！"陈晓松打断，"我事前并不想用绳子绑她，事出有因。你说我折磨她，那更是无稽之谈！"

"你是不是想让我把她找到你面前，让你亲眼看看自己在她身上留下的伤痕？你把她抓得遍体鳞伤，差点儿毁了她的容。"

"我想你这回依然弄错了，郭警官。"陈晓松忽然镇定下来。

"……"

"叶倩颖自己脱光了衣服，身上的伤痕是她自己抓挠的。她当时全然发狂，不受控制。我没有办法才用绳子绑住她。一时没留神，她就挣脱了脚上的绳子，逃到屋外。这时你就带着人闯进来了，恰巧看到了那一幕，所以误会了。"

郭淮被气得啧啧冷笑："我佩服你，事到如今你还敢这么说。我现在就把叶倩颖叫来，让你们当面对峙。"

"没用的。她根本记不住之前发生的事。"

"也就是说，这一次，你完全是在自己为自己辩解对吗？"

"不对，我有证据。"

"在哪里？"

"叶倩颖脸上身上的抓伤到底是怎么弄的，你们可以想办法化验。我因为帮我姐姐经营药店，对医疗检验或多或少也知道一些。事实上，抓伤她脸的人正是她自己。所以，在她的指甲缝里肯定能找到皮屑和血迹。”他抬起带着手铐地两只手，“你也可以剪掉我的指甲拿去化验，不就一目了然了。”

陈晓松这样一说，郭淮反而被说愣了。

他的建议正是技术科的标准化验手段。他不说，郭淮也会让人来化验他的指甲。

“我说的句句属实。”陈晓松真诚地看着郭淮，“你看，今天晚上是她主动来我家找我，她因为收到了那张人脸吓得不行，于是想到了我。这说明她对我的信赖，不是吗？也能证明我事前并没有计划伤害她。她睡到半夜，忽然蹬开被子，脱光衣服，说一些乱七八糟听不懂的话，在自己身上又抓又挠。我当时被吓傻了，只好找来绳子绑住她。换成是你，你又能怎么做？在我检查她身上的伤时，她清醒了过来。误以为我在伤害她，才吓得逃跑。这也情有可原。所以，你们警察的职责就应该找到证据，还原真相。我说得对吗？”

“你……”郭淮愤然站起。

忽然想到身旁还有一名警员，他才勉强压制住自己的情绪，却已经气得浑身发抖。

陈晓松看着手腕上亮闪闪的手铐，眼角悄然浮现出笑意。

这一次尽管叶倩颖做出了不利于陈晓松的证词，陈晓松的巧言善辩依然使警方难下决断。

李东生刚才的兴奋转为忐忑。

“这一次不会又弄错了吧？”

郭淮冷冷道：“不是又弄错了，而是这个杂种太狡猾了。”

“那怎么办？”

“等化验结果。叶倩颖和陈晓松的指甲都已经送到了实验室。”

李东生又提出疑问：“你对化验结果把握有多大？”

郭淮发现所有人的目光都落在自己身上，包括市局派来的调查员陆小棠。这是他们共同的担忧。

他没表态，他问陆小棠：“叶倩颖那边怎么样？”

陆小棠说：“你不用担心，她没有像上一次那样犹豫不决，完全是站在陈晓松的对立面控告他。”

“我能看看她的笔录吗？”

“当然。”陆小棠把记得满满的几页专用稿纸递给郭淮。

郭淮接过来快速浏览，的确正如陆小棠所言。看着看着，他提出问题："叶倩颖说，自己在睡前，陈晓松曾经给她吃过安眠药……"

"她说自己当时很恐慌，所以陈晓松就给她服用了两片蓝色的安眠药片……"

"等一下。"郭淮忽然打断，"她亲口说是蓝色药片？"

"对呀，陈晓松告诉她，叫什么巴比……巴比……"

"巴比妥。"

"好像是这个名字。这是什么？"

"是 barbiturates 的音译，一种特效安眠药，市面药店里就能买到。"

李东生插言："陈晓松会不会在安眠药上做手脚？听说安眠药也可以毒死人的。"

"那不太可能。"郭淮说："巴比妥这一类的安眠药虽然有毒性，但是中毒过程长，致死量大。最小致死量也得是本身治疗量 10 倍以上。陈晓松想用安眠药害死叶倩颖几乎是不可能的。"

陆小棠说："或者，他只是想让叶倩颖昏迷，没有反抗能力。"

郭淮说："我刚开始也这样想，但你刚才转述叶倩颖的话，她说陈晓松给她服用两片蓝色的药片，告诉她是巴比妥。他在撒谎。"

"咦？"

"巴比妥酸衍生物均为白色粉末状晶体，制成药片，也是白色的，根本不可能是蓝色。"

"那他给叶倩颖吃的是什么？"

"我叫人给叶倩颖做一个尿液化验就知道了。"

所有警员熬了一个通宵，等待化验结果。同时，又对陈晓松进行了两轮审讯。陈晓松异常冷静，所有回答大同小异，没有出现任何漏洞。

天亮时分，陈晓松和叶倩颖的指甲化验结果出来了。

在叶倩颖的指甲里发现了她自己身上的皮屑和血迹，在陈晓松指甲内却没有，证明陈晓松没有说谎。一系列推论由此连锁产生——叶倩颖发疯时抓伤了自己，陈晓松为了保护她而捆绑她，这一假设变得合情合理。

李东生气得大骂："怎么能又让这小子摆了咱们一道？明明是确实的罪行，一到他身上就会出现变数？"

郭淮阴郁着脸，一声不响。胡新月惨死的尸体又一次浮现在眼前。

陆小棠说："叶倩颖的尿检结果不是还没有出来吗？看看再说。"

又过了十几分钟，物证科的技术员拿着试验单走出实验室。众人马上追问结果。

技术员说："叶倩颖的尿液里存在大量药物成分，但不是巴比妥，也不是其他类安眠药。而是甲基苯丙胺，或者叫去氧麻黄素。"

"那是什么玩意儿？"李东生问。

"摇头丸。"郭淮说。

"摇头丸？"

"摇头丸通常以麻黄素为原料经人工合成。属于致幻性苯丙胺类兴奋剂。"

"这我倒知道。很多年轻人在迪厅和夜总会里滥用这种东西。可以让人神经兴奋。"

郭淮不动声色地解释："苯丙胺属于中枢兴奋剂。毒性较强，一旦服用过量，很容易造成急性中毒，中毒者表现为精神错乱、幻想、谵妄、惊厥。叶倩颖之前没有服用过此类毒品，陈晓松给她服用了超量摇头丸，药力发作时，造成了她短时间里狂乱、撕扯衣服、抓伤自己。"

"这个王八蛋，他在玩弄那个傻女人！"李东生骂道。

郭淮拿起化验单，径直来到看押房。陈晓松正坐长椅上打瞌睡。听到有人进屋，他立刻惊醒，用疑问的目光打量郭淮。

郭淮不容分说，抓住他的领子，把他从房间里拖出来。回到审讯室。

审讯室里，陆小棠和李东生都在。

陈晓松似乎觉察到了不妙，深深吸一口气，如临大敌地瞄着几位警官。

"说吧。"郭淮单刀直入，"你昨天晚到底想要对叶倩颖做什么？"

"我刚才都解释过了。是她主动来找我，不是我找他。"陈晓松很流利地重复之前说过的话。

"照你所说，叶倩颖之后突然发疯完全出乎你意料。"

陈晓松没有回答。他听出了郭淮话中有话，他观察郭淮的表情，似乎想猜测他突然提审自己的真实意图。

"你还不想老实交代是吗？"郭淮把化验单据递到他眼前，"这是叶倩颖的尿检化验单。上面的化学名词你经营药店的应该看得懂。"

陈晓松只扫了一眼，脸色瞬间变了。

"你谎称是安眠药，给叶倩颖吃下去的实际是摇头丸。这种下三滥的手段，在迷奸案中倒是很常见。被害人在意识丧失的情形下可以任人摆布……"

陈晓松眼神开始慌乱。他辩解道："不是你想的那样，我根本没有想要那么做……"

“你每一次都说是别人想错了。”郭淮拍拍他的肩膀，陈晓松哆嗦了一下，“我知道你十分善于诡辩，在法庭上我就领教过了。这一次你又该怎么解释？你欺骗别人吃毒品，单凭这一条就够判你。我倒很想听听你现在还怎么给自己辩解。”

“我……”

“你别告诉我，那不是毒品。你也别说，摇头丸是叶倩颖自己带到你家的。”

陈晓松无奈地苦笑：“我当然不会这么说，那是明显在撒谎，你们也能查出来。不瞒你说，在我家里还有两粒摇头丸。”

“你现在倒是很坦诚。”

“单凭那几颗药丸不会定多大的罪吧，至多是劳教。”

“但如果加上迷奸这项罪。”郭淮弯下腰瞅着他的眼睛，“你的整个青春恐怕都要在高墙里度过了。”

陈晓松故意做出不屑的冷笑，笑容很僵硬。

尽管郭淮终于按住了这只狐狸，但是他并不满意这个结果。5年以上不超过10年的徒刑，即便判得重，比起杀害那些人的罪名也还是太轻了。他终有一天还会走出高墙，而他的胡新月却永远都不可能再回来了。

陈晓松说：“我承认我是有意给叶倩颖吃药的。但我并没有强奸她，你们可以检查。”

他开始尽力减轻自己的罪名了……

“但你有动机不是吗？强奸未遂……”

陈晓松冷笑着打断他：“郭警官，你为什么总把我看成如此低贱的人？只要我想要，她就会主动投怀送抱。你甚至说我们现在是情人也不为过。我有必要下药迷奸自己的情人吗？”

没等郭淮说话，陆小棠倒是控制不住了。她走到陈晓松跟前，陈晓松立刻感觉到一股无形的压力。

陆小棠说：“你如果真是那种连自己身边女人都玩弄的浑蛋，我会把你另外一条腿也打折。”

陈晓松吞咽一口唾沫：“我当然不是那种人。我这样做有我的目的，虽然手段不太光彩。”

“什么目的？”

陈晓松不知为什么，面对这位漂亮女警官，居然比面对暴怒的郭淮更加心惊。

他说："我是为了心理治疗。"

"心理治疗……"陆小棠一把揪住他的衣领，"你给一个女人吃毒品，然后脱光了绑起来，你管这叫心理治疗？"

假如陈晓松回答的慢点儿，陆小棠的拳头几乎就要砸在他脸上。

"我只是想给她催眠。但我毕竟不是专业的心理医生。所以想用致幻剂配合使用，没想到给她吃的药过量了，弄得不可收拾。"

陆小棠松开他。审视着面前这个瘦弱而清秀的男人。她一时也弄不清他说的是真话，还是另外一个谎言。

陈晓松接着说："上一次在旅馆，我事前征得了她同意，开始进行'梦境重建'，可是在关键时刻被郭警官突然闯进来破坏了。当时把叶倩颖吓得不轻，在那之后她便不同意再配合我进行类似的活动。所以，我这一次事前才没有告诉她。"

"叶倩颖刚才亲口对我说……"陆小棠瞅了瞅身旁两名男警官，尽量隐晦的说，"你在她昏迷时，用手电照着她的身体……咳咳……观察……你能解释你当时在干什么吗？"

"她……她那时醒了？"陈晓松的惊讶一闪而过，"我当时在检查她身上的伤。她不是把自己抓伤了吗？"

"检查伤用那么长时间？"

"我有夜盲，在晚上眼睛不太好使。"

"叶倩颖说，你掰开她的嘴往里看，还有耳朵眼儿、头皮、还有……"

陆小棠发现陈晓松的脸居然也泛起潮红。

郭淮忍无可忍，一拳打在陈晓松脸上，差点儿把他从铁凳上打到地上。

陈晓松重新坐好，一个鼻孔流血，半边脸也肿了。

他反而平静下来："叶倩颖当时吃了摇头丸，还处在意识混乱中。她连抓伤了自己的都不知道，她的话你们怎么能都相信？"

这一句话把在场三位警官都问住了。

"我的方法虽然不当，但是我毕竟是为了治疗她的心理疾病。至少我的动机是良好的。"

这个狡猾的家伙又开始不露声色地开解自己的罪名。

郭淮正想发作，陆小棠用目光制止他。

她问陈晓松："我有一件事想不明白。"

陈晓松不知所以。

"你本身既非专业的心理医生，与叶倩颖过去又不认识，你为什么那么热心的、甚至冒着触犯法律的危险也要为她治疗心理疾病？"

陈晓松登时哑口无言。

陆小棠那双漂亮的杏核眼正在灼灼地注视他。

他的额角渗出汗珠。

最终，他勉强笑了笑，说："可能因为我怜香惜玉吧，看不得这么漂亮的女人难过，一心一意想帮助她。"

这个理由太牵强了。

只不过这个破绽没有办法作为他犯罪的证据。

陆小棠换了一个角度问："你说你给她进行催眠，这一次没有人干扰你，你查出她的病因了吗？"

郭淮在一旁冷笑："我都能替他回答，他会告诉你，这一次，他给叶倩颖吃的药物过量了，所以没有成功。"

陈晓松说："这一次你又误解我了。虽然催眠不算很成功。但是，我并非一点收获都没有。"

"你有什么收获？"

"叶倩颖在药效发作时，完全陷入歇斯底里的状态，这其中还有一半是她自身的因素。从另外一重角度来解释她的发疯，我想是摇头丸的药力释放了她压抑在精神深处的情感。"

郭淮、陆小棠、李东生三个人面面相觑，猜不透这是不是陈晓松有意误导他们。但是，没有人阻止陈晓松说下去。

"她发疯时疯狂地抓挠自己的身体，我当时被吓坏了，一开始不知道该怎样处理。我只听见她满嘴胡言乱语，我甚至听不明白是什么词语，好像求饶，好像谩骂。但有一个字，我听得很清楚，因为她不停地反复叨念。"

"她说什么？"陆小棠问。

"她不停地说'脸，脸，脸……'一面抓抠自己的脸，她的脸就是被自己那样抓伤的。"

"她说'脸……'是什么意思？"

"我也不知道。但是，她说这几个字的时候，神情异常惊恐……"

"一个'脸'字能让她如此害怕？"

"这个我就不清楚了。我害怕她再做出更加激烈的自残举动，就赶紧把她抱住，找来绳子把她捆绑起来。我还记得，她当时直勾勾地瞅着我，活像一个女鬼，她嘴里仍然在不停地重复着'脸，脸，脸……'我现在回想起来都觉得害怕。"

陈晓松如此身临其境地讲述着昨天晚上发生的诡异一幕，让人难辨真假。他的眼神也似乎笼罩上叶倩颖那样的迷雾。莫非他跟叶倩颖接触时间一长，也被她的灵异气质感染了？

陈晓松被带走之后，陆小棠、李东生、郭淮三个人坐下来商量。

郭淮认为应该羁押陈晓松。哪怕以私藏毒品或者唆使他人吸毒的罪名也可以。

李东生有些犹豫，他说："因为之前抓捕他那件事，让他告上法庭，官司直到现在还没了，万一这次再被他抓住了把柄，我们就难以收拾了。"

陆小棠最后说："我看暂时释放他也可以。"

郭淮皱了皱眉。

李东生倒是支持她的意见。

陆小棠说出自己的想法："我们一旦扣押陈晓松，就等于对外宣布抓住了撕脸杀人案的嫌疑人。如果那样的话，我们还要不要搜捕蒋浩天？我们现在没有确实的证据来证明，他们之中的任何一个是凶手。与其现在就把网收得很紧，反而束缚我们的手脚，不如先放了他，派可靠的外线严密盯防他，有了放走蒋浩天的教训，我想外线人员这一次不会再犯相同的错误了。"

她说完又征求郭淮的意见："你看我说的有没有道理？"

郭淮冷冷道："我无所谓，我现在无论对陈晓松还是蒋浩天都没有成见，我只要抓住杀害我老婆的凶手。"

第十四章 照片中消失的人脸

1月15日，星期日，10：05。

陈晓松已经被释放。

蒋浩天仍然下落不明。

李涵已经写完了胡新月的尸检报告。但是对于在胡新月指甲里发现的些许微白色物是什么，他也没有结论，只是拍下了显微镜下的照片。

陆小棠翻看了一遍尸检报告，胡新月的尸体照片让她看着一阵阵揪心。她考虑着什么时候回C市，把这些东西带到慕容雨川那儿。她现在有点儿怀念跟慕容雨川一起办案的那段时光。

李东生来找她："陆警官，你跟我过来一下。又有人来报案了。"

看见李东生阴沉着脸，陆小棠预感到不妙。

"这一次是……"

"邮包。"李东生说，"而且是两个。"

报案人一男一女，两个已经打开的邮包放在他们身旁的办公桌上。

陆小棠的目光没有被邮包吸引，而是被两个报案人吸引住了。

这是两个陌生人，看上去似乎有些眼熟。

两名报案人吓得不轻。邮包和昨天叶倩颖拿来的同样包装，陆小棠已经隐约猜到了邮包里面装的是什么。

那名戴眼镜的矮胖男人正在断断续续向郭淮讲述经过。"我今天一早晨从旅馆出来，开车门时，发现后备箱被人撬开了。我打开后备箱就看见了这个包裹。我想不明白怎么会有人往我车里放邮包。就想拆开了看，正好我女友给我打电话，声音在电话里都变了，她怕得要死，说她也收到了一个邮包……”

坐在旁边脸上有雀斑的女人附和地点头。

陆小棠猛然想起在什么地方见过这两个人。叶倩颖被蒋浩天袭击那天下午，她送叶倩颖回家，傍晚离开时，在半路上碰到一对举止怪异的男女。男的好像叫冯俊，女的叫陆什么。他们自称是叶倩颖过去的朋友，很关心叶倩颖的病情，但却不跟叶倩颖见面。问了一些莫名其妙的问题，然后就开车走了。

现在这两个人来公安局报案，再次出现在陆小棠眼前，这个县城是不是太小了？

郭淮没有听男的说完，转身来到办公桌前。法医李涵也在，但郭淮亲自动手拆开了其中一个包裹。里面依然是塑料袋，塑料袋里的东西也像昨天看到的那样软塌塌一片。

所有人的心都缩紧了。

郭淮戴上乳胶手套把里面的东西拿出来。他的手在微微发抖。似乎期盼着什么，又似乎害怕着什么？

他把那东西摊开。人脸的形状显露出来……

有人发出惊呼。

两个报案人已经吓得紧紧靠在一起。

郭淮颤抖着手指把人脸摊平，强迫自己像昨天那样细细地检查人脸的特征。这张脸皮比昨天的脸皮小很多，皮肤光滑，五官的孔洞十分细致，收缩的嘴唇部位已呈黑紫色。

这是一张女人的脸皮。

从摊平的脸皮很难辨认出死者生前的模样。

郭淮颤抖的手指，慢慢从脸皮的额头向下摩挲，似乎在寻找某种难以言表的感觉。在场每一位民警都看出他想干什么，所有人都默不作声地望着他。

郭淮摸着摸着，忽然泪如雨下。落在了干涸的脸皮上。

这张恐怖而丑陋的东西，曾经是上帝赐给他的礼物，是他切肤的挚爱。

很多人都跟着抹眼泪。连李东生都别过脸，不忍再看。

郭淮猛然转身，走到自己的办公桌前，拉开抽屉。从里面拿出一把手枪，提在手里，大步走出办公室。

警员们愣怔了片刻，忽然炸锅。

李东生喊：“快去拦住他，他会不会想不开……”

这时，郭淮忽然又返回。把几个已经追到门口的民警逼得四散退却。

他双眼圆瞪，凶神恶煞一般地瞅着前方。

“小，小郭……”李东生仗着胆子问。

郭淮没理他，直接来到那对报案人面前：“我刚才打开的那个邮包上写着冯俊的名字。你们俩谁叫冯俊？”

胖子颤颤巍巍举了举手：“我……我叫冯俊……”

郭淮一把揪住他：“那人把邮包放到你轿车后备箱里，对不对？”

“对……”胖子吃力的回答。

“那人长什么样？”

“我没看见。”

“你为什么没看见？”郭淮瞪着血红的眼睛，提枪的手在抖。

胖子吓得几乎尿了裤子：“我……我的真没有看见啊，警察同志。”

李东生瞅机会一把抱住郭淮的双臂：“冷静，冷静……小郭，千万要冷静……”

郭淮看着胖子满脸的无辜惊恐，长叹一声，手里的枪掉在地上。

第二个邮包打开。李涵检查之后说，也是一名女性。这张脸皮的耳垂下方有一颗黑痣，与第二名被害人——歌厅小姐的特征吻合。

陆小棠说：“难怪案发现场没有发现被害人的脸皮。凶手撕掉人脸之后，没有把脸皮扔掉，而是保存起来。这倒符合组织力凶手心思细致的特点，也对应了他留在案发现场的字 finding face。现在他把那几张脸陆陆续续地还给了被害人。”

“他在把这种杀人方式当成游戏吗？”李东生恨恨道。

“也许吧……不过，有一个问题没有得到解释。”

“什么问题？”

“凶手寄出邮包的对象究竟跟本案有没有关联？叶倩颖收到一张脸皮。她以证人身份跟案件有一定关联。那么现在这两位收到邮包的人，跟案件是否有联系？”

两名报案人分别作了笔录。冯俊是在早上准备开车去女友家时，在后备箱里发现的邮包。高敏的邮包则被直接寄到家里。寄出地址分别在邻县两个快递公司，距离M县坐车一来回不超过两个小时。

陆小棠说："寄邮包的快递公司紧挨着M县城，恰恰能证明凶手就在县城里，并没有离开。尽管我们加大了排查力度，看上去效果并不明显。"

李东生说："这个胆大妄为的家伙作案之后居然不跑。他是在成心戏耍我们。他会不会还打算继续作案？"

这也是陆小棠担心的。凶手就隐藏在县城里与他们周旋，还能游刃有余。这家伙的冷静与头脑绝对不逊色于陆小棠以往办案中所碰到的任何一个厉害角色。警方尽管已经熟悉了这个人的作案风格，但是对他的作案动机依然感到困惑。他的作案手段极具逻辑性，却又模糊不清。陆小棠始终想不明白，这个人的最终目的到底是什么。

人脸对他来说到底有什么特殊的含义？

冯俊和高敏都已经做完笔录，正在向民警要求得到保护。这是不太可能实现的，小小的县城公安局正忙于搜捕蒋浩天，还要监视陈晓松，根本抽调不出额外警力。

陆小棠来到他们面前，说："要不然我替你们想想办法吧，二位还认识我吗？"

两个人瞅瞅陆小棠，表情木然。

陆小棠说："你们不是叶倩颖的朋友吗？"

两个人似乎这才认出她来："您是那天晚上在叶倩颖家外……"

陆小棠友好地点点头："那天天黑。我穿的是便服……"

冯俊连忙说了一些客套话，白胖的圆脸笑容可掬，多少显得有点儿假。

陆小棠问："你们跟叶倩颖见过了吗？"

"那个……还没来得及。准备这两天有时间再去。"

"唔……"陆小棠话锋一转，落到正题，"你们最近有没有发现被什么人跟踪，或者遇到了什么不同寻常的事情。"

两个人都摇头。

"那为什么你们会收到邮包，你们想过有可能是什么原因没有？"

冯俊和高敏互望一眼，摇摇头。

这样一来，谈话就显得无聊了。陆小棠原以为他们能提供一些有价值的线索，现在不免很是失望。

她只好随随便便问冯俊："听你的口音不是本地人吧？"

"我在省城S市长大。"

"是吗？来这个小县城就是为了跟女朋友在一起吧。"

"是呀。"冯俊憨憨地笑着。

又聊了几句不咸不淡的话，陆小棠安慰他们几句，留下自己的手机号给他们。两人起身告辞了。陆小棠送他俩离开公安局，总觉得什么地方有点儿不对。

冯俊和高敏上车后向她招手再见。

陆小棠冒出一个想法，这两个人没有夫妻相。

她不知道自己怎么会忽然想到这个。

但是，仔细一想的确如此，这两个人的举止给人感觉很不协调。没有情人之间的那种默契。具体体现在什么地方呢？

对了，她一下想起，这两次遇到他们，从来没有看到他们两个人拉手。如果不是他们口口声声说他们是情侣，实在让人难以想象他们之间的关系。

难道说……

陆小棠给省公安厅刑事侦查局的唐健打了电话。让他查一查冯俊这个人，并把冯俊的具体特征告诉了他。唐健花了一点儿时间从电脑里调出了冯俊的档案。他打电话说："你说他是小胖子。我这里只能看见他的脸。身份证照片不让戴眼镜，但是他的脸比较圆，在五个叫冯俊的人里面，就属他脸最圆，应该就是你说的。"

"师兄，你什么时候也变得像慕容雨川一样贫了？"陆小棠嗔怪，"你直接告诉我他的履历就好啦。"

电话那头的唐健心想，我只不过是想多跟你说会儿话，傻丫头。他说："他在省城S市长大。从小学到高中都在S市，大学就读在C市师范大学。然后又……"

"等等。你是说，他在C市师大读的大学？"

"对。"

叶倩颖和蒋浩天也在C市师范大学念过书，又一个巧合。

"你在听吗？"唐健问。

"嗯哼。接着说……"

"毕业之后，他回到省城，在一家留学中介工作。"

“他现在也在那里？”

“对呀。”

“他结婚没有？”

“没有。”

原来这个人不在M县城里工作。那他方才为什么不否认？

陆小棠挂了电话后找人查找高敏的档案。高敏是M县土生土长的当地人，听口音也能听出来。当陆小棠得知高敏的也是C市师范大学毕业时，心头一动。高敏现在正在县高中教书。

她终于找到几个人的关联了。

叶倩颖、蒋浩天、冯俊、高敏，都在C市师大念过书，他们彼此之间说不定都认识。对了，还有一个陈晓松。她忽然想起，陈晓松也是C市师大毕业的。

竟会如此巧合。

那么叶倩颖和冯俊、高敏先后收到凶手寄来的脸皮似乎就显得不那么单纯了。她推翻了自己先前的假设，她曾经认为，凶手是通过媒体报道了解到叶倩颖的。现在看来，凶手或许之前就已经知道她这个人了，不仅知道她，连他的两位大学同学也一起关注。

他们三个人到底有什么地方值得关注呢？

她在脑子里来回思量这三个人的相同与不同之处。她还发现了一个问题——冯俊和高敏并不是男女朋友关系。冯俊在S市工作，高敏在M县。两地相距遥远，两人又不那么亲热，冯俊在M县居然住在旅店而不是女友家中。这一切都说明，极有可能他们是在演戏给别人看。冯俊从省城大老远开车跑到一个陌生的小县城里，肯定得需要一个理由。所以他跟高敏商量好，对外谎称情人关系。问题是他们为什么要说谎呢？这跟叶倩颖是不是有关系？

陆小棠的思路慢慢打开了。

他们十分关心叶倩颖的病情，却又不想跟她相见。这其中肯定有什么缘故。

在这个时候，他们同时收到了凶手寄来的被害人脸皮。这其中又隐藏着什么原因呢？

还有两名嫌疑人蒋浩天和陈晓松，他们与这三人之间又是什么关系？

蒋浩天自称是叶倩颖的前男友。陈晓松现在跟叶倩颖的关系很暧昧……

叶倩颖能够梦到没有脸的凶手，以及她对“脸”的恐惧……

陆小棠虽然还不能把这些线索串联在一起，但是她已经隐约窥见到了什么。

撕脸魔的诡异作案果然有动机。只是他的动机隐藏得太深。

13：45

陆小棠来到叶倩颖家的豪宅大门外。给她开门的是那位中年女佣人。她认出了陆小棠，说，小姐受到了惊吓，吵着说有人要伤害她。一整天都把自己锁在房间里，谁也不肯见。

陆小棠说：“那我就见见叶先生、叶太太吧。”

女佣人疑惑地把陆小棠让进大门。

陆小棠再次走进这座气派十足的宅院，像所有工薪阶级一样油然生出羡慕嫉妒恨。胡思乱想中，她已经走进二楼的小客厅。看见了叶氏夫妇，他们的穿戴神情与上一次一般无二。对陆小棠既没有显示出相识的热情，也没有显示出冷淡，宛如两个纸片人。

坐在他们面前，陆小棠感觉浑身上下说不出来的别扭。

她打着探病的名义，问叶倩颖现在怎么样了。

叶秋生说，只是受到了一些刺激。听说那个伤害她的男人已经被抓起来了。我想她需要休息一段时间。

赵海兰说，都怪小颖平时喜欢结交一些不三不四的人，才会吃亏。吃吃亏也是好的。

谈话时陆小棠发现，这对夫妇神情平和，对女儿的状况并没有显出十分担忧。她弄不懂，这家人的情感为什么看上去会如此冷漠？也难怪叶倩颖身上会发生那些怪异的事情。即使她结交了一些不良朋友，那也是冷漠的家庭环境造成的。

陆小棠这次来是有目的。她逐渐把话题转移到叶倩颖身上。问起叶倩颖在什么地方上学，有没有什么朋友等等。叶秋生倒也知无不答，赵海兰偶尔插一两句嘴。

陆小棠问：“她上大学时朋友多吗？”

赵海兰说：“这孩子模样没得说，就是性格上太任性，花钱大手大脚，交朋友也随便。周末、寒暑假也带一些朋友来家里，但很少跟我们见面。”

“您听没听说过一个叫蒋浩天的人。听说是她大学时期的男朋友。”

“她的朋友太多了，也许有吧。我倒是没有印象。”

她的朋友太多了……是指男朋友？

叶秋生看出了陆小棠的心思。他承认道：“我们这女儿的确让人操心。对待感情……玩心太重了。”

“那她有没有在感情问题上跟谁发生过矛盾？”

“即便有，她的社交能力还是很强的，总能自己处理好。”

社交能力强。陆小棠想起叶倩颖神经兮兮的模样，除了长得漂亮，实在看不出来什么地方有社交能力。

难道她遭遇过什么变故？

陆小棠说：“我听说她去澳大利亚留学过。”

“是呀。本来大学读得好好的。也不知道怎么会突发奇想，想要到国外念书。等她告诉我们这件事情，连护照、大学录取通知书都办理好了。虽然事前她没有跟我们打招呼，但是这种事情她也不是头一次做了，既然她愿意，我们做父母的就支持她……”

还是有钱好啊。

“原本也是一件好事。当初想让她出国锻炼锻炼，远离国内那些狐朋狗友，说不定能成熟得快一点儿……”

陆小棠觉察提到夫妇俩表情阴沉，叶秋生话里有话。她问：“那她留学经历一帆风顺吧？”

“事实上，她只出去了两年。去年夏天在国外出了意外，差点儿毁了容，不得不返回国内治疗。她受到了很大打击，留学也就中断了。”

“毁容？”陆小棠一惊。

“据她自己说是出了车祸。她回国后开始没敢告诉我们。等到在医院里把伤养好一些才回来。”

对女人来说，毁容等同于灭顶之灾。

想起曾经看到过的车祸现场照片，陆小棠脊背发凉。

叶倩颖对脸的恐惧就是一种选择性的创伤记忆……

脸。

又跟脸联系起来。

陆小棠越发坚信这不是一种巧合。

她说："看上云叶小姐恢复得很不错。她脸上看不到受伤的痕迹。"

赵海兰说："仔细看还是有的。她的表情很僵硬，很少露出笑容。医生说，她有些面部肌肉发生了坏死。她做不出来常人那么多表情。"

叶秋生轻声叹息："如果你看看她过去的照片，你就明白什么是判若两人了。"

他的话倒是提醒了陆小棠："我能看看她过去的影集吗？"

夫妇俩犹豫了一下。赵海兰离开客厅拿相册去了。

照片里的叶倩颖正如叶父所言，丝毫没有现在拒人千里之外的冰冷，是一个十足的新新人类。五颜六色的蓬蓬头、妖异的大眼妆、血红的嘴唇，完全看不出本来的容貌，再配上新潮夹克、亮闪闪的脐钉、看得见底裤的短裙、炫彩的脚趾甲，能让所有看见她的人目瞪口呆。不是因为惊艳，而是被雷倒。

陆小棠觉得像她这么漂亮的女孩儿，根本没有必要如此刻意装扮自己。她给人的感觉不像是打扮，更像是自毁。

照片里有叶倩颖在酒吧、迪厅、桑拿房各种难以想象的场合，各种难以想象的姿态，有些甚至可以用不雅来形容。看着那一幅幅故作搞怪的表情，把一张原本漂亮的小脸扭曲得如此难看。陆小棠感觉她并不快乐，没有一个故意作贱自己的女孩儿是快乐的。

赵海兰说："吓到你了吧。你现在知道她当初有多么堕落了吧？"

陆小棠并没有厌恶，她能感觉到这个女孩心灵深处的孤独。

无论是过去热衷于恶搞的叶倩颖，还是现在郁郁寡欢的叶倩颖，她们都有着同样的痛苦。

她抬头看了一眼叶秋生夫妇。她很想问问，你们的女儿是怎么变成这个样子的？

猝然，她的注意力被另外一张照片吸引。她在照片里看见了蒋浩天，那种高大魁梧的身材是不会被轻易看错的。叶倩颖跟很多男性拍过照，其中不乏姿态亲密的，蒋浩天是其中之一。也就是说，蒋浩天只是她交往过的男友之一。这一点，两个人都没有说谎，矛盾可想而知。

接着，她在照片里又看见了冯俊和高敏。他们和叶倩颖果然熟悉，至少是朋友。但是冯俊和高敏之间却没有看出亲密。这也印证了陆小棠的猜测。他们现在很可能在假扮情人。

越往后翻，叶倩颖、蒋浩天、冯俊、高敏几个人出现在一起的次数越多。却始终没有看到陈晓松出现在相片里。

陆小棠还发现了一件奇怪的事。她一开始就注意到，有些照片上不是用墨水涂了一块，就是用什么东西划坏了一块。她开始还以为是叶倩颖有意搞怪。当她仔细辨认损坏的部位时，她发现似乎总有一个人形。

有几张照片显露得十分清楚。叶倩颖的手往往很亲密的揽着某个人，或者跟某个人摆出 pose。那个人的脸却被完完全全地割掉了。只留下白惨惨的相纸里层。

陆小棠不确定这些被刮掉脸的人是否是同一个人。把那个人跟叶倩颖对比看，像是同一个人。从身材看是一个女孩。

陆小棠把相册展给叶秋生夫妇看，问道："这个女孩儿是谁？为什么脸被刮掉了？"

叶秋生和夫人相望摇头。"我们也不认识。这些照片过去都小颖自己保存的。我们对她交往过的那些朋友都不是很了解。"

陆小棠有点儿无语了。这对父母对自己女儿的宽容实在到了令人惊讶的程度，或者说，他们没有承担起做父母的责任。

"我可以去见一见叶倩颖吗？"

她原担心叶秋生夫妇会拒绝。没想到他们想都没想就答应了。

叶家的房门仿照欧洲古式，用钥匙从里外都能打开。叶倩颖虽然锁了门，女佣人用备用钥匙把门打开。

陆小棠看到叶倩颖抱住双膝坐在床上发呆。陆小棠走进并没有惊动她。

"你好些了吗？"陆小棠问。

叶倩颖没有反应。

如果她坐在那里不动，很能带给人一种惊艳之感。当她迟钝地转过脸，离散的目光、僵硬的五官大大影响了她的美貌。

陆小棠为她深感惋惜。

"他要来找我了。"叶倩颖沙哑的嗓音低声道。

"你在说谁？"

“就是他。”叶倩颖怔怔看着床前，仿佛那里正站着一个人。

陆小棠顿时感觉房间里鬼气森森。

“你是说陈晓松？”陆小棠试探着问。

“他要来了。”

“还是说给你寄邮包的人？”

“他早晚都会来。我知道，他一定不会放过我。”

“有我在这里，没有人能够伤害你。”

“真的吗？”叶倩颖冲陆小棠笑了笑。

陆小棠这才注意到，她笑的时候，嘴唇以上的肌肉是不动的。使人感觉她的笑也是冷森森的。

“除非你怕的是鬼，鬼我打不了。”

陆小棠开了一个玩笑，没想到叶倩颖霎时充满惊恐之色。“是呀，如果他是鬼，我该怎么办？没有人能保护我，我逃不了了。”

“鬼会给你寄邮包？他去快递公司交冥币吗？”

“交冥币……”叶倩颖嗫嚅着，似乎神智已经开始模糊。

陆小棠把相册藏在背后。她考虑着现在问叶倩颖问题有没有价值，是不是等她清醒一些时再问……

她的动作却引起了叶倩颖的注意。她倏地扭过头，定定地瞅着陆小棠的手。“你拿着什么？”

“没什么，一本普通的书而已。”

叶倩颖显然不信，陆小棠越往背后藏她盯得越紧。她忽然惊叫一声：“那东西怎么在你手里？”

“什么在我手里，你是说这个？”陆小棠只好把相册拿给她看。

没想到叶倩颖惊惶失措地缩到床角，战战兢兢地看着陆小棠。“你是谁？你到底是谁？你来找我干什么？”

“我是来保护你的，我是警察。”陆小棠不知道该如何安抚她的情绪。

“我不相信。你什么都知道了。你什么都知道了。”

“我知道什么？”陆小棠实在难以揣测疯子的想法。

“脸，脸，脸……”她开始撕扯自己的头发，似乎拼命甩脱什么，“脸，脸，

脸，脸，脸……”

“我倒是在你的相册上看见了一个被划掉脸的女孩。”陆小棠索性把相册翻倒其中一页，把一张被划坏的照片擎给叶倩颖看。

叶倩颖惨叫一声，四肢剧烈抽搐，口吐白沫。唯独脸上的肌肉保持僵硬，只是微微抽动嘴角，好像在揶揄地笑。

整个模样出奇诡异。

陆小棠听慕容雨川说过，剧烈抽搐的病人最危险的是容易咬断自己舌根造成大出血，呛到气管。

她连忙扑到叶倩颖身上使劲儿压住她。叶倩颖不受控制的身体气力异常大，好几次差点儿把陆小棠从她身上掀下去。

陆小棠折腾得通身是汗，好容易掐住叶倩颖的下颚，不至于咬到自己的舌头。叶倩颖靠在她怀里不停震颤，眼珠翻得吓人，喉咙里发出咕噜咕噜的响声，成串的泡沫溢出嘴角。陆小棠胆子再大也心惊胆战。

不知过了多久，叶倩颖终于安静下来。女佣人和叶秋生夫妇都站在门口看着。女佣人吓得眼泪汪汪。叶倩颖的父母依然像往常一样镇定。

陆小棠说：“她得去医院。我担心她还会发病。”

叶秋生夫妇很自然地点头同意。

16：27

县人民医院。

护士给叶倩颖打了一针镇定剂。她躺在病房里沉沉睡去。

陆小棠在充满消毒水味的医院走廊里来回踱步，回忆着叶倩颖为何会突然发作。

是什么刺激到了她……

相册。

在陆小棠把那张被划掉脸的照片给她看时，她就像被鬼魂附体一样发起了羊癫疯。她拨通了慕容雨川手机，咨询羊癫疯的病症。

慕容雨川躺在医大附属医院的高级病房里无所事事，正闲得无聊。很高兴陆小棠给他找点儿事做，便详细解释给她听。“羊癫疯学名癫痫，英文 epilepsy，一组症合征（而非特定的疾病），是由阵发性皮质神经细胞机能障碍引起的。精神功能、意识、感觉或运动突然紊乱，可反复发作。癫痫可分成突然神志丧失伴有跌倒和四肢抖动的全身性惊厥（大发作）、瞬间的意识中断（小发作）和躯体某些部位的局限性运动和感觉性发作（局灶性发作）……”

陆小棠打断他：“你啰啰唆唆跟我说那么多有什么用？我就是想问你，什么原因能造成这种症状。”

“啧啧，小螳螂又急了。嗯……主要是一些生理疾病造成的，譬如说脑肿瘤、感染、代谢、内分泌异常和一些深度的外伤，引起了脑部癫痫病灶。”

“车祸造成的头部创伤有没有可能形成癫痫？”

“有可能。”

“那心理问题呢？”

“你是不是指你上次跟我提到的那个总做噩梦的女人？”

“就是她。”这家伙脑子是聪明。

“听你所说的症状，我倒认为主要是心理创伤造成的。可是，你刚才又说她遭遇过严重车祸。”

“她伤到了脸，几乎毁容。”

“这就对了。我倒觉得她更符合创伤后精神紧张。症状轻微会造成焦虑、失眠、多梦、选择性记忆丧失。严重的话，会出现类似癫痫的症状。主要是受到了诱发精神压力的刺激，尤其是跟她受伤相关的诱因……”

陆小棠站住，眼睛出神地看着前方。

叶倩颖遭受过严重的车祸，她的精神异常理应跟车祸有关。但是，她刚才分明是看到了那张被划掉脸的相片发病的。照片里的那个女孩难道跟她的车祸有关？

“喂，喂……你怎么不说话了？”慕容雨川电话那头喋喋不休，“小螳螂？美女？大美女……国色天香……倾国倾城……祸国殃……”

陆小棠挂断电话，没工夫同他贫嘴。

凶手剥掉被害人的脸皮，寄给三个人。

三个人是大学时期的朋友……

其中一个人遭遇车祸几乎被毁容，能在噩梦中预见凶手行凶……

相册里一个被划掉脸的女孩……

脸……还是脸……

她之前怎么没有注意到，这个做噩梦的叶倩颖原来是凶杀案的关键，几乎所有线索能跟她产生联系。

那到底是怎样的一场车祸？

远在重洋之外澳大利亚的一场车祸，究竟如何能同眼前的凶杀案产生联系？

以她的急性子，几乎立刻想走进叶倩颖的病房把她从沉睡中叫醒，想尽一切办法，催迫她回忆起曾经发生过的一切……

她的思路被一个意想不到的人骤然打断。

那人正拎着几盒礼品，沿着楼梯走上来。

陈晓松。

陈晓松看见陆小棠也颇感意外。但是，他掩饰得很好，很沉着。一天前，他们在审讯室里见面。陈晓松涉嫌迷奸、伤害。

现在，陈晓松来医院探望病人。他是自由身。

发现陆小棠瞪着眼睛审视他，陈晓松客客气气地说："我听说小颖病了，特意来探望她。"他扬了扬手里的礼品盒，还有一束花。

"你是怎么知道的？"

"我原本是去了叶宅，为前天晚上的事情登门向她赔礼道歉。他父母说她住进了医院。我这才急急忙忙赶来。"

"……"

陈晓松露出深深的愧疚，说："我不知道她这次犯病是不是跟我有关，假如真是那天晚上的事情害她成这样，那我真是罪该万死。"

他说的是真的吗……

陆小棠说："你现在见她恐怕不合适。她一见到你，万一再受到惊吓，病情会恶化。"

"那怎么办？"陈晓松眼神里居然流露出乞求之色，"这个时候离开，就更不是人了。我总得为她做点儿什么才好。"

陆小棠向来吃软不吃硬。陈晓松的乞求让她有点儿心软。

"她现在还睡着，你别打扰她，看看她就行了。"

“谢谢，谢谢。”

陈晓松一面道谢，小心翼翼地走进病房。他十分内疚地站在叶倩颖的病床前，专注的目光里充溢温柔。有几次想要伸手去抚摸叶倩颖的脸，手伸到半途又放下，似乎担心一件精美的瓷器被自己不小心碰破了。

他的表现又让陆小棠对他先前的判断不免怀疑。他那天晚上对叶倩颖的所作所为难道真如他所言，只是为了保护她？

陆小棠站在病房门口打量着陈晓松的侧影。她在想，叶倩颖出国之前，在师范大学里嚣张肆意的时日，陈晓松在哪里？他从来没有出现在叶倩颖的照片里。像他这样普普通通的男生，恐怕根本没有机会进入叶倩颖的眼中。他对叶倩颖的感情是从什么时候开始滋生的？他以 angel face 的网名与叶倩颖结识，看来并不是偶然，叶倩颖似乎早已经忘记了大学时还有这样一位同学，但是陈晓松没忘，他一直都在关注叶倩颖。

当陆小棠把焦点落在陈晓松身上，她发现这个人的确存在着很多疑点。难怪郭淮会怀疑他。

首先，陈晓松大学毕业后，据说是在 C 市做生意。半年多以前，他回到 M 县城帮姐姐照看药店。一个学习商务英语的大学生甘心在小县城里做药店生意，本身就有些说不过去。而那时叶倩颖刚刚从车祸的创伤中恢复过来。

其次，随着撕脸杀人案的陆续发生，陈晓松和叶倩颖也在当地的交友网站相识，并且熟识起来。

再则，郭淮在调查撕脸杀人案时，为什么会那么巧合地牵扯上了陈晓松？

陆小棠看着坐在叶倩颖床边深情凝望她的男人。

直觉告诉她，这个男人有目的。

什么目的她没想明白。

第十五章 催眠术

1月15日，星期日，17：39。

陈晓松在叶倩颖病床前坐了足有一个小时。叶倩颖发出低低的嘤咛，敛阖的睫毛轻微搐动，镇定剂药效已经过了。

陆小棠走进病房，对陈晓松说："她快醒了。如果让她看见你……"

"我知道，我知道。"陈晓松依依不舍地站起身，却没有要走的意思。

"陆警官，我有一个请求，不知道你会不会答应？"

"什么请求？"

"我想这样下去也不是办法。你看她的精神状况越来越差，我担心这样继续下去，她真的会彻底精神分裂……"

"那你有什么想法？"

"我还是想找到她的病因，对症下药。说不定就能够将她救治过来。"

果然是有目的。

"怎么找病因？"

"催眠。"

陆小棠眉梢向上挑了挑："就像你前天对她做过的那样？"

"当然不是。"陈晓松赶忙解释，"那是失误，我承认。我事后仔细钻研了一下催眠疗法。这一次，我会完全按照书本上的步骤。"

陆小棠怀疑地瞧着他。

陈晓松说："你放心。我采用的这种催眠方式，对她不会造成任何伤害。我也不需要什么道具，只是让她处于一种似睡非睡的状态即可。我上次给她吃药也是希望尽快帮她进入状态。现在她被注射了镇定剂，即使醒了，短时间内残留的药力仍然会对她的意识造成麻痹。我想，我比较容易让她进入催眠状态。”

“你是说，让她重新入睡？”

“呃，催眠和睡眠有些地方很像，但不是完全一样。简单来说，催眠是一种半睡眠状态。通过人为诱导引起的一种特殊的类似睡眠又非睡眠的意识恍惚的心理状态。被催眠的人对他人的暗示具有极高的反应性。只是他们没有自主判断力，自主意愿行动也会减弱，感觉、知觉发生歪曲。在这种情形下，我就能把那些被封闭在她心灵深处的、特别在潜意识中关于不好经历的记忆碎片提取出来……”

陈晓松的话令陆小棠心头一动。这不也正是她想知道的吗？

她问陈晓松：“你怎么那么确信她有过不好的经历？”

陈晓松说：“她遭遇过车祸不是吗？几乎丧了命。”

“这些你都知道？”

“我对她的了解程度远远超过你的想象。但是我没有恶意，纯粹是一心一意想把她治好，难道你没看出来吗？”

陈晓松看着陆小棠，等待她表态。

对于一个重要嫌疑人的请求，陆小棠理应拒绝。但她实在很想了解叶倩颖的秘密，正苦于没有办法。

陈晓松的建议无疑太具有诱惑力了。

她语气依然冷淡：“我怎么知道你不会像前两次那样做出过激的举动？”

“你可以就站在我身旁监督我。如果看到你认为不妥的地方，可以随时中止我。”他说完又补充，“这是一个千载难逢的机会。您难道不想对这个女人了解更多吗？”

这句话让陆小棠心惊，面前这个男人极有心机，他似乎早已看透了自己的想法。陆小棠终于还是没能拒绝他。

她说出最后一个顾虑：“只是你这张脸她一看到说不定就会发疯……”

“这个陆警官你不用担心。我可以化妆成一名医生。现在天已经黑了，把病房的窗帘拉上，不开灯，我说话时小心一些，她认不出我来的。”

等到陈晓松真的化妆完毕，让陆小棠大吃一惊。他戴上一副黑色大方框眼镜，已经掩盖了小半张脸。又从衣兜里掏出一顶假发戴上。从医生那里借来一套白大褂披上。不仔细看，还以为是另外一个人。原来他来时早有准备。

陆小棠疑心大起。前三名被害人都是在与人幽会时被杀害的，一男二女。从作案手法上看，凶手是同一个人。一个人同时勾引三个性别不同的人，无疑要有高超的易容手段，还要具备一定的身体条件。

陈晓松忙着准备时，陆小棠在一旁暗自观察他。中等身材、相貌普通，算不上英俊，但也不丑，脸上没有分明的棱角，多少有些中性。这样的脸其实是最容易化妆的。她毫不怀疑，这张脸如果经过化妆笔巧妙的勾绘，就可以变成一张迷死人的明星脸，甚至可男可女，在案发现场那种光线昏暗的环境下更难分辨。这就难怪三名被害人会衣衫不整了，尤其是那个男个体老板，来不及脱衣服就戴上保险套。

陈晓松浑然不觉身旁的女警官正在用一种危险的目光审视他。他已经装扮完毕了。

叶倩颖昏昏沉沉地睁开眼睛。病房里一片昏暗，她看见穿一名白大褂的医生站在床前，满脸关切地看着她。

“已经晚上了吗？”她问。

“快了。”医生的声音有些怪异，鼻音很重，“你感觉好些了？”

“还好。就是头很晕，身上哪儿都疼，感觉好像死过一回。我的病很重吗？”

“怎么说呢？如果你控制好自己的情绪，配合治疗，其实很快就能康复。”

叶倩颖瞅着天花板，叹息道：“我倒希望这样。”

“你也不要悲观。我就是来为你进行心理治疗的。”

“我有精神病是吗？”

“能说出这种话就不是。不过长时间处于压力下却又得不到疏导的话，有可能导致精神的崩溃，到那时就危险了。精神疾病不容易得上，一旦得上，几乎就会影响终生。”

叶倩颖沉默，显然被医生的话吓到了。

医生走近一些，安慰说：“放心吧，相信我，只要配合治疗就好。”

“你说话，像一个我认识的人。”叶倩颖微笑。

“是吗……”医生按动准备好的 CD 机按钮。

《仲夏夜之梦》钢琴曲在病房里流淌开来……

叶倩颖开始稍显惊讶，很快就被轻柔舒缓的旋律打动。一种难言的舒畅通遍全身，疲倦的身心开始产生难以言传的共鸣。她不止一次听到过这首曲子，但没有哪一次犹如现在这般心意相通。很多久远的模糊的记忆开始慢慢浮上心头。曾几何时，她也是一个天真烂漫、无忧无虑的少女。假如时光能够倒转，她一定不会选择变成现在的自己。

她任由眼泪汇聚在眼窝，慢慢滑落脸颊……

陈晓松觉得差不多了，开始进行诱导阶段。

他知道陆小棠正站在门口监视他。他决定采用温和的母式催眠方式。这是催眠方式通过温情的手段来突破受术者的心理防线。

他用低沉而缓慢的声音说：“不要去想……去感觉……感觉美妙乐曲的实体，她宛如流水一样轻柔，环绕在你周围。随着你的呼吸……进入到你的身体里……你的身体逐渐地，逐渐地被她取代，你可以像她一样流动……像水一样流动……”

叶倩颖不再流泪，她的表情慢慢变得宁静，呼吸均匀……

站在门外监视的陆小棠原以为陈晓松会像电影电视剧里的心理医生，掏出一个水晶项链神神秘秘地来回摆动几下，对方就乖乖的听从摆布。

她不知道，陈晓松已经开始进入深化阶段了。此时的叶倩颖已经与他建立了信任。接下来他要完全控制对方的精神。从母式催眠演变为父式催眠。他要对叶倩颖以命令式的口吻发布指示，让她感到不可抗拒，而不得不臣服。

“你是流水……由我引导向前流动……你会感到无比欢乐……无比轻松……现在我给你实质的形体，你一样自由自在，你变成了风筝……由我来牵引你的身体……你的右手已经变得越来越轻，正在飘起……我在牵引你……”

让陆小棠意想不到的事情发生了。

叶倩颖整个身体保持静止，唯独右臂犹如被一根线拉拽着，缓缓从床上抬起，悬停在半空。

“现在你的右臂开始下降，左臂慢慢变轻……飘起……”

过了一会儿，叶倩颖的双臂开始按照陈晓松的指令移动。整个场面在外人眼里无比诡异，但陆小棠没有看出她有可能受到伤害的征兆，就没有阻止。

接下来，陈晓松花了很长时间，不厌其烦地变换指令，让叶倩颖反复移动双臂，甚至做一些离奇的手势。陆小棠琢磨着他到底在干什么。她不知道，陈晓松正在强化暗示的效果。叶倩颖已经进入到深度催眠阶段。陈晓松利用巴布尔暗示法来检验催眠程度，直到叶倩颖对他的暗示指令完全服从，高度一致。他开始尝试着让叶倩颖说话。

被深度催眠者由于脑神经被麻痹，特别是逻辑思维区域停止工作。他们说出的话往往都是只言片语。可能是一个词语、一个数字、一种颜色，甚至是一个地区的方言……

这些零散的词语意思也十分凌乱，往往不代表任何含义，就像人在梦中经历的离奇事件一样，心理分析中也称之为自由联想。

陈晓松的问话也变得异常缓慢，他问得最多的就是，你看到了什么？你有没有看到一辆车？什么颜色的？你身边还看到了什么人？

陆小棠猜，他是想让叶倩颖回忆起车祸经过。她屏息凝神地仔细听。

“脸……脸……”叶倩颖没有音调的回答。

“谁的脸？”

“我的脸，好疼……好疼……让我死……死……”

“你的脸为什么会疼？”

“乌鸦……”

“什么？”

“遮住了天……”

接下来，叶倩颖说出的词语更加离奇，一会儿说出“自行车”，一会儿说出“毒蛇”“沼泽地”完全所答非所问。

陈晓松下意识地回头，与陆小棠四目相对。他眼中充满了焦躁，面对书本上没有介绍过的情况，他也不知道应该如何应付。

两人正无计可施，叶倩颖断断续续道：“我看见了……”

“看见什么？”陈晓松问。

“我骑着自行车……”

“去哪里？”

“离开中国的海滨去往国外……”

“是墨尔本？”

“一条长廊……很长，很长，朝着有太阳的地方……怎样都走不出去……”

陆小棠想问，她这是在做梦吗？

“长廊是迷宫……迷宫……车上有人……”

陈晓松一震。

“你是指自行车？”

“有人……我拉着车上的人，走啊走，很累……”

“后来呢？”

“找到苏联人……看见了举红旗的人……”

陆小棠想说，这是什么乱七八糟的。

陈晓松却耐心地引她说下去：“你找到举红旗的人之后呢……”

“是沼泽地……陷了下去……楼 梯 ……一直向下……下面都是血，漂着头盖骨……”

她的手脚毫无征兆的发生痉挛，眼珠在紧闭的眼睑下面快速转动。

陆小棠拉门冲到床前，她以为叶倩颖癫痫又发作了。陈晓松却拦住她说：“冷静。没事，没事。”他一边用手轻抚叶倩颖的额头。

“她犯病了吗？”

“没有。”陈晓松小声解释，“是她的意识产生了阻抗现象，不想让她回忆起发生过的事情。”

“你是说她刚才所说的不是毫无意义的？”

“当然不是。”

“那她怎么会产生阻抗现象？她不是已经被你催眠了吗？”

“只能这样解释，那段经历对她造成了超乎寻常的刺激。以至于在潜意识中都会遭到排斥。或者说，她宁愿死掉也不愿将这段经历回忆起来。”

叶倩颖的四肢停止了痉挛，重新松弛下来。

陆小棠还想问，陈晓松警告她：“我们不能再说话了，会把她干扰醒。”

陆小棠现在对陈晓松言听计从，老老实实退出病房。

陈晓松等叶倩颖完全平静以后，继续问：“你看见了血、头盖骨、然后呢……”

“然后，然后……”叶倩颖鼻翼扇阖，呼吸急促，似乎正在抗拒什么，“然后，我呼救……”

“车上的人跳到血里，变成一只狗……叼着死人骨头冲我摇尾巴……”

“你怎么办？”

"我跑……"

"跑到哪里？"

"跑不了……一条长着环状花纹的蛇缠住我的脖子，我动不了……锥子扎我的脸……狗在笑……摇着尾巴……叼着我的骨头……笑……笑……"

叶倩颖猝然发出"咯咯咯咯咯咯"的笑声，一边笑一边学狗叫"汪，汪……汪汪汪……"

她的眼泪却在飞快地往外淌……

陈晓松为叶倩颖解除催眠之后，叶倩颖浑身虚脱，神情恍惚，脸色更加苍白。

陆小棠责问："你不是说不会对她造成伤害吗？"

"这也不算太大的伤害，她只是太倦了。"陈晓松说，"主要是她的抗阻现象太强烈了。"

"那么，她刚才所说的那段像梦一样离奇的故事，就是被封存在她潜意识里的恐怖经历？"

"应该是。否则也不会给她造成那么大的震动。"

"可是那样的故事太荒诞了，完全是编造的。现实中根本不可能发生这样的事情。"

陈晓松说："我记得我状告郭淮，开庭那天你也到场了吧？"

"没想到你还能注意到我。"

"漂亮女人总会引人注目。"

这句恭维话从他嘴里冷冰冰地说出来，陆小棠说不出是得意还是别扭。

"我在法庭上曾经详细解释过人的潜意识和意识之间的关系，特别讲解了弗洛伊德的释梦理论，也可以说是精神分析方法。"

陆小棠那天听他长篇大论地讲了半天，根本就没怎么听明白。

陈晓松说："催眠是一种半睡眠状态。被催眠者说出的话不一定都是我们平常就够理解的。这些记忆的碎片原本就是经过意识的处理后压缩在潜意识中的。越不愿被回忆起来的记忆被扭曲得越厉害。所以，当我把它们提取出来时，它就变成了一段犹如天书般诡异难解的话语。"

"这么说，一定有相关的破译方法对吗？"

"聪明，一点就透。"

“也就是说，你能把她刚才说出来的话翻译成为我们能听懂的语言。”

“我试试看，不过我可没有把握。”

“我也好奇，你打算怎么翻译？”

陈晓松说：“梦境是现实通过三种方式——‘凝缩’‘转移’‘象征’转化而成的。‘凝缩作用’是指显梦（近似于现实的梦）的内容，只是现实发生过的事情经过压缩。这个很好理解。譬如，现实中的一群人变成了梦里的一个人，现实中的三件事变成了梦里的一件事……”

“‘转移作用’指隐梦（近似于抽象的梦），不是由自己本身一部分代替，而是以较无关系的其他事物代替，其性质接近于暗喻。或者，隐梦的重心可能由某一重要要素转移至不重要的成分之上，使梦更加难以理解。如以地板代替情人。‘象征作用’多是根据个人经验和普遍意义进行转化。象征和被象征的关系固定不变，后者是前者的解释，象征的关系基本上是一种比拟。如，房屋象征自身个体；小虫子象征兄弟姐妹；国王、王后象征父母；衣服象征裸体等等……”

陆小棠听得不耐烦了，问道：“你就是用这些方式反过来推导叶倩颖被催眠时说的话的含义？”

“基本原理是这样，但是还要考虑实际情况，因为根据个体的认知与文化程度不同，出现在不同人梦境里相似的事件却往往有着不同的解释。”

“这么说，你最初接近叶倩颖，发展跟她的亲密关系也是为了了解她的情况，方便你研究对吗？”

陆小棠突然一句话把陈晓松问得张口结舌，好半天才恢复常态。

“你跟郭警官一样，总是不肯相信我。”

陆小棠不想在这方面跟他较真，她问：“我听她说自己骑着自行车。那是什么意思？”

“自行车象征着自己的身体和心灵。也就是说，那是一件她亲身经历的事情，她在整个事件中是三角，而不是旁观者。”

陆小棠仿照他的方式分析道：“你问她去哪里，她说离开中国的海滨去海外。是不是说那件事情发生在国外？我知道她曾去澳大利亚留学，在那里发生了严重的车祸。这倒不难理解。”

陈晓松点头。

“但是接下来，我就无法理解了。她说什么长廊，好像迷宫一样的长廊……还要朝着有太阳的地方。那是什么意思？”

“这个我一时间也想不出来。长廊可以指代女性的阴道和子宫，假如是一位男人做的梦就好理解了。但是作为女性……”

“那么苏联人和举红旗的人呢？”

陈晓松摇头。

“沼泽呢？”

“沼泽象征正在深陷什么危难之中难以自拔。”不等陆小棠继续问，陈晓松兀自说下去，“大量的血象征伤害或者死亡。她不是还梦到头盖骨了吗，头盖骨就是典型的关于死亡的象征。无论在现实还是梦境里。”

“我记得她说，自行车上除了她以外还有别人，那人跳到血池里，变成了一只狗……这你能解释吗？”

“狗象征着忠心、良心、道德感。我说过，自行车象征着做梦者自身，与她同骑一辆车的人，隐喻这个人跟她的关系十分亲密。用狗来代替这个人，说明这个人对她忠心不二，让她十分信任。不过，在她的梦里，狗叼着骨头朝她摆尾，朝她笑，而那个时候她正处于危难之中，这个情节就显得不同寻常了……”

陆小棠接着道：“至少说明，在叶倩颖面临死亡威胁时，那个跟她亲密的人，就在她身旁……”

陈晓松想了想说：“你说得对。”

“环状花纹的蛇和锥子又出现了。她之前的噩梦里不是也经常出现这两样东西吗？”

“的确。我还曾猜测，环状花纹的蛇代表锁链，锥子我一时间没有想出代表什么。但这些至少能够说明，她所做的一切噩梦的源头都来自于那段遥远的经历，那段经历带给她近乎精神崩溃的打击。”

“在她的噩梦里那个看不见脸的杀手与身上有环状花纹的蛇和锥子都在频繁出现，是不是也意味着，现在发生的撕脸杀人案与她过去的那段经历也有关系？”

陆小棠冷不防说出这句话，让陈晓松大吃一惊。他不由自主地看了陆小棠一眼，陆小棠亮闪闪的眼睛也在看他。

两人目光相碰的瞬间，陈晓松的眼睛迅速移到别处。

除此之外，看不出他有慌乱的表现。

陆小棠说：“你能不能对叶倩颖回忆起的这段离奇故事再进一步分析？我想知

道她到底遭遇到了什么。”

陈晓松说：“你给我一些时间。需要的话，我今晚不走，把她在催眠中回忆起来的情景从头到尾好好思考一遍再告诉你。”

陆小棠同意了。

她虽然怀疑陈晓松，但是眼下还需要利用他，她决定看事态发展见机而动。当晚她留在医院，她估计郭淮和李东生他们正在搜捕蒋浩天。一个隐藏在小县城里的凶手已经调动了整个公安局的警力。

她在叶倩颖旁边一张床上和衣而卧。叶倩颖一声不响地躺在那里，几个小时都保持不动，仿佛一具僵尸。陆小棠有时忍不住扭脸观察她，确定她是否还在呼吸。

那张苍白的脸在幽暗的病房里同四周的白墙一样刺眼，虽然精美，却让人看着有种说不出来的难受，宛如一副冰冷的面具，遮掩住一个在痛苦中挣扎的灵魂……

这两天陆小棠一直都没怎么睡好，上下眼皮不住打架，就在她迷迷糊糊似睡非睡时，一阵轻微的窸窣声惊动了她。

是从背后叶倩颖那张床上传来的声音。

似乎有人已经慢慢下到地上，站在了两张床之间的过道上。

陆小棠霍然睁大眼睛，后背的汗毛根根竖立。

叶倩颖正在站在自己背后瞧着自己吗？

她想干什么？

陆小棠一动不动，她竖起耳朵，听着背后细微的响动。就在她猜测着叶倩颖会不会伸出双手掐住自己的脖子时，叶倩颖动了。

她没有掐陆小棠，而是脚步僵硬地向病房门口走。

“你去厕所吗？”陆小棠问，听见叶倩颖含糊地嘟哝了一句什么。

陆小棠没再理她。美女对美女都有一种天然的抵触。要不是办案到了这一步，她可没有义务替这位古里古怪、神经兮兮的千金小姐守夜。

困意袭来，她打了一个盹儿。睁开眼，有意无意地向旁边看了一眼。床上依然空着。叶倩颖没回来。

陆小棠一激灵。我睡了多久？她去厕所去了多久？

她一咕噜从床上坐起，蹬上鞋，出了病房。

她走进女厕所，发现里面没人。这一下她困意全消，彻彻底底心惊了。

她跑回病房，叶倩颖也没有回来。

一时间陆小棠天旋地转，她恨不能咬自己一口。怎么能够如此粗心大意？她强令自己冷静。迅速判断接下来应该做什么。她看了看走廊左右，两个出口，一个通向正门，一个通向角门。

她凭着直觉，跑向角门的楼梯。

县医院一共四层楼，90 年代的旧楼，她一口气跑到一楼。一出角门，一眼就看见了叶倩颖的背影。在叶倩颖身边还有一个人。

陈晓松。

“站住。”陆小棠低声喝道。

陈晓松听到她的声音，肩膀抖了一下。

他慢慢侧过身，月光照在他脸上，半明半暗。

陆小棠注意到，他手里没拿凶器，他也没有捆绑叶倩颖。叶倩颖怎么会心甘情愿跟他走？

难道叶倩颖对他的恐惧都是装出来的？

“你要带她去哪儿？”陆小棠喝问。

陈晓松无言以对，低头不语。

陆小棠走到近前，看见叶倩颖一脸漠然地看着她。不由得一皱眉，伸手去拉她。“你要跟他走，怎么事先不跟我打一声招呼？”

叶倩颖仿佛电击般地哆嗦了一下。“我现在在哪儿？”她问陆小棠。

陆小棠反而被她问愣了。

叶倩颖猛然发现陈晓松就站在身边，吓得“妈呀”一声退开好几步。“你……你怎么在这里？”

陆小棠瞧瞧叶倩颖，又看看陈晓松。似乎弄明白眼前是怎么一回事儿了。

“你给她催眠了？”她问陈晓松。

陈晓松无语。

“我还真是大开眼界。你居然能神不知鬼不觉地让一个大活人乖乖跟着你走。你怎么做到的？”

陈晓松沉默了一会儿，在陆小棠咄咄逼人的目光里，终于开口：“给人催眠之后，通常最后步骤是解除催眠，我没有做。所以，她的缓解速度就会变得很慢。”

“我说她怎么一动不动地躺在床上，像死了一样。”

叶倩颖瞪着陈晓松问：“你干什么要催眠我？”

陈晓松继续对陆小棠说："催眠后她的基本生理需要不会受到影响，吃饭、喝水、上厕所都能做。只不过有些像梦游状态，浑浑噩噩。我看她去上厕所，再次催眠她就容易多了。我这些都是按照书本上做的，没想到效果居然如此惊人。"

"那你想对她做什么？"

"……"

"你不想说？"

"……"

"那好，你可以到公安局去说。"

陆小棠掏出手铐，陈晓松突然转身逃跑，看不出像有腿伤的样子。

但是没跑两步就被陆小棠撵上，他伸手想推开陆小棠的瞬间，稀里糊涂地被陆小棠一招擒拿按到了地上，一只膝盖压住他的肩膀，他有天大的力气也使不出了。

"你的腿伤好了？特别喜欢逃跑是不是？"

陆小棠给他铐上手铐，刚铐上一只手腕，忽听见背后叶倩颖惊叫。她感觉不对，倏然转身。

一条黑影已经冲到眼前，手里一根长条形的东西已经扫向她。她护住要害，尽力向旁边躲闪。

硬邦邦的东西依然砸中她后背，力量奇大，陆小棠几乎被打得横飞出去，在地上打了几个滚。

她眼前金星乱冒，浑身瘫软。没想到一时大意，竟然栽在这个小地方。袭击者如果不想怜香惜玉，跟上来补上一棒子，她脑袋就得开花。

她趴在地上，视野一片模糊。似乎看见那个人把陈晓松也打倒在地。然后，听到叶倩颖撕心的呼叫……然后，眼前发黑，失去了知觉。

陆小棠迷迷糊糊中，看见慕容雨川解开她的衣服，给她上药。就听慕容雨川连连唏嘘。

"白白嫩嫩的皮肤肿成这样，太让人心疼了。小螳螂，你这模特架子一般的身材也蛮不错的。"

"你这色狼找死！"她抬手给了慕容雨川一耳掴子。

慕容雨川火了："平时你欺负我，我只好受着。现在你竟然还敢装狠。"

"浑蛋……"

陆小棠忽地从床上坐起来，猛然抻到背后的伤，“哎呦”叫一声，倒在床上。

“你没事吧，小棠？”坐在床边的人却被吓了一跳，一脸关切地问。

这是一张超级帅哥的脸。

但不是慕容雨川，陆小棠一惊，原来刚才在做梦。她红着脸瞧了瞧病床前的人。“师兄，你怎么来了？”

“听说你被歹徒袭击了，我能不来吗？”

“没大碍，骨头没断、筋没折。你看我不是好好的。”

“你刚才在梦里还大喊大叫呢。”

陆小棠很少脸红，这一次红到了脖根。她小声问：“我刚才喊什么了？”

“喊‘浑蛋’还喊‘救命’……”唐健忧心忡忡，“我认识你这么多年，还是头一次听到你呼救。这一次肯定很凶险吧？”

陆小棠只好点头，心想此浑蛋非彼浑蛋。

唐健伸手摸摸她的头以示安慰，好像照顾一位小妹妹。陆小棠在他人面前总是一种锋芒干练，巾帼不让须眉的英姿。偏偏到了唐健面前没了脾气，好像在他眼里她永远都是一个长不大的小丫头。两个人第一次见面还是在公安大学。那时的陆小棠，一头短发，皮肤晒得黝黑，整天就喜欢练跆拳道、练射击，任何比赛都不落下。连男学员都没有几个能胜过她。因此当了四年校花，却连一个男朋友都没有。唐健当时是学生会主席，仪表堂堂，极具人格魅力，是大学里的风云人物，很多人都管他叫大师兄。陆小棠也大大咧咧跟着叫。这一叫，就叫到了省公安厅，而且就在唐健手下任职。

陆小棠工作能力有目共睹，就像在大学时代一样锋芒毕露，却也因为缺少圆滑，捅了不少篓子。唐健就是她的挡箭牌，周旋于她与领导之间，无愧于大师兄的称号。最后，号称刺猬的陆小棠终于被领导从省厅下放到地市局。临走时，她跟唐健开玩笑说，这下师兄不用再为我操心了。唐健叹了口气，说，我天生就是操心的命。陆小棠并没有深切领会师兄话中的内涵，就潇潇洒洒地离开了。

那时的唐健还不知道有一个慕容雨川，陆小棠也从来没有认真比较过大师兄和发小有多大的区别。她也没有认真想过，为什么号称万人迷的唐健身边总是没有女朋友。

陆小棠发现唐健的目光里多了一些平时看不到的内容，看得她心慌意乱。她连忙找到一个话题，问：“师兄，你知道是什么情况吗？”

“你是说昨天发生的事？”

说到案情，陆小棠恢复了常态。她点点头。

“我也是听县公安局的李队长告诉我的。他说，袭击你的人，根据目击者描述，好像是一个叫蒋浩天的人……”

“蒋浩天？”陆小棠回想昨天发生袭击的经过。那个扑上来的人她尽管没有看清，但从高大的身材与力量上来看，的确很像蒋浩天。能一棒子把她打昏的人并不多见。

她下意识地伸手摸自己的脸。唐健似乎看出的她的心思，微笑着说：“放心吧，没伤到脸。”

陆小棠这才意识到，她也是视容貌如性命的主儿，原来跟那些成天照镜子的矫情女人没有本质区别。

唐健接着说：“但是，他劫持了那个姓叶的女人。到现在为止，两个人下落不明。”

这个消息太让陆小棠震惊了。

她忙问：“那东晓松呢？你知道我是说谁吧？”

唐健诧异：“东晓松？是不是那个之前被县公安局抓住的嫌疑犯，后来把公安局告上法庭的那一位？他昨天也在场？”

“他催眠了叶倩颖，不知想带她去哪里。我把他拦住，正给他戴手铐时，遭人袭击了。”

“这个人，李东生根本没跟我提过。看上去，他趁乱逃走了，要么也被蒋浩天绑架了。”

“真是有够乱的。”陆小棠咬牙忍着痛从床上坐起。

唐健连忙扶住她：“你干什么？你想去……卫生间？”

陆小棠摇头说：“我预感不妙，我不能躺在这里。案情随时都可能发生变化。”

“那也用不着你啊，那么多警察呢。”

“多一个人多一把力不是吗？”

“你想干什么告诉我不就行了？”

陆小棠说：“干脆师兄你也先别走了，陪我办完这桩案子再回省厅吧。”

唐健无奈地笑笑：“好吧，谁让我是师兄呢。”

第十六章 法医重出

1月16日，星期一，7：34。

县公安局。

陆小棠和唐健赶到办公室时，房间里坐满了人。李东生和郭淮正在开会，商量对策。

会议气氛并不热烈，民警们都是一脸颓色。

李东生看到陆小棠和唐健只是悻悻地点下头。

“你来得正好，陆警官。”李东生说，“你把昨天晚上叶倩颖被绑架的事发经过给大伙讲述一遍吧。你正好当时在现场。”

陆小棠一时陷入窘迫。叶倩颖是在她手里被人掳走的，她应该负全责。

除她以外，脸色最阴沉的就属郭淮。

他率人搜捕蒋浩天那么多天，毫无进展。正在讨论蒋浩天是不是已经逃出了县城，谁知他偏偏就在这个时候有意作对似的现身，毫无顾忌地劫持了叶倩颖。这记响亮的耳光结结实实扇在郭淮脸上。

陆小棠掩饰住窘态，从昨天叶倩颖病发被送进医院，讲到陈晓松对她实行催眠术，试图带她离开，到最后讲抓捕陈晓松时遭到蒋浩天的突袭。

陆小棠一席话把所有人听得变貌变色。

李东生说：“没想到陈晓松居然也在场，我还以为当时只有蒋浩天一个人呢。你说什么陈晓松对叶倩颖施行催眠，那是怎么回事？”

郭淮这时插言：“那根本是无稽之谈。我虽然不否认催眠的功效。但是我根本不相信陈晓松会用催眠术。我听说，催眠在心理治疗中属于高级别的技术，一般普通的心理医生都很难掌握，他一个门外汉，仅仅靠看书就能把一个大活人深度催眠，甚至还会听从他的吩咐？如果真那样的话，那些想盗窃抢劫的罪犯们就用不着冒险了，人人买一本心理学书，把被害人催眠了，让他们拿多少钱他们就拿多少……”

他的话把陆小棠说得无言以对。虽然听着刺耳，想想确是有理。陆小棠也并非没有怀疑过陈晓松，但她太想知道叶倩颖的秘密了。

陆小棠回想昨天在医院里，陈晓松如何对叶倩颖进行催眠。一个步骤跟随一个步骤，循序渐进，有条不紊……她当时就站在门外监视。

陈晓松当然也知道。

难道说，叶倩颖所谓被催眠后回忆起来的诡异经历，都是陈晓松编造的谎言？什么“转移作用”“凝作用”“象征作用”根本都是他用来蒙骗她的？

他花费心机就是为了取得陆小棠的信任，好趁机把叶倩颖弄走……假如这就是他的目的，就会出现两种可能——

一、陈晓松掌握了催眠术。

二、叶倩颖自愿跟他走。

陆小棠现在弄不清楚哪一种可能是真的。无论哪一种可能看上去都让人觉得不可思议。

现在，意外出现的蒋浩天在原本就复杂的案情上增加了一种变数。

陆小棠把叶倩颖被催眠时回忆起的故事复述了一遍。

“我骑着自行车，离开本国的海滨而去往国外……一条长廊，朝着有太阳的地方……长廊是迷宫，自行车上有人……我拉着车上的人，走啊走，很累……找到苏联人……看见了举红旗的人……是沼泽地……陷了下去，楼梯……一直向下……下面都是血，漂着头盖骨……然后，我呼救……车上的人跳到血里，变成一只狗……叼着死人骨头冲我摇尾巴，我跑……跑不了……身上有环状花纹的蛇缠住我的脖子，我动不了……锥子扎我的脸……狗在笑……摇着尾巴……叼着我的骨头……笑……笑……”

听完叶倩颖的经历，警员们先是发愣，过了一会儿大家纷纷嬉笑不已。有人说：“这哪里是她的经历，是她做的梦我倒相信。”还有人说：“我看倒像是陈晓松编的，那小子给人第一感觉就有心机。”

李东生也说：“那个女人精神本就有些不正常，古里古怪，反复无常。这一点，小郭跟她打过交道，了解得最清楚。”

郭淮这时说：“现在要紧的是尽快找到蒋浩天。不管陈晓松有多大嫌疑，叶倩颖毕竟是被蒋浩天挟持了，时间耽搁越长人质就越危险。”

所有人都认同郭淮的看法。李东生听从郭淮建议，在楼下集合了全部警员，分成几组。一组负责在案发地点寻找目击者，一组负责到火车站与公车站蹲点，一组负责根据手中已有的目击线索搜索……

安排的差不多了，他问陆小棠和唐健：“你们如何打算？”

陆小棠说：“我就不跟去了。我还要调查几个人，顺便回趟市里。”

李东生没多说什么，他以为陆小棠受了挫折，打起了退堂鼓。市局高级探员也不过如此。

警灯闪烁，摩拳擦掌的警员们纷纷钻进警车，一辆接着一辆呼啸着驶出公安局大院。只剩下陆小棠与唐健。

“你的伤怎么样？”唐健问。

“还好，能撑住。”

“我看你刚才似乎有些话没有说？”

陆小棠扑哧一笑：“知我者，师兄也。”

笑容过后，一抹愁云又掠上眉头。她说：“其实我也不是很确定。郭淮他们说的话也不是没有道理。只不过，我昨天去叶倩颖家时，发现了一些与撕脸凶杀案的有关联的疑点，我觉得都跟那个叫叶倩颖的女人有关，正想进一步弄清楚，结果就发生了昨天晚上的事情。”

“现在你打算怎么做？”

“我想先去见一见熟悉叶倩颖过去的两个人。她被催眠时说出的故事也许是假的。但是，我确信，她几年前肯定遭遇过非同寻常的事件。这件事与撕脸杀人案有关。”

“听上去够离奇的，好像小说情节。”唐健打趣道。

陆小棠撇撇嘴：“你也不相信我说的？”

唐健微笑：“我如果不相信，怎么会留下来陪你？”

“这倒是。”

下课铃声响后，学生们陆陆续续走出教室。高敏夹着教案夹走在最后。看见陆小棠，她先是愣了几秒钟，然后才客气地打招呼。

陆小棠几乎没跟她打过交道。上两次见面都是冯俊在说话，高敏始终显得沉默寡言。陆小棠瞄了一眼教案上的名签——代数。

陆小棠上学时最讨厌的就是就是代数。难怪总觉得这个女人乏味枯燥，就连她鼻梁两边的雀斑，看着都像小数点。

陆小棠随口说：“你男友这两天来找过你吗？”

“男友？”高敏一脸茫然，猛然反应过来，忙说，“你是说冯……冯俊呀。是，是呀，他来过。”

陆小棠故意试一下她，他俩果然不是情侣。

高敏被陆小棠打量得浑身不自在。她问：“陆警官来找我，有什么事吗？”

“呃……是有一点儿事，猜想你或许知道。”

“你是指那个邮包？”高敏脸色登时煞白，雀斑更显分明，“我这两天都提心吊胆，一个人在家里都不敢睡觉。当然……当然，我也去找过冯俊，跟他在一起时就觉得好多了。”

“我不是为邮包来的。”

“不是？”

“我是为了叶倩颖的事情来找你。”

“叶倩颖？”

“你跟她过去不是大学的校友吗？也是好朋友吧？”

“倒是……倒是也没有那么好。”

“我看见你们在一起拍的照片了。照片里还有冯俊、蒋浩天……”

陆小棠注意到，高敏两只脚在不住地错动，拿教案的手也在下意识地变换着位置。这些细节是常人不太容易注意到的。

陆小棠继续说：“听说她后来出国，去了澳大利亚。”

“是，我们都很羡慕她。”

“她去了澳洲之后，你们之间还有没有联系？”

“偶尔也有一些。通过 MSN 什么的。她建立了自己博客，跟我们分享自己在那里生活拍的照片。”

“那你知道她在澳洲出过车祸的事吧？”

高敏的脸又一次煞白，脑门沁出一层汗珠。

“你没有听说过？”

“当然听说过。是冯俊告诉我的，听说她受了很重的伤。”

“的确。我问过她父母，说她几乎被毁了容。”

高敏深深叹息：“真可怜啊。当初她可是那么漂亮的一个人。”说着说着，她眼圈似乎红了。

陆小棠问道：“她受伤回国以后，你见过她吗？”

“没有，我也是后来才听说的。”

“她去澳洲留学是自己一个去的吗？”

“我不明白你这话是什么意思。”

“我是问，你们跟她一起的几个要好的大学同学里，有没有跟她一起去澳洲留学的？”

“没有啊。”

“我只是随便问问。”停顿了片刻，陆小棠话锋一转，“你知道吗？我昨天去她家探望她，发现一件很奇怪的事。”

“……”

“我在她的相册里发现，有很多张照片里有一个人被她划去了脸。从她俩搂肩搭背的亲密姿势看，我想那个人应该是她一个极其要好的朋友，那个女孩出现的次数比谁都多。但是我不明白，为什么叶倩颖要抠去她的脸？我想你也应该认识那个女孩儿吧？她是谁？”

“我……我不认识。”

陆小棠原本温和的眼神刹那间凌厉，盯着高敏的脸。高敏的脸第三次煞白。

“你不认识这个人，叶倩颖最要好的朋友？”

“我不知道你说的是哪一个。也许是她得精神病以后胡乱划着玩的。谁能知道一个精神病脑子里的想法？”

“也有你这么一说。但是，你至少可以为我提供一两个你认为跟她关系好的女生吧？”

“这个……”

上课铃声这时响了，高敏忙说：“我还有课，得先走了。”

陆小棠点点头。

看着高敏如释重负地离开，唐健说：“她说别人精神病。我看她倒是有点儿不太正常，你想等到她下课吗？”

陆小棠说：“先不用。我们再去见见她的假男友。”

“……”

冯俊在旅店房间里被陆小棠堵个正着。他先是一愣，随后热情地打招呼，将两人让进房间。涮杯子，沏茶，还从塑料袋里拿出好几样点心、水果，就像在自己家里一样。

陆小棠来意明确，大同小异地把刚才跟高敏说过的话重复了一遍。冯俊倒是爽快地回答说，叶倩颖上大学时朋友很多，他也算其中之一，但是算不上亲近。后来叶倩颖出国留学出了车祸，他也是听别人说的，至于具体情形他就不知道了。

陆小棠提到了叶倩颖相册里那些被划坏的照片，冯俊说，你这样一说我倒也觉得很稀奇。按理说，我认识的叶倩颖是一个不拘小节、有几分豪爽的女孩。她虽然也得罪过不少人，但从来都是摆在明面上，没见过她背地里害别人。像你所说，她故意划坏别人的相片泄愤，我倒觉得不像是她过去的所作所为。不过听说她现在病得很严重，我可就不敢说了。

陆小棠问他，叶倩颖要好的朋友都有谁。冯俊笑着说，那可就多了。他一连说出七八个。然后说，还不止这些，不过我一时想不起名字了。

陆小棠最后说：“告诉你一个不太好的消息，叶倩颖被人绑架了。”

冯俊这才面露惊慌，问：“怎么会这样，是谁干的？”

陆小棠没说。

出了旅店，她问唐健：“你觉得怎么样？”

唐健说：“我虽然对案情不是太了解，刚才也听得七七八八。我感觉这两个人对待相同的问题，回答几乎完全相反。高敏总给人感觉话里有话，紧张不安。冯俊却又过分坦然，甚至好友的车祸他也轻描淡写。要知道，这两个人可是情侣关系。他们对待叶倩颖的看法即便有所区别，也不会出现如此大的反差吧？”

陆小棠说 :“跟我想的一样。他俩肯定有一个人在撒谎，或者都在撒谎。”

“假如能找到叶倩颖好好问一问，说不定能有很大的收获。可惜她被人绑架了。”

陆小棠叹气 :“不知道这个女人现在怎么样了。师兄，你觉得蒋浩天有没有可能杀掉她？”

“这我就不好说了。听说他俩上大学时处过对象，后来叶倩颖把蒋浩天甩了。李东生他们认为蒋浩天是这起撕脸杀人案的真正凶手，犯罪意图就是为了报复叶倩颖当初抛弃他。”

“因为被一个女人抛弃就滥杀无辜，这个理由是不是有些牵强？”

“如果早几年，我也会抱有跟你一样的想法。可是，现在的世界变得让我越来越困惑了。因为一点点小事就演变成暴力犯罪，甚至滥杀无辜的案件正在逐年增加，所以我也不敢断言，蒋浩天就不会因为一己之愤干出这些事情。你也别忘了自己是怎么受的伤，昨天晚上要是换成别人，下场会是什么样？”

唐健的提醒让陆小棠心有余悸，蒋浩天昨晚袭击她时对她下了死手，幸亏她把要害部位避开了，换成旁人，估计现在已经变成了一具硬邦邦的尸体。

陆小棠尝试站在蒋浩天的角度分析 :“叶倩颖当初不辞而别去国外留学，蒋浩天为此怀恨在心，到处寻找叶倩颖却找不到。大约两年前，叶倩颖在澳洲出车祸，被迫中断留学回国。经过一段时间的治疗后，她返回老家。蒋浩天可能是在最近得到了她的消息，于是暗中潜入 M 县，伺机报复。他的确有作案动机和作案时间。不过，他的作案手段让我仍然疑惑不解。他通过交友网站勾引被害人上钩，女性还好说，但是，以他那种魁梧高大的身材怎么能引诱男人上钩？”

唐健说 :“你怎么知道那个被勾引的中年男人有怎样的性取向？”

陆小棠一愣，随即明白了他的意思。但是疑虑仍然没有完全消除。陆小棠接着说 :“那么蒋浩天为什么要撕掉被害人的脸皮，在案发现场留下 finding face 的字迹？这跟他报复叶倩颖又有什么关系？”

“或许，这是他跟叶倩颖之间的密语，只有他们两个人才能看懂。他们过去不是情侣关系吗？情侣之间总会编造一些不为外人了解的暗号。可以是声音，可以是文字，可以是古怪的符号……”

唐健说这话的时候，有意无意地看了陆小棠一眼。陆小棠莫名其妙心里就紧张了一下。

她移开目光，接着说："我还发现了一个不可思议的疑点。昨天我去过叶倩颖家，看到了她在大学时期的照片。可是，有好些张照片里，好像是同一个女孩被她划去了脸。这又该怎么解释？这个被划去脸的女孩，跟蒋浩天撕脸杀人会不会对应得太巧合了？"

"而且。"不等唐健反应，陆小棠接着说，"叶倩颖因为车祸差点儿毁容。而被害人被撕掉了脸皮，也可以看成是一种毁容。不是吗？这又是一个巧合。"

唐健考虑着陆小棠的疑问："因此你想通过叶倩颖这个渠道，挖出一些线索……"

陆小棠点点头："我希望郭准他们能尽快救出叶倩颖，不过看上去并不容易。蒋浩天似乎早有准备。"

"但我们也不一定完全没有线索可寻。我们找不到现在的叶倩颖，不代表找不到过去的。"

陆小棠眼前一亮。

"师兄，你有办法查出她过去的全部？"

"我可没那么说。"唐健说，"我尽量调动省厅的资源，需要的话，我可以去查她在澳洲的留学经历。但不知道要多长时间。"

"你只要着重查一查她在澳洲有没有什么要好的中国朋友，女的。还有她遭遇车祸的经过。"

"看上去任务还蛮艰巨。"

陆小棠给他一个鼓励性的拥抱。

"我就知道师兄向来最出色了。"

唐健倒是希望师妹能抱得更紧些。

"那好，我现在就回省厅着手安排，你跟我一起去吧。"

陆小棠说："我还要办一点儿别的事，你得顺道把我拉到C市。"

11：14

C市，医大附属医院。

陆小棠拿着文件袋下了车，回头对唐健说："那就拜托师兄喽。"

唐健问 :“你的伤不要紧吧？要不要我陪你上去？”

“不用了，我向来没那么娇气。”陆小棠爽快地回答。

看着陆小棠脚步不太自如地走进医院，唐健关心她的背伤，除此之外又有点儿酸溜溜的滋味。他知道慕容雨川在这里住院，他装作不知，陆小棠也没有提。

陆小棠走到病房门口，有意站了站，听听里面的动静。她担心再碰到真野琉璃那个小魔头。被一个日本偶像明星追求不是一件坏事，但假如对方跟自己同性别，那就另当别论了。

病房里只有慕容雨川一个人，气色不错，胡茬刮了，脸上也泛起了红润。

陆小棠来到他床前，把厚厚的档案袋丢在他身上，说 :“给你解闷来了。”

慕容雨川立刻捂住枪伤的位置，倒在床上做出痛苦的表情。

陆小棠这回没着急，她心平气和地瞧着慕容雨川。

慕容雨川“痛苦”了半天，自觉无聊，爬起来靠在被垛上。

“你是不是觉得我刚才特像猴子……”

陆小棠微笑说 :“猴子会吱吱叫。”

慕容雨川隐约意识到，那位日夜守候在病床前，温柔体贴，给他擦脸喂饭的小陆姐姐一去不复返了。

他感慨着打开档案袋，把里面的尸检报告和尸体照片统统倒在床上。

“别弄乱了，我还要带回去呢。”陆小棠提醒。

慕容雨川原想开两句玩笑，目光忽然落在一张照片上，乍一看他几乎没有辨出那是一张人脸。

他拿起照片，盯着那张被撕掉脸皮的脸，瞅了好半天。

陆小棠担心他受刺激，问 :“你还好吧？”

慕容雨川目光闪亮，道 :“真不是盖的。”

陆小棠头疼。慕容雨川总是缺乏对死者应有的尊重。不过这也正是她所熟悉的发小，从小就不是个东西。

慕容雨川翻开厚厚一摞尸检鉴定。陆小棠说 :“四名被害人，一男三女，按照被害先后顺序都在这里了。”

慕容雨川用眼睛快速浏览了一遍，然后又拿起一张照片看。

“没有问题吧？”陆小棠问。

“马马虎虎。尸检报告写得有点儿业余，照片照得也不够专业。不过基本上该说的都说了。犯罪手段虽然残忍，但行动干净，很有条理性。”

“有可能是惯犯所为吗？”

“有可能。不过也可能是凶手作案前准备充分，而且心理素质极佳。他撕掉被害人脸皮后，不是急于逃走，而在墙壁上耐心地写上英文，每一个字母大小适中，颜色深浅均匀。这都说明凶手的残忍与耐心之处。除此之外，倒也不是他有多高的智商，不过想哗众取宠，才故意撕掉被害人脸、留下英文。没什么了不起。”

他的观点居然跟李东生如出一辙。陆小棠不由得愣住。她也搞不清慕容雨川是在有意调侃，还是真这样认为的。

她对慕容雨川说：“目前我们手里至少掌握了两名嫌疑人，但是没有足够的证据来确定到底是哪一个。”

“所以，你希望我能从尸检鉴定里帮你们找出新的证据。”慕容雨川面露意之色，“现在看出我的重要性了吧。我这才离开几天，公安系统就运转不灵了。”

陆小棠背伤一阵阵地作痛，她的耐心也快没了，冷冷道：“希望如你所说。我来找你其实也没报太大希望。这可是郭淮和李涵两个人审核过的。你也未必就能超过他们多少……”

她有意刺激一下慕容雨川，这家伙果然上钩了。他搔搔脑袋说：“可是，李涵和郭淮都没有在尸检报告里解释，为什么凶手扼杀被害人时，被害人居然都不反抗。这么明显的疑点，他们两人怎么都没注意？不是他们没有注意到，而是想不出原因。”

陆小棠一凛。

“莫非你知道是什么原因？”

慕容雨川搔搔头，天真地笑道：“我的答案很简单。”

“那你说。”

“答案是——我也不知道……哎呦……”陆小棠给了他一栗暴。

“我现在没工夫陪你胡闹。”陆小棠愠怒，“现在有一个重要的证人被挟持了，说不定还会被杀，你知不知道？”

“我哪知道，你刚才又没说。”慕容雨川揉着眉心上的包，重新翻看尸检照片。这一次看得很仔细，看过之后，他一声不吭。

陆小棠说："你是不是也没有发现什么异常？"

慕容雨川不肯认输："照片照得太模糊了，尤其是前三具尸体，角度也拍得都不对。所以……"

"是吗……"陆小棠面带揶揄。

慕容雨川难得涨红了脸，说："我并不是在给自己找借口，我是实事求是。"

"哦。"

"看你阴阳怪气的，就是不相信我。"他有点儿不甘心，问，"李涵和那个叫郭淮的警察怎么说？"

"他们也觉得不可思议。前三具尸体由郭淮和县医院的医生配合做的尸检，第四具尸体由李涵完成。检验结果完全一样。被害人尸体上只有被凶手扼杀的痕迹，却没有任何挣扎留下的伤痕，死前也没有服用过任何药物。这个疑点一直搁置到现在都没有答案。"

"难道说凶手会使妖法邪术？"

"你这样想？"

"当然不。他要是真有那个本事，直接念咒杀人不是省事多了？"

"咒语……"陆小棠心头一动，"你对催眠术了解得多吗？"

"我不会，只是听说过。"

"你觉得假如凶手对被害人催眠的话，有没有可能……"

"你认识会催眠术的人？"慕容雨川打断，"那可不是寻常人能掌握的。"

"我不确定那人的催眠术到底是真是假？但是，我想不出还有其他什么方法能让一个人被活活扼死而不反抗。"

"催眠术……"慕容雨川一张又一张看着照片，从第一个被害人看到最后一个，"我虽然不会，但我听说，想把一个人催眠绝对不是一件容易的事情。需要时间、环境以及被施术者同时配合，必要时候，还需要药物辅助……"

陆小棠想起陈晓松曾经给叶倩颖服用过毒品，在昨天催眠她时，也是趁她被注射了镇定剂之后。难道他真的会使用催眠术？

陆小棠考虑要不要讲叶倩颖被催眠后说出的那个故事。慕容雨川听后会是什么反应？会不会笑话自己？

她忽然感觉病房里变得出奇安静。

慕容雨川不知道何时停止了说话，定定地瞅着一张照片出神。

“怎么了？”陆小棠问。

“唔……”慕容雨川没回答。

陆小棠凑到跟前，她实在不愿意瞅那些令人毛骨悚然的东西，但还是勉强瞄了一眼。

慕容雨川手里的照片是一具尸体的全身照。胸膛上的刀口由麻线缝合成醒目的Y字。这是一具女尸。陆小棠的目光稍一接触被撕掉的脸皮部位，慌忙移开。

“你在看什么？”她问。

“这是第四名被害人的尸体，是个女人。”

“她生前我见过，也是一名警察，更是一位名副其实的美人。”

“是吗？”慕容雨川稍显吃惊。

他指着照片说：“你看这个……”

陆小棠不情愿的把眼睛重新落在照片上：“哪里？”

“她的手……”

“手？”陆小棠虽然目睹过不少次尸检，但她很少细致地观察尸体。

慕容雨川找出另外三具尸体的全身照，排列在旁边对比。

“看出不同了吗？”

“你是说手？”

“其余三具尸体的手都很松弛。唯独这名女警察的手是勾屈状，好像要抓什么东西。”

那双鸡爪状的手型让陆小棠的心揪了起来。胡新月生前的音容笑貌瞬间闪过眼前。

“为什么会这样？”她问。

“我想，凶手掐住她的脖子慢慢用力时，她的头脑是清醒的……”

“你说什么？”

“她是四名死者中唯一一个被扼住咽喉窒息致死的，她要比其他人承受更大的痛苦……痛苦让她的手指发生了本能的痉挛扭曲……”

陆小棠打了个寒战，眼睛有些潮湿。

“她为什么不反抗？”

慕容雨川唏嘘道："也许她当时已经意识到自己必死无疑，反抗只能招致更大的痛苦……"

一个准备结婚、沉浸在幸福中的女人，放弃了求生的欲望，只求一死……

当厄运降临在她身上，她在被扼杀的几分钟里，究竟经历了怎样的绝望与痛苦？

陆小棠想起郭淮趴在未婚妻尸体旁痛不欲生的情形，心里阵阵酸楚，上天对这对新人太残忍了。

慕容雨川拿起床头柜的毛巾递给她。

"你哭了。"

"瞎说，我哪有？"陆小棠嘴巴很硬，却把脸别开。

"万一我这次没被救过来，你会不会哭呀，螳螂？"

陆小棠白了他一眼说："你爱死不死，关我什么事？"

"女人可真残忍呐。"慕容雨川感慨不已。

陆小棠气得牙根直痒痒。那些天我日夜护理你的情形，都被你这白眼狼忘到呱呱国去了吧？

她正琢磨着该不该修理慕容雨川一顿，忽然想起什么，伸手入怀，又掏出一张照片递给慕容雨川。

"你看看这个。你不提到胡新月的手，我差点儿忘了。"

"这是什么？"慕容雨川接过来。

"在胡新月指甲缝里，发现了一点儿白色的东西。这是李涵通过显微镜拍的。你能认出是什么吗？"

白色的物质被放大到200倍后，呈现出堆叠在一起的蛇皮形状，又有些好像蜂巢，颜色深浅不一。

慕容雨川看了一会儿，略显轻蔑地问："李涵不知道这是什么？"

"他说这是一种合成物质，因为手里缺少专业仪器，目测难以辨认出是什么。"

"他那种书呆子，没了仪器和书本就玩儿不转了。"

"好吧，好吧，就你行。说说看，什么东西？"

"看到这些紧密排列的长方形格子了吗？这是植物纤维的细胞壁。但不是同一种植物，原本的颜色应该是五颜六色。白色的东西好像是一种土，把植物纤维的表面漆成了同一种颜色。这的确是一种合成物质。”

“那能是什么？”

慕容雨川微笑着摇晃着手里的尸检鉴定报告。

“什么意思？”陆小棠没明白。

“这点儿白色的物质就是纸。”

“纸？”

“我估计的应该没错。”慕容雨川把目光重新落在照片上，“但还有一些其他的东西……”

有了慕容雨川这一发现，陆小棠马上联想到胡新月勾屈的双手，两条线索立刻联系到了一起。

“从照片上就能看出，她的指甲油似乎被用力磨掉了，而她的指甲缝隙里又残留着纸屑。由此可以推导出她在被凶手扼杀时，手里肯定抓过一张纸……”

“的确。”慕容雨川赞同。

“那她能在什么情况下能用力抠一张纸呢？”

慕容雨川没有立刻回答，而是指着纸张放大的照片给陆小棠看。“除了白色的植物纤维细胞，你还看到了什么？”

陆小棠凝注了片刻。她注意到深浅不一的白色底子上有丝丝缕缕的黑色，或者是蓝色。“只看见了其他颜色……你问的是这个？”

慕容雨川默契地点点头，他说：“这种纸制品的填料与胶料加入很多。纸张肯定十分厚实，属于优质纸品。那些黑色的物质是液体，被吸入到纸张上的，也是一种合成物质。应该是墨水。”

厚实的纸张……墨水。

陆小棠一凛：“难道是记事本……”

“很有可能。”

陆小棠的脑海中忽然有什么一闪而过，脱口而出：“她在被害时手里抓着一本记事本……可是在发现尸体的现场并没有看到任何的纸制品，她的身上也没有……”

慕容雨川接过她的话：“那她就是在被害以后被人移尸了。记事本并不是她的东西，而是在真正的杀人现场才有的东西。”

陆小棠赞同："她在被害前突然离家出走，特意换上了不常穿的旅游鞋，她当时是准备去做什么事？她到过什么地方，在被害前看了一本不属于她的记事本……"

记事本……陆小棠为什么觉得这个词语让她十分敏感？

她好像在什么地方听什么人说起过……

"嗨，嗨……"慕容雨川伸手在她眼前晃动，陆小棠没有反应。

慕容雨川心想，如果我现在亲她一口，她会不会跟我急？

他刚一凑近，陆小棠看都没看，抬手把他脑袋推到一边。

记事本……记事本……日记……

"我知道了。"陆小棠惊呼。她想起郭淮曾经跟她说起过，他去陈晓松家搜查时，曾经发现过三本陈晓松过去写的日记，其中有一篇记录他在上初中时，把一只猫绑起来活活饿死，观察它如何腐烂成一堆骨头的过程……

胡新月死前也在看日记一类的东西。不会如此巧合吧？

但是，陆小棠记得郭淮还说过，那三本日记里并没有提到任何涉及犯罪的内容。不过，假如胡新月看到的日记也仅仅记录了一些个人的变态经历，也不至于引起她注意。

她把自己的怀疑跟慕容雨川说起，慕容雨川听得眼前发亮，说："观察一只猫烂成骨头？我真想亲眼见识见识这位仁兄现在变成什么样了。"

"我不是在跟你说笑，你对这样的人怎么看？"

慕容雨川说："我可不是心理学家。不过凭直觉，这种人长大成人后会变得更危险。但是，他还不至于因为别人得知了自己少年时的隐私就痛下杀手吧？"

"难道日记里还有更多的内容，郭淮当初没有注意到？"

"难说，他当时时间紧迫，只是匆忙浏览了一下，难免所有疏漏，或许有些地方涉及到了犯罪的证据呢。后来，郭淮再次领人搜查时，那三本日记不是消失了吗？这恰恰说明了日记的重要性。"

慕容雨川说得有道理。陆小棠紧接着又提出第二个疑问："假如胡新月看到的就是失踪的那三本日记，她又是通过什么渠道找到的？"

"这可难说。她被害的头几天，有没有出现什么反常举动？"

"我问过她男友郭淮，郭淮说胡新月这一次表现反常。通常她不管遇到什么问题都会跟他商量，像这一次私自行动，实属罕见。”

“那就是说，胡新月遇到了突发情况，还没有来得及告诉郭淮。”

“突发情况……”陆小棠琢磨，“胡新月失踪那天，还到县公安局上过班，她当时的穿着跟在案发现场不一样。说明她回过家，然后又出来了……”

“她有没有接到过陌生电话？”

“手机检查过了，没有。”

“会不会有人找她？”

“你是说到她家找她？”

“我只是猜测。”

陆小棠想了想，觉得这种假设可能性不高。

“凶手亲自到办案民警的家中找人，太不可思议了。何况，胡新月为什么会听那个人的话，跟他离开呢？”

“也对。”慕容雨川说，“我只是想不出还有什么可能会使得这个人回家后又莫名其妙地离开，失踪……”

陆小棠呆了一呆。难道真有一个人在胡新月回家后把她引出了家门？

想到撕脸魔一贯胆大妄为的作风，这种假设似乎也可能成立。

假如真是那样，或许会有目击者……

第十七章 噩梦之谜

陆小棠此次探望慕容雨川还是颇有收获，这家伙果然没让她白来一趟。胡新月被害之谜渐渐清晰。她或许是被凶手引到了某个地方，或许意外发现了凶手的踪迹，她找到了凶手的栖身之地，看到了隐藏凶手秘密的记事本。凶手匆忙之中将她杀死，移尸到小土岗。

新的问题随之产生——

假如陈晓松的日记对撕脸杀人案有着至关重要的意义，那么蒋浩天绑架叶倩颖又是怎么一回事？他与撕脸杀人案到底有没有关系？

陈晓松、蒋浩天。

两个人交替出现在陆小棠脑海里。

慕容雨川忽然开口，打断了她的思路："我这几天一直都在想一个问题，为什么被害人不反抗？"

这是另外一个让陆小棠头疼的问题。她说："即便前三位被害人不反抗，可以解释为他们心甘情愿被杀死。但是，胡新月无论如何不会是这样的人……"

慕容雨川说："没有人会心甘情愿被杀，而且还是被缓慢地掐死。"

"那你又该怎么解释这种怪异的现象？"

"唔……我只是不太确定我的眼睛……"

"什么意思？"

慕容雨川瞅着手里的照片陷入沉思。

"莫非你发现什么了？"

“……”

“你快说啊——”

“你先看看这个。”慕容雨川又把一张该死的照片递到陆小棠面前。

陆小棠硬着头皮把目光落上去。幸亏不是被撕掉的脸部，不过躯干上那个巨大醒目的Y形缝合仍然使她起了一层鸡皮疙瘩。除此之外，她没有发现什么异常。

“这是胡新月的尸体。”

“那又怎样？”

“你注意看靠近腋下的部位。”

“没有什么啊。”

慕容雨川神情严肃地瞧着陆小棠，陆小棠只好凑近再看，似乎隐约有一点点红斑。

“这不是湿疹吗？”她反问慕容雨川。

“你觉得是？”慕容雨川似乎也不确定。

“难道不是？”

“我也说不准。胡新月的尸检照片相对比较清晰，头三具尸体拍得太业余，简直没办法看。尽管如此，这张照片距离仍然太远，也不是特写，看上去很模糊。”

“你在怀疑什么？”

“我想知道，是其他三具尸体上都有类似的红斑，还是只在胡新月身上有。”

一小块普通的疹斑就像胎记一样极容易被忽略，可能是由于真菌感染、皮肤过敏、无意中的擦伤……陆小棠问：“有怎么说？没有又怎么说？”

慕容雨川卖起了关子：“现在别问我，没有十分之十的把握，我不会轻下结论。你现在最好回去找李涵，按照我说的，重新对四具尸体做一遍检查。”

“你知道重新尸检得花费多少时间？被绑架的女人很可能就已经被害了。”

慕容雨川拍拍陆小棠的肩膀，嘴角歪出不以为然的微笑。

“我只是给你提供一种可能有用可能没用的调查的方向。决定权完全在你的手里，女超人，大侦探。”

陆小棠急匆匆走后，慕容雨川独自躺在病床上，刚才的兴奋一点点消失。

他信手拿过手机，并没有给谁打电话，只是安静地望着屏幕。屏幕上的女孩儿略带羞涩地露出萌萌的微笑。乍一看还以为是小苍老师，只是更稚嫩、更单纯。

慕容雨川叹了口气，盼望着什么，失落着什么。

14：57

阴云密布，山岭重叠。

破旧的吉普在起伏不平的山间公路颠簸行驶，道路两面人工开凿的山崖凸伸出锯齿状的怪石，随时都有一种从崖壁上松脱压向车窗的趋势。

已经将近半个小时，对面看不到一辆车驶过。叶倩颖被反绑的胳膊又酸又麻，现在更增添了几分紧张。

开车的人面色始终冷酷，时而用眼角斜睨她一下，确保她没有挣脱绑绳。

叶倩颖已成惊弓之鸟，即使现在放开她，她也没有勇气逃走。

她实在忍不住，问："你要带我去哪儿？"

蒋浩天冷笑一声："去一个你想去的地方……"

"我想去什么地方？"

蒋浩天猛然踩住刹车板。巨大的惯性把叶倩颖抛在仪表盘上，撞得她一声惨叫。蒋浩天带着冷酷之意瞧着她。叶倩颖发出低声的呜咽。

蒋浩天一把抓住她头发，使她面对自己。

"你是不是又在跟我装傻？"

"我不明白你说的是什么意思。"叶倩颖脸色惊恐。

"不明白？真的？"

叶倩颖吃力地点头。

"你真的不记得以前的事情了？"

"……"

"那好，你装傻也好，真疯也罢，你不是说自己总做噩梦吗？总能看见没有脸的人出现在你的梦里？"

叶倩颖吃惊地看着他："你知道？"

"我现在就可以带你去看真相，你想不想去？"

叶倩颖下意识地点下头。忽然见到蒋浩天目光里闪现出凶残，她马上后悔了。"我……我不想去看了。"

蒋浩天把她抛到副驾驶座位，一踩油门，吉普猛地向前窜出。钻进更深的大山里，这个地方已经把M县远远地抛在后面。

惊吓过度，筋疲力尽，叶倩颖索性任人摆布，她闭上眼睛，神志模糊，迷迷糊糊的似睡非睡。过了很久很久，天色似乎阴暗下来。朦胧中，凌乱的光晕在前面旋转，逐渐汇聚，形成一个形体，形体逐渐清晰，赫然化作一个披头散发的女人。

女人就悬浮在她眼前，整张脸宛如一团漩涡变幻不定。

她惊恐万分，却又无法逃离。梦中的鬼魂从来没有此刻这般清晰。

“你到底是谁？”她战栗着声音问。

女人发出嗤嗤冷笑，漩涡的脸慢慢变成实体……

在某一个时刻，无比清晰——

竟是她自己的脸。

阴冷的眼神像刀子一样逼视她。

她一声惊叫，顿时清醒。才发现自己仍然在车里，面前那个女人还在，只不过是挡风玻璃反映出的自己。

挡风玻璃里的女人疲倦而惊恐，坐在她旁边的是那个身材巨大恨自己入骨的男人。

她不知道是仍然睡着好还是醒来好。

在梦中有那个无脸的魔鬼。

在现实中她被人挟持。

她已走投无路。

吉普车仍然在飞速行驶，窗外已经天黑，有树的影子，房屋的影子，却都难以辨认。她不知道自己现在被带到了什么地方。

某一个时刻，吉普戛然刹车。

蒋浩天推开车门走出。路对面有棵粗壮的杨树，树下停着一辆红色的马自达轿车，一半隐在树的阴影里，一半暴露在外。

蒋浩天走到引擎盖前面，冲着黑漆漆的挡风玻璃说：“出来吧，一路跟踪到这里，何必再遮遮掩掩。”

躲在里面的两个人没有办法，硬着头皮走出轿车。蒋浩天高大的身躯形成一个巨大的黑影，将两人遮住。

两个人唯唯诺诺。

蒋浩天一脸轻蔑。

“救救我——”尖叫的女声从背后传来。

“这个臭婊子！”蒋浩天咬牙骂。

街上一片空寂，没有路人，叶倩颖好不容易抓住了救命稻草，绕过蒋浩天跑到那两人近前。

“这个人要害我，求求你们帮我。”她已经挣脱了绳子，指着身后的蒋浩天，满脸希望地看着面前一男一女两个人。虽然他们身材都不高大，但是多少也能壮壮胆气。

蒋浩天冷哼一声，没动，斜着眼睛瞅着叶倩颖。

那两个人瞅着叶倩颖也没有表情。

叶倩颖一时间有些发蒙。

“你觉得会有人救你吗？”蒋浩天冷笑着走过来。

叶倩颖赶忙躲在那个胖男人身后。蒋浩天伸手越过胖男人去抓叶倩颖，胖男人没有阻止，宛如木雕泥塑，没有丝毫反应。

叶倩颖的心顿时沉下。

蒋浩天像抓小鸡似的把她提到跟前，拖着她走向吉普车。叶倩颖奋力挣扎，尖叫连连。那两人似乎已被蒋浩天的煞气震慑，只是眼睁睁地看着蒋浩天把女人塞进车里。

吉普车重新开动，蒋浩天探头到车窗外瞅着两个人。那眼神似乎在询问——你们也想跟来吗？

没人知道蒋浩天会将这个可怜的女人带到哪里。

也许是地狱。

陈晓松借来姐夫单位的一辆金杯小货车，开了4个小时才钻出崎岖复杂的山区公路，地势变得平坦，这里早已远离M县。他一路开车向东，估计已进入到临市地界。

他还没有看到城市，远处间或出现一两座小村庄。

他的腿伤已经不太影响他的行动，他的枪伤原本也没有他表现出来的那么严重，倒是蒋浩天那一棒子让他左肩膀直到现在还肿着，一用力就阵阵挫痛。不过，他倒也感谢蒋浩天，如果不是他意外出现，他很难有脱身的机会。

他猜想，现在警方抓捕的重点应该是蒋浩天，而不是他。

他希望如此。

但是，他却知道，警方想找到蒋浩天势比登天。他们绝对不会想到蒋浩天早已远远地逃出了县城。郭淮那个傻瓜，大概仍然领着人像没头苍蝇一样，一遍又一遍地搜索县城每一寸土地。

只有他能找到蒋浩天，找到蒋浩天也就等于找到叶倩颖。

他猜到了他们要去什么地方。

应该正是叶倩颖被催眠时梦见的地方。

那段梦如此离奇，以至于很难有人相信它的真实性。他希望陆小棠他们把他当成一个胡言乱语的骗子。

其实，他的确懂得如何催眠。为了掌握催眠术，他已经练习了很久，甚至找朋友实践过，但是没有哪一次像对叶倩颖这样成功。

他现在终于掌握了叶倩颖的噩梦之谜。

那段催眠中讲述的奇异的故事就是答案。

他曾试着向陆小棠翻译这段梦，并且说因为自己能力有限，只能解释其中的少许。事实上他骗了陆小棠，他把关键的地方都忽略了。他已经在心中把整段梦用弗洛伊德专业的释梦手法翻译成了可以理解的真实事件。

他想，倘若那些警察能够听他讲一讲翻译过后的真相，绝对会瞠目结舌。他们不知道，这个疯女人就是破译这起撕脸杀人案的密码。

“我骑着自行车，离开本国的海滨而去往国外……一条长廊，朝着有太阳的地方……长廊是迷宫，自行车上有人……我拉着车上的人，走啊走，很累……找到苏联人……看见了举红旗的人……是沼泽地……陷了下去，楼梯……一直向下……下面都是血，漂着头盖骨……然后，我呼救……车上的人跳到血里，变成一只狗……叼着死人骨头冲我摇尾巴，我跑……跑不了……身上有环状花纹的蛇缠住我的脖子，我动不了……锥子扎我的脸……狗在笑……摇着尾巴……叼着我的骨头……笑……笑……”

“我骑着自行车离开海滨去国外……”

这并不是暗示叶倩颖去澳大利亚的留学经历，而是象征她曾去过一个陌生的地方。

“一条长廊，朝着有太阳的地方……长廊是迷宫……”

解释长廊的隐喻颇费了他一些心思，他确信那是指代一个地方。对比“朝着有太阳的地方”——在梦境中太阳暗指东方的比率远远超过暗指西方。他以 M 县为坐标，在脑海中勾画出一个地图，朝向东方延伸，一直到渤海与黄海。最后，他把目光落在“L 市”的地名上。人的大脑是一台奇妙的机器。它有着超群的联想与重组功能。在梦境中用“长廊”代替“L 市”，取其中的“廊”字，属于转移方式。“迷宫”则暗喻她深陷其中，找不到出路。

“自行车上有人……我拉着车上的人，走啊走，很累……”

与人同乘坐一辆车，如果那人是男性，象征两人发生了性关系。如果那人是女性，象征两人一同经历某件事。

“找到苏联人……看见了举红旗的人……是沼泽地……陷了下去……楼梯……一直向下……”

“苏联人”和“举红旗的人”象征意义十分隐晦，不具备广泛性。陈晓松也不能马上下定论。但是，比较之后所说的象征厄运的“沼泽”，他想这两者很有可能指代具体的地点。“沿着楼梯一直向下”则着重强调做梦者深陷的程度。

“下面都是血，漂着头盖骨……然后，我呼救……车上的人跳到血里，变成一只狗……叼着死人骨头冲我摇尾巴……我跑……跑不了……”

血与头骨象征伤害与死亡。那个值得她信赖的人此时也与她共同经历了这段厄运。“叼着骨头摇尾巴”隐喻十分诡异。一个对她忠诚的人，却跟她的生死休戚相关。

“我跑……跑不了……身上有环状花纹的蛇缠住了我的脖子，我动不了……锥子扎我的脸……狗在笑……摇着尾巴……叼着我的骨头……笑……笑……”

最后是在讲述她所遭遇的可怕经历——她被锁链锁住，被锥子刺脸，遭受酷刑。而对她忠诚的那个人却在得意地发笑……这实在是一副使人毛骨悚然的画面。

夕阳西沉。浓重的鲜红沁润了宽广的天际，宛如流血的伤口。坐落在田野上的房舍和树木投下颀长的阴影。天地寂寥，像一幅被拉长的象征主义油彩。

透过挡风玻璃，隐约望见远处雾霭中凸起成片房屋的影子。公路也分成出了岔路。他停下车，拿出从电脑上下载的 L 市地图，仔细辨认着上面的小区和街道名。

L 市不大，市区人口不过几十万。地标自然写得十分详细。他沿着从西向东的方向，逐街逐路地看。他的目光忽然微微颤动，一个街名落入眼中。

斯大林路。

“找到苏联人……看见了举红旗的人……”

他又将地图重新浏览一遍，只有一条命名为“斯大林路”的地标。

叶倩颖梦中出现的苏联人，就是借代斯大林路。只要找到那里，举红旗的人借代什么就容易弄清楚了。

陈晓松一阵兴奋，踏上油门，车子重新启动。

20：51

蒋浩天拖拽着叶倩颖走进超市大门。

一个正在打扫卫生的女营业员走过来，客气地说：“对不起，先生、小姐，我们已经停业了。请明天再来吧。”

蒋浩天看也没看她，拖着叶倩颖往里走。

“先生你……”营业员忽然注意到蓬头散发、目光散乱的叶倩颖，吃了一惊，似乎意识到眼前发生了什么……

斯大林路连一个街牌都没有，陈晓松打听了好些人才找到这里。柏油马路上到处是裂缝，街边的房屋参差不齐，新旧不一，有些像城乡结合部，到了晚上，灯光零零散散地点亮，街上很少能看见人。

他开着车在整条路走了一个来回，并没有发现什么特殊的建筑能和举红旗的人联系在一起。他借着车灯，向远处街面张望，想要找一两个过路人或者街边的小店问问。不经意的，一抹红色从视野中闪过。

一辆停在街边的红色轿车。

陈晓松觉得那辆车有些眼熟，他右打方向盘，向着那辆车开过去。隐约看见车里坐着两个人。

陈晓松把车停在红色轿车旁，隔着车窗已经能够辨认出对方的长相。

他停车下车，敲了敲那辆车驾驶室的窗户。车窗摇下，一个带着无框眼镜的胖男人把头探出，瞧了瞧陈晓松，显出陌生。

陈晓松弯下腰：“请问，你是不是叫冯俊？”

胖男人面露惊讶：“你……你怎么认识我？你是谁？”

“我叫陈晓松。说起来我们还是C市师范大学的校友呢。你大概对我没有什么印象吧？”

“你也是C师大的？”冯俊惊疑。

“我们还是同一届的呢。我学的是商务英语，你好像是历史系的？

“对，对呀。”冯俊露出友好的表情，“瞧我这脑子，你这样一说，我对你也好像也有些印象了。”

两人寒暄了几句，冯俊还向他介绍了坐在旁边的女友高敏。

冯俊问陈晓松：“你现在住在L市？”

陈晓松没有隐瞒，说：“我来这里找人。”

“找人？”

“叶倩颖。我记得在大学那会儿，你们跟她还是好朋友。”

冯俊和高敏闻言变了脸色。

陈晓松疑问似的看着他俩。

“莫非，你们二位也是为了找她来的？”

“我们……我们……”冯俊吞吞吐吐。

“我已经知道了关于叶倩颖的事情，你们也不必再隐瞒了。”

“你知道？”

“我还知道蒋浩天绑架了叶倩颖。”

冯俊叹一口气：“看来我们来的目的都是一样的。”

“你们是怎么找到这里的？”

“我们尾随蒋浩天来的，可是把他跟丢了。”

“你确定他进了这条街？”

“他的车停在街尾，却不知道带着叶倩颖去了哪里。”

“我看见有一辆很旧的白色北京吉普。”

“对，就是那辆车。”

看来估计得没有错。陈晓松又问：“你们找过吗？”

“我们正在商量该怎么找。这样一条街少说也有几百间房屋，总不能一间一间找啊。”

“而且……”高敏犹犹豫豫地插话，“蒋浩天那个人一旦发起脾气，不计后果，下手也狠……”

陈晓松说：“没关系，现在我们有三个人了。等找到叶倩颖，我们就有四个人，四个人还对付不了一个吗？”

冯俊和高敏互相看了看，最后冯俊下定决心。“好吧，你说怎么找？”

“我们分头去打听，这条街上有没有跟举红旗的人有关联的地方？”

“举红旗的人？”

“对，举红旗的人。任何人或者地名与红旗有关联的都算。”

“这就是蒋浩天要带叶倩颖去的地方？”

“嗯。”

“我想问一问，你怎么会得到这样的线索？”

“催眠。”

“什么？催……催眠！”

“我知道你们或许不太相信，但是你们现在还有更好的办法吗？”

叶倩颖被蒋浩天推着，沿着一条幽暗狭窄的之字形楼梯向下走。

她逐渐感到，这个地方有几分熟悉，似乎她曾经来过，莫名的恐惧闪电一样穿过她的身体。

“沼泽地……陷了下去……楼梯……一直向下……”

“下面都是血，漂着头盖骨……”

叶倩颖站在缓步台上，看着脚下一团黑暗，说什么也不肯往下走。

“走啊。”蒋浩天用力推了她一把。

直觉告诉她，千万不要再向下走，一旦下去，她就将陷入万劫不复的深渊……

那种黑暗感觉。

那股阴冷的气息。

在噩梦中不断出现。

如此恐怖。

如此熟悉。

就像无从解除的诅咒。

“我不走了，不走了……”她拼命向后缩。

蒋浩天发出森冷的笑声，就像在噩梦中站在她床前的那个人发出的笑声。

在她脑子里，似乎有破碎的片段接连闪过。

她霍然瞪着蒋浩天：“我们曾经来过这里，是吗？”

“你想起来了，美人儿？”

叶倩颖用力撞开蒋浩天，向楼梯上跑。蒋浩天伸出又长又粗的胳膊，一把钳住她的脖子。叶倩颖情急之下，张嘴咬住他的手背。

“唔……”蒋浩天吃痛，一个巴掌将叶倩颖扇倒在地。

他气急败坏地抓住叶倩颖，不顾她惨叫连连，硬是把她拖下了楼梯。

他似乎对这一片漆黑混沌的环境很熟悉。伸手摸向楼梯拐弯的墙壁，拉开电门箱，推上电闸。然后走到楼梯左面，摩挲了一阵，找到了开关。

只有一盏灯亮起，其余的都已损坏。

昏淡的光照下，能大致看清楚身处的环境。这是一个砖墙包围的形状不规则的仓库，堆放着一些饮料箱、食品箱。前后砖墙上共有三扇门，似乎是小一些的屋子。

蒋浩天把叶倩颖往地上一推。叶倩颖已经吓得不能动弹。

她带着哭腔问：“你到底想对我做什么？”

“我要帮你。”蒋浩天说。

“帮我？”

“你不是总在梦里看见那个没有脸的鬼吗？我能让那个鬼消失。”

“消失？”叶倩颖不确定应不应该相信这个曾经是自己男友的人，但她分明又带着几分期望。期望这个男人对自己还存有几分怜惜，期望他真能帮助自己变回正常人。她甚至觉得，假如这个英俊高大的男人能对自己好一点儿，自己说不定会爱上他。

蒋浩天端正的一张脸慢慢扭曲，他慢慢地说：“只要你死了。你的噩梦就消失了。梦中的鬼也就不见了。”

叶倩颖惊呼一声，从地上爬起想要逃走。

蒋浩天高大的身躯已经扑了上去。

21：07

陈晓松、冯俊、高敏三个人在大街上一连打听了几个过路人。对方原本心存狐疑，听到询问这里有没有举红旗的人，吓得掉头就跑。最后还是陈晓松敲开了一家亮着灯的小理发店。店主是一个上了年纪的人，听到“举红旗的人”显得莫名其妙。

陈晓松提示他：“你们这儿有没有保留着六七十年代的老建筑或者是地名什么的，很有时代感的那种。”

店主想了一会儿说："要说老建筑，我们这只有一个'前进旅店'，60年代就有了。"

"前进旅店？"陈晓松随即恍然，"'红旗'不就隐喻'前进'的含义吗？'举红旗的人'应该指的就是'前进旅店'。"

他又问店主："我在这条街上已经转悠了好几趟，怎么没看到有这个名字的旅店呢？"

"你当然看不到，两年前就关门了。"

"也就是说，那家旅店现在不存在了……"陈晓松不觉心灰意冷。

"是啊，不过房子没扒掉。现在兑给别人，改成了超市。"

"超市？"

"就在路那边，新隆超市。附近这几条街就属它大了。"

新隆超市。陈晓松三人从这家超市旁来回走过好几趟，没想到这里就是他们要找的地方。

三层小楼。楼体是一座旧时四方形的灰砖楼。外表粉刷成鹅黄色，门面装饰得比较现代。

举红旗的人指代前进旅店。

前进旅店借代噩梦中的沼泽。

叶倩颖到底在这里遭遇过何等可怕的经历？

这里便是她噩梦的源头吗？

超市大门紧闭，已经熄灯打烊。三人站在门前不知所措。

冯俊和高敏不约而同地看着陈晓松，眼神里询问，是这里吗？

陈晓松也不禁有些怀疑。

他掏出手电，隔着玻璃门照向里面。一排排货架在手电光椭圆形的区域中掠过。空间不算很大，装潢普通。

陈晓松正在注意观察，高敏伸手推了一下大门，门居然开了一道缝。

三人都是一惊。打烊的商店怎么不锁门？

陈晓松领头走进超市。经过收银台时，猛然发现地上躺着一个人。刚才在门外看，由于收银台挡着没有发现。

冯俊和高敏吓得脸色惨白。高敏声音颤抖："她被杀了吗？"

陈晓松把手电照在那人身上，是一个手脚被反绑的女人，嘴里塞着破布。看穿戴好像这里的营业员。她的头上有血迹，似乎被打昏了。

“我们要先救她吗？”冯俊征求陈晓松的意见。

“先不管她。”陈晓松说，“说不定蒋浩天就在这里。”

一句话出口，三人面面相觑，每个人的心都被一只无形的手攥紧了。

高敏问：“我们还要继续找？”

陈晓松说：“你们俩如果不愿意，我可以自己去。”说着扬起手电，向货架深处走去。

冯俊和高敏没再说什么，默默地跟在后面。

陈晓松一手拿着手电，另一只手从腰间抽出一把匕首。他来时早有准备。

三人走遍了三层超市，看遍了每一个货架过道，没有看见一个人。

没有蒋浩天。没有叶倩颖。

冯俊和高敏又开始怀疑，他们是不是找错了地方。可是那个被打昏捆绑的营业员又该怎么解释？怎么那么巧，这家超市遇到了抢劫？

冯俊说：“会不会蒋浩天已经带着叶倩颖离开了？”

陈晓松记得蒋浩天的北京吉普还停在街尾。他不可能扔下车不管。

“……沼泽地……陷了下去……楼梯……一直向下……”

陈晓松站在三楼的楼梯口，瞅着脚下的之字形楼梯。回想叶倩颖被催眠时说出的话。

他沿着楼梯回到一楼，再也没有向下的路了，他若有所思，开始在一楼的墙壁和地板上寻找。终于，在楼梯与地面倾斜的夹角里，他看见了一扇被遮挡的跟墙体刷成同一个颜色的木门。

拉开门，出现了一条向下延伸的楼梯。楼下居然有光亮。

“……楼梯……一直向下……下面都是血，漂着头盖骨……”

阴冷的气息飘散出来。

灯光是那种病恹恹的黄色。

除此之外听不到一丁点儿声息。

冯俊和高敏不由得向后倒退。陈晓松看了看他们，又看了看手里的匕首，没说什么，低头迈上楼梯。

三人沿着楼梯走了一个之字形，下到一个好像仓库的大房间里。高敏回头看了一眼出口方向，吞咽一口唾沫。

陈晓松说："应该就是这里了。分头去找，这样会省下一些时间。"

"分头找？"冯俊看了一眼高敏，对陈晓松说："万一……万一……"

万一蒋浩天在这里怎么办？

陈晓松用轻蔑眼神的瞧着冯俊："遇到情况，喊一声还来不及吗？"

他说着，兀自走向堆在墙角的纸壳箱。

冯俊和高敏现在全没了主见，一切听凭陈晓松安排。他俩竖起耳朵，瞪大眼睛，全神戒备地逐个房间检查。冯俊拾起地上一截方木，在一堆杂物里拨了几下，没有发现什么异常。忽听几步外的高敏发出惊叫，他立刻攥紧木棍，盲目地护住前方。"怎么了？"

"门……门后面有动静。"

冯俊举着木棍，胆战心惊地凑了过去。那扇门紧闭着，他想开门看看里面，却没有那个胆量。

陈晓松闻声也走了过来，手里拿着一把明晃晃的匕首。

他们在门外又听了一阵，似乎隐隐约约地听到了细微的声响，却又辨认不出是什么。

"会不会是蒋浩天引诱我们上钩？"冯俊担心地说。

高敏无疑赞成他的猜疑。

陈晓松迟疑了一下，猛地推开门。

冯俊和高敏来不及惊呼，立刻后退。

蒋浩天没有从房间里扑出，但是地上的确有一个人在蠕动，有几分怪异。

陈晓松把手电照在那人的身上，这一次轮到他吃惊了。

地上躺着的人正是叶倩颖。

她被以一种奇特的姿势捆绑着，双手倒剪在背后，脖子上缠绕着几圈绳子，绳子另一头绑住了她两只脚。紧绷的绳子长度有限，使她的整个身体向后弯成弓形。双腿的肌肉本能伸展，拉扯着套在脖颈上的绳子。她的眼珠睁得巨大，似乎要努出眼眶。一张脸憋成了紫色。

陈晓松不确定她已经被勒死了，还是仍然活着。

他蹲下身，为她解开绳子。叶倩颖的喉咙里传出咕噜一声。过了好半天，她才发出剧烈的咳嗽，大口大口地喘起气来。

"真是命大啊。"陈晓松感叹。

过了一会儿，等叶倩颖恢复了意识，他才问："蒋浩天呢？"

叶倩颖抽抽噎噎地说："我不知道。他用绳子勒住我的脖子，然后就走了。他说，我会永远烂在这里，呜……呜……"

冯俊忍不住问："蒋浩天没说他去了哪里？"

叶倩颖迟疑了一下，刚要说什么，借着门外照进的灯光忽然看清了冯俊的脸。她发出撕心裂肺的叫声。

"脸……脸……脸……"她发狂地手刨脚蹬，似乎又一次受到什么刺激。

陈晓松用力按住她，一边喊另外两个人过来帮忙。冯俊和高敏反应都很迟钝，眼神复杂地瞅着披头散发、不住哀号的疯女人。

陈晓松好不容易把叶倩颖制服，胳膊上还被她挠出几道血痕。他朝身后大骂："你俩都死了吗？杵在那儿一动不动——"

冯俊说："我一靠近，她就疯。我能怎么办？"

"你跟她过去不是朋友吗？她怎么会看见你那么害怕？"

"她人已经疯了，哪里还能认出谁是朋友，谁是敌人？"

"是吗？"

陈晓松觉得冯俊话里有话，回头看了一眼站在身后的两个人。两人背对灯光，五官看上去都很模糊。

陈晓松站起身："我先出去看看情况，如果没有危险，我再回来带你们一起离开这里。"

冯俊和高敏没有异议。叶倩颖一言不发地蜷缩在墙角，一会儿瞅瞅冯俊和高敏，一会儿瞅瞅陈晓松，对每一个人都保持着警惕。

陈晓松走出屋子，回头又看了一眼冯俊和高敏，叶倩颖蜷缩在角落里瑟瑟发抖。他攥紧手里的匕首，谨慎小心地踩着台阶往上走。

蒋浩天真的离开了吗？还是隐藏在什么地方，用叶倩颖作为钓饵把所有知情人引来，一网打尽？

走到通往一楼的门口，木门半开，保持着刚才他们进来时的样子。他并没有跨出门槛，一转身，以更轻的步子，沿着台阶返回地下仓库。

他的表情使人难以捉摸。

他贴着墙壁，悄无声息地靠近刚离开的那间屋子。

第十八章 怀疑谁，相信谁

陈晓松蹑手蹑脚地走到门前。刚才他离开时没有关门，现在门已经关严。

他把头贴近门缝，听见里面传出了说话声。听声音是冯俊。

“你可不可以不要再纠缠我？”

“……”

“你到底想达到什么目的？”

“……”

陈晓松一时没弄明白冯俊是在对谁说话。

“那件事不是都已经过去了，为什么还是不肯放过我？Finding face，finding face，不就是想逼得我们现身吗？现在我们就站在你面前，你到底想干什么就直截了当地说出来，我们现在就来做一个了断……”

“……”

“你是不是以为我不敢像蒋浩天那样对你？莫要把我逼急了，否则鱼死网破，大家都不好过。莫要忘了，你也不是无辜的。”

陈晓松还想继续听下去，房间里突然传来厮打声，紧跟着是冯俊的痛叫。他一惊，推门而入。

冯俊正掐住叶倩颖的脖子，叶倩颖双手抓在冯俊的圆脸上，他的下巴上已经被挠出三道血痕。高敏帮冯俊，想把叶倩颖的手指掰开。

“你们这是唱的哪一出戏？”

陈晓松突然出现，让三个人的动作同时僵硬，仿佛突然之间被定格。

冯俊用力推开叶倩颖，揉着受伤的下巴，说："这个女人疯了，彻底疯了。"

陈晓松冷声道："她疯了？我看你也不见得清醒。你刚才说的那些话我怎么一句话都听不懂？"

"我说的话？我说什么了？"冯俊紧张地盯着陈晓松的脸。

"什么事情已经过去了？你为什么让她放过你？Finding face 不是最近疯传的撕脸杀人案中凶手留在杀人现场的英文吗，你为什么会认为跟你有关系？"

冯俊脸色惨白，指着陈晓松："你……你在门外……偷听……"

陈晓松微微冷笑。

冯俊倒吸一口冷气："你到底是谁？"

"我之前不是已经告诉过你吗？"

"你真是 C 市师范大学的学生？我怎么从来都没有见过你？"

"只要我见过你就够了。"

"你来找叶倩颖有什么企图？"

"你们能来找她，为什么我不能？"

"我们……"

"你们是不是有什么不方便对外人讲的秘密？"陈晓松走近冯俊，冯俊不由自主后退，"你和这位高敏女士从很早之前就出现在叶倩颖家附近，你自称是她的老朋友，为什么不亲自去拜望，却偏要采取这种鬼鬼祟祟的行为跟踪？蒋浩天绑架了叶倩颖，连警方都没有找到他，为什么你们却可以轻而易举地找到？"

一连串发问把冯俊逼得冷汗涔涔。站在旁边极少说话的高敏此时也在隐隐发抖。

陈晓松眯起双眼打量着他们两人，他的眼神内容深刻，有意无意地晃动着手里的匕首。

"你究竟是谁？"冯俊勉强问了一句。

"我是谁无关紧要，关键是你们，你们到底想隐藏什么？事已至此，不妨坦诚说出压抑在心底的秘密，对你们来说也是一种解脱。"

冯俊胸膛剧烈地震动，他提防着陈晓松手里的刀，意识到眼前这个人其实跟蒋浩天一样危险。他勉强说："我们什么秘密都没有。我们只是出于朋友的好意想帮助叶倩颖。"

"说得真好听。"陈晓松嘲讽道，"那好吧，我只有亲自问问叶小姐了。"

他注意到，冯俊眼里瞬间流露出惊惶。

“小颖……”他呼唤身后。

没人回答。

他回头看，叶倩颖正在拼命地往墙角里缩。

他走过去，叶倩颖瞅着的他手里的刀，恐惧明显加剧。看见他伸向自己的手，叶倩颖发出一声惊呼。

陈晓松把匕首藏在背后，露出亲切的表情。“我不会伤害你，小颖。”

叶倩颖狐疑地看着他。

陈晓松拉住她的手，把她从墙角拖出来，拉到冯俊面前。叶倩颖似乎对冯俊抱有着某种本能的排斥，她不住往后退，说什么也不肯往前多走一步。

“你跟他曾经是不是朋友？”陈晓松问。

叶倩颖仿佛没有听到他问什么，只顾着躲避。

“还有她。”陈晓松又指高敏。

叶倩颖更显恐惧，嗓子里发出含混的声音，奋力想挣脱陈晓松的控制。

陈晓松凶性骤起，抓住叶倩颖的头，使劲推到冯俊面前，几乎贴在他脸上。“你给我好好看一看他。你告诉我你为什么那么害怕？你到底在怕谁？”

叶倩颖发出夜猫子似的号叫。

她猛然挣脱陈晓松，扑倒在地，身体抽搐不止，眼珠翻白的同时嘴里喷出白沫。

冯俊和高敏见状躲到远处。陈晓松跳到叶倩颖身上，掐住她的人中，折腾了很长时间，她终于停止了抽搐，昏厥一般瘫在地上。

所有的躁动一刹那寂静下来，静得有些让人心慌。

陈晓松坐在叶倩颖身旁，等待她醒来。

冯俊和高敏四目相对，也是一脸茫然。

地下仓库唯一一盏灯，莫名其妙地开始闪烁，忽明忽灭，让所有人的心都缩紧了。就在三人担心会陷入一片黑暗时，灯光又恢复了正常。

陈晓松看了看另外两人，另外两人也在看他，匕首不知何时被他抛在几步远的地方。

一小时前，20：51。

郭淮领人整整找了一天，根本没有叶倩颖的线索，蒋浩天更是没有影子。灰心丧气的民警们回到警局，一个个坐在椅子上发呆。

郭淮让手下们回家好好睡一觉，只留下两个人陪他。他一根接着一根抽烟，胡新月一死，再也没有人管他。他现在满腔怒火没处发泄。

那个可恶的市局调查员哪里去了？这个自以为是的女警官私自去调查叶倩颖，还说什么请陈晓松给她做催眠，结果把人弄丢了。她倒是很机灵，见势不妙便脚底抹油溜之大吉。郭淮估计她现在已经回到了C市，把这个烂摊子留给他们收拾。这就是上级派来的调查员，除了说上几句话，就是把一切搞得更糟，然后拍拍屁股走人。

一位警员喊他："郭队，你的电话。"

郭淮不耐烦地走到办公桌前，接过电话："哪一位？"

"你怎么不开手机？"电话那边劈头盖脸的抱怨。

郭淮一听这声音，怒火立刻冲到脑门。

"原来是陆警官啊，你在C市家里休息得还好吗？"

"你说什么呐？我还在M县啊。"

"你没走？我怎么一天都没看到你？"

"我在调查胡新月失踪的事。我猜测有人把她引诱到了什么地方实施绑架。假如真是这样，说不定有人在案发当天看见过凶手的模样。"

郭淮好半天没说话。

陆小棠在电话那头又说："对不起。我没有提早告诉你，主要是怕告诉你影响你情绪。所以……"

"没关系。"郭淮努力保持平稳的语调，"谢谢你，陆警官。"

"我给你打电话可不只是为了这件事。我刚刚得到一个惊人的消息，我想告诉你，对你办案或许有用。"

"什么消息？"

"你对叶倩颖的背景很了解吧？"

"跟你差不多吧。"

"你知道她曾经去澳洲留学，后来发生了车祸的事情吗？"

"嗯。"

"省厅刑事调查局的唐健，通过使馆方面已经调查了她的留学经历……"

"嗯。"

“他们调查的结果是，叶倩颖只是在2009年办理过护照，也得到了赴澳洲留学的签证。但是，海关方面找不到的她出入境记录，澳洲那边也没有她的留学记录……”

“你说什么？”

“也就是说，她从来没有真正踏上过澳大利亚的国土，甚至，她从来没有离开过中国。”

郭淮拿着电话听筒，说不出一句话。

“所以说，她所谓发生了车祸受伤，被迫中止留学回到国内，那都是谎言。”

郭淮深呼吸，让自己冷静下来。

“那她为什么要编造这样的谎言？而且，她看上去的确受到了刺激。”

“这就得你费心去找了。对了，我找过省里的犯罪心理专家罗炎麟。把叶倩颖被催眠时讲述的梦告诉他。他认为这个梦符合被催眠的人实际反映，很可能不是编造的。他按照释梦的基本手段，把梦境里出现的事物翻译成了我们能理解的含义。我把他的手机号码给你，你自己去跟他联系吧。”

陆小棠带给郭淮的惊人消息已经不容许他再怀疑什么。

叶倩颖没有出国，她所谓的留学经历统统都是编造的。

没有人知道她为什么要这么做。

郭淮挂掉陆小棠的电话，拨通了那个陌生的刑事心理专家的电话。

释梦。

听上去如此荒诞不经，就像疯女人叶倩颖每一个离奇的噩梦一样，除了加重神秘感，又有谁会真的相信？

听罗炎麟的声音，并不是一个老头。他的声音缓慢而富有磁性，条理清晰地把梦境“翻译”成另外一个故事。郭淮之前在脑中先入为主的思路被完全颠覆。

叶倩颖……

他是最早怀疑并尝试与她沟通的警察。然而直到现在，他似乎都没有弄明白这个女人。

这个疯女人把他彻彻底底地骗了。

“……我和我亲密的人一起去了L市，我当时根本无法预料，这是一条通往地狱的不归路。那条路起了一个老土的名字，斯大林路，那家饭店更加老土，叫前进饭店或者旅店什么的，我记不太清了，反正是类似的名字。从外表看不出，这样一家老旧的饭店会有一个很大的地下室。当我走进饭店时，一切惨剧就此发生，伤害，死亡……你所能想象到的一切恐怖的事情。我亲密的人，他背叛了我，他眼睁睁看着我被铁链拴住。还有尖利的发簪，狠狠划破我的脸。他却得意洋洋。到了后来，他也参与伤害我，如此开心，如此残忍……我的心已经破碎了……"

郭淮把手机设置成扩音效果。办公室里只有罗炎麟的声音，警员们听得瞠目结舌。

罗炎麟又补充："这里面个别地方还有待推敲。那个女人说，一条身上有环状花纹的蛇缠住了她的脖子。我姑且猜测环状花纹的蛇象征锁链，但是也有可能是一个特定的指代。还有，她说自己被锥子扎脸。这里的锥子不太可能等同与实际物体。因为，人在噩梦中回忆发生过的不良经历时，越是使她感到恐惧的物体，越会被用其他东西替代，这是潜意识的自我防御机制，避免梦醒后对做梦人的精神造成更大的伤害。所以，我推测，最有可能的替代物是簪子。"

"簪子？"郭淮确认。

"对。它和锥子有很多相似之处。"

有一个警员说："我倒觉得梦到簪子没有什么，锥子反而更像凶器吧。"

罗炎麟说："对于做梦者却未必，簪子反而能够给她带来更大的恐惧感。具体原因还需要你们自己去寻找。"

叶倩颖缓缓睁开眼睛。眼中没有大病初愈后的倦息，反显出奇的明亮。

她看见坐在身旁的陈晓松，略微惊讶，却没有了先前的恐惧，她的目光又落在冯俊和高敏身上。"你们也来了。"她平静地说。

冯俊面露吃惊："你清醒了？"

叶倩颖翻身坐起："这是哪里？"

陈晓松只是瞅她，没回答。

她又看冯俊。冯俊说："你怎么来的这里都记不起来了吗？"

叶倩颖四下打量着周围的环境。"我想起来一些，但是脑子里有些东西还是模糊一片。唔……"她脸色霎时间苍白，"难道这里是……"

冯俊点点头。

叶倩颖艰涩地一笑："终于还是回来了。当初逃出时，我发誓要离这里越远越好，等着这里被铲为平地，连着脑子里那些该死的记忆统统被埋到地下，我也不想再看到哪怕跟它有一丁点儿相关的东西……想不到，真想不到啊，这个该诅咒的地方不但没有被推倒，竟连一砖一瓦都没有改变，同过去一模一样。难道就是等我回来吗？”

她说着放声大笑，笑声歇斯底里。其他人不禁变色，以为她又要发疯。

她忽然站起身，往门外走。

陈晓松问她：“你要干什么去？”

“故地重游，我想好好溜达一圈。”

“别出去，不安全。”

“不安全？”叶倩颖探寻地瞧着陈晓松，忽然神经质地牵动嘴角，“你以为待在这里就安全了？我们待在这里就都得死——”

冯俊用力吞咽：“没有那么夸张吧？”

“哼。你们想待在这里就待在这里，我可是不奉陪了。”她说着就要出门。

“等一下。”陈晓松抢在她前面挡在门口。

“干什么？”

“蒋浩天说不定在外面，我们最好想一个万全之策。”

“蒋浩天？”叶倩颖冷笑，“我们四个人还怕他一个不成？”

此时此刻的叶倩颖，说话的表情和神气十足一个野蛮乖戾、泼皮无赖的街头太妹，全然看不到先前的懦弱与退缩。

陈晓松仔细观察着她，说：“过去的叶倩颖，就是这副骄横跋扈的样子吧？”

叶倩颖不屑地笑道：“你有意见吗？”

“没有。但是，我担心你一个人万一碰上蒋浩天不是他的对手。为了找你，我已经费尽了心思，我不想再费一遍事。”

叶倩颖看见冯俊脚边放着一截方木，走过去弯腰捡起。冯俊吓得往后缩。

“你想干什么？”

“蒋浩天敢拦我，就让他脑浆崩裂！”她举起棒子，还在空中挥了两下，呼呼挂风。

高敏躲在冯俊身后，小声说：“我看她现在是真疯了。”

陈晓松仍然站在门口，冷眼瞧着叶倩颖。

“你还不躲开吗？”叶倩颖拎着棒子站在他面前，谁也不知道她接下来会打谁。

“我刚才说过，出去不安全。”

“哼。我很奇怪。你左一个不安全，右一个不安全，我却连蒋浩天的影子都没有看到。我们现在有四个人，他却只有一个。你认为，他会愚蠢到回来找我们拼命？而且我还有一点不明白……”

“……”

“你们根本不想尝试离开，也不给警方打电话，好像很愿意待在这里似的。让人感觉真正的原因并不在蒋浩天……”

冯俊愁眉苦脸地说：“我的手机落在车上了。”

高敏说：“我从来都不习惯揣手机。”

叶倩颖的目光落在陈晓松脸上。陈晓松说：“我的手机刚才掉了。”

“是吗？”

“你不相信我？”

“也许我最不应该相信的人就是你。”

“我救了你。”

“蒋浩天也许未必想杀我，他只是想拿我出出气。毕竟我们过去是情人，他那时候就对我百依百顺，说不定他这回回来是想和我重归于好。”

“你真这样认为？”陈晓松冷笑不止。

“为什么不？有什么证据能证明他杀过人？他如果想杀我，早就可以动手，何必等到你们来救我？”

叶倩颖的话把陈晓松说得一愣。

“倒是你，陈晓松，我认识你吗？你是从哪里突然冒出来的？”

“我也是C市师大毕业的。”

“哦，是吗？我怎么从来都没有看见过你？”

“你是贵人多忘事。那时候，你叶大小姐是大学里的风云人物。家里有钱，人又长得漂亮。男生趋之若鹜，女生也乐意跟你套近乎。你哪里会在意我这个不起眼的小人物呢？”

“你真会说话。”叶倩颖得意地笑笑，紧跟着脸色一寒，“可是你仍然不能证明你就是我的大学校友，我不得不怀疑你的身份。”

她这样一说，冯俊和高敏这才恍然大悟。他们也站在了陈晓松对面。

“你到底是谁？”冯俊胖脸上的肉都在颤动，既像害怕，又像愤怒。

陈晓松表情平淡，道：“这么说，你们是在怀疑我。”

“不错。我们就是在怀疑你。”冯俊说，“撕脸杀人的凶手一直都没有落网，任何人都值得怀疑。你刚才表现得虽然很积极，但仍然无法解释你来这里的目的。”

“照你这么说，只要到这里的人，就都有可能是撕脸凶手。那我可不可以怀疑你？”

冯俊立即语塞。

“你到底让不让开？”叶倩颖问陈晓松。

“恕难从命。”陈晓松说。

“看来真正想把我留在这里的不是蒋浩天，倒像是你。”

叶倩颖说着，忽然举起手里的方木棒。

“你想对我动手？”陈晓松眼神死死盯着叶倩颖。

“假如你不肯让开的话……”

“我不过是在帮你。”

“我怎么看不出来？”

“因为你……”

灯光忽然熄灭，所有人瞬间陷入一团漆黑。

漆黑中突兀地发出一声惨叫。

不知道这声惨叫是谁发出的，更不知道黑暗中究竟发生了什么。

“到底怎么了？”一个尖利的声音问，问话的是叶倩颖。

“千万别是电灯短路，那就糟了。”说话的是冯俊。

“我记得楼梯口有电门。”叶倩颖说。

她说着用木棒向前捅，陈晓松已经离开了。她凭着记忆，在伸手不见五指的黑暗中向前摸索，不停地挥舞着方木棒，仿佛要驱散黑暗，却只听见空洞的风声，没有任何阻挡。

她终于摸到了电门箱，电灯开关在下面。她用手随意拨动，眼前瞬间一闪。

灯又亮了。

骤亮的光线刺得众人流出眼泪。等眼睛适应了，他们彼此相望。发现少了一个人。陈晓松。

“这个浑蛋，让他趁乱跑了。”冯俊说。

叶倩颖看着电灯开关，若有所思。

“不对劲。万一刚才电灯熄灭不是因为故障，而是有人故意把灯关了，我们四个人当时正站在屋里。那就不可能是我们四个人所为啊。”

高敏惊呼：“天啊。刚才那声惨叫难道是陈晓松发出的？他当时就站在门口……”

如果有人趁着这个时候从后面突袭他，他几乎是猝不及防。

三人脸色土灰。

他们意识到，除了他们四人之外还有一个人。

难道陈晓松刚才并非危言耸听，蒋浩天真的没走……

冯俊声音里透着惊慌：“蒋……蒋浩天把陈晓松制服，拖走了。像他那样魁梧的人，对付一个男人也不费力气。”

叶倩颖叹了口气：“假如我们四人联手。两男两女，或许不用怕他。现在……”

只剩下冯俊一个男人了。

“那怎么办？”冯俊征求叶倩颖的意见，“要不我们三个人一起冲出去？”

叶倩颖说：“他说不定就躲在地下仓库的门外等着我们……”

冯俊打了个寒噤，不吱声了。

“蒋浩天到底想干什么啊？”高敏抽泣起来。

叶倩颖鄙夷地瞧了他们俩人一眼。

“你们当初的神气都哪里去了？现在怎么都熊包了？”

“现在还说这个有什么用？当初我们也是被迫的。”冯俊说，“关键是现在我们该怎么办？待在这里等到明天天亮被人发现，还是想办法逃出去？”

三人你看我，我看你。高敏低下头，摆出一副听天由命的架势。冯俊询问地看着叶倩颖。在师大上学时，他俩就是叶倩颖的跟屁虫，叶倩颖指东他们向东，叶倩颖指西他们向西，全无主见。

叶倩颖一旦恢复了过去的脾气，她现在就是想当然的老大。

她权衡利弊后才说：“我们走，现在就离开。”

冯俊和高敏彼此看了看，显露出胆怯，但也没有反对。

叶倩颖手擎方木棒在前面开路，冯俊和高敏神情紧张地跟在后面，三个人出了房间，穿过仓库大厅，走上楼梯。他们不约而同地抬头看了看棚顶的灯泡。光亮稳定。带给他们些许安慰。

之字形楼梯。有些陡，不算长。三人万分小心地踏上台阶，好像几十登台阶处处隐藏着难以预料的变数，在某一个无法预知的时刻骤然发生……

叶倩颖现在的心情并不像她外表看上去那么强悍。人总是会变的，无论如何掩饰，她都不再是曾经那个肆无忌惮的混世小魔王。恐惧是一颗种子，一经埋入心底，生根滋长，就永远都难以消除。

通往一楼的门关着。陈晓松就从这里被拖出，杀人的凶手是不是正等候在门外？

她的手抖动得越来越厉害，两条腿也渐渐不听使唤，现在连她自己也弄不清楚，站在这里的是过去那个强悍的叶倩颖，还是患有被迫害妄想症的疯女人叶倩颖。但无论哪一个，她都渴望逃离这里，就像曾经那样，不惜一切代价。

她用力推门，门被锁上了。

灯突然熄灭。

三人一瞬间又陷入黑暗。

叶倩颖大叫："谁在最后面，为什么关灯？"

没有人开灯。

她一个激灵反应过来，蒋浩天刚才拖着陈晓松从这个门离开，从外面锁上门。那么现在又是谁关的灯？

恐惧从四面八方汹涌而来，将她团团包围在黑暗里。不能进，不能退。

这里现在有三个人——

她、冯俊和高敏。

究竟是谁正在控制电灯开关？

她到底还能相信谁？

惊恐、焦虑、猜疑、无助……她的心率陡然蹿升，呼吸随之急促，她觉得手脚冰冷，似乎癫痫又要发作。

不能，不能，不能在这里，她不能昏倒在这里。她举起方木棒用力砸门。

随着沉闷的一声巨响，门板震颤，震得她差一点儿把棒子扔了。门没开。

而她在黑暗中就像全身赤裸一样无助。

她赶紧贴在墙壁上，迅速往楼下退。脚下忽然绊到了什么东西，她差点儿从楼梯上滚下去，连忙扶住墙壁，感觉手掌按到了凸起的东西。电灯开关？

她下意识拨动开关。灯亮了。刚才果然有人捣鬼。

她低头看是什么绊了自己，却看见高敏躺在台阶上，满脸是血。不知道她哪里受了伤，已经不能动了，只能哀求地瞅着叶倩颖，不住地发出呻吟。

“救我……救……我……”

叶倩颖发现，高敏的眼睛直勾勾地瞅着她背后。

她扭头。

赫然看见蒋浩天半蹲在缓步台上，冷冷地望着她。

她只看一眼就魂飞魄散，没命地跑下楼梯。一口气跑回刚才离开的小房间。直到这时她才意识到，只剩自己一个人了。冯俊现在是否还活着她没看到。

灯又灭了。

又一次陷入漆黑。

她蜷缩在墙角里，恐惧到极点。

蒋浩天一定是趁着他们刚才说话时，悄悄返回地下。他们以为他在地下室外面埋伏，其实他就隐藏在房间门外。当他们走上楼梯，全神贯注着前面，蒋浩天已经偷偷从他们背后欺上，把走在最后面的高敏打倒，也许接着打倒了冯俊，却偏偏放过了她。他不满足于肉体上的伤害，他要摧残她的精神，在这个存留着她恐惧记忆的地方，他要折磨到她彻底崩溃之后才会结束她的生命。

她现在就要崩溃了。

门外蓦然传来鞋底摩擦地面的声音，看不见人，却能听见声音愈来愈近……那个人正走进房间……

叶倩颖在地上摸索，不知道抓起了什么东西。她紧紧攥在手里，准备砸过去。

黑暗中的人走得小心翼翼，走到房间中间时，停住了。

叶倩颖屏住呼吸。

两个人在沉默中对峙。

黑暗让彼此的距离可以无限远，也可以近在咫尺。

那人忽然开口小声问：“叶倩颖……你在这里吗？”

叶倩颖一怔。这不是蒋浩天的声音，而是……是冯俊的声音。

“你没死？”

冯俊听到她的声音，也松了一口气，他贴着墙根坐下，压低声音说：“我正往楼梯上爬，灯突然一黑，我吓坏了。就听见你喊‘走在后面的人开灯。’高敏走在最后，我当时也奇怪，她关灯干什么？猛然听见身后动静不对。我刚一转身就感觉黑暗中有什么扑过来。我本能地蹲下身子双手抱头，从楼梯上滚了下去，摔得可不轻。我趴在地上缓了半天，好容易爬起来。这时灯又亮了。”

“你也看见蒋浩天了？”

“那当然。他就蹲在缓步台上，往下瞅着。脸上好像还粘着血。我吓得躲在墙根一堆纸壳箱后面。我听见你又叫又跑，灯却又灭了。我也不知蒋浩天有没有抓住你。隔了好半天，我听外面没有什么动静。就慢慢地从箱子后面爬出来。谢天谢地，你还活着。”

叶倩颖冷哼：“想不到你居然没盼着我被蒋浩天杀死。”

“唉——何必呐。”冯俊叹气，“毕竟都是过去的事情了。现在咱俩就是拴在一根绳上蚂蚱。过去的冤仇总要先放一放，先逃出去再说啊。”

叶倩颖沉默了。

过了一会儿。她小声问：“他还在这里吗？”

“不知道。”冯俊心有余悸，“希望他现在没躲在门外偷听我们说话。”

两人的心不由得又紧了紧。

叶倩颖说：“我刚才看到高敏还没有死。她现在说不定还躺在楼梯上。”

“你想去救她？”

“我恨不得她早死。但你俩的关系看上去很要好啊。”

冯俊又叹气：“我现在哪敢出去啊？”

“那现在怎么办，等天亮吗？”

“我只是担心，他不会等到天亮。”

听冯俊这样一说，叶倩颖发出近似啜泣的呻吟。

冯俊则陷入彻底的沉默。

躺在楼梯上的高敏没再发出任何声息。

除此之外，一片漆黑，一片寂静。蒋浩天又消失了。

如此高大魁梧的躯体想彻底悄无声息并不是一件容易的事情。感觉他不应该在附近，但却总能给人带来无限疑惧，又觉得他能在下一个意外的时刻出现在面前。

现在，还剩下两个人。

下一个会是谁？

会以什么方式？

……

第十九章 第一重谎言

黑暗。

叶倩颖噩梦中的沼泽。

命中注定属于谁的，谁都无从逃离。

叶倩颖和冯俊被困在地下仓库里，从最初的惊恐，逐渐转变为几乎绝望的麻木……

在某一个毫无征兆的时刻，“咚——咚——”的敲击声在黑暗之中乍响。

响声震耳欲聋。

但在彻底寂静的时刻，几乎能把两个在幽闭恐惧中窒息的人惊得肝胆俱碎。叶倩颖几乎从地上跳起，接下来的反应却是呆若木鸡。

她全然没有料到，蒋浩天会以这样一种直接的方式来临。

已经没有悬念。

他终于来了。

敲击声中夹杂着什么破裂的声音，接着是“吱呀”一声。

叶倩颖惶然。

“通向一楼的门被人砸开了。”

身旁冯俊没有任何反应，似乎已经被吓傻了。这个孬种。叶倩颖原本也怕得要命，却又觉得好笑。

脚步声从楼梯传来。

“我们怎么办？”叶倩颖问。

冯俊仍然没有回答。

她用手在四周划了一圈，什么都没摸到。

难道冯俊不在屋子里？他什么时候离开的？

叶倩颖已经没有时间细想。脚步声已经来到了门外。

也许是经历了太多次凶险，叶倩颖对恐惧已经有些麻木了。她做了一个令她自己的都感到吃惊的举动——对着门外大声说："蒋浩天，既然来了就进来吧！"

话音刚落，门外的人开口了："你是……你是不是叶小姐？"

叶倩颖呆愣之后，涌出惊喜。这不是蒋浩天的声音。

一道手电光柱照进房间，左右摇晃，叶倩颖不由自主地遮住眼睛。

来人确认过后才放下心，说："总算找到了。"

"你是谁？"叶倩颖听这人的声音似有几分相识。

"是我郭淮。"

"郭警官？"叶倩颖吃惊，"你是怎么找到这里的？"

"靠着你的梦。"

"我的梦？"

"我带人找你找了一天一夜。你真是命大！我原本做好了最坏的打算。"

叶倩颖绝处逢生，原本有几分感激。不过郭淮似乎对她的成见并没有解除。

郭淮问："蒋浩天呢，他在什么地方？"

"不知道。"

"不知道？"

"他杀了我们两个人之后就消失了。"

"杀了你们两个人？"郭淮大吃一惊，"你不是被蒋浩天绑架了吗？其他人是怎么回事？"

"陈晓松，还有冯俊、高敏，他们都是来找我的。"

"居然都找到了这里……比我们警察还快……"郭淮用手电照了照四周，"冯俊哪里去了？"

忽听门外哆哆嗦嗦传来一个声音："你……是……是警察吗？"

"你是谁？"郭淮用手电照向门口。

冯俊长吁一口气："我是冯俊啊。郭警官，我们见过面。"

郭淮对他有印象了，问："你刚才在哪里？"

冯俊颇为尴尬地说："我一听到砸门声吓坏了，跑出了屋子，躲在一堆破箱子里了。"

郭淮略带轻蔑地摇摇头。

冯俊连忙辩解："郭警官，情况实在是太危险了。等有时间我再好好讲给您听。现在不是说这些的时候，我们应该赶紧离开这里。不会就您一个人来的吧？"

"我们一共来了三个，有两个人在楼上搜查。我找到了这里。"

郭淮又问叶倩颖："你说蒋浩天杀了你们两个人，是陈晓松和高敏？"

"陈晓松被蒋浩天偷袭了，现在不知去向。高敏……也被他打倒。就躺在楼梯上。"

"楼梯上？"郭淮惊异，"我刚从楼梯上下来，没发现楼梯上躺着人啊。"

"没有？"

三人脸色大变。

郭淮马上出了屋子，举起手电照向楼梯。

叶倩颖说："她就躺在电灯开关下面。"

手电光照出了电灯开关，下面的台阶上却空无一人。

郭淮怀疑地看着叶倩颖。

"我明明看见她满头是血地躺在地上，我还被她绊了一下。"

冯俊说："我也看见了。"

郭淮这才将信将疑地走过去。手电光照耀的区域逐渐缩小，台阶上粘着几块暗红色的污斑闯入眼帘。他蹲下身，凑近了细看。他太熟悉这种颜色了。

叶倩颖叨咕："不可能啊，她明明躺在这里，连动都不能动。难道蒋浩天后来又返回把她拖走了？"

冯俊补充："就像拖走陈晓松那样……"

郭淮当机立断道："我们得赶紧离开这里。"

他同时拿起对讲器，通知外面的两名警员："立刻到一楼集合，保持警惕，蒋浩天有可能还在这里。"

三人急匆匆跑上楼梯，从砸破的木门出来。回到地面，那种使人窒息的幽闭恐惧感随之消除了大半。蓝灰色的夜光透进窗子，笼罩着超市里整齐排列的货架，看不出任何异常。

冯俊说："一看到警察，蒋浩天说不定早就吓怕跑了。他肯定不会待在这里等警察抓他。"

正在接听对讲机的郭淮忽然"咦"了一声，眉头紧锁。

叶倩颖问："有什么不对吗？"

郭淮冲着对讲器那头大声说："你们两个现在在哪儿，不是叫你们到一楼集合吗，跑到哪里去了？"

对讲器那头除了微弱电流发出的沙沙声，听不到其他声音。

郭淮冷汗流下："该死，搞什么名堂？"

他从腰间拽出手枪。

因为一直不习惯用枪，到底多远才有把握能击中目标他自己心里也没数。

他举着枪走上通往二层的楼梯。冯俊和叶倩颖跟在后面，大气也不敢出。

刚走到二楼楼梯口，就看见地上趴着一个人，身上穿着警服。

郭淮走到近前，扳住他的肩膀把他翻转过来，心顿时一沉。

"王冲……"他压低声音焦急呼唤。

对方完全没有反应。郭淮摸了摸他后脑的伤，能感觉到颅骨凹陷去一块。他又试试对方的鼻息。

"他是不是已经……"冯俊试探着问。

郭淮没回答。他把王冲拖到墙角。然后，拉开手枪保险，子弹上膛，用手电光开路，带着一股杀气，继续向前搜索。

叶倩颖和冯俊也意识到了什么。刚刚放松的心情再次绷紧。在这座三层超市，过去是前进旅店的小楼里，连警察自己都不是安全的。梦魇还远远没有结束。

也许现在最明智的做法是尽快逃离这里，请求支援，但是郭淮的自尊心绝不容许他这样做。况且，他现在面对的正是残忍杀害胡新月的凶手。

他一直企盼着能以个人的方式与这个恶魔做一个了断。

他现在除了满腔怒火，更充满了亢奋与决绝。

他现在比叶倩颖更疯。

冯俊有好几次想劝郭淮放弃，可是看他凶神恶煞的模样，终于没敢开口。假如他知道郭淮的枪法极臭，不知该作何感想。

郭淮走着走着，忽然站住。

冯俊吓得东张西望。

“什……什……什么情况？”

郭淮做了一个嘘声的手势，从肩头拿下对讲器。

对讲器发出低沉而含糊的声音：“队长，我在三楼……这里有一个女人被……”

“赵汉天？”郭淮追问，“你受伤了？”

“还好吧，你快来……”

对方说完就挂了。

郭淮一转身，提枪奔上三层，冯俊和叶倩颖被远远落在后面。

三层是家具卖场。正对楼梯口有一张双人床。床上歪坐着一个人影。

安全起见，郭淮用手电晃了一下，马上关上。他没认出这个女人是谁。随后跟来的叶倩颖却眼熟。她凑到近前，借着微弱的光线仔细辨认。

“真是高敏……她，她在流血……”

郭淮来到近前，隐约看见女人歪着头，面容僵硬地对着自己。在她头上、脸上、衣服上全是血，床上也到处是血。如果在光线充足的房间里，肯定会让人心惊胆战。

“她还有救吗？”叶倩颖问。

郭淮想托起女人的头检查一下，哪知道手力一空，女人的头猛然向后折断，伤口巨大的裂开。她的头夸张地垂挂在肩膀，仅仅连着一点皮。

叶倩颖用力捂住自己的嘴才没叫喊出来，吓得抖若筛糠。

用不着救了，凶手几乎把高敏整个头切了下来。赵汉天指的就是这个女人吗？赵汉天现在在哪里？

郭淮马上通过对讲器询问：“小赵，我看不到你。你在哪儿？”

过了好半天，对方才发出呻吟似的声音。声音居然变成了立体声。

郭淮先是一愣，随即意识到了什么，开始四处寻找。在距离不远处，模模糊糊看到一个人影。

他走到近前，焦急地问：“小赵，你怎么样？”

赵汉天蜷缩着靠在两个木柜的夹缝中，头抵着膝盖，样子很痛苦。

“你哪里受伤了？”

“这个畜生在我肚子上……捅了一刀……”

郭淮伸手扶他。

“疼……轻点儿……”赵汉天呻吟。

“蒋浩天刺伤你之后跑到哪里了？”

“他……他……”赵汉天喘息粗重。

“他到底去哪儿了？”

“他就在那边，被我打伤了。你千万小心。”

郭淮按照赵汉天的示意，沿着过道，慢慢向前摸进。三楼窗子很少，光线远远比不了楼下两层。他曾想打开手电看一看，可是考虑到自己的枪法，即便看清了对方的位置，也未必能一枪命中，反而暴露了自己。

他希望赵汉天将对方伤得够重，最好是丧失了反抗能力。

眼前浮现出了一个模糊的影子。

他举枪瞄准，慢慢靠近……

直到足够近了，他突然打开手电，清楚地看见一个人僵硬地侧卧在地上。

他死了吗？还是受伤了？

郭淮靠近，枪口距离那人越来越近，掌心全是汗。

直到他走到那人跟前，对方毫无反应。他蹲下身，用手电碰了碰那人的头。

没动。

他这才稍觉安心。可是凶手就这样死了，未免遗憾。

他仔细打量着这具尸体，隐隐地感觉到什么地方不太对劲。

黑暗的大厅里，他的手电是唯一的光源，照出一小块明亮的区域，反衬出四周巨大的黑暗。

他倏地打个激灵。

难怪他会觉得别扭，尸体脚穿皮鞋，身上却穿着绒衣绒裤。他为什么不穿外衣？

郭淮扳起这个人的头——苍白僵硬的脸在手电光下泛起一层濒死的白霜。

郭淮惊呼一声！这是赵汉天的脸。

眼前的人是赵汉天，那刚才穿警服的人又是谁？

那人佝偻着身子，昏暗中郭淮没来得及细看，只看到了警服。他们一共来了三名警察。王冲死了，除了郭淮自己，剩下一个理所当然应该是赵汉天。这是一种习以为常的错觉。

郭淮现在意识到，自己正暴露在唯一的光亮中。

他马上关了手电。与此同时，一个身穿警服的身影已经来到他身后。

叶倩颖在黑暗中把郭淮跟丢了。不仅是他，连冯俊也不知在什么时候同自己分开了，也许他也遇害了。现在她已经完全孤立，没有了方向，前后左右都是黑暗，她不知道应该往哪里走。她想向郭淮求救，可是又怕引来凶手。

她茫然无助地摸索着，摸到了一个组合柜前，她停下来大口喘气，心脏剧烈搏动。

这时，灯光一闪。距离自己很远。

手电光里，一个人背对着蹲在地上，身子遮住了大半的光亮，她一时间不能确认那个人是不是郭淮……

她犹犹豫豫地向着手电光的方向靠近。

突然，一个身穿警服的身影从黑暗中出现，蹑手蹑脚地接近看似郭淮那人的背后……

叶倩颖一时间蒙了。

两个穿警服的人，到底哪一个是郭淮，哪一个是凶手？

手电光随之熄灭。

熄灭的一刹那，黑暗中爆发了剧烈的厮打声。只能听见衣袂挂风，身体碰撞，撞翻的家具，没有声音的嘶吼……

凶手终于现身了。

这场惊心动魄的搏斗就发生在黑暗中。

黑暗掩盖了一切正义与邪恶，只有最原始的食肉动物的较量。弱肉强食、不择手段、没有怜悯、没有畏缩……不知是谁发出了哀号……搏斗仍在继续……看不到流血……看不到流泪……

叶倩颖应该趁着这个机会掉头逃走。她却鬼使神差地向着厮打方向越走越近。

她脚下踩到了什么东西，滑了一下。弯腰捡起，是手电。郭淮脱手的手电滚了这里。

她拿着手电，黑暗中厮打的两个人就在前面。

她推开开关，一束光柱照向前方。

两个扭成一团的人暴露在光照下。

一个身穿警服的人正把另外一个身穿警服的人按在地上。他们的脸恰好都在光照的死角。

这其中有一个就是撕脸凶手。

但她还是想亲眼确认。

到底是哪一个？

叶倩颖定定地睁大双眼。这时，压在上面的警察被光刺到眼睛，下意识地侧过脸看向这边。

蒋浩天。

原本英俊的脸已经肿胀扭曲，没有一丝血色。

叶倩颖吓得一声惊叫。

被压在地上的人趁机抠住蒋浩天的脸。蒋浩天一声惨叫。

叶倩颖丢下手电，头也不回地转身飞奔。

她一口气跑到一楼，直奔大门。来到门前才发现，外面的折叠栅栏已经被牢牢锁住。窗户原本就安装了不锈钢栅栏，根本出不去。凭她的力气，想要使蛮力砸开出口逃生，难如登天。

她用力拍打玻璃门，大声呼救。街上一个人都没有。

她不知道楼上的搏斗有没有结束，更不敢想象结果如何。万一蒋浩天胜了，她就在劫难逃了。

她现在能做的就是疯狂地捶打玻璃门，使出全力呼喊。以至于有人走到她背后她都没有觉察。

"别叫了，闹死心了。"那人近在耳畔说。

叶倩颖一切动作瞬间僵硬。

她慢慢转回身。

看见冯俊一脸厌倦地瞧着她。

"你没有死？"叶倩颖惊呼。她虽然同样憎恶这个人，但毕竟不是蒋浩天，至少他们目前是一根绳上的蚂蚱。

冯俊说："黑灯瞎火的，我跟你们走散了。后来似乎你们碰到了高敏的尸体。

我就躲在角落里没敢动。”

“你看到蒋浩天了？”

“没看到。我就知道那边打起来了。我跑下来的时候，他们还在打。不知道现在怎么样了……”他正说着，发现叶倩颖神情陡变。

“你怎么了？”

叶倩颖已经骇得说不出话，只是伸手指着他身后。冯俊扭头，看见通往二楼的楼梯上正缓慢地走下一人，透过玻璃门的夜光只能照出大致的轮廓，却照不清楚他的面容。他依稀穿着警服。

郭淮与蒋浩天都穿警服。

来人又是谁?

叶倩颖和冯俊呆愣愣地看着接近的影子，全然不知接下来应当如何应付。

来人走近了。两人这才依稀辨认出他的脸，是郭淮。

郭淮踉踉跄跄地走过来，一手拿枪，另外一只手抓着什么东西。

叶倩颖问：“你受伤了？”

冯俊问：“那个人呢？被你杀了？”

“他跑了。”

听到这个消息，叶倩颖和冯俊都现出惊惶。冯俊惋惜地说：“你要是能把他打死就好了。只要蒋浩天多活一时，我们就随时都有危险……”

郭淮身子摇晃，看上去受的伤不轻。他说：“谁说是蒋浩天要杀我们?”

叶倩颖和冯俊不解其意。冯俊问：“我怎么听不明白你这话的意思？”

郭淮把一直抓在手里的东西递给冯俊。

“你好好看看这是什么。”

冯俊接过来，好像一块揉皱的布，还有些黏糊糊的。他小心地展开，骤然看清——是一张人脸皮。

“仔细看，是蒋浩天的脸皮。”郭淮说。

冯俊“妈呀”一声叫，手一抖，脸皮掉在地上。

郭淮说：“这是我刚才搏斗时从那人脸上抓下来的。”

“这么说你把他杀了？”

“你这笨蛋。人脸怎么可能一把抓下来？这是有人把蒋浩天的脸皮撕下来做成面具，戴在脸上的。”

叶倩颖想起刚才趁着他们搏斗的时候，用手电照见了一个酷似蒋浩天的人，那张脸肿胀扭曲，呈现出死灰色。原来那只是蒋浩天的脸皮而已。想到此，她再也忍不住，弯腰吐了一地。

冯俊万分惊惧，说：“按照郭警官你这样说法，蒋浩天不是已经死了吗？他既然死了，那个跟你搏斗的人又是谁？再说我明明看见蒋浩天杀了高敏，叶倩颖也亲眼目睹。”

郭淮说：“黑暗中我看不清他的脸。我把他的假脸皮撕下来，他就逃走了。他应该还在这里。”

他一贯平稳的声音里也难以掩饰发自内心深处的惊慌。

那个人不仅凶残，而且鬼一样狡猾。

连蒋浩天都被他杀了。

现在，这个凶残又狡猾的家伙，同他们一起被封闭在这处有限的空间里，正在精心准备一场无法预料的杀人游戏。

冯俊对郭淮说：“幸亏你还有枪。这次绝对不能手软，只要看见可疑的东西就开枪。要不然我们就都完了。”

郭淮没说什么，他一碰左边的肋骨就感到一阵针扎般的疼，似乎骨折了。

玻璃门外是沉沉的黑夜。

一门之隔的街道死寂无声。

冯俊又建议：“要不然你用枪打坏栅栏，我们先逃出去再说。”

不等郭淮回答，叶倩颖惊叫一声：“有……有东西……”

三人同时望向楼梯。

黑暗中不知何时冒出一条黑魆魆的影子，正从楼梯上缓缓向下移动。

影子相当谨慎。

叶倩颖的喊声惊动了那个影子。影子不动了，隐藏在墙壁的暗影中。

郭淮灵机一动，故意大声说：“哪有人？疑神疑鬼的。”

他明显更关心玻璃门外的铁栅栏，一面观察一面说：“……用枪打破栅栏……这个办法倒是可以一试……不过，你们得躲远一点儿，我枪法不好……”

冯俊明白他是想麻痹那个潜伏在黑暗中的人。他附和道：“没关系，可以一试。我现在又累又饿，赶紧离开这个鬼地方吧。”

郭淮点点头。

“往后退，距离太近可能被跳弹伤着。”

“你的枪法到底行不行呀？”

“不试试怎么知道？”

三人一面说一面向后退，渐渐靠近楼梯。

“这么远总够了吧？你别打偏了。”

郭淮举枪瞄了瞄，突然转身，一个箭步冲上楼梯。

“别动——”

他的枪口已经指向黑暗中那个影子。

影子一震，骤然向前扑来。

郭淮开枪了。

没打中。

黑影撞在郭淮胸口，把他撞得从楼梯上滚了下去。郭淮感觉肋骨用力错动，疼得他差点儿昏过去。

他忍着疼痛，再次举枪。

黑影已经到了近前，忽然大声对他说：“别开枪，是我。”

朦胧的光线已经能够照清这人的脸。这个人竟然是谁都认为已经死了的陈晓松。

陈晓松衣衫破烂地站在面前，脸上还有伤痕。

郭淮忍着痛从地上站起。他问叶倩颖和冯俊：“你们不是说他被蒋浩天杀死了吗？”

“的确如此呀……”冯俊疑惑不解，“我明明听见他惨叫……”

“你亲眼看见他被蒋浩天带走了？”

“那倒没有。当时灯熄灭了，他就站在门口，我们都听见他可怕的惨叫。再开灯时，他人就不见了。”

“这么说，你们并没有亲眼看见过程。”

冯俊和叶倩颖同时一凛，瞬间明白了郭淮的意思。

三个人目光直直地盯在陈晓松身上，陈晓松不由得后退两步。

郭淮又问："那高敏被杀又是怎么回事？"

冯俊说："当时，叶倩颖、我和高敏三个人正从地下仓库的楼梯往上走。高敏走在最后面。这时突然有人把灯关了，我听见身后有人袭击高敏。后来，我就稀里糊涂地跑下楼梯，叶倩颖也下来了。这时灯忽然又亮了。我们看见高敏躺在楼梯上。蒋浩天就蹲在上面的缓步台上，往下瞅着我们，然后，灯又灭了。在那之后，我们一直等到你来……"

"你说看见蒋浩天蹲在缓步台上看你们。你们确信是他吗？"

"当时灯只是亮了一下，很快就灭了。我也没有看仔细，反正乍一看是他。"

郭淮问叶倩颖："你呢？"

"我跟他看到的差不多。我只是看见蒋浩天脸上有血，模样似乎是他。但是时间太短了，而且心里也怕得要死，根本就没来得及仔细看。"

郭淮点点头："也就是说，跟猜测陈晓松被蒋浩天杀害一样，你们没有办法百分之百确定，是不是？"

"是。"

"是。"

"但是，我们现在可以确定的是，蒋浩天已经死了。没有人可以被剥掉了整张脸皮还能活着。"

陈晓松显得很吃惊，好像刚刚得知这个消息："蒋浩天死了？"

郭淮没有回答，他继续自己的分析："现在需要考虑的是蒋浩天是什么时候被杀的。"

他问叶倩颖："蒋浩天把你带到地下仓库之后去了哪里？"

"他把我捆起来以后就离开了。之后过了很长时间，他都没有回来，我都快要被勒死了，这时候，冯俊、陈晓松他们找到了我。我们猜测蒋浩天会不会回来，陈晓松认为会，我和冯俊认为不会。正在争执，灯熄灭了，陈晓松就失踪了。之后，在高敏被害时，我才看见一个像是蒋浩天的人出现……"

郭淮问冯俊："你和高敏跟陈晓松是在什么时候碰面的？"

"在斯大林路的路口。我和高敏一起尾随蒋浩天来的，到了这里把人跟丢了。我们就是在路上碰见的陈晓松。"

"你们找到这里花了很长时间吗？"

“十几分钟吧。多亏了陈晓松我们才能找到这里，他说，他能分析叶倩颖的梦什么的……”

释梦……

郭淮也是通过这个办法找到这里的。不过帮助他释梦的人，是公安厅的犯罪心理专家。

“我明白了。”他点头，“也就是说，蒋浩天如果在绑架叶倩颖不久之后就被杀。凶手完全有时间藏匿尸体，撕掉脸皮，布置完一切后离开超市。到外面与找到这里的人碰面，把他们引到地下仓库。他利用诡计让别人是以为蒋浩天要把这些人统统杀死，而他才能趁别人不备时一一下手。因为他不是蒋浩天，所以他只能选择在黑暗中作案。同时为了加深这些人对蒋浩天的怀疑，他把蒋浩天的脸皮当做面具蒙在脸上，突然现身，让别人看到自己。为了避免被看穿，他居高临下蹲在缓步台上，造成视觉上的误差，难以分辨他与蒋浩天的身材不同。同时，他迅速地开灯、关灯，他带着人脸面具就不容易被看出破绽。这个撕脸凶手不但心狠手辣，而且狡猾胆大。我带了两个人来，他一经发现，并没有惊慌逃走，而是偷偷把大门锁上，打算将我们一网打尽。现在，除了蒋浩天和高敏，再加上我带来的两名警察，他已经杀了四个人。”

叶倩颖倒吸一口冷气：“竟然会是这样……”

冯俊说：“经过郭警官的推理，凶手终于露出狐狸尾巴了。”他一指陈晓松的鼻子，大骂：“郭警官说的不正是你吗？你其实就是撕脸杀人案的凶手。你这个变态的恶魔！”

陈晓松先是一怔，继而向前迈了一步。

冯俊立刻躲到郭淮背后：“郭警官，你千万不要犹豫。绝对不能给他机会。”

郭淮枪口扬起，对准陈晓松的眉心。如果在这种距离开枪还失手，他就不如一头撞死了。

陈晓松站在他面前，明暗清晰的一张脸已然苍白。

眼前面对的情形比以往任何一次都凶险，郭淮随时随地都可能打碎他的脑袋，说不害怕那是假的。他害怕得浑身发抖，他并没有自己想象中的那么强悍。

他勉强抑制住颤抖的声音，对郭淮说：“你先别开枪，我有话说。”

郭淮杀气腾腾地问：“这一回你还有什么好说的？”

命运似乎有意捉弄这两个冤家对头。自从撕脸杀人案发生以来，他们在案发现场对峙，在法庭上争论，郭淮喂了陈晓松一颗子弹，陈晓松几乎搞得郭淮身败名裂……

如今，两个人再次站在生死一线的崖边，这一次郭淮似乎占据了上风。

陈晓松指着叶倩颖说："是我救了她，这一点你得承认吧？假如我真是凶手，我有太多次机会杀她，何必等到别人来救她？"

郭淮看了看叶倩颖，叶倩颖紧锁眉头，似乎正在考虑这个问题。但是这一次没有为陈晓松求情。

郭淮同陈晓松打过数次交道，早已领教过他每当最后关头颠倒乾坤的本事。他用略带讥嘲的语调说："假如你只是想用叶倩颖作为一个诱饵，把其他人引来一同杀死，你就不会提前对她动手。"

"又是假设，你抓捕我的理由永远只是假设对不对？"

"在其他场合，你这样说或许可以驳倒我，可是在这里，在这个封闭有限的空间里，在这间大密室里，当所有人的嫌疑被一一排除，剩下那个人的犯罪假设就成为了不可动摇的事实。"

陈晓松死死盯着枪口后郭淮的眼睛，脸颊额头冷汗淋漓。

郭淮鹰枭般的眼睛也在死死盯着陈晓松，没有表情。

陈晓松忽然露出一丝冷笑："但是郭警官，我仍然可以为自己辩护，即便是在这种情形下，如果你开枪，就是枉杀无辜。"

"哦？"郭淮也冷笑，他没开枪。

冯俊赶忙提醒："郭警官，你可千万不能着了他的道啊？你刚才推理得完全正确，不要再犹豫了。"

陈晓松一指冯俊，说："我的辩护就是他。"

冯俊失声笑道："我会给你这个杀人犯辩护？简直是笑话。"

第二十章 二重谎言

陈晓松指着冯俊对郭淮说:"没错,我的辩护就是他。"

"什么意思?"

"你刚才对我的指控,我的确没有证据来澄清自己。正如你刚才所说,在这个嫌疑人有限的特殊情形下,排除法无疑是最有效的办法。然而,你的推理却存在着一个致命的漏洞,你根本不能把其他人统统排除在外,只剩下我一个人。"

郭淮一震。

陈晓松胸有成竹地说:"你有办法证明冯俊是清白的吗?他们刚才都承认,在地下仓库的大部分时间都处在黑暗的状态下,那么谁又能知道在这段时间里,冯俊是不是一直跟叶倩颖在一起?"

"你胡说八道!"冯俊大叫,"我始终都跟叶倩颖待在一起,她能证明我是清白的。"

郭淮侧脸看叶倩颖。叶倩颖想了想,没表态,脸上露出怀疑的神色。

郭淮说:"也就是说,你并不是始终都跟叶倩颖待在一起对吗?"

冯俊急忙辩解:"但我大部分时间都在啊。"

叶倩颖这时候对冯俊说:"想想也是,陈晓松是在一片漆黑中失踪的,他也许是自己跑了。但是那个时候我也没有看见你啊。后来,我、你和高敏我们三人决定好离开地下仓库,我走在前面,你跟高敏走在后面,高敏遭到了袭击。你也不是没有袭击她的可能。还有,我看到凶手假扮成蒋浩天蹲在缓步台上,当时并没有看见你在哪里,你是在黑灯之后又过了一会儿才回来的。"

“我不是说过，我躲在旁边纸壳箱后了吗？”

“那只是你说的，我又没看见。我这么说并不是怀疑你。郭警官既然问到这里了，我只是据实回答。”

冯俊恼羞成怒：“你这贱女人，亏我还来救你！”

郭淮抬手止住他说话，他问叶倩颖：“我来救你时，当时在地下室里只看到你一个人，冯俊是随后来的。你之前有没有发现他不在身边？”

叶倩颖点点头，说：“有。高敏被杀之后，我逃到小屋里，冯俊后来也来了。再后来，我就发现他不知道什么时候失踪了，过了很长时间，我听见楼上传来砸门声。那是你破门下来救我们……”

郭淮的目光从陈晓松身上转移到了冯俊身上。

冯俊倒退了两步。

“郭警官，你，你干什么用这种眼光瞅我？”

郭淮说：“当时，我和另外两名同伴各有分工，一个人搜查一层。我负责一楼。因为不知道虚实，我们摸着黑搜索。后来，我发现了通向地下仓库的暗门。而凶手就是趁着黑暗，在这段时间里把我的两个同伴分别杀害的。他还穿上了赵汉天的衣服，伪装成为他，引我上钩……”

“这跟我有什么关系？”

“我问你，我在三楼跟穿着赵汉天警服的凶手搏斗时，你在哪里？”

“我……我跟叶倩颖走在后面啊。黑灯瞎火的，我们走散了。”

叶倩颖用怪异的眼神瞅着冯俊。

“我和郭警官发现高敏的尸体后，郭警官把手电关了，我们这时才走散的。可是我清楚地记得，你在那个时候就已经不知去向了，我还担心你也被凶手害了。直到刚才你才出现，又跟我们说你躲起来了。可是，你又怎么证明你在那个时候到底在干什么？”

陈晓松这时候略显得意地啧啧道：“看看，看看，真够乱的。郭警官，你现在是不是应该庆幸你刚才没有开枪？”

冯俊骂：“用不着你得意，陈晓松。我根本就不可能是凶手。郭警官说，跟他同来的两名警察都被凶手杀掉了。凶手只身一人，想要在一片漆黑的环境里连续杀掉两名全神戒备的警察，他至少得十分熟悉地形吧。我第一次来这里，怎么可能做到这一点？”

不等郭淮说话，叶倩颖说：“可你并不是第一次来这里啊。”

郭淮目光一凛，盯在冯俊脸上：“你之前来过这儿？什么时候？”

陈晓松恍然道：“我说你和高敏是怎么找到这里的，原来你之前来过这里。”

冯俊无论如何也没想到，众人的矛头一转瞬全都指向他。他成了头号的嫌疑人。

他圆胖的一张脸从恐惧慢慢转变为恼恨。

他恶狠狠地瞪着叶倩颖。都是她几句话让他陷入绝境的。

他猛地扑向叶倩颖，把她纤瘦的身子压到地上，两手用力卡住她的脖子。

“你这个贱货，你这个臭女人，你敢害我！你就是干净的吗？你不是也来过这里吗？你怎么不说是你杀死了那些人啊？”

叶倩颖根本无力反抗，手脚只能胡乱抓蹬。

郭淮和陈晓松一起上前，合力把冯俊制服。叶倩颖这才能够爬起来，大口大口喘气，惊魂未定。

郭淮枪口顶在冯俊的脑袋上：“你不要乱动。当心我打碎你的脑袋。”

“别开枪，千万别开枪。我不是凶手啊——”冯俊立时瘫软，几乎吓尿了裤子。

“那你刚才为什么要行凶？”

“我是一时控制不住，因为我忽然知道谁才是真凶了。他随时随地都能把我们置于死地。”

“你知道谁是凶手？”

“对。”冯俊一指叶倩颖，“就是她。撕脸杀人案的真正凶手就是她。我早就怀疑她了。”

郭淮瞅瞅陈晓松。

陈晓松瞅瞅郭淮。

两个人第一次相视大笑。

郭淮说：“你怀疑谁我都相信。你居然怀疑叶倩颖。你认为那些被害人，都是让她一个个撕掉脸皮的吗？你认为我的两个部下还比不上一个女人？你认为我笨到跟一个女人打斗了这么长时间，还受了伤？”

冯俊说：“你怀疑我的话很正常。这样一个漂亮又柔弱的女人，无论谁看到了都不会相信她会去杀人，还是用那么残忍毒辣的手段。我之所以确信，因为我知道她的底细。”

“她的底细？”郭淮斜睨叶倩颖，“我只知道，她有时候是一个不折不扣的疯子。但还不至于疯到胡乱杀人的地步。”

“不至于？哼哼。那是因为你对她的过去不了解。她曾经杀过人，相同的杀人手法。现在她又要故技重施，来杀我们了……”

他的一句话让三个人大惊失色。

叶倩颖仿佛被一道闪电击中，身子晃了两晃。

她一脸茫然地看着冯俊。

“你说什么？我杀过人？你在胡说什么啊？”

冯俊恶狠狠道：“你现在纯粹是在装疯卖傻。我不相信你什么都不记得了。”

叶倩颖忽然尖叫道：“你胡说！我才不要相信你胡说八道！”

“事实就是事实。我有必要胡说吗？当事人一个接着一个死去。偏偏你还活着，你说跟你没有关系，谁会相信？”

“我杀过人？我怎么可能杀过人？”叶倩颖双手捂住自己的耳朵，拼命摇晃，仿佛正有一个巨大的声音，强迫她听到自己不想听到的……

“我不可能杀人！不可能！不可能！我不可能是凶手……”

她的歇斯底里眼看又要发作。

“真该死。”郭淮上前想按住她。

“等等。”陈晓松说，“那样控制不住她。你知道她发作起来有多厉害吧。万一她真像冯俊说的那样……我们就危险了。”

“你有办法吗？”

“是。”

陈晓松从衣兜里掏出一个药瓶，倒出两粒药，递给郭淮。

郭淮狐疑地看着他。

“不用担心，这是安宁药片。你是搞技术的，应该看得出来。”

郭淮接过药片看看，外形很像安宁。

陈晓松说：“我有情绪焦虑，经常吃这种药。”说着他示范性的又倒出一粒放进嘴里咽下去。

郭淮这才放心，他从货架上随手拿过一瓶纯净水，让叶倩颖用水把药片服下，叶倩颖没有过多抗拒。大概在这种时候，郭淮比另外两个人更可信。

服完药，又过了十几分钟，叶倩颖的情绪逐渐平稳。

楼外夜深人静。

楼内四个人席地而坐。

郭淮没有提出离开这里，谁都不敢提。

他的目光一会儿落在陈晓松身上，一会儿落在冯俊身上，偶尔落在叶倩颖身上。在这几人中间到底谁更像鬼呢？

在这夜深人静的时刻，郭淮脑子里想起过去听过的那些骇人的鬼故事，其中有不少是胡新月讲给他的。胡新月吓唬他，往往吓到最后，把自己吓得半夜不敢上厕所。

现在发生的故事是所有故事中最恐怖的。

那个凶残的撕脸凶手就在身边。

你偏偏不知道是哪一个。

一种揪心的亢奋。

郭淮瞅着自己的枪，子弹上膛。或许最好的办法是对着所有人的脑袋开一枪。保证不会漏掉凶手，保证可以为胡新月报仇。

"郭淮……郭淮……救救我啊……"

胡新月凄切的呼救一直萦绕在耳畔，无数次，他像叶倩颖那样从噩梦中惊醒……无数次，看着未婚妻流血的脸渐渐消失在眼前，融化在冰冷的夜色中……

他发现自己从来没有像此时此刻这样深爱着这个女人。

如果他们结婚，也许会同其他年轻夫妇那样日久生厌，为了鸡毛蒜皮的小事争执，演变到冷战、婚外情，直到离婚分手……

事实上，他们永远都不可能走到一起了。

想念是因为失去，遗憾的爱情永远是完美的爱情。

郭淮的泪水毫无征兆地流下。在黑暗中，没有人会注意到他哭泣的脸，没有人会像胡新月那样带给他魂牵梦萦的痛楚。

有人在说话，说话声把郭淮从恍惚中拉回现实。

他听见陈晓松在说话："你刚才说的那些话莫名其妙，我怎么都听不懂。"

他在说谁？

郭淮使劲儿眨眼，甩掉了眼泪。看见陈晓松面朝冯俊。

冯俊心虚地瞟了一眼郭淮，郭淮没有反应。

“你不敢说吗？”陈晓松冷哼，“是不是你害怕说出真相？”

“什么真相都没有。我们现在关心的应该是……是如何离开这里。”说着他又瞅瞅郭淮。

郭淮没有反应。

陈晓松说：“我们这里说不定就藏着撕脸杀人的凶手。如果离开这里，不是等于纵虎归山吗？郭警官怎么可能错过这次千载难逢的好机会。对不对，郭警官？”

郭淮冷冷地看了他一眼。

“我倒是想到了一个好办法，说不定能帮助郭警官破获撕脸杀人案。就是不知道郭警官愿不愿意采纳我的建议。”

冯俊说：“你想的肯定又是馊主意。”

陈晓松笑而不语，用询问的眼神看着郭淮。

“什么主意？”郭淮问。

陈晓松往前凑，似乎想说悄悄话。郭淮暗自紧张，他会不会想趁机抢夺自己的手枪？

陈晓松几乎贴到郭淮身上，郭淮全身肌肉绷紧，手指勾住扳机。

陈晓松用低得只有两个人能听见的声音说：“我想从叶小姐身上入手。”

“为什么？”

“您想啊，蒋浩天为什么会把她绑架到这里？即便你不认为蒋浩天是凶手，但是至少不能否认，他跟本案也有很大关系吧。不仅仅是他，现在所有跟撕脸杀人案有着或多或少联系的人，都集聚到这里，不管是因为什么，至少说明这个地方肯定隐藏着某种特殊的意义。”

“什么意义？”

“我不知道，但是，我相信有人知道。”

“谁？”

“您应该猜到了。”

“叶……”

“英雄所见略同。她心里就藏着真正的答案，那也是她噩梦的源头，就在这所房子里。我们都已经找到了这里，如果能进一步挖掘，说不定就能真相大白了。”

“你想让我审问她？”

“你可以那么做。但是能不能得到答案就两说了。”

“你有办法？”

陈晓松目露狡黠：“我既然能够找到这里来，您应该相信我有能力。”

“你想用催眠？”

“郭警官真是聪明人。如果我们不做敌人，做朋友就好了。”

“我听陆小棠警官提起过你会催眠术……”

“算不上技艺精湛，但是很有效果。”

这一点郭淮不否认，这小子并非故弄玄虚。

“你能确定立刻就把她催眠？”

“差不多。估计药力已经发作了。”

“什么？”

郭淮侧目观察叶倩颖。

她虽然眼睛睁得很大，却好像木雕泥塑一般。仔细看，发现她的目光已经散乱，嘴角淌出一缕涎液。

“你给她吃的不是安定？”

“对不起，郭警官。形势所迫，我刚才骗了你。我给她吃的是大麻。”

“你这浑蛋！”郭淮揪住陈晓松衣领，牵动了断裂的肋骨，一阵挫痛。

陈晓松反应平淡：“别着急呀，我也是迫不得已。不这样的话，我没有办法催眠她。”

“原来你早有预谋。”

“这是下下策，但也是唯一的办法。难道郭警官你有更好的办法？”

郭淮没回答。他没有。

冯俊可能说谎，叶倩颖可能说谎，陈晓松可能说谎。而想要获得真相，利用催眠叶倩颖唤醒她潜意识中的记忆无疑是唯一的办法。

郭淮没有反对。

不反对便是默许。

于是陈晓松凑到叶倩颖面前，在正对面坐下。

叶倩颖没有做出任何抗拒的反应，药力已经令她认不出这个人了。

陈晓松从衣兜里摸摸索索掏出一个铅锥，连接着长链。

他问叶倩颖："小姐，你认识这是什么吗？"

叶倩颖慢慢地把目光聚拢在铅锥上面，略显恍惚地回答："锥子。"

"错，是金龟子。"

"金龟子？"

"你见过金龟子吗？"

叶倩颖摇头。

"这就是金龟子，你看，他朝你飞过去了……"

他牵着链子，铅锥向叶倩颖眼前荡去……叶倩颖的目光不由自主地去捕捉移动的黑点……

"看，它飞走又飞回了……"

陈晓松手里的铅锥，摆动地逐渐规律。叶倩颖的眼球跟着左右转动，脸上漾出欣喜的笑意。

冯俊看着忍不住嘲笑道："这不是糊弄傻子吗？"

陈晓松一只手继续有规律地摆动铅锥，引诱着叶倩颖的目光，随口对郭淮说："假如冯俊再捣乱，那就笃定他是凶手，你就开枪打死他。"

冯俊立刻不敢吭声了。

陈晓松一面摆动铅锥，一面用一种异常温厚而笃定的声音对叶倩颖说话。之后，开始发布一些简单的肢体命令，让叶倩颖照做。等到叶倩颖熟练了，他开始说出一些复杂的命令，反复几次，直到叶倩颖对他的暗示指令彻底服从。

他擦擦头上的汗水，用低沉的声音说："现在我让你去找那只没有脸的魔鬼。"

"没有脸的魔鬼？"叶倩颖眼前笼罩上厚厚一层雾气。

"你知道的。它每每出现在你的梦里，就站在你的床前，它的脸是一团漆黑，所以你无法看到它的本来面目……"

"我……我不想找他……我怕……怕……"

"不是你找他，而是他来找你。他徘徊在你的梦里，住在你的脑海里，你想逃也逃不掉，你难道不想摆脱他吗？你不想吗？"

叶倩颖双手抱头，显出痛苦的神情。

“去找出这只魔鬼吧，赶走它。不让它继续骚扰你。去找出它来，去找出它来……去找出它来……”

叶倩颖一开始拼命晃头，似乎脑袋里有什么东西分裂成两个，正在相互抗拒。她的五官扭曲成古怪的形状，里面包含着惊恐、愤怒、痛苦、凶狠……她的目光却更显迷茫……

某一刻，她停下来，四肢僵直，眼睛直勾勾地瞅着虚空，仿佛她能看见别人无法看到的东西。

“它来了。”她颤抖着嘴唇说。

“谁来了？”陈晓松问。

她当然不能回答。仿佛一根线牵引着她僵硬的从地上站起，开始迈步向前走。

“她要去哪儿？”郭淮问陈晓松。

陈晓松摇头，示意他不要说话。

他们看见叶倩颖走向通往二楼的楼梯，但是没有上楼，而是绕到楼梯下面。通往地下仓库的门已经被郭淮砸破，斜开着。

她走进去。

陈晓松瞧了瞧郭淮，率先跟在叶倩颖身后，走下楼梯。郭淮冲冯俊扬扬手枪，冯俊咽了口唾沫，不情愿地跟在陈晓松身后。郭淮走在最后。

三人跟随叶倩颖下到地下仓库。不知是谁碰了一下开关。头顶的天花板明明灭灭闪烁几下，唯一一盏灯又亮了，发出灰弱的光，居然还没坏。

催眠中的叶倩颖仿佛已经不太受到光亮影响，有没有光，她的脚步都没有发生改变，没有撞上任何东西。

她是怎么做到的？

莫非在她的潜意识中，这座地穴中的一切景物都已经被深深刻凿在破碎的记忆中了？

她没有走进刚才躲藏的小屋，也没有走进另外两间屋子。她沿着大仓库的墙壁逆时针转圈。

这个怪异的举动让三个男人面面相觑，大惑不解。郭淮怀疑地看着陈晓松。陈晓松摇头示意，他也不清楚为什么。

难道就让这个发癔症的女人这样盲目转圈，转到死为止？

就在郭淮犹豫要不要制止叶倩颖时，她蓦然站住。

她所站的位置之前也经过了几遍，跟别的地方没有什么不同。在她身旁有一大摞挨墙根高高码放的编织袋。她抬手在编织袋上一下下拍打起来。

“她在干什么？”郭淮问。

“她想挪开那些袋子。”陈晓松说着走过去，把编织袋一袋袋往下搬。

郭淮犹豫了一下，也走去过帮忙。编织袋里装的多是沙子，挪动起来相当费力。

“饭店里用沙子干什么？”陈晓松随口问。

郭淮没吭声，只是注意叶倩颖的反应。

两个人好容易把十几个袋子搬走。除了光秃秃的沙土地面，什么也没有。

郭淮抹一把头上的汗，问陈晓松：“她真的被催眠了？我看她倒像是在耍我们……”

陈晓松指指叶倩颖，示意郭淮看她。

郭淮也注意到了，叶倩颖站在那里一动不动，低着头直勾勾地瞅地面。

郭淮意识到了什么，他四下里寻找一圈，找到了一段废钢管、一个铁扳手。他把钢管丢给陈晓松，两个人开始刨叶倩颖脚下的土。泥土被沙袋压得实成，加上工具不顺手，两个人十分吃力地一点一点把沙土往外撅，积少成多……叶倩颖站在旁边木木地瞅着，嘴角隐隐带着莫测的笑意……

挖着挖着，郭淮忽然感到沙土一下子变松了，板子深深地插进地里。他往外一掰，感觉碰到了不一样的东西。

陈晓松看出了郭淮神色有异，他也加快速度刨撅。沙坑越挖越深，很快的，一个沙土包裹的轮廓呈现在眼前。

郭淮倒吸一口冷气。

是一个人体的形状。

他们把表面的泥土一点点拂去，最后……

露出一具外表呈污黄色的干尸。

尸体穿着衣服，头发依然浓密，干瘪的皮肤好像牛皮纸一样包裹着骨头。然而，尸体的整张脸却腐烂得完全看不出本来容貌，面目狰狞地 瞅着让他重见天日的人。

陈晓松用力吞咽：“这个人死了多久啊？”

郭淮用手摸了一下尸体皮肤，又硬又脆，还有一种油腻感。他说 :“变成尸蜡了，少说也有一年以上。”

尸蜡形成是由于尸体长期浸在空气不足的水中或者空气不足的湿土中，腐败过程发生缓慢继而停止，尸体的脂肪组织因皂化或氧化作用，形成污黄色的蜡样物质，称之为尸蜡。

郭淮说 :“这是个女人，年纪不会很大，也就在 20 多岁吧。”

这两点很好判断，尸体身上穿的衣服是橙黄色的女士套装，头发长过肩膀，即使普通人都能猜测出性别以及年龄。

“那么死因呢？”陈晓松似乎有意考验他。

对于郭淮来说，这个问题也不算难。他把缠绕在尸体脖子上的斑纹图案的腰带解下来。可以看见明显的勒痕，几乎跟死者刚死时没有任何区别。尸蜡最大的特点就是可以清楚地保存死者生前的伤痕，对于法医和刑侦人员来说，是“十分理想的尸体”状态。

他说 :“很明显是被腰带勒死的，勒痕与腰带的形状完全一致。”

“不仅如此。”他接着说，“死者的手腕上也有勒痕，说明她生前被捆绑过，捆绑得很用力，好像就是用这根腰带。”

“我看到了。”陈晓松说。他忽然“咦”了一声，“她手里好像有东西。”

郭淮凑过去，看见尸体圈拢的右手里的确攥着一个细长的东西。他把那根东西从尸体手里抽出来。

是一根银簪子。

他把簪子放在眼前观察。

陈晓疑道 :“她被勒死时为什么手里还要抓一根簪子？”

他一凛道 :“莫非是从凶手头上拔下来的？”

“有可能。”郭淮说，“这根簪子看上去不像是死者的。而且……死者的脸就是被这根簪子划烂的。”

“什么？你说她的脸？”

陈晓松重新仔细观察死者的脸，从一些伤痕上看，的确很像是被什么尖锐的东西划烂了。

郭淮说 :“簪子的尖端都磨秃了，可想而知下手有多么凶残，多么用力。因为死者的脸被簪子划烂，大量出血加快了腐烂，所以看上去跟尸体其他部分不一样。”

“我知道了。”陈晓松惊呼一声。

“知道什么？”

“我之前分析错了。叶倩颖噩梦中出现的身上有环状花纹的蛇并非象征锁链，而是缠在死者脖子上的斑纹腰带。她梦见锥子扎她的脸，锥子象征的就是这把银簪子。这样她的噩梦就完全被解释清楚了。”

“但是你想过没有，叶倩颖在噩梦中完全是被伤害的角色，她梦见自己被腰带勒住脖子，又被簪子扎伤。可是，这些伤害现在却出现在了一具被掩埋的无名女尸上。你怎么解释这其中的矛盾？”

陈晓松被问住了。

郭淮说：“我也想不出究竟，但幸好，我们这里有一个人知道真相。”

“你是说叶倩颖……”

两人几乎同时转头，同时望向叶倩颖。

他们刚才全部注意力都放在干尸上，直到此时才意识到这个关键的女人。是她把他们引到这里来的。在她噩梦中一幕幕离奇出现的情景，都被一一印证在现实的罪案中。他们已经接近真相了，只要能解开这具无名女尸的谜，就能破解撕脸杀人案。

叶倩颖无疑掌握着最终的答案。

当他们看到叶倩颖时，大吃一惊。

叶倩颖四肢夸张地抽动不止，整张脸都因为恐惧到极点而发生剧烈的扭曲。

“怎么会这样？”郭淮问陈晓松。

“催眠不应该是这样呀。”陈晓松也慌了。

叶倩颖脖子向上一仰，喉咙里发出一串“咯咯咯咯……”似哭似笑的声音。

她踉跄着跑起来，没跑两步，两腿绊闩，重重摔了一跤，她挣扎着想从地上爬起来。“我杀了她，是我杀了她……”

郭淮跑上去抓住她的肩膀：“你说什么？你杀了谁？”

叶倩颖挣扎着扭动身体。

郭淮使劲儿摇晃她，问：“看着我。你说杀了谁？是那具尸体吗？”

叶倩颖似乎清醒了一些，定定看着郭淮。大声说：“我不想杀她啊。我不想。

我是保护自己。我是保护自己……”

“她是谁？你们是什么关系？”

“她……她……”叶倩颖发出刺耳的尖叫，“她来了……她来了……”

她忽然照着郭淮的手背狠咬一口，郭淮疼得松开手。慌乱中，郭淮的枪掉在地上。叶倩颖乱抓乱摸，把他的枪抢在手里。

郭淮的心一下缩紧了。

“过来帮忙——”他冲陈晓松喊。

陈晓松也吓得脸色惨白：“你让我怎么帮？堵枪口吗？”

叶倩颖歪歪斜斜举着枪，不知道她的枪口到底在冲谁。

郭淮试探地伸出手：“把枪给我，你拿着容易走火。”

“别靠近我！”叶倩颖大叫，胡乱挥舞手里的枪。

郭淮赶紧后退。

“谁都不要靠近我！”叶倩颖目光凌乱，充满恐惧，“我知道，你们都想杀我是不是？”

“你胡说什么？”郭淮说。

“我能猜出你们的心思，你们一定想把我捆起来，关在这里，永远都不让我出去，天天折磨我，把我困死在这里。我都知道……我看穿你们的心思了……”

一个疯女人挥舞着打开保险的手枪，三个男人心惊胆战，没有人知道接下去会发生什么。

“得想办法控制住她。”陈晓松对距离叶倩颖最近的郭淮说。

“我根本没办法靠近她。我一靠近，说不定她就会开枪……”

“或者，我们找到到底是什么刺激到了她。”

“有可能是那具尸体……可是，我不明白她说那些话是什么意思。”

“她好像是说，那具变成干尸的女人是她杀死的。”

“那她现在怀疑我们要合谋害她，这又是怎么回事？”

“也许这就是真正刺激她的原因。只是她现在谁都不相信，什么都不肯说。”

“那不是等于白说吗？只有她知道真相，她现在又疯了。我们怎么知道是什么原因？”

“你忘了，还有一个人或许知道原因。”

“谁？”

陈晓松的眼睛向身后瞄了瞄。

郭淮回头，看到了站在远处的冯俊。冯俊自始至终一言不发，木呆呆地站在那里发愣，仿佛他已经不存在了。

郭淮大声问：“冯俊，这到底是怎么一回事？”

冯俊猛然被惊醒：“什……什么？”

“那具干尸是谁？”

“干尸？”冯俊看了看尸体，用力吞咽，“我不知道。”

“你真的不知道？”

“当然是真的。我跟你们一样，对眼前发生的一切一无所知。”

陈晓松这时说：“冯俊。你到底知道些什么我们马上就会清楚了。”

冯俊扭脸向他：“你这话是什么意思？”

陈晓松笑而不答，他对叶倩颖说：“你知道，到底是谁想害死你吗？”

叶倩颖手里还举着枪，转动癫狂的眼睛看他。“是谁？”

陈晓松抬手一指冯俊。

“你对那个胖子还有印象吧？你杀那个女人时，是不是他也在场？”

叶倩颖身子一震。

“对……对……对……他在……他们是一伙的，是他想杀我……”

她调转枪口指向冯俊。冯俊浑身瘫软。

“叶倩颖，你不，不要乱来啊。不，不，不关我的事。”

“是你，就是你……”叶倩颖手里的枪上下抖动，没人能预料到她什么时候会扣动扳机。

冯俊只好向郭淮求救：“郭警官，你快想想办法。这个疯女人真会开枪啊——”

郭淮这次倒是很配合陈晓松，他抱着肩膀说：“你先告诉我，那具女尸是谁？这里到底发生过什么事情？”

“我真的不知道。”

“那好，就让她打死你吧。”

“你不能这样，你是警……”

“哐——”一声巨响。

震得所有人耳朵嗡响，一股火药味弥漫在空气中。冯俊惨叫着翻身摔倒。

郭淮先是吃惊，而后镇定下来。他对冯俊说："放心吧，死不了。没打到你。"

陈晓松惋惜地说："差了一点儿。"

叶倩颖也被巨大的枪声吓了一跳，但是仍然没有清醒过来。她的手枪仍然指着冯俊。

冯俊大声说："快阻止她，快，快……我说，我都说出来……"

这时候，叶倩颖毫无征兆地犯起了羊癫疯，口吐白沫，手脚开始剧烈抽搐。手里的枪也几乎脱手。郭淮乘势把手枪夺过来。

他和陈晓松两人一起按住叶倩颖，折腾了一气。叶倩颖慢慢松弛，瘫软不动了。

陈晓松回过头来，对冯俊说："现在当着郭警官的面，把你知道的一切都讲出来吧。"

冯俊再也无法隐瞒，他颓唐地坐在地上，开始了絮絮的讲述。

"我的确曾经来过这里，大概是在两年以前吧。那时候这里不是超市，而是一家私人旅馆，叫前进旅店。很久之前据说还是国营单位。后来被蒋浩天的母亲承包下来。"

郭淮一凛："蒋浩天？你是说这个地方过去是蒋浩天的？"

"是。他没有父亲，母子俩靠着开旅店生活。"

郭淮指指干尸："她是怎么回事？"

冯俊看了一眼干尸，飞快收回目光。

"这个女孩叫白冰冰。"

"白冰冰？"郭淮想起陆小棠说起过一件奇怪的事。

她说，在叶倩颖家中看到过叶倩颖大学时期的影集。其中有很多张照片里，同一人的脸被涂抹或者划坏了。郭淮注意看干尸的脸，她的脸也被损毁得无法辨认。

"白冰冰是什么人？"郭淮问。

"她是C市师范大学跟我和叶倩颖同一届的学生，也是叶倩颖最好的朋友。"

"最好的朋友？"郭淮看看干尸，又看看叶倩颖。

很难根据眼前这具干尸在脑海里绘出她生前的模样。她跟叶倩颖站在一起会像一对无话不谈、亲密无间的闺蜜吗？

冯俊说："她们的关系真的十分要好。叶倩颖那时候十分强势，女生们多很怕她，有意跟她保持距离。白冰冰可以说是她唯一的朋友。”

“叶倩颖说白冰冰是她杀的。是真的吗？”

“我想应该是，我没有亲眼所见。但是她亲自承认了的。”

“她们之间发生过什么摩擦吗？”

“具体的我不清楚，大概是两年多以前的暑假吧。她约我们出来玩，她那时跟蒋浩天正在热恋，所以开车带着我们来到这家旅店。一开始还好好的，可是后来有一天，叶倩颖和白冰冰一起外出。她们两人关系亲密，经常这样，我们也没当一回事。谁知道，她俩这一走，足足一整天没有音讯，手机也关机。蒋浩天和我几个人急得团团转，担心他们出了意外，正在商量分头去找，谁知叶倩颖这时独自一人回来了。当时，她目光呆滞，双手沾满了血。我们不知道发生了什么，问她白冰冰去了哪里。于是，她领着我们来到地下仓库。当时，这里就是一个放杂物的地方，蒋浩天和叶倩颖都熟悉。我们这才恍然，叶倩颖没有外出，她一整天都待在地下仓库里……”

“……等我们跟着叶倩颖走下楼梯，走到我们现在的地方，就被眼前的景象吓呆了。只见白冰冰仰面躺在地上一动不动，一张脸血肉模糊。我们问她发生了什么事情。她掩面大哭，说自己杀了她，哭着哭着就笑了，笑完了又哭……”

郭淮问：“你们后来是怎么处理白冰冰的尸体的？”

冯俊叹了口气，说：“蒋浩天出主意，把白冰冰就地掩埋。要所有人不对外声张。”

“为什么要那样？”

“他跟叶倩颖是情人，当然向着她做事。我和高敏当时都被吓傻了，也就顺着他的意思做了，再说叶倩颖当时已经疯疯癫癫，好像受了很大刺激。即使报警又能怎样？白冰冰人已经死了，叶倩颖也疯了。警察也处理不了啊。”

“所以你始终不知道叶倩颖为什么要杀白冰冰？”

冯俊点头。

“那你认为，眼下发生的撕脸杀人案与叶倩颖当初杀死白冰冰也有联系喽？”

冯俊赞叹：“果然是警探，一下就能抓住问题关键。我的确这样想。我最早是在报纸上得知的撕脸杀人案，随后又听到各种风言风语，说撕脸杀人案的凶手毁掉被害人的脸，还在案发现场留下 finding face。我当时马上就想到了叶倩颖。我总感觉，这起连环谋杀暗有所指，于是跟高敏和蒋浩天取得了联系，他们也有跟我一样的想法……”

“所以你们一同来到 M 县，开始暗中调查叶倩颖，是吗？”

“的确是这样。我们想确定叶倩颖到底是真得病，还是假得病。通过多方打探消息，她好像真的病得很重。但是，蒋浩天不这样认为，他坚信叶倩颖是在装疯，她的真正目的是想把那些知道她杀人秘密的人统统铲除掉。蒋浩天虽然看上去孔武有力，其实胆量还没有我大。他因为害怕叶倩颖向他动手，又听说精神病杀人不负法律责任，所以更加坚信叶倩颖会肆无忌惮地继续杀人，与其被杀不如先下手为强。”

“他一次次袭击叶倩颖就是为了这个原因？”

“撕脸魔的杀人手段风传得越诡异，他就越恐惧。晚上他连觉都不敢睡，害怕他睡着以后，撕脸魔会悄然潜入到他身边，像杀害那些人一样把他扼死，把他的脸也剥下来……”

想不到外表强横霸道的巨汉居然是这样一个懦弱的胆小鬼。郭淮和陈晓松相视而笑。

“警方越是迟迟不能将凶手抓捕归案，蒋浩天越是担惊受怕。当他听说，有一个民警也被凶手杀了，立刻就崩溃了。在那之后他就失踪了，其实他是在躲避凶手的追杀。到了最后，他干脆绑架了叶倩颖。”

“他想对叶倩颖做什么？”

“逼她说出杀人真相。”

“要是叶倩颖真的不知道呢？”

“那他……我也说不清，杀叶倩颖还是怎么着，只有他自己知道，或者连他自己也不知道该怎么办。你们没看出来，他其实已经比叶倩颖先疯掉了，只不过是被逼疯的。”

“对于蒋浩天的想法，你怎么看？”

“我原本对叶倩颖是凶手的猜测半信半疑。但是看到蒋浩天被杀，我们现在也被困在这里。我想……”冯俊看了一眼仍然昏迷不醒的叶倩颖，“我认为她就是撕脸杀人案的真凶，没有人比她更拥有足够的杀人理由了。她杀人的真正目标是蒋浩天、我和高敏。为了灭口。”

第二十一章 第三重谎言

郭淮忽然冷笑："撕脸魔的杀人手段凶残利落，他根本不在意对方是男是女，自己能不能将对方制服。事实上，他选中的目标还没有一个能够逃脱的。你认为叶倩颖就是这样的凶手？"

"为什么不可能？"冯俊显得很激动，"你没有看到她发作时的样子吗？一个大男人都制服不了她。人一旦发起疯来，跟正常人总归是不一样的。"

他说得似乎也有几分道理。

陈晓松一直在旁边静静地听着。他问郭淮："你相信他说的？"

郭淮想了一会儿，目光忽如锥子一般盯在冯俊脸上。

冯俊下意识地畏缩一下。

郭淮说："我有一个问题想问你。"

"什么……什么问题？"

"叶倩颖刚才口口声声说她是被迫杀人的，这个你怎么解释？"

"疯子说的话你也能相信？"

"疯子的话也许比我们的话更可信。"

"什么意思？"

"你都没有觉察到，自己刚才的讲述存在这两个再明显不过的漏洞吗？"

"漏洞？"冯俊脸上的肌肉微微抽动。

"其一，叶倩颖如果想要杀人灭口，她为什么当初不动手，却等到两年之后的现在？其二，既然为了灭口，她本应采取更隐蔽的作案方式。至少可以把你们一一骗出来，趁其不备杀害，为什么要大张旗鼓地杀人，把自己打造成为一个引起公众注意的恶魔？”

“……”

陈晓松这时候插话：“还有一点我想要补充。按照冯俊的说法，当初是蒋浩天提议把白冰冰的尸体掩埋在此。那他的行为就完全是在维护叶倩颖，甚至冒着触犯法律的风险。对于这样的男友，叶倩颖为什么还要杀死他？还有，蒋浩天为什么会那么惧怕叶倩颖？这不像是一对曾经的恋人，倒像是一对仇家。”

冯俊被两个人一连串的质问问得哑口无言，豆大的汗珠从胖脸上滑落。

郭淮的目光紧紧逼视他：“这说明你刚才在撒谎……”

“我没有……”冯俊脸上的汗更快地淌下来，“我说的都是真的。你要相信我啊，郭警官。”

“那你给我一个能让我信服的说法。”

“她真的是凶手，真的是。”

郭淮目光炯炯：“有一点我相信，白冰冰被害时，你、高敏、蒋浩天还有叶倩颖都是知情人。但你说叶倩颖是凶手，而你的证词实在难以成立。那么反过来说，这四个知情人之中的任何一个人都可能成为理论上的凶手。现在高敏和蒋浩天都已经被杀，剩下的……”

冯俊惊叫道：“你怀疑我是凶手？”

郭淮没说话，他的目光带着重量压迫着冯俊，让冯俊感到呼吸困难。

陈晓松站在旁边冷眼旁观。

现在冯俊被彻底孤立了，圆胖的一张脸由白变青，变灰，变绿……

他猝然发出一声大吼：“我没有杀人！我不是撕脸魔！”肥胖的脖子居然爆出青筋。

他不顾一切地朝楼梯狂奔。

郭淮稍稍迟愣，跟着追上去。

冯俊刚迈上台阶就被郭淮一把抓住背心。冯俊拼命一挣，郭淮忽觉断裂的肋骨用力摩擦，一阵抽痛……疼得他差点儿从楼梯上栽下去。他抓住扶手，肋间又是一阵抽痛。慌不择路的冯俊已经趁着这个时间跑上楼梯，逃出了通往一层的楼门。

郭淮回头看一眼陈晓松。他还是站在原地没动，坦然自若地瞧着眼前发生的一切，宛如观看一场话剧。

他不帮冯俊，也不帮郭淮。他是一个游离剧情之外的嫌疑人。

但郭淮说什么也不能放走冯俊，他强忍着伤痛追上一层楼。

冯俊像一只没头苍蝇四处乱撞，他跑向大门，砸碎玻璃，用力晃动铁栅栏，见没有效果，他掉头奔向二楼。郭淮紧追不舍，两个人一前一后，在货架之间东躲西藏，玩起了猫捉老鼠。冯俊虽然腿脚不灵便，因为郭淮有伤，一时间也抓不住他。

郭淮掏出手枪，在暗淡的光线下很难瞄准。他也不可能向冯俊开枪，他要活捉冯俊。

“再不站住我要开枪了！”他恐吓。

冯俊根本不听，低着头从货架另一端跑过去，又从楼梯上往下跑。

“该死的。”郭淮气喘吁吁，边骂边追。

冯俊满头大汗地跑回到一层，一抬头，猛然看见大门开着，铁栅栏也打开了。有一瞬间，他还以为自己眼花了。他来不及多想，便向前冲过去。

出去他便自由了。

这个该死的地方也是他心灵中的渊薮，他多一分钟也不想待在这里。

他一只脚刚刚迈出门槛，眼前一花，跟着头重脚轻，结结实实摔在了地上。

郭淮赶到时，陆小棠正在给冯俊戴上手铐。

“你什么时候赶到的？”郭淮问。

“不早不晚，刚刚好。”陆小棠说。

“你不是去调查胡新月失踪那天发生了什么吗？有没有什么进展？”

“在你家楼下，有一个住户说，胡新月失踪当天下午，曾经打听过一个穿紫色羽绒服的人。她是去追那个人了。”

“有这等事？”郭淮很吃惊，“那个穿紫色羽绒服的人有没有留下什么线索？”

“时隔好几天，查起来可不容易。几个目击者对那人的描述不尽相同，有说高，有说矮。我也不能断定到底是不是蒋浩天。目前我让你们县公安局两个人继续摸查。能不能找到可难说，但至少能说明胡新月失踪并非意外，她甚至有可能找到了凶手的藏匿之处。”

“可是她从来都没有跟我说过啊。”

“这是个挺让人费解的地方。我想不明白的是，凶手那天为什么要去你家，而胡新月又是怎样怀疑到他的。”

郭淮叹息。“在我家大门外墙壁上，也写着 finding face。”

“有这种事？”

“我想凶手很可能是冲我来的……”说到最后，他的嗓音有些哽咽。

陆小棠不愿牵动他的伤心处，她转移话题：“我知道你这里缺人手，蒋浩天是一个穷凶极恶的人，我担心叶倩颖被害就急忙赶来，想看看能不能帮上忙。看样子你基本都解决了，蒋浩天被抓住了吧。”

“他已经死了，而且被剥了脸皮。”

“是吗……”陆小棠似乎并不感到意外。

“你好像早已经猜到他不是凶手似的。”

“他未必是撕脸杀人案的凶手，但不能证明他就没罪。”

“什么意思？”

“你应该问问他。”陆小棠把冯俊从地上拉起来。

“我刚才都已经对郭警官讲得很清楚了啊。”冯俊满脸愁苦。

“他都告诉你了？”陆小棠问郭淮。

“他说，凶手是叶倩颖，她两年前在这里杀死了好友白冰冰。当时，还有蒋浩天、冯俊和高敏在场。他们商量后决定掩盖事端，把白冰冰的尸体埋在地下仓库。两年之后，叶倩颖担心自己杀人的秘密被揭发，就扮成撕脸魔杀人，她的最终目的是除掉当年的知情者。”

陆小棠听完一阵冷笑：“你相信他的话？”

“我不相信。但是，我又想不出他为什么要说谎。”

“他说谎是因为他也犯了罪。”

“什么？”郭淮的目光落在冯俊脸上。

冯俊脸色霎时惨白。

陆小棠对郭淮说：“我在电话里告诉过你，叶倩颖当年出国去澳洲留学纯属子虚乌有，她从来都没有离开过中国半步。”

郭淮诧异道：“她为什么要说谎？”

“不是她想说谎，而是她被骗了。”

“被骗？”

“两年前，她的确准备出国去澳大利亚，连大学都联系好了，也办了护照、买了机票。但事实上，她并没有登上去澳大利亚的飞机，而是来到了这里。你能想到其中的原因吗？”

郭淮一怔。

陆小棠接着说："如果我告诉你，给她办理出国留学的中介机构老板叫冯凌志，你会想到什么？"

"冯凌志？难道是冯俊的什么人？"

"是冯俊的叔叔，冯俊现在仍然在做留学中介的生意。"

冯俊两条腿不住地打哆嗦。

陆小棠的目光猝然盯在冯俊脸上："是你动员叶倩颖去澳洲留学的，对吗？"

"不，不是我，是白冰冰、蒋浩天他们的主意。我一开始什么都不知道，真的，没骗你。"

郭淮一把揪住他的脖领子："你给我讲清楚，到底是怎么一回事？"

"白冰冰他们想利用出国留学的幌子把叶倩颖骗出来，然后……然后……"

"然后怎样？"郭淮逼问。

"然后，把她囚禁在蒋浩天家开的旅店里。"

"就是在地下仓库里对吗？"

"对，最小的那间屋子。"

"囚禁了多长时间。"

"一年多……"

"一年多……她都被绑在那里，从来没出去过？"

"她一出去就露馅了。"

"你们天天虐待她是吗？"

"那都是蒋浩天和白冰冰干的。蒋浩天说实在受不了她平时颐指气使的霸道，想要好好杀杀她的威风。"

陆小棠说："白冰冰不是叶倩颖最好的朋友吗？"

"表面上看是那么回事，两个人好到亲密无间。叶倩颖飞扬跋扈惯了，处处都要说上两句，稍不如意就大发脾气，很多人跟她接近只是因为她出手大方。但是，白冰冰确实是唯一一个能跟叶倩颖处得来的朋友。她不但能够容忍叶倩颖的坏脾气，往往也能揣摩透她的心意。怂恿叶倩颖出国留学就是她的主意，她三说两说，叶倩颖就慢慢心动了。白冰冰同时联系我，为叶倩颖办理了一套出国的手续。在叶倩颖准备出国前，她提议几个好朋友聚在一起好好玩乐一番，叶倩颖就同意了。其实那是她跟蒋浩天事前设计好的骗局，等叶倩颖一来到这里，就被扣住了。她让叶倩颖定期给家里打电话，谎称自己已经到了澳洲，一切顺利。"

陆小棠打断："叶倩颖不会求救吗？"

"她不敢。白冰冰说，要是她在打电话里说错一个字，就把她活活打死。"

"这是闺蜜之间做的事情？"

"我当时也吓坏了。平时看上去温和可亲的白冰冰，简直变成了一只吃人的妖怪。蒋浩天对待叶倩颖主要是玩弄，她则是歇斯底里的发泄。她用尽手段折磨叶倩颖，让人一看都感到害怕……"

陆小棠的脸色已经不像开始时那样镇定，只感到一阵阵寒意。

很难想象，这些令人发指的残暴手段发生在最亲密的朋友之间。

她现在知道，为什么叶倩颖会把白冰冰的照片通通划坏。那种痛彻心腑的恨和悲，彻彻底底改变了一个人。

郭淮问冯俊："他们为什么要这样做？白冰冰和叶倩颖之间究竟有什么深仇大恨？"

冯俊耸耸肩，做出不知道的表情。

陆小棠说："我可以解释。"

"你？"郭淮略显惊讶。

"我特意询问过叶倩颖的父母，在她出国这两年里，一共向家里要求了超过500万的汇款，打入她的外国账号。当然，经过调查，这些存款最终又转回到了国内。"

郭淮明白了："也就是说，这些人做了一个留学的骗局。将叶倩颖囚禁起来，逼她向家里要钱。"

冯俊马上说："跟我没有关系。我不知道这些事，这都是白冰冰和蒋浩天私自策划的。"

陆小棠冷笑道："你觉得会有人相信吗？你是这起绑架犯罪中一个重要环节，如果没有你的配合，白冰冰也不可能那么顺利地绑架叶倩颖，逼她从家里骗出钱来。你们这几个人表面上自称叶倩颖的朋友，实则是阴险卑鄙的畜生，你们几个人各自分工，不择手段，最终只是为了她的钱。"

冯俊哑口无言。

郭淮问："那白冰冰又是怎么死的？"

冯俊垂着头说："囚禁了叶倩颖一年多，她已经被折磨得奄奄一息了，神智都已经不清楚。我们就渐渐放松了警惕。有一次，我和蒋浩天、高敏出去办事，就留白冰冰一个人看着叶倩颖。以往都没事，不曾想那天偏偏出事了。我们谁都没有想到，叶倩颖的虚弱与痴呆通通都是装的，她在心怀恨意地等待机会。那一天，不知她究竟是怎样弄开的绑绳，或者白冰冰太大意，想到什么新办法折磨她。总之，叶倩颖看准了机会，制服了白冰冰。她用白冰冰对待她的手段对待白冰冰……”

“……当我们回来时，发现白冰冰已经被勒死在地下仓库里了。她的脸被戳得惨不忍睹。勒死她的就是曾经用来绑叶倩颖的腰带，戳在她脸上的簪子也是毁容叶倩颖的簪子，这是叶倩颖的报复方式。说起来，那根腰带和银簪子还颇有来历。在叶倩颖出事前，白冰冰过生日时，叶倩颖送给她一套名贵的时尚女装，上面就有那根腰带，银簪子也是一并送给她的礼物，据说是叶倩颖从台湾老家带来的传家宝。白冰冰其实是故意用这些东西来伤害叶倩颖的，到最后叶倩颖用这些东西杀死了白冰冰。真是因果报应啊。”

“你们发现白冰冰尸体时，叶倩颖那时已经逃走了？”郭淮问。

“是。不过她一逃出去，就不再是那个备受凌辱的受害者。她变成了另外一个人。我们正看着白冰冰的尸体惊魂未定，蒋浩天收到一条短信。短信里没有署名，只有寥寥几个字。我到现在还记忆犹新。‘我去寻找我的脸，找到时，我就回来。’我们当时就有一种不祥的预感。”

“你们没有选择报警。”郭淮说，“你们偷偷掩埋了白冰冰的尸体。你们不敢报警，是因为害怕警方调查白冰冰的死因，你们的罪行就会暴露。所以，你们最后不得不咽下自己种出的苦果，替叶倩颖杀人掩盖真相。”

冯俊头垂得更低。

“所以当撕脸杀人案出现时，你们一个个心惊胆战。”

冯俊叹道：“我们担惊受怕了两年。有时候我在想，假如叶倩颖报案，警察来抓我们反而更好，比整天惴惴不安、疑神疑鬼要轻松多了。叶倩颖被白冰冰、蒋浩天残害时，她的惨叫只会让人内疚，被毁容的脸让人恶心，但也没有更多的含义。可是，在她逃走之后，每当回想起她惨叫的样子，我就浑身起鸡皮疙瘩，想起那张破烂的脸就像怕鬼一样坐卧不安，总觉得那张脸藏在什么角落，一不留神就会，突然出现在面前，把人活活吓死……”

“撕脸杀人案吓坏了你们，你们三个当时的亲历者不约而同赶到M县，打探叶倩颖的消息。你们怀疑，撕脸杀人案跟你们当年所犯下的罪行有关。当你们得知叶倩颖就住在家里，简直又惊又怕，蒋浩天更是吓得几乎发疯，他甚至想先下手为强，除掉叶倩颖……”

“那家伙的确是吓疯了，我和高敏都不敢跟他打交道。”

“你们怀疑叶倩颖是撕脸杀人案的凶手，有没有什么证据？”

冯俊想了想，摇头。

“我们其实也只是猜测，当年这件案子的知情人只有六个人。叶倩颖、白冰冰、蒋浩天、蒋浩天的叔叔、高敏、我。蒋浩天的叔叔只是一个唯利是图的买卖人。他只负责放风，收点儿小钱，但不了解内情。除他以外，白冰冰已死，只剩下蒋浩天、高敏和我以及逃走的叶倩颖。只有叶倩颖最有嫌疑。”

“那陈晓松呢？你们之前认不认识他？”

冯俊摇头：“我们刚才在地下室听他说，自己也是C市师范大学的学生，但我们对这个人却没有任何印象。他的出现总让人觉得莫名其妙，我到现在也想不明白。”

陆小棠这时插话：“听说叶倩颖上大学时有不少追求者？你想想里面有没有类似陈晓松长相的？”

“想不起来了。不过，叶倩颖那时候眼光高，交往的也都是一些帅气或者某些地方出众的男生，像他这种普普通通的人是不看在眼里的。”

郭淮说：“这个人就像是凭空突然冒出来的。从我最早调查撕脸杀人案开始，他就出现了，但是直到现在，我也没办法确定他到底有罪还是没罪。这一次多亏他的催眠术，我才能找到白冰冰的尸体。”

陆小棠问：“那叶倩颖呢？”

“除了精神受到一些刺激，没有大碍。”

“她现在人在哪里？”

“地下仓库，陈晓松也在。”

“你就把他们两人扔在那里？”

“跟我一起来的两个兄弟都牺牲了。我还得抓冯俊，哪里还能分身去看顾他们？不过不用担心，这个超市只有这一个出口，不是一直在这里吗？”

陆小棠一激灵，惊呼：“可是我赶来时，门就已经被打开了。”

郭淮也惊了：“我还以为门是你弄开的？”

两个人四目相对，郭淮忽然转身向地下室跑去，陆小棠紧跟其后。

他们一口气下到地下仓库。那具干枯的蜡尸仍然躺在挖出的坑里。叶倩颖和陈晓松却已经不见踪影。

两人搜查了整个超市，没有人。

“我竟然没有料到他们会逃走。”郭淮气恨不已。

陆小棠说："如果仅仅因为叶倩颖害怕杀死白冰冰的事情暴露，那她就太蠢了。在当时那种特殊情况下，她完全可能被定性为正当防卫。假如她的罪行不仅仅是这些，那就另当别论了。"

"问题是我们现在在L市，陈晓松他们又有车，很难确定他们会躲到哪里。"

"……"

23：21

L市公安局值班民警接到报案赶来，经过一番搜查。在斯大林路路边发现一辆老式北京吉普，在吉普后座下面发现一具脸皮被撕掉的男尸，从身高与体型看，符合蒋浩天的基本特征。

加上超市里高敏的尸体与M县公安局两名警员。一个晚上四人被杀，两人失踪。撕脸杀人案的凶手仍然是一个谜。

陈晓松驾驶金杯货车，在夜色的掩护下行驶在公路上。

叶倩颖倦怠地靠在副驾驶座位上，望着车窗外。

"累了就睡一会儿。"陈晓松说。

"这是去哪里？"

"不知道。"

"不知道？"

"家是回不去了。你我住的地方，现在说不定都被警察包围了。"

"那我们现在岂不是走投无路了？"

"你以为呢？要不我现在带你回去自首？"

"我不要，我杀了人。"

"你是被迫的。你如果不杀白冰冰，她早晚也会杀你的。"

叶倩颖叹息一声，不禁落下两行泪。"我们曾经是情同手足的姐妹，怎么会变成今天这个样子？"

"那不是你的错。白冰冰根本就没有把你当成姐妹，她跟你亲近是有目的的。"

"我们从初中时期就是朋友，一直到同一所大学，都没有分开过。她是我最信任的人，我甚至对我的父母都没有像对她那样好过。"

"也许是你当初太蛮横了，不知不觉地惹怒了她。她表面不说什么，内心深处累积着对你的怨恨。”

叶倩颖打了一个寒噤。

白冰冰那张熟悉温和的笑脸悄然浮现在车窗中。她记忆中的白冰冰从来不曾发怒过。她容忍自己的任性，处处迁就自己，永远是一个豁达大度的姐姐。在叶倩颖众多的朋友中间，她是唯一一个真正懂得叶倩颖的孤独的人。

就是这样一个人深深地恨着叶倩颖。

就是这样一个人设计囚禁了叶倩颖。

就是这样一个人用最残忍的手段报复叶倩颖的骄傲。

直到现在叶倩颖都感觉仿佛做了一场大梦。眼前的世界笼罩在一片灰色的雾霭中，什么都看不清楚，什么都听不清楚，没有什么是真，没有什么是假……一张张或熟悉或陌生的脸从眼前掠过，每一张脸都能做出相似的笑容，笑容之后隐藏着黑色的漩涡，漩涡里传来鬼哭狼嚎……虚虚实实、变幻莫测，活着的仿佛死了，死去的仿佛活着……

叶倩颖流着泪说：“我真的不知道我什么地方伤害了她。我并不是真想那么做啊。”

“你没有伤害她。真正伤害她伤害你的，是钱。”

“钱？”

“不管是不是在做梦，钱无论在哪里都是最真实的存在。有钱，人就是真实的，没有钱，人也是虚幻的。”

“我不明白。”

“正因为你不明白，才会被她欺骗得那么深。”

叶倩颖闭上眼睛，眼泪止不住地从眼睑中涌落。

“你现在想去哪儿？”陈晓松问。

“随你的便。只要离开一切我所熟悉的地方，越远越好。”

1 月 17 日，星期二，00：27。

夜浓。

郊区公路。

陆小棠坐在开往 M 县的厢式警车里打盹，背后车厢里停放着白冰冰的干尸。

她跟郭淮分头行动，郭淮配合 L 市公安局警员，在 L 市附近搜索陈晓松叶倩颖二人的踪迹，她带人回 M 县搜索。

陆小棠在迷迷糊糊中，迷迷糊糊地想着案情。

手机铃声把她吵醒，她摸索着掏出手机，看一眼来电显示，居然是慕容雨川。她不满地嘟哝："大晚上你不睡觉，给我打什么电话？"

"我等了你一整天，你连个电话都没给我打。"听筒那头的慕容雨川大声嚷嚷着。

"我可不像你现在能天天躺在床上。我都快忙死了，哪有工夫陪你磨时间。"

"这话让你说的。不是我想躺在这里，是我爬不起来。再说，你答应我的事忘了吗？"

"什么事情？"

"我……"

"哦，想起来了，你说让李涵重新做一遍尸检。那得需要时间啊，哪能说做就做。"

"我只要他拍几张清晰的照片给我就行。"

"你是闲得没事做了吧？"

"你以为我吃饱了撑得没事干，想看尸体过瘾？"

"难道你不是？"

"螳螂你说话越来越气人了，我是在帮你做事呢。"

陆小棠在话筒这头偷笑。

"算了，不跟你废话。你把李涵的手机号给我，我让他用手机拍下来，发给我。"

"喂，你到底发现什么了，这么急？"

"我上次不是跟你说过吗？在胡新月腋下发现了一块酷似湿疹的红斑。"

"是呀，怎么了？"

"我想要验证一下，其他尸体身上有没有类似的红斑。"

"如果有又怎么说？"

"现在还不能说，我必须确认之后才能告诉你。"

"切，爱说不说，我还要休息……"

"等等，先别挂。"

"又怎么啦？"

"手机保持开机。一旦我跟李涵联系后确实了猜测，我就打电话告诉你。"

"那好。"

"亲亲。"

"去死。"

陆小棠挂了电话，发现同车的两位民警都用异样的眼光看她。估计他们打破脑袋也想不出陆小棠到底在跟谁通话。陆小棠忽然想笑，她知道车厢后面放着一具尸体，知道重要证人下落不明，在这种压抑的气氛里她偏偏想笑。都怨慕容雨川。

1：12

陈晓松下车，带着叶倩颖走进路边一家简陋的旅店。店主没向他要身份证，他用假名字登记，开了一间豪华房。

豪华房间与标准房间的区别就是多了卫生间。

房间里有一台电视和一张双人床。窗外是冬天光秃秃的田地，虚无的夜空呈现深蓝。透明的风来回游荡，将远处的月牙和路灯抹成白蒙蒙的一片。

叶倩颖没有异议，她走进卫生间洗澡。隔着玻璃门上的纱帘，能看见乳白色模糊的身影窈窕晃动……

陈晓松靠在床上看电视。熟悉的电视剧，熟悉的剧中人物，在一个陌生的环境里也似乎陌生。

冥冥中之中漂浮着一种凄切。

一种悲伤。

陈晓松不断地调换频道……某一刻，他停止，侧脸，看见叶倩颖裹着浴巾站在床前。

两人彼此凝望。

仿佛相识已久，仿佛不曾经历过先前的惨案。

“过来。”陈晓松摆手。

叶倩颖走到他身边坐下。

陈晓抬起手轻轻梳理她潮湿的长发，慢慢地解开她的浴巾，下面是温暖的裸体，散发出浴后的甜香。

陈晓松亲吻她。她并不抗拒，似乎已经不记得那天晚上在陈晓松家，那个变态的人对她做出变态的事。

他们不疾不徐，缓慢升温，朦胧中，她问伏在身上的男人：“我们之前见过吗？”

“之前？”

“我是说，很久……很久……以前……”

陆小棠一回到 M 县，立刻通知李东生召集警员，分派几路赶往叶倩颖和陈晓松家。

结果两人都不在。

这似乎也在陆小棠意料之中。

6：35

派往搜查陈晓松药店的人忽然报告了惊人的消息。

李东生通过对讲器问："你们找到陈晓松了？"

"不是。但或许，比那个更重要。"对讲器那头回答。

"你们找到什么了？"

"人的脸皮。"

"什么？"

"还有别的东西。李队和陆警官，你们最好亲自来看看。"

陆小棠赶到药店，店门口有两位民警严阵以待。她走进门，看见技术科的人都在里面。

"人脸在哪里？"她问。

一个姓董的技术员领她走进里间屋，所有找到的东西摆在办公桌上。陆小棠一眼就看见那张平铺在塑料袋上牛皮纸一样的东西——五官的孔洞在这种形态下看起来十分可笑，却又使人感到厌恶和恐惧。

陆小棠说："被撕掉脸皮的被害人一共有四人，三个人的脸皮已经找到，加上这一张正好齐了。"

她问："人脸是在什么地方被发现的？"

董技术员用手指指办公桌旁边的后门。"埋在了门口，用旧花盆挡着。"

"还有什么发现吗？"

"正想跟你说。在发现人脸的地方，我们还找到了装在塑料袋里的四本记事本。"

"记事本？四本？"

"对，四本。"

陆小棠心头大震。郭淮说过，曾在陈晓松家里搜出了三个日记本。时间从 1996 年延续到 2010 年，虽然没有涉及到犯罪证据，但是其中一些记录令人毛骨悚然。

她说："快把记事本拿给我看。"

四本记事本新旧不一，32 开普普通通的硬皮本子。没有陆小棠想象中那么厚。

她套上乳胶手套，挑选样子最旧的那一本翻看——

字迹略显潦草，语气也透露着稚拙，时间一下子退回到十几年前……

1996 年 9 月 12 日，星期四，生活真无聊……

1997 年 1 月 3 日，星期五，今天我过生日，老爸破天荒地给了我一张百元大钞，开心……

1997 年，3 月 12 日，星期三，我又尿床了。我也不知是怎么搞的。这么大了还尿床，实在难于启齿。我偷偷把床单洗了。这一次，妈不会发现……

1997 年 10 月 1 日，星期四，为了庆祝国庆节，我放了一把火，把学校活动室的木头门点着了。谁都想不到是我做的。故意犯错又能逃脱惩罚的感觉，真让人兴奋啊……

陆小棠飞快地浏览，她心里体验着一种奇异的感受。胡新月被害前，是不是也在翻看这些日记。

她仿佛能感知那个女警的灵魂正漂浮在这里，与她慢慢融合……一同翻阅这份谜一样的日记……

终于，陆小棠翻到了，让郭淮毛骨悚然的段落……

1997 年 5 月 4 日，星期日，……我把它绑在一个被遗弃的废品收购站小屋里。它还不知道我要做什么。我想如果它知道了，或许会恨我，这样想，我也有点儿不安……

……

陆小棠看到这里，脊背已经冰凉。胡新月当初是不是也看了这些？

陆小棠继续向后翻，看完一本，按照时间顺序看第二本，她有充足的时间，她可以比郭淮和胡新月看得更仔细。

除了活活饿死一只猫，陈晓松还做过了其他类似的实验。

陆小棠逐渐发现了一个规律。

少年时期的陈晓松除了对实验记录得详细、日期紧凑之外，他对沮丧、愤怒的经历也尤其看重。相较之下，他对愉快或者平淡的事件往往一笔带过，时间跨度也很大。对于普通学生喜欢的寒暑假，他也只是写下简单的一句“又放假了”。一个月之后，才开始下一次日记。

陆小棠心想，难道在这个家伙的世界里，只有虐待和被虐待才能激起他生活的兴趣吗？

很难想象一个如此残忍的孩子的样子。

不过，这个孩子成年之后的样子陆小棠倒是见到了。

随着时间距离现在越来越接近，残忍实验的记录逐渐减少，关注点也日渐趋于常人。

在犯罪心理学研究中，存在着一条特别的规律。绝大多数变态杀手在幼年时期就能暴露出一些典型的特征。犯罪心理学称之为经典杀手幼年基本特征，包括三点——尿床、纵火、虐待动物。

在陈晓松的日记中，这三点无一例外都能找到。

陆小棠不是心理学家，她不清楚像陈晓松这样的人在世界上究竟有多少。他们的恶行源自于天性，还是后天？他们又是通过什么方法来修正自己，重新融入正常的社会生活？曾经内心的邪恶念头会被彻底清除，还是根深蒂固地暗藏在心灵中的某个角落，以更加狡诈的方式突然爆发？

陆小棠回想起跟陈晓松打交道的一切片段，从最初在法庭上旁观他如何挫败郭淮，到第二次被捕后巧妙应变、顺利脱身，再到在医院里催眠叶倩颖、骗过自己……他总能与撕脸杀人案保持着一种远近适度的距离，不至于使自己涉嫌被捕，也不至于消失在警方的视野之外……

他究竟想干什么？

陆小棠想起，犯罪心理专家罗炎麟对于组织力凶手的特征描述——

1. 犯罪手段周密、思维缜密、有条理性。

2. 对整个案件充满控制欲的渴望，超过了对被害人的伤害和自身安全的着想。

3. 他甚至会想方设法介入到警方调查中。观察他们对案情的反应，制定下一步行动方案。

陆小棠心念甫动，陷入了思索。

郭淮曾说，在他找到的陈晓松的三本日记中，没有发现涉及撕脸杀人案的线索。但是眼前却有四本日记，这说明最后一本是郭淮没有看到的。

那么胡新月有没有看到？

这跟她的遇害有没有关系？

陆小棠拿起一本看上去样式最新的。翻开，飞快浏览页眉上的日期——

2010 年，3 月 2 日，星期二……2010 年 3 月 5 日，星期五……2010 年 5 月 21 日，星期五……2011 年，2 月 27 日，星期一……

时间越来越接近现在……

陆小棠的心跳莫名加快，冥冥中她在盼望着什么。她感觉到胡新月的气息，就在这里……就在……

她突然停顿在某一页。

手指、呼吸、目光，同时凝固……心跳慢慢加速……

右侧纸页上有一个明显的划痕。

似乎有尖锐的东西刮了一下。仔细看，划痕深的地方纸页已经破损，墨水字都被刮掉了一些。

这就是她要找的。她和慕容雨川的猜测是正确的。胡新月被害前的确正在翻看陈晓松的日记，更准确地说，是在翻看第四本日记，正翻到这一页，就在她看到这里时，突然遭到了袭击……

危急关头，她的指甲用力划过纸页，在指甲缝里留下了纸张和墨汁的碎末。

陆小棠注意看着纸页上的长长的划痕，眉头微锁。胡新月会在什么情形下如此用力的刮抠日记本？总觉得她好像是故意用力刮出来的。

纸页上写着——

2011 年，7 月 3 日，星期日，药店顾客不多。下午看了两部电影，一部西班牙的，一部美国的……

内容平常，陆小棠看不出其中有什么深意。可是凭直觉，她感觉哪里不对劲儿，到底是哪里，她也说不出来。

她继续向后翻，当日期到了 2011 年，10 月 4 日，纸页上只有一句话——

Finding face

两天之后，10 月 6 日，撕脸杀人案的第一位被害人遇害。

第二十二章 真相

陆小棠混合着兴奋与心惊，继续向后翻——

2011年9月16日，星期六。原本做好了对方爽约的准备。没想到那个男的居然开着轿车来找我。我还真想象不到被一个男人追求是什么样，何况还像我这样其貌不扬，连女人都不太在意的男人。听听，他称呼我宝贝。我听着既恶心又好笑，但也只能陪他把戏演下去……我忽然觉得我的所作所为是一件崇高的工作。苍天有眼也会支持我这样做的……

我用刀配合着，费了一些力气才把那张皮扒下来。没了脸皮，他看上去还真有点儿吓人，他会不会恨我？我倒希望他能变成鬼找我。否则下一个倒霉的人就要出现了……

2011年10月17日，星期一。曲丹，歌厅小姐，社会阅历太丰富，比那个男的机警多了，是一个不好摆布的女人。这样我更喜欢，有难度，刺激……无论我怎样暗示，她都不肯答应，只愿意跟我在酒吧、歌厅里聊天，允许我隔着她的丝袜碰她的腿。我趁她去洗手间时，偷偷在她酒杯里下药，她回来以后居然一口酒没喝，我怀疑她发觉了我的意图。最后……我终于想到了一个办法……

……说出来最简单不过。我把兜里一摞6000块钱放在桌上，又拿出一张银行卡。我对她说，我就看中你了，这6000元就是你的。全套一次，卡里的7万也是你的。她被打动了。其实我卡里原有6056块钱，取出6000元，还剩下 56 块……

……她把我看成了暴发户，想跟我保持长期关系，以为抓到了宝，主动邀请我去她家。于是，我在她家里把事情做了。她的皮肤很好，脸皮很容易就撕下来了，攥在手里有一种温润的质感，好像丝绸……

2011 年 11 月 2 日，星期二。我有些纠结，在网上跟她聊天时，我心意已决，可是当看到人站在我面前，我发现她太年轻了，或许还未成年，我犹豫了。我是恶人，但不代表着我没有怜悯。假如她中途想要放弃，我会放她走。她举止过分成熟，与她稚气的外表并不相称，喜欢自称“老娘”。我很气愤她的父母是如何教育女儿的……遗憾的是，直到最后她都没有一丝退缩的表示。她跟我说，她不要钱，她家里不缺，她就是喜欢我这种成熟的男人。我不知道她的话是否发自肺腑，但也无法确实了。我看着她的脸皮，发现自己竟然哭了……

日记在胡新月死后便中断了。胡新月是第四名死者，但却没有记录杀害她的过程。或许正如之前猜想的那样，杀害胡新月原本并不在凶手的计划中，她的出现打乱了凶手的计划。

现在，陆小棠正试图将这三名死者的被害与叶倩颖两年前的绑架案连接在一起。按照冯俊供述，撕脸杀人案的真正目标是当年参与绑架伤叶倩颖的人，凶手大开杀戒，先用三名无辜的人做铺垫，引起蒋浩天、冯俊和高敏的注意，或者说是故意刺激他们。他不想这三个人痛痛快快地死，而要他们清清楚楚意识到撕脸杀人的手段，告诉他们自己也将步那三个人的后尘。这种残忍诡诈的杀人方式的确达到了预期效果，三个做贼心虚的人惶惶不安，纷纷跑到 M 县打探消息。主犯蒋浩天更是被逼得不惜犯罪来保命。从另外一个角度说，正是因为他们三个同时聚集到这里，反而给凶手创造了杀人时机，这很可能也是凶手滥杀的深层目的之一。

不过，按照冯俊的说法，叶倩颖才是撕脸杀人案的凶手。姑且不说叶倩颖有没有能力完成这一系列复杂的犯罪。她的确有作案的动机——复仇。

她当年遭受过常人无法想象的凌辱与伤害。她的怨恨可想而知，从她报复杀死白冰冰并戳烂她的脸，就可以看出她刻骨铭心的愤恨。

然而，矛盾的地方在于真正实施杀人的是陈晓松。至少，日记上明确显示，前三名被害人是陈晓松杀害的。

陈晓松跟叶倩颖又是什么关系？

冯俊说，他们都对陈晓松没有任何印象。也就是说，上大学时他们之间没有什么交往。如此说来，陈晓松很难知道叶倩颖被绑架的事。他不应该具有作案动机。可他偏偏用face作为自己杀人的标志。

有作案动机的人难以实施杀人计划。

没有作案动机的人热衷于杀人活动。

现在这两个人同时失踪。

仅仅是巧合？

还是另有深意？

陆小棠脑子有些乱，换个思路，她又把日记翻到胡新月留下划痕的那一页，她现在想明白自己刚才什么地方觉得奇怪了。

胡新月翻看日记的时候一定情况紧急，她没有时间一页页细心品读。那她为什么跳过那些重要的犯罪记录，而关注这样一篇普通无奇的日记呢？

她又把日记仔仔细细看了几遍——

2011年，7月3日，星期日。药店顾客不多。下午看了两部电影，一部西班牙的，一部美国的……

看了半天，也没看出更多的含义。

她想起叶倩颖被催眠时回忆起的“梦”。离奇的梦境经过专业分析、产生了截然不同的含义。难道说，这一篇日记也是陈晓松反其道而行、把犯罪线索反向编成了一个人工梦密码？

这种做法倒是可行，但是她转念想到，胡新月不懂“释梦”，她看到的应该是另外的线索。

可是同为女人，她怎么就看不出来？

难不成胡新月在临死前跟她开了一个玩笑？

她脑袋又开始疼了，又向后翻。找一些她没有看过的日记。

这一次，陆小棠没再失望。

一个名字落入眼中。

白冰冰。

2011 年 9 月 10 日，星期六，今天是白冰冰的忌日。虽然从来没有人承认她已经不在人世，她的父母还在等待着女儿有一天能平安归来。然而，我却知道，两年前她就已经遇害了，作为一个默默爱着她的人，我或许不应该说这种不吉利的话。但是，我无法忍受这样漫漫无期、没有终点的等待……

……就在那次暑假，她同叶倩颖、蒋浩天他们一起外出。从那以后，我就觉得他们鬼鬼祟祟，似乎商量着什么事情。冰冰经常逃课，也不回家。我跟叶倩颖他们不熟悉，只好直接找她问。她不肯告诉我。我知道，在她心目中从来没有把我当成过她的男友。我只是一个局外人，但我也许是这个世界上除了她父母之外最挂念她的人。我当时有一种不祥的预感。我告诉她，不管她在干什么，可不可以停手。她同样没听我的话……

……后来，她莫明奇妙失踪了。蒋浩天、冯俊、高敏都回到了校园照常上课。而叶倩颖据说出国去了澳大利亚读书。所有人按部就班，可是唯独冰冰却失踪了。我猜不到究竟发生了什么，但是我不会善罢甘休。我，一，定，要，找，到，你……

……直到今天，一切终于准备就绪，我要起身了。I am finding face。

Finding face 。

他真正要找的是白冰冰。

陆小棠大惊失色，她马上打给郭淮："陈晓松跟叶倩颖一定躲在 L 市。你一定要尽快带人找到他们，不然就太迟了。"

"你到底在说什么？"郭淮问。

"陈晓松是白冰冰的恋人。他所做的一切就是为了找到白冰冰，为白冰冰报仇……"

1 月 17 日，星期二，8：23。

陈晓松醒来时叶倩颖还在睡觉。他爬上她的身体，把她从睡梦中挑逗醒来。

叶倩颖迷迷糊糊地望着压在身上的男人，她似乎已经彻底被这个男人征服，在顺从中享受着强迫的快感……

她娇喘连连，通身是汗，她已经倦了，但是陈晓松仍然不想罢休，他今天的精力出奇旺盛。

也许只有这样的男人才能带着她亡命天涯。

陈晓松伸出手，温柔地捧起她的脸。

“你真美啊——”他感叹。

他的称赞让叶倩颖心里喜滋滋的：“你想看就一直看下去吧。”

“我真想看看，整容前的你和整容后的你哪一个更漂亮？”

叶倩颖被触动了伤心处，凄然道：“假如你看到整容前的我，一定会被活活吓死。”

“怎么可能吓人？”陈晓松端详着叶倩颖俏丽的脸蛋。

“你看到了白冰冰的脸吧？”

陈晓松露出厌恶的表情：“那哪里是人脸。”

“我当时的模样几乎跟她一样。”

“什么？”陈晓松打了一个寒战。

“她其实也没有那么难看，知道她是怎么变成那样的吗？”

“……”

“是我用银簪子一下一下戳的。”

“……”

“……我都不知道一共戳了她多少下，但我就是难解心头之恨。我当时把她勒昏过去，本来可以趁机逃走。可是我宁愿被蒋浩天他们回来捉住，也不要放过这次难得的机会。我攥紧簪子一下下戳她的脸，每一下都扎到骨头上为止。她疼得从昏迷中醒过来，因为脖子被腰带勒着，她没法呼叫。她仰着血流如注的脸，充满乞求之色。我没有怜悯，我对她只有满心的恨意。她越痛苦，我的心里越舒服。”

“真难想象你会是如此心狠手辣的人。”

叶倩颖冷笑：“我对她所做的一切，不过是模仿她在我身上做过的。她用簪子戳我的脸时，也一样没有丝毫怜悯。”

“你们为什么都喜欢用簪子做凶器？”

“因为这枚簪子对我们来说有着特殊的含义。它是我父母从台湾带到大陆来的，据说是我的太祖母陪嫁的嫁妆。我在白冰冰 20 岁生日时把它作为生日礼物，送给了我最好的朋友。除此之外，还送了她一套限量版的范思哲套装。她当时惊喜万分，几乎要被感动得哭泣。我却万万没有想到，几个月后，她穿着这套范思哲的套装绑架了我。她用我买给她的腰带绑住我，用我送给她的簪子毁我的脸。她逼我像狗一样匍匐在她脚下，任她打骂侮辱。她故意穿着我送她的生日礼物，站在我面前洋洋得意。这种伤害比起她直接杀了我更让我痛苦。”

“她原本就是想达到这样的效果。”

“当我对一切丧失了希望，我知道我必死无疑，我所有的怨恨通过眼睛传递给她。尽管我知道毫无用处，但是我也要告诉她，哪怕我有一丝一毫的鬼魂残留在世上，我也要复仇，我要无休止地带给她厄运，让她有生之年，永远不得安宁。我能感觉到，她似乎很怕这种方式，每当我们四目相对，她都惊慌失措地躲开。我猜不到究竟是我的丑脸吓到了她，还是她能看出我目光里传递的恶意。”

“看上去，老天似乎并不想让你通过鬼魂来报复。”

“的确，我居然能够大难不死，听上去都奇妙。”

叶倩颖顿了顿，咬牙道：“所以我一有机会，就用她害人的方式把这些都还给了她。”

陈晓松承认：“白冰冰的所作所为，理所当然遭到这样的报应。不过，我现在倒是觉得，你反而被她的鬼魂诅咒了。”

一张脸猝然从窗外闪出，面目模糊，冷冷地注视着叶倩颖。

叶倩颖惊叫一声。

“怎么了？”陈晓松问。

“脸……脸……又出现了。”

“在哪儿？”

“在……”叶倩颖定睛一看，窗外只有空白的天光。

她又眼花了？

从什么时候开始，连白天她都不得安宁了？

陈晓松问："你杀死她之后，逃出了前进旅店。然后又去了哪里？"

叶倩颖努力从恐怖的体验中清醒过来，她说："我当时遍体鳞伤，脸也被毁得不成样子。我拿走了白冰冰的银行卡，里面有将近60万。"

"她有那么多钱？"

"那都是我的钱。她逼着我不停向家里骗钱。她也由此变成了一个小富婆。她的密码就是她的阴历生日，我太了解她了。我用这笔钱去南方做了整容手术，尽可能恢复到我过去的容貌，光休养就花了很长时间，等到伤基本痊愈了，我才回到M县父母那里。"

"他们没有看出破绽？"

"破绽？"

"毕竟，我是说，你即便整容，难道能够变成和过去完全一样吗？"

叶倩颖一笑："至少目前没有穿帮。只不过我总觉得脸皮硬邦邦的，好像套了一个塑料面具。"

陈晓松轻轻抚摸着她的脸，凑近了仔细打量。

"能看出不一样吗？"叶倩颖问。

"不仔细看的话，的确分辨不出来。只是在你的嘴巴里面、鼻腔里、耳朵里和头皮上残留着缝合线的痕迹，这些通常是没法发现的。"

叶倩颖一惊，似乎想起了什么。"那天晚上你给我吃药，趁我睡觉时在我身上做那些古怪的事情，难道说……"

"不错，我就是想检查一下你究竟有没有整过容。"

"你那时候就已经知道了？"

"是。"

"我不明白，那时候你并不知道我被白冰冰他们绑架的事，你怎么可能怀疑我整容呢？"

陈晓松坐在床上，瞅着一脸困惑的叶倩颖。他拿过裤子，在里面摸索出一盒烟，抽出一支，点着，叼上。慢悠悠地吞吐。

"陈晓松说："我现在可以老实地告诉你，从一开始，我们第一次见面时，我就怀疑你了。"

"怀疑我整容？"

“不仅仅是这些……”

叶倩颖忽然发现陈晓松的眼神变得冰冷。

她想坐起来，陈晓松把她轻轻按倒在床上。

陈晓松抽着烟说：“一年多以前，得知你返回了M县老家，我便辞去了C市的工作也回到M县。我曾在你家门外等你出来，故意碰见你两次，但是你都没有注意到我。我后来多方打听，听说你得了抑郁症，我原本正在自修心理专业课程，从那时起就大力钻研心理治疗学。后来我在交友网站上无意中发现了你的名字，没想到你连网名都用原名。我正好借用这个机会跟你深入聊天……”

“你给我描述了很多困扰你的噩梦。我当时对心理学，尤其是精神疾病临床治疗已经颇有掌握。直觉告诉我，解开你的梦境，或许就能了解曾经在你身上发生的一切。当然，实际操作起来很有难度，我因为这个被认定为撕脸杀人案的凶手抓起来过，还被迫出庭打官司，受到警方的严密监控。我知道，我正被一步步卷入危机之中，只要稍不留意，就会死无葬身之地。但是我不能罢手，我必须查明真相，我不相信那些警察，我相信自己的方式，纵然死也在所不惜。我并不关心你跟撕脸杀人案之间到底有多大的牵连，我更感兴趣的是你当初到底经历过什么……”

“所以你才把我催眠了。”叶倩颖身体僵硬。

面前这个男人刚才还跟自己肌肤相亲、柔情蜜意，现在却忽然成为了一个可怕的陌生人，或者说，他一直都是一个可怕的人，只是她从来没有意识到。而最可怕的是，她直到现在还弄不清楚这个人到底想干什么。

“催眠术是我最后的尝试。幸好我成功了，你把我带到了噩梦的源头，让我看到了那具深埋地下的干尸。”

叶倩颖心间陡升起寒意，暴露的皮肤起了一层疙瘩。

“你要找的是白冰冰？”她抑制不住，终于问出这句话。

陈晓松把一口烟慢慢吹出：“也可以这么说。”

“你是她什么人？”叶倩颖慢慢向床里缩。

“我是她的仇人。”陈晓松说。

“仇人？”

“因为她是叶倩颖的仇人。”

“你吓死我了。”叶倩颖松了一口气，“可惜白冰冰已经被我杀了，你没办法替我报仇了。”

陈晓松的手轻轻摸在叶倩颖脚上。叶倩颖感觉他手指冰凉。

陈晓松说：“我依然可以为叶倩颖报仇。”

“什么意思？”

“因为白冰冰没有死。”

“没死？”叶倩颖吃了一惊，“你……你不要吓我。”

“我没有吓你，我说的是实话。”

“她都……都变成了一具干尸了，你……你怎么说她没死？”

“我虽然不是法医，但是，我可以百分之百断定，那具尸体不是白冰冰的尸体。”

“不是白冰冰是谁？”

“叶倩颖。”

“你说什么？”叶倩颖惊得几乎从床上坐起来，却被陈晓松用力攥住脚腕。

“那具干尸就是真正的叶倩颖。”

“……”

“既然死的是叶倩颖，那么活的就是白冰冰。”

“白冰冰活着？那她现在在哪里？”

“在这里……”

叶倩颖骇得发出一声凄厉的尖叫，惊慌四顾，仿佛白冰冰伸着那张腐烂恐怖的脸正在逼近她……陈晓松牢牢攥住她的脚腕不让她逃走……

“白冰冰就在这里。”陈晓松重复。

他尖锐的眼神笔直地盯着叶倩颖。叶倩颖透过他的瞳仁，看见了自己的脸。

她忽然停止挣扎，难以置信地看着陈晓松。“你是说……是说……我是白冰冰？”

“你以为你是谁？”

“不可能，不可能。”叶倩颖在自己脸上乱摸，“我明明是叶倩颖。只有我才能这样漂亮。白冰冰那种平庸的女孩儿怎么可能跟我弄混……”

“你忘了吗，你整过容。”

叶倩颖停止动作，双手十指僵直地伸着。

“你伙同蒋浩天冯俊他们绑架叶倩颖之后，毁掉了她的脸。你又趁机把她杀死，把自己的衣服与她对换，让蒋浩天他们误以为叶倩颖杀死白冰冰逃走了。然后你去整形医院把自己弄成叶倩颖的形象，又怕将来有人看出破绽，于是编造一套叶倩颖在澳洲遭遇车祸毁容的故事。你自觉万无一失，才回到M县叶家，堂而皇之地取代了叶倩颖的身份，开始了千金大小姐的生活……”

陈晓松的话宛如一道闪电击中叶倩颖，浑浑噩噩的迷雾陡然炸裂，脑中无比清明……

“我是白冰冰，我居然是白冰冰，又穷又丑的白冰冰……”她吃吃笑起来，却比哭还难看。

“但你的脑子却比叶倩颖聪明百倍。她把你当成最亲密的朋友，却从来都没有觉察到，你接近她怀有恶毒的本意。”

白冰冰双手抱头，拼命晃动，长发纷乱。“我是她最好的朋友。我们从上中学就在一起，我诚心实意地对待她。我不会为了钱害她，我们是好朋友，是好朋友……”她露出痛苦的表情。

“你知道我是怎么看穿你假扮叶倩颖的吗？”

“……”

“当我听说叶倩颖回到老家，我特意从C市过来看望。我曾在你家附近与你碰过面，可是直到我们擦肩而过，你居然都没有认出我来。后来我们在街上又遇见过几次，你完全没有注意到我。我的疑心越来越重，我不太相信一场车祸会让一个人完全忘记了自己认识的人。这也加重了我深入调查你的决心。”

“这就是你接近我的目的？”

“可以这么说。你尽管整容成叶倩颖的模样，身材也与她相似，又很了解叶倩颖的脾性，可以惟妙惟肖地模仿她，但不论怎样，在真正了解叶倩颖的人眼中，你还是会暴露出一些破绽。”

“你究竟是谁？”

“我是她的男友。”

“胡说！他的男友明明是蒋浩天。”

“蒋浩天跟你是一丘之貉。他也能算上叶倩颖的男友吗？”

“可是我怎么从来没有在叶倩颖身边见过你？”

陈晓松稍稍一怔，表情里掠过一抹感伤。“也许在她心目中，我只不过是一个毫不起眼的暗恋她的小人物而已。”

“你跟她正式交往过吗？”

“没有，甚至不敢当面向她表白。”

“……”

“我能做的就是日复一日地给她写情书，攒得多了一起寄给她。情书里只是表达我对她的爱慕，但是从来没有向她要求过什么。我有自知之明。”

白冰冰恍然。“叶倩颖上高中时，的确经常收到一个叫松籽的人给她写的大把情书，她管那个人叫蛤蟆。”

“那个人就是我，后来我就把署名改成了蛤蟆。”

“她从来没有在我面前提过你的真名。”

“她那时还不知道我是谁。考大学时，我故意选择了跟她同一所大学，就是为了能跟她近一些，有机会看到她。”

白冰冰疑惑地瞧着陈晓松：“你没有想过跟她交往？”

“对我来说那是一种奢求。我是蛤蟆，她是天鹅，我们是两个世界的生物。”

“她那时候认识你了吗？”

“跟我见过一次面。她只是好奇，想知道这个暗恋她的蛤蟆到底有多丑。”

“你并没有那么丑，你只是不太惹人瞩目。”

“她站在我上课的教室门外等我下课。确认我就是蛤蟆时，把我从头到脚仔细打量了一遍。”

“她对你有意思？”

“不是，她只是觉得好玩儿而已。我当时无地自容，不等她开口说话调头就跑，还把脚崴了。”

“那你们后来又是怎么认识的？”

“那次见面之后我们就没再见过，我以为她早就把我忘了。后来有一天周六，她突然来寝室找我，约我一起出去玩，而且只有我跟她两个人。我当时简直不能相信这是真的……我陪她看电影、散步，就像情侣一样约会，那种感觉现在回想起来都仿佛是在做梦。一直玩到傍晚，她意犹未尽，把我拉到了宾馆。”

“她拉你去宾馆？”

“谁都知道那意味什么，我连想都没敢想。终于忍不住问她，为什么？她跟我说，她要出国留学，也许一辈子都不回来了。她知道我默默喜欢她很多年，她想在临走之前办一件好事，满足我的愿望。”

白冰冰冷哼：“简直像准备后事，就好像她知道一去不返似的。”

“那天晚上，我们住在了一起。我喜欢她那么多年，结果从约会到同床而眠只用了一天的时间。”

“这就是叶倩颖的处事方式。只在乎自己的感受，很少考虑别人。”

“即便她只是出于一种施舍的态度赐予我一天的幸福，我仍然心怀感动。就凭这份恩情，值得我为她做任何事。”

“可是你毕竟跟她没有过长时间的交往，你怎么可能对她那么了解，坚信我不是她？”

“如果你真心爱上一个人，一天与一生没有多大区别。那一天的叶倩颖已经牢牢记忆在我的心灵深处，她的气味，她的举止，她微妙的细节，我都能清楚地感知到。我相信，跟她交往过的那些男人，没有一个能做到像我这样。”

“所以你引诱我、跟我亲热，立刻就感觉出不一样了。”

“不错。你即使整容，也不可能从头到脚都改变，何况还有那么多行为举止上微妙的不同。那天晚上，我们住在叶倩颖家，现在是你的卧室里，我躺在你的床上彻夜未眠，你想象不到我当时有多么震惊。睡在身边的这个长着叶倩颖的脸、住在叶倩颖家里的女人竟然不是叶倩颖。这个天大的秘密居然被我以这种方式知晓了真相。”

“但你并没有立刻采取行动，而是继续假戏真做。”

“我是一个相当有耐心的人。我要知道究竟发生了什么，你是谁？为什么要假扮叶倩颖？真正的叶倩颖又在哪里？”

白冰冰感慨：“叶倩颖活着时有那么多趋之若骛、附和迎合的朋友。到头来，却只有你这个被她不屑一顾的小人物，一心一意要为她申冤。”

“你错了。我不仅仅是申冤，我更要为她报仇。对待那些伤害过她的人，以其人之道还治其人之身。”

“你要杀我？”

“你觉得你活着还有意义吗？看看你现在的样子，我相信，你的精神病不是装出来的，你做噩梦也不是装出来的。”

白冰冰不由得打了个寒战，浑身哆嗦起来。

“你能用那么卑鄙残忍的手段对付自己的朋友，即便你的心再歹毒，也难逃良心的拷问。每当你闭上眼睛，被你折磨致死的叶倩颖就要浮现在你眼前，你的噩梦有多深，她的怨恨就有多深。种瓜得瓜，种豆得豆，你获得了叶倩颖一切的同时，也得到了她将死之时对你的诅咒。”

白冰冰目露惊恐：“你怎么知道的？你怎么知道叶倩颖临死前说过话？当时只有我一个人在场……”

“她对我托梦了。”

“你……你胡说……”

“你还能清楚地记得，她对你说过什么吧……”

“她……”

已经面目全非的叶倩颖奄奄一息地躺在白冰冰眼前。白冰冰沾满血污的手里紧紧攥着那把银簪子，血珠从尖端坠落，摔在地上……破碎……

白冰冰大口喘着粗气：“现在你终于死了吧，看你还猖狂什么！”

冷不防，叶倩颖紧闭的双眼霍然睁开，直勾勾地盯着白冰冰。

白冰冰吓得畏缩。

“你……你……”

“即便……即便你杀死我，我也会永远陪着你……我们是好朋友……永远的好朋友。你会把我的脸还给我……”

白冰冰尖叫一声，用腰带套住叶倩颖的脖子，用力勒紧。“我看你还说，看你还怎么说……”

惊恐万分的白冰冰使足全力勒紧叶倩颖的脖子，那对眼珠始终瞪着她，异样的冷光发散出来，照着白冰冰的脸……

不知过了多久，当白冰冰意识到叶倩颖的身体已经僵硬，唯有那对眼珠仍然充满生命似的瞅着她。

只有那对眼珠没有死。

白冰冰松开腰带，叶倩颖直挺挺地躺在地上。那对眼珠不偏不倚又盯在白冰冰脸上。

白冰冰不得已绕着叶倩颖尸体转圈，可是不管她站在哪里，都能看见那对眼珠死死地盯住她不放。

白冰冰恨不能立刻掉头逃走，可她的计划还没有完成。她还要和叶倩颖对换衣服，把叶倩颖打扮成她的样子。

她强迫自己重新靠近那具尸体，哆哆嗦嗦地伸出双手……

接下来进行的事情在她的记忆中已经变得模糊不清，她有生以来从未体验过那样一种锥心的恐惧。她不怕活着的叶倩颖，却恐惧她的尸体。

尸体已不再是叶倩颖。

然而分明又是叶倩颖。

尤其是那双凝滞而充满暗示意味的眼睛……

我们是好朋友……永远的好朋友……你会把我的脸还给我……

这就是噩梦中，站在白冰冰床前的身影要对她说的话。那张虚化在黑暗中的脸渴求地望着她，要她归还自己的脸。

白冰冰看着陈晓松，失声痛哭起来。

她哭泣的模样让人怜惜，她有叶倩颖那张美丽的脸。

陈晓松面色阴冷。

他说："你现在应该知道，什么是生不如死的感觉。"

"我该怎样才能解脱？"

"只有一种办法。"陈晓松攥住她脚腕的手慢慢用力，把她的身体拖过来。

"你难道要……"

陈晓松伸出一只手，虎口按住她的咽喉。"这是唯一的办法。"

白冰冰的眼泪流出更多。

陈晓松没有丝毫怜悯，面对着这张叶倩颖的脸，他眼中只有杀意。

但是，他忽略了一个细节。

一个圆形的短棒形状的东西，已悄然触到他腰间……

第二十三章 纸页上的线索

1月17日，星期二，9：34。

胡新月被害当天曾经跟踪过一个身穿紫色羽绒服的男人，陆小棠派两名县民警，根据胡新月当天的行踪一路打听，居然获得了一条意外的线索——一个常年在街边摆地摊的人，在案发当天看见过胡新月，也看见过穿羽绒服的男人，碰巧的是他认识那个男人。这就是在几万人的小城镇办案的好处。

穿紫色羽绒服的男人叫董树强，在黄土岗下的太平街开一家复印社。

陆小棠得到消息立刻带人赶去。可惜，复印社大门上锁，人已经不在。

经过调查，陆小棠发现此人平平无奇。39岁，中专毕业，离异，独居。有吸毒史，曾经被两次强制戒毒。没有复杂的社会背景。唯一的兴趣爱好是钢笔书法，多次在县市级比赛中获得过证书。

陆小棠一时间还真看不出这个人与撕脸杀人案有什么直接联系。他跟叶倩颖、蒋浩天他们完全是生活在两种阶层的人。他作为凶手同样缺少犯罪动机。

陆小棠难以理解胡新月为什么要跟踪他。

但是有两个事实不容忽视——

胡新月因此被害。

胡新月找到了陈晓松的日记。

假如董树强的确保存过陈晓松的日记，那么，当天的案发经过应当是胡新月跟踪他找到了复印社，发现了四本日记，后被董树强杀害。

等等，这个推理存在一个矛盾的地方。

董树强首先来到胡新月家，引起了胡新月的怀疑。胡新月随后开始跟踪他，直到发现日记。假如董树强这样做是故意引诱胡新月上钩，那未免风险太大，容易暴露自己（事实上他已经暴露自己了）。况且，他又为什么要让胡新月看到那几本日记呢？

反过来说，假如董树强不是为了引诱胡新月上钩，那他去胡新月家又是为了什么？

而且，即便陈晓松的日记保存在董树强家里，又怎么会转移到陈晓松的药店里呢？他两个人是什么关系？为什么把这几本日记调来调去？

陆小棠一凛。抓住了一个奇怪的疑点——日记。

郭淮最早在陈晓松家发现了三本日记，接着日记失踪。后胡新月在董树强家中发现了四本日记，胡新月被害。后在陈晓松药店后门口发现了四本日记。

为什么日记本会离奇地出现在不同地方？

凶手为什么要把日记本来回转移？

为什么郭淮看到的是三本日记，后来出却现了四本？

还有日记本上胡新月临死前留下的奇怪挠痕又暗示着什么？

陆小棠站在复印社门口，冥思苦想。路过的人都不禁多看她几眼，面露惊奇。一条街附近基本上人人都熟识，还以为董树强人到中年走了桃花运，讨来一个仙女似的小媳妇。

陆小棠正在发愁，手机作响，搅得她更烦。一看居然又是慕容雨川，顿时火冒三丈。她几乎对着手机喊："你是不是闲得没事干啦？你是不是觉得姐现在不忍心碰你，就得寸进尺？"

"喂喂，螳螂你瞎呱呱什么？吃青蛙肉了吗？"慕容雨川也不示弱，反正陆小棠现在够不着他。

陆小棠发现正在搜查复印社的几位民警都小心翼翼地瞅她，她赶紧收敛凶恶的嘴脸，对话筒说："说吧，有什么事儿？"

"我可是在帮你，螳螂，你居然还骂我？"慕容雨川不依不饶。

"我知道，我知道，赶紧说吧什么事儿？"

"我跟李涵联系了一上午。让他把四具尸体都检查了。结果你猜怎么着？就像我怀疑的那样，每一具尸体上都发现了些许红斑。"

“每一具尸体?”

“如果只有其中某一具尸体上有，那也不足为奇。任何人身体上或多或少，在某一段时间都会出现一些湿疹，或者过敏症状。但是，假如四具尸体上都有，而且颜色、形状相近，那就能说明问题了。”

“那能说明什么?”

“你不是一直想知道被害人被凶手扼死时，为什么不反抗吗?”

“跟红斑有关?”

“我现在可以百分之百告诉你，那不是湿疹。这种症状有一个专业医学名词——刘易斯三联反应。”

“什么?”

“也叫刘易斯综合症。是由于强烈稳定的电流穿过皮肤引起的连环式生理反应。首先，在受伤的皮肤上出现红色的条纹，接着条纹发生扩散，最后形成类似于湿疹状的肿块。”

“你刚才说是由电流造成的?”

“说白了。凶手是用电击器把被害人击昏。在被害人失去知觉的情况下扼杀了他们。”

“你是说他们先被电晕了，才被杀害。就这么简单?”

“难道你还真以为是巫师念了咒语?”

陆小棠扑哧一乐：“你发现了固然是好。可是看上去也没有太大用处。倒是能提醒我们，一定要以科学的发展观看待问题，杜绝封建迷信。”

“轻看我是不是?如果我告诉你，我能根据刘易斯三联反应的程度看出更多呢?”

“更多什么?”

“暂时保密，我还得再让李涵好好帮我检查检查，只能躺在床上就是不方便。”

“那你先去死吧。”陆小棠正挂断电话，忽然想起了什么，“等一下，先别挂。我还想让你帮我看一下东西。”

“我已经死了，等我一会儿缓过来再说。”

“别贫了，我说正经的。我发现胡新月在临死前正在读陈晓松的日记。她在其中一页划了一道很深的痕迹，好像暗示什么。但我实在看不出那页日记有什么玄妙。我已经用手机拍下来了。现在发给你，你帮我看看。”

照片发给慕容雨川之后，过了十几分钟慕容雨川都没有反应。陆小棠等得不耐烦，给他打回去。

“怎么样？看到了？”

“我正在看，也没有什么啊。”慕容雨川把日记的原文念了出来，“‘2011 年 7 月 3 日，星期日。药店顾客不多。下午看了两部电影，一部西班牙的，一部美国的。看完之后又是无聊，比起在 C 市的生活节奏，这里等同养老……’”

“这些我都反反复复读了好多遍。就是琢磨不出这些话里能暗示出什么线索。我想不明白，一个普普通通的县公安局小女警，她真能从这些文字里看出什么与众不同来？”

慕容雨川把接听调成扩音器模式，一面听陆小棠喋喋不休地发牢骚，一面瞅着照片。听陆小棠一讲，他也觉得胡新月临死前的举动很怪异。照片里那道指甲划痕十分清晰，有些字迹都被刮掉了，深的地方几乎要划破纸张。

可是这段文字本身实在看不出什么含义。

陆小棠说：“实在不行，我再问问罗炎麟。他专门搞犯罪心理研究的，也许能看出什么不一样……”

一提这个人慕容雨川就火大，两个人好像天生犯冲。

“搞犯罪心理学有什么了不起，小螳螂你什么时候也开始盲目迷信了？毛主席他老人家教导我们，要发奋图强，自力更生，丰衣足……”

他忽然收声。

话筒里鸦雀无声，陆小棠莫名其妙，问：“怎么了？”

慕容雨川所答非所问：“小棠，你刚才说，这是陈晓松的第四本日记对吗？”

“对。”

“你发给我的这一篇日记，是日期最近的一篇吗？”

“不是啊，后面还有很多，包括犯罪计划都有记录……”

“可是我想告诉你，这篇日记却是胡新月看到的最后一篇日记。之后的那些篇日记，她都没有看到。”

陆小棠大为震惊：“你怎么知道？”

“是她留下的划痕告诉我的。”

“……”

“她用力在纸页上抠出一道痕迹，不是在告诉我们日记的内容有什么特别，而是想告诉我们这一页本身有问题。我们只关注日记内容，却忽略了一个基本的疑点。”

“在哪里？”

“你仔细看划痕，很深是不是？”

“对呀，我知道。”

“有没有看出什么问题来。”

“哪里？”

“划痕经过的地方墨渍都被刮掉了。尤其是上半段，可是到了划痕下半段，书页几乎已经被刮破了，墨渍却依然在。你不觉得奇怪吗？”

陆小棠一激灵，说：“难道说这些字是后来写上去的？”

“我们想到一块儿了。这应该才是胡新月在临死前想传递给我们的讯息。她当时读到了‘2011 年 7 月 3 日’这一篇日记，也是最后一篇日记。但是她发现，日记只写了一半……”

陆小棠接着他的话说下去：“谁会用当天发生的口吻来写几个月之前的日记？而且看刮痕，胡新月读到这篇日记时，还没有写完。也就是说，这是一份仿照的日记。胡新月意识到这一点时，便遭到了凶手袭击。她在最后时刻，反应相当机敏，她几乎猜到了凶手伪造日记的意图，她唯一能做的就是用力在纸页上留下刮痕，提醒将来看到日记的警察注意。”

慕容雨川接着说：“由此推断，陈晓松所写的四本日记很可能都是假的，这个假设将来可以利用气相色谱技术检验字迹出现时间，尤其是距离现在时间久远的字迹。不过我确信自己的猜测。我记得你跟我说过，郭淮最初搜查陈晓松家时，只发现了三本日记。那是因为第四本日记当时还没有写完。在胡新月被害之后，凶手继续完成了之后几篇日记。尤其是你刚才所说的犯罪计划。这些统统都是伪造的。”

陆小棠脑中的思路越来越清晰：“伪造日记的人就是董树强。据说他有相当好的钢笔书法水平。模仿陈晓松的笔迹对他来说并不费事。再在陈旧的记事本上写字，故意把字体做旧，伪造成不同年代……”

慕容雨川马上提出了质疑："假如董树强就是凶手，动机目前不明，具有充足的作案时间。但是有一个问题不好理解——他为什么要大费周章地嫁祸陈晓松？"

陆小棠也在考虑这个问题："从外表上看，很难看出董树强跟撕脸杀人中涉及到的任何人有关。而且，胡新月被害当天，他为什么要冒着暴露身份的危险去郭淮胡新月家？"

陈晓松、蒋浩天、叶倩颖、白冰冰、冯俊、高敏、董树强……这些人肯定是通过某种脉络联系在一起的。

通过陆小棠已知的讯息，白冰冰两年前伙同蒋浩天与冯俊、高敏，以出国留学为名诱骗绑架了叶倩颖，逼迫她向家里索要巨额资金。之后，叶倩颖伺机杀死白冰冰逃脱，她有报复的动机。同样，假如陈晓松真是白冰冰的男友，他也有杀人动机。他可能最初不完全知道绑架案的真相，因此他把叶倩颖、蒋浩天、冯俊他们通通视为害死白冰冰的凶手。这条线索比较清晰，只要找到陈晓松和叶倩颖就有办法水落石出。

董树强这条线索却是游离于叶倩颖绑架案的脉络之外。他模仿陈晓松的笔体伪造四本日记，直接目的明显是想嫁祸陈晓松。可是他能从中得到什么好处呢？假如他是凶手，他跟叶倩颖、白冰冰他们扯不上任何干系，而这个人却又分明深入到案件当中。

陆小棠跟慕容雨川谈论自己的疑惑。两人针对董树强提出了各种各样的假设。唐健的电话很适宜地打过来，截断了两人的通话。

唐健跟慕容雨川不一样，他这个时候找陆小棠肯定有重要的原因。

他只用一句话就让陆小棠大吃一惊。

就在陆小棠还没有从震惊中回过神来时，她又接到了郭淮的电话。

"我们找到叶倩颖了。"

"她现在在哪儿？"

"在距离L市不远的高速公路一家旅店里。"

"陈晓松也在？"

"也在，他现在不会再狡辩了。"郭淮的声音变得有些怪异。

"什么意思？"

"他企图杀害叶倩颖，叶倩颖反而在搏斗中刺死了他。"

“他被叶倩颖杀了？”陆小棠又一惊。

“应该定性为正当防卫吧。旅店老板听到叶倩颖的尖叫，得知发生的一切，然后报了案。”

“我知道了。我现在就赶过去。”

13：18

陆小棠驱车赶到L市，在高速公路边找到了那家不太起眼的旅店。门外停放了三辆警车。

郭淮和L市公安局的民警正在等她。

郭淮说：“案发现场基本保持原样。我带你进去看看。”

他领着陆小棠走到二楼走廊中间的一间客房，门口有两名民警把守。

房间普通，内部设施齐全，有一扇窗正对高速公路。

一名男子头朝门仰躺，肩背着地，两腿搭在床上，胸前有一大滩血，看脸是陈晓松本人无疑。

这个心机深重的人居然就这么死了。

大概连他自己也没有料到会在阴沟里翻船。

陆小棠看着那张松弛灰暗的脸，这次彻底没有了表情，却留给人更多猜疑，从撕脸杀人案发生到尾声，他自始至终都是一团谜。

郭淮说：“从死者躺倒的姿势和凶器上推断，他当时跪坐在床上，根据叶倩颖所说，他当时一只手抓住她的脚腕，一只手掐住她的脖子。叶倩颖在挣扎中拔出了他插在裤袋上的一把刀，用力刺中他。经过初步检测，刺伤在他胸口第三、第四根肋骨之间，我估计应该伤到了心脏和肺叶，造成体内大量出血。他被刺伤后仰面翻倒，没过多久就因失血过多而死，就是我们现在看到的姿态跟叶倩颖所说吻合。他这种作案手段具备撕脸杀人案中的典型作案特征——将被害人带到旅店，先掐死被害人，然后撕掉脸皮，最后蘸着被害人的血在墙壁上写英文。只不过在本案中，他的计划没能顺利实施而已。”

说到此处，郭淮有些遗憾：“我倒是宁愿这个浑蛋能死在我手里，一解我心头之恨。”

陆小棠说：“警察不该说这种话。”

她忽然看见郭淮神色黯然，知道他想起了胡新月，便不再说了。

她顿了顿，忽然问："叶倩颖现在在哪里？"

"在楼下一间客房里，我派了一名女警保护她。"

"她神志还清楚吗？"

"受到一些惊吓，还好没犯癫痫。"

"我现在要去见她。"

"作证词？回去再做也来得及，反正案子也结了。"

"不，我现在要见她。"

13：59

叶倩颖木然坐在床上，脸上泪痕犹在，似乎还没有完全从惊吓中恢复过来。

看见有人进来，她本能地向后畏缩。待看清楚陆小棠和郭淮时，慢慢放松下来。

陆小棠向陪伴她的女警示意，女警退出房间。

房间里只剩下叶倩颖、陆小棠与郭淮。

陆小棠说："叶小姐，你现在应该能记起事发经过吧？"

叶倩颖打了个寒噤，眼神里流露出可怜兮兮的表情。

郭淮说："你不用担心，叶小姐，你现在安全了。把你对我说的再向陆警官讲一遍就行。"

叶倩颖深深呼吸，平静心情，才慢声慢语道："我们昨天晚上被困在那家超市的地下仓库里，我一看到白冰冰的尸体就害怕，多一分钟也不想待在那里。陈晓松就说带我逃走。那时郭警官正在追赶冯俊，我们就趁着这个机会把大门弄开了。他开车带着我漫无目地地走，原本打算在这里住一晚第二天再走，哪知道，他……"

"他为什么会突然想杀你？"

叶倩颖看了看郭淮，目光又落在陆小棠脸上。"我不知道他怎么会忽然变成那样，本来……本来我们都已经很亲密了。"

郭淮插言："他跟你说过什么吗？"

叶倩颖露出惊骇："他说，他要为白冰冰报仇。"

陆小棠和郭淮对视一眼。

陈晓松的日记里提及过，他是一个暗恋白冰冰的人。

叶倩颖心有余悸地说："我竟然不知道，白冰冰还有一个男友。他们的关系隐藏得太深了。陈晓松从一开始接近我就是有目的的，我竟然毫无觉察。"

郭淮说："那时候，他还不知道白冰冰是不是死了，或者怎么死的。他想要通过你来调查。"

"我根本想不起来那段经历，只是不停地做噩梦。"

"我查过这方面资料，那称作创伤后选择性失忆。那段经历对你造成太强烈的刺激，以至于你的大脑本能地把这段记忆模糊掉了。"

"可是现在，我全部都想起来了。我担心有一天我真的会疯掉。我现在总是能感觉到白冰冰就在我身边。她是不会放过我的。"叶倩颖说着说着潸然泪下。

郭淮的心中也一阵难过，想劝她，不知说什么好。她哭泣的样子让他又想起胡新月。

陆小棠始终安静地听着。等叶倩颖讲完了，仍然安静地看着她。

叶倩颖抬起满是泪痕的脸，问陆小棠："我会被判刑吧？我杀了白冰冰。"

陆小棠没表态。

郭淮说："考虑到当时情况特殊，你的行为应该可以被判定为正当防卫。即便你当时做出了一些过激行为，也可以理解……"

郭淮说着说着止住声音，他感觉气氛有些不对，侧脸看陆小棠。

陆小棠面若寒冰，微微挑起的眉梢带出一股逼人的厉气。

她的目光锐利地盯在叶倩颖脸上。

她的声音平静而缓慢："你一定会走上法庭。但不应被裁定为正当防卫。而是绑架勒索、非法拘禁、故意伤害和谋杀，白冰冰小姐。"

叶倩颖大吃一惊，脸色苍白。

郭淮也惊了："这是怎么回事？"

陆小棠逼视着坐在床上的女人。"我通过省公安厅的朋友调查过你所谓的留学经历，当然那都是你编造的，包括遭遇车祸的经历。但你的整容经历却是真实的。你大概想不到，我们的人一直调查到一年多前你在江苏一家韩国整形医院接受整容手术的全部资料。虽然你当时用的也是假身份。但是你在整形前拍的一系列照片，暴露了你的身份。你还要继续伪装下去吗，白小姐？整天扮演别人你不觉得累吗？”

叶倩颖愣怔了好半天，突然爆发出难以抑制的大笑，笑到最后变成了哭泣。

“我又变成了白冰冰。”她又哭又笑，“一会儿是叶倩颖，一会儿是白冰冰，一会儿是叶倩颖，一会儿又是白冰冰……”

“我到底是谁啊？”她问陆小棠。

没人能回答。

等她哭够了，也笑够了，彻底平静下来，她坦白：“是啊，我就是元凶。叶倩颖就是我亲手杀死的。”

“为什么要这么做？”

“报复。”

“她伤害过你？”

“没有人比她更懂得如何伤害我。”

“我听说你们是最要好的朋友。”

“正因为如此，她带给我的伤害才远远超过其他人。”

“她如何伤害你？”

“她让我觉得，自己生来就低贱。从我认识她那天开始，她就俨然自己是高高在上的公主，别人只能是她的奴婢。她可以说一不二，而别人只能忍气吞声。”

“既然讨厌她，你可以不和她交往啊。”

白冰冰叹息：“可是有时候，她又偏偏让你觉得亏欠她很多，必须报答她。我是单亲家庭，父亲在我 6 岁时因为工伤去世了。我妈身体又不好，父亲那点儿抚恤金大部分用来买药治病了。那时候的我多么渴望别人的施舍啊。叶倩颖就在那时候走进了我的生活，每当我遇到困难，她总会表现出过分的热情。她不懂得如何安慰鼓励别人，她只会给钱，跟你关系越亲密，她出手越大方。那是她唯一懂得的处事方式。”

“看上去，你受到过她不小的恩惠。”

“我跟她从初中就认识，一直到大学。我的学杂费，我母亲看病吃药的费用，里里外外，她这些年贴补我也将近 10 万元了。”

“她出手还真大方。”陆小棠吃惊。

“可是，比起对她的感激，我更恨她。”

“什么意思？”

“她根本就不懂得尊重别人。你永远摸不透她什么时候高兴，什么时候生气。她不分场合、随心所欲地挖苦身边的朋友，随时随地可能你对发飙，破口大骂，发泄完之后，第二天和好如初，就像从来不曾发生过任何不睦一样。有好几次，我实在无法忍受，有意疏远她，可是她又故意接近我，花钱请我出去玩，给我买各种各样贵重的礼物。这就是她维持友谊的唯一手段。她认为，用钱就能买通一切。”

“也包括你是吗？”

白冰冰叹息：“你不知道，对于我这种在苦日子里摸爬长大的孩子，钱的诱惑就像毒品一样无法抗拒。叶倩颖卡里的钱就像取之不尽的聚宝盆，要多少有多少，看到你眼睛发直，心脏病发作。”

“所以你不愿意离开她。”

“还有一个原因，因为我羡慕她。”

“羡慕？”

“我羡慕她的美貌，羡慕她的富有。她不管走到哪里都引人注目，她根本不在乎自己的美貌，故意把自己化妆成妖精一样，吓到人、雷倒人为止。尽管这样还是有很多人追求她，那些下贱的男人们就像苍蝇一样围着她转，让她呼来赶去，乐此不彼。我却从来都不敢想象能够得到那样的青睐，永远只能作为她的影子，跟在她身后。我那时常常做梦，梦见自己一觉醒来，变得和她一样富有，享受不尽的荣华富贵；梦想着女大十八变，出落得亭亭玉立，落落大方；梦想着一位出身高贵的白马王子为我倾倒，带我远离贫穷压抑的生活……”

“这都是你异想天开。”

“对我来说的确是异想天开，但是对于叶倩颖来说，却是那么轻而易举，手到擒来。同样的女孩，同样的年纪，为什么我会长得这么普通？为什么我的家庭一贫如洗？为什么我就没办法得到别人的关注？为什么我就要看着别人的眼色生活？为什么我就要忍气吞声？为什么上天对我这样不公平？”

“……”

“单靠碰运气，我相信我一辈子都无法等到时来运转的那一天。我只有依靠自己的双手来改变自己的人生。”

“……”

“我的梦想就是叶倩颖。我梦想着她的容貌，梦想着她的财富。如果我能变成她，我会比她更懂得珍惜生活，而不是浪费生活。”

“所以，你设计了常人难以想象的歹毒计划。”

“你不得不承认。那绝对是一个天才的主意。论脑子，叶倩颖远远比不上我，这是我唯一觉得上天公平的地方。也许这也是他在暗示我，我可以运用自己头脑来实现我的梦想。”

“可是，你不觉得自己太卑鄙了吗？”陆小棠说。

白冰冰流出眼泪：“我知道，我对不起叶倩颖。简直找不到合适的词汇来形容我的邪恶是不是？可是，那个时候，我的脑子真的不受控制了……2008 年 3 月 5 日，我过生日那一天，永生难忘。她送我那套我令人咋舌的范思哲限量版套装，18000 元。18000 元，我连想都不敢想。还有她那枚祖传的银簪。我曾经找人鉴定过。宋代古董，市价至少也不低于 8 万元。这就是她一掷千金，送给我这个跟屁虫朋友的生日礼物……”

“当时的我感激涕零，简直不知道该说什么感谢的话来。叶倩颖却连看都不看我，一脸满不在乎的表情。就在那一瞬间，我的自尊心被深深地刺伤了。宛如魔鬼悄然走进我的心里，那个罪恶的念头随之而来，我根本没有费力去思考，它就在那儿，完完整整地在那儿。我后来时常在想，我是不是命中注定被魔鬼派来惩罚叶倩颖的，或许，她原本不应该获得这样的荣宠。是她出生那天上帝弄错了，所以才派魔鬼来更正。”

“你对叶倩颖所犯下的罪行，从来没有忏悔过吗？”

“忏悔？”

陆小棠盯着她的眼睛，道：“尽管你得到了叶倩颖的美貌与财富，那又能怎样？你能安心地躺在叶倩颖的床上睡一晚上好觉吗？你面对叶倩颖的父母，心里不曾感到过内疚吗？你一个人独处时，难道可以摆脱叶倩颖的冤魂吗？”

白冰冰仿佛被一颗子弹击中，眼睛恐惧地睁大。

“冤……冤魂……不，不会的，她……她……她已经死了。”

“即便她已经死了，难道你的良心能够宽恕你吗？”

白冰冰捂住耳朵。“求求你不要再说了。不要再说了，求求你。”

她拼命向后缩，缩到墙角，仍然向后缩，仿佛在拼命躲避着什么。

她用力发出尖锐的叫声：“她来了……她来找我了……她来找我了……”

她开始用手抓自己的脸，血流出。

陆小棠抓住她的两只手，用力分开，白冰冰原本精致的脸上已经多出几道深深的血痕。她嘴里不停叨念：“我得把脸还给她……否则她不会放过我……”

“你看着我。”陆小棠大声说，“叶倩颖已经被你害死啦。你想忏悔的话，就老老实实认罪。”

“不，不……她没有死……她就在这里……”

白冰冰慌乱的眼睛直勾勾盯着某个角落，陆小棠和郭淮都看不到什么。

只有白冰冰看得到。

叶倩颖正坐在那里朝她冷笑。

她的脸伤痕累累，不停地滴着血，她凸出的眼珠瞪着白冰冰。她的语声依然温和。

“我会永远陪着你……”

“我们是好朋友……”

“永远的好朋友……”

“你会把我的脸还给我……”

白冰冰四肢开始抽搐，嘴角淌出白沫……

第二十四章 尘埃落定

15：34

白冰冰又犯过一次癫痫。恢复之后被戴上手铐，由郭淮押着走向警车。

她一言不发，目光呆滞，眼前又笼罩上那层灰色的雾气。

经过陆小棠面前时，她凄哀地对她说：“我不是有意想杀白冰冰的。她是我最好的朋友。可是她为什么要那样对待我？”

她流出伤心的眼泪。

现在她又变回了叶倩颖。那段不堪回首的记忆再次被封存在心灵深处。在现实中她是一个令人发指的凶手，在自己的幻想中她是一个遭遇悲惨的被害者。

她惟妙惟肖地扮演叶倩颖的角色，她宁愿相信自己就是叶倩颖。她的犯罪计划执行到最后完全超出了她当初的设想，她得偿所愿地取代了叶倩颖，包括她的美貌与富有，也包括她的孤独与痛苦，以至于最后，连她自己都无法分清自己究竟是谁。

不管曾经发生过什么，叶倩颖依然行走在这个世界上，而白冰冰却是彻底消失了。

究竟谁杀死了谁，谁又被谁杀死了？

陆小棠看着白冰冰或者叶倩颖走上警车，有一种怅然若失的感触。

郭淮回过头来看她，眼神中尽显落寞。

两人谁都没说什么。

陆小棠的手机不合时宜地响起。

她慢吞吞接听：“是雨川啊……”

“喂，你怎么有气无力的。”慕容雨川惊奇地问。

“案子刚结，我有点儿累。”

“你抓到凶手了？”

“是。”

“原来是这样，看来我给你打电话没什么意义了。”

“唔，还是说来听听吧。”陆小棠疲倦且温和地说，“我领你这份人情。”

“那好吧。我告诉你，我已经知道击昏被害人使用的是哪种型号的电击器了。”

“你知道了？”

陆小棠随便地跟慕容雨川搭着话。眼睛瞧着民警们做善后工作，两名法医正用移动担架把陈晓松的尸体从旅店里抬出，上面盖着白布。郭淮正在跟L市公安局刑警队长谈话，间或望她一眼，等她打完电话一起上车。

“这是一款高压脉冲型号，通常市面上的电枪或者电棍电压一般输出电压只在几千伏，最多不会超过两万伏。2至20秒的电击可以使被电者产生刺激明显的疼痛感，肌肉剧烈痉挛，同时因无法控制的肌肉收缩而倒地，可造成3至5分钟丧失攻击或反抗能力。根据个人的体质不一样，电击部位不一样，还有不同电击器的电压不一样，产生的效果也都不一样。甚至有些人被电之后，仍然具有反抗能力。要想将人彻底电晕，则需要至少超过30万伏的高电压。我反复比较观察了四名被害人的电击伤部位。他们是被同一种高压脉冲的电击棒电晕后，遭到的扼杀，这一点毋庸置疑。这种电击器在市场上几乎没有流通。而且，凶手对这种武器十分熟悉，在袭击被害人时，没有直接接触裸露的皮肤，否则会留下明显的灼烧痕迹。本案的四名被害人身体上的电击伤痕被有意地降到最低……”

慕容雨川讲着讲着，陆小棠的脸色渐渐发生改变。

仿佛一道闪光过后，各种散落的线索片段迅速地重新排列。以一种从未有过的清晰呈现在眼前……

董树强出现在郭淮胡新月家……

胡新月被扼杀，鸡爪状的手形……

郭淮看到三本日记……

陈晓松药店出现四本日记……

从来不使用手枪……

高压脉冲电击棒……

组织力凶手特征——头脑十分冷静，完全有目的地施行犯罪计划。

有强烈的控制欲。十分关心警方对案件的反应以及侦破的进度，甚至还会大摇大摆地走进警方视线里，然后从容脱身……

陆小棠摆手让那两名即将把尸体抬上警车的法医等下。她走过去，把覆盖担架上的白单掀开，暴露出陈晓松的尸体。

“把他的衣服都解开。”陆小棠说。

两名法医面露疑惑，但还是按照陆小棠的意思，脱掉陈晓松的衣服。

陆小棠仔细观察着陈晓松的躯干，在他的左侧腰部，看见了微微肿起的湿疹状红斑。

郭淮见状走过来问：“怎么了？”

“我想确认一下。”

“确认什么？”郭淮显出困惑。

陆小棠问两名法医：“你们彻底检查过案发现场？”

“对。”

“凶器是什么？”

“一把十几厘米长的单刃刀，除此之外就没有什么了。”

“有什么问题吗？”郭淮问陆小棠。

陆小棠这才把目光转移到他脸上，一瞬不瞬地注视着他。

郭淮被她看得很不自然：“你怎么了？”

陆小棠说：“请把双手举起来，郭警官。”

“你说什么？”郭淮仿佛没听明白。

陆小棠已拔枪在手，枪口指向郭淮。

在场所有民警都愣在那里，呆呆地看着一名女警用枪指着另一名警官的头。

M县公安局的民警反应最激烈，不明就里的人已经拔枪指向陆小棠。

接下来的十秒钟，所有人好像雕塑一般，保持着各自的姿态一动不动。

警车顶部的红灯不停旋转。所有人屏息注目。

郭淮轻声问：“你知道你在干什么吗，陆警官？”

“我知道，郭警官。”陆小棠说，“或者应该称呼你为撕脸魔。”

一句话仿佛投下一颗炸弹。

在场的所有民警立时骚动。

“安静——我有证据。”陆小棠高声说。

她的警衔也是这里最高的。民警们又安静下来，目光集中到她和郭淮身上。

陆小棠直视郭淮。

郭淮直视陆小棠。

陆小棠说：“我把整个案情重新归纳了一遍，我讲述时，哪里说得不对，你可以纠正我。”

郭淮沉默，既没有惊慌也没有愤怒。

“你在实施撕脸杀人案之前做过了周密的部署。首先通过M县当地的交友网站物色被害人。你怀揣最新式的警用高压脉冲电棒，击到人体时，可达到50万伏以上的电压。几乎瞬间就能使被害人失去知觉。你从容地选择挤压颈动脉的方式杀死被害人，得益于你的刑侦技术和法医技能。你太了解警方的办案方式了，因此，能够布置出如此复杂的犯罪过程，却能不留下刑侦线索。你接连顺利杀掉了三名被害人，警方的侦破始终停滞不前，你自己又恰好是本案的负责警官之一，你能很好地掌控犯罪进度，同时将自己最大限度地保护起来……”

“意外出现的陈晓松大概是唯一带给你威胁的人。他试图接近整容成叶倩颖的白冰冰。这引起了你的怀疑。于是你暗中调查陈晓松的底细，将计就计，请精通书法的董树强根据你的想法，为你伪造陈晓松的日记，想以此嫁祸陈晓松。等到你彻底完成了犯罪计划，就需要他这个替罪羊来帮你结案，即达到了犯罪目的，又破获了连环杀人案，可谓一箭双雕。当蒋浩天、冯俊和高敏陆陆续续出现时，你才开始真正的作案。你真正要对付的就是他们，因为你就是白冰冰的男友，你要调查白冰冰的失踪。”

郭淮不置可否地瞧着陆小棠。

陆小棠继续说：“随着案情的发展，你进一步利用了陈晓松惹人怀疑的种种举动，将他引入警方视线，认定为重要犯罪嫌疑人。尽管陈晓松利用证据不足将你告上法庭，你并不担心，因为当时你已经在暗中准备着足以将他置于死地的犯罪日记。然而，一个你没有想到的变数这时出现了——董树强居然亲自登门去你家，我估计他是想找你谈事情，没想到开门的是胡新月。他心里有鬼，匆匆逃走，却引起了胡新月的怀疑，胡新月一路跟踪到他家，发现了董树强还未完成的第四本日记，于是她惨遭杀害。我目前还无法确定的是……杀她的人究竟是不是你？”

郭淮努力保持着僵硬的表情。

“接下来，案情朝着复杂的方向发展。陈晓松屡屡进入警方的视野，蒋浩天也企图伤害假叶倩颖，这种混乱的局面对你来说可是一件好事。你可以通过他们来了解真相，同时等待机会……”

“后来陈晓松成功地催眠了假叶倩颖，接着蒋浩天绑架假叶倩颖，去到当初囚禁叶倩颖的地方。你的机会来了，甚至连我都成了你的消息来源。你以警官办案的名义追赶他们而至。你找机会杀死了跟着你的两名同伴和蒋浩天，锁死大门。借着黑暗跟剩下三个被困住的猎物玩起了杀人游戏。我听过冯俊的供述，发现你那晚的演技可谓炉火纯青，把他们戏耍得晕头转向，他们百分之百相信你，却彼此互相猜疑。当我赶到时，只有假叶倩颖、陈晓松和冯俊还活着。你抓捕冯俊，却故意放走了陈晓松和假叶倩颖。冯俊的口供为陈晓松的犯罪提供旁证，你设计的这套密室杀人的局，就是想提供更加充分的陈晓松的‘犯罪证据’，配合随后找到的四本犯罪日记，那么陈晓松带走假叶倩颖就成了理所当然的绑架谋杀。无论他最终死或者不死，他都会被我们认定为撕脸杀人案的凶手。这就是你全部的犯罪计划，不知道我说得对不对？”

陆小棠说完，目光灼灼地看着郭淮，看着这位可能是自己遇到过的最狡猾、最谨慎的对手，准备好应对一切想到的将要发生的可能……

出乎意料的是，郭淮只是发出一声无限落寞的长叹。

他异常平静地说：“其实，我早已累了。没必要再做什么争辩了。”

除了陆小棠以外，所有警员都现出难以置信的表情。

郭淮说：“你猜对了，我就是白冰冰的男友。”

陆小棠发现警车里的白冰冰也把头探出车窗往外看。

郭淮侧脸看了她一眼，回过头来对陆小棠说：“我只想帮你更正一个误解。我杀这些人并不是想为白冰冰报仇，因为我早就知道她整容扮成叶倩颖的真相。”

陆小棠果然大吃一惊。

“那你为什么杀人？”

“为了白冰冰。”

“为了她？”

两个人不约而同地扭头看向白冰冰。

白冰冰眼神迷茫，仿佛不知道他们正在谈论她。

郭淮说：“我跟她是青梅竹马的恋人。从小在一起长大，同样的贫困，同样的体谅，我知道她渴望什么，她悲哀什么。上初中起，她跟叶倩颖相识，走得很近。我也认识叶倩颖，她性格古怪，脾气大，但是做人很仗义，总的来说为人还可以。后来上到高中，我报考警校，后来攻读大学，跟白冰冰见面就少了，偶尔通通电话。”

“你既然是她的男友，蒋浩天、冯俊他们怎么不认识你？”陆小棠问。

“我在外地上学，家境也不富裕，基本都是过年回家时跟白冰冰见面，几乎没去过她念书的大学，所以她的大学同学都不认识我。”

“她计划绑架叶倩颖你参与了吗？”

“没有。她绑架叶倩颖的事，过了很久我才知道。我得知这个消息，简直五雷轰顶。我很清楚，她这种性质的绑架是多重的罪行。我劝她住手，放了叶倩颖，想办法私下里解决，请求叶倩颖宽恕。她不答应，也不跟我见面，她只是告诉我，开弓没有回头箭。后来，几乎有半年的时间她都不再跟我联系。我心急如焚，找她家，找她学校，都找不到她这个人。就在我担心发生什么意外时，有一天下午，她突然来到我学校找我……”

“跟她见面之后，她把绑架杀害叶倩颖的经过告诉了我。我当时完全听傻了。等回过神来，就知道扇她耳光，一面打她一面流眼泪。我说，你现在不管怎么判，都是死罪。她似乎早有准备，她说，她早已经计划周全，只要我能为她保守秘密，我们后半生就有享用不尽的财富，过我们梦寐以求的那种生活……”

“她告诉我，她要整容，取代已经被杀害的叶倩颖。我简直难以相信自己的耳朵，觉得她是在异想天开。她于是进一步说服我，她说，她已经毁掉了叶倩颖的脸，跟她调换了衣服，还以叶倩颖的名义给蒋浩天他们发出短信威胁，这些人肯定中计，他们不敢报案，而且还会好好掩藏他们认为的白冰冰的尸体。她说，她身材、高矮原本就跟叶倩颖相似，现在只要整容手术顺利，一切就大功告成了。事已至此，我只能帮她把计划进行下去，毕竟在最紧要的关头，她唯一相信人的是我……”

“我陪她南下，找到一家韩国人开的整容医院，钱不是问题。白冰冰到底手里有多少钱我不知道，她花钱如流水的样子让我咂舌，她终于成为了梦寐以求的有钱人。整容手术术后，她休养了很长时间，我这段时间办理休学，安心照顾她。等到拆线之后，我几乎不能相信自己的眼睛，手术相当成功，她有了跟叶倩颖一样的脸。距离她的计划又近了一步……”

“……她又休养了一段时间，等到一切准备就绪，才到叶家。我同时托人把我分配到M县公安局工作，相互有个照应。她来到叶家之后，居然连叶倩颖父母都没有发现破绽，一切完全按照她的预期进行。顺利得让人难以想象。我们那时计划，在叶家安稳两三年之后一起去加拿大，永远不再回来了……”

说到此处，郭淮脸色一黯。“谁知道，报应就在这时开始了。白冰冰回家住了不到一个月就跟我说，她晚上睡觉经常梦见叶倩颖。为此，我们还故意去寺庙烧香祭拜过。白冰冰的梦没有减少，反而越来越多，她的精神也越来越差，平时还要强打精神在叶倩颖父母面前万分小心地伪装，生怕什么地方露出马脚。到了后来，她晚上不敢睡觉，只要一闭上眼睛，就能看见叶倩颖出现在面前。我们私下里偷偷接触，每一次她的变化都让我心惊。逐渐地，她开始出现幻听幻视，意识也慢慢模糊。她扮演叶倩颖，扮到最后连她自己也对自己的身份产生了混淆，仿佛她开始游离于叶倩颖与白冰冰两个角色之间。这还没有结束，发展到后来，她甚至时常忘记我是谁……”

“我每一次与她见面，最害怕的就是跟她说着说着，她的眼神越来越遥远，然后问我是谁，说出一串莫名其妙的话。我惊骇地发现，知道这个恐怖真相的人只剩下我一个了。我被拖进这滩泥沼，只剩下我一个人在拼命挣扎，如果说过去还有方向，现在已经完全迷失了，白冰冰疯掉了，剩下我一个人该怎么办？”

陆小棠插言：“你跟胡新月的感情是不是在这个时候发展起来的？”

郭淮点点头：“她人长得漂亮，脾气又好，对我也好。这样的女孩本来就很有诱惑力，尤其是在我最孤独彷徨的时候。有一份稳定收入的工作，一个漂亮贤惠的妻子，这原本就是我渴望的生活。我并没有白冰冰那样的贪欲。我的确动摇过，想摆脱白冰冰的阴影，开始自己的新生活。我真心想要跟胡新月结婚，永远脱离那段恐怖的经历。”

“那你为什么又想到了杀人？”

“白冰冰的精神状态并非总是恍惚，她清醒过来时就会偷偷跑来找我。”

“她是否知道你要跟别的女人结婚的事情？”

“是。”

“她什么表现？”

“她没有反对。她只是痛哭流涕，说这都是她一手造成的。她只想请求我原谅她。她每次说到这里，我都会心软，我发现，我在内心深处没有办法彻底忘掉她。我前思后想，即便不能跟她成为夫妻，至少也应该为她做点儿什么，替她的后半生彻底解决难题。”

“她的难题就是蒋浩天他们？”

“不错，我一直担心蒋浩天他们不会善罢甘休。他们当初参与绑架叶倩颖，最后一分钱都没拿到，却又提心吊胆地担心叶倩颖逃走后报警。我怕他们有一天会铤而走险再次做出危险的事。不论他们知不知道白冰冰假扮叶倩颖的事实，对于白冰冰来说，这些人的存在就是一颗不知何时会爆炸的炸弹。但其实，真正促发我杀人决心的还是陈晓松。”

“陈晓松？”

“我早就发现他有意接近白冰冰。我想不起来这个人是谁，不清楚他接近白冰冰的目的是什么。但我能肯定，他绝对不是单纯被白冰冰的美貌吸引。我对这个人的怀疑越来越重，而白冰冰的病情也日益加重，我如果不尽早采取措施，她很有可能暴露自己的真实身份。”

“你现在知道陈晓松的身份了。”

“我收集过他的全部档案，他从初中开始就跟叶倩颖念同一所初中，后来上同一所高中，又念的同一所大学。”

“这么巧？他们是朋友吗？”

“可能连朋友都算不上。我猜，他只能算是一个暗恋叶倩颖的人。”

陆小棠一惊。

“如果真是那样，我倒是由衷钦佩他。他甘冒风险调查叶倩颖当年的失踪事件。除了因为他深爱那个女人，我想不出他还能有什么其他原因。叶倩颖生前那么多朋友，当她死后，只有这么一个暗恋自己的人替她鸣冤，不知道是她的悲哀，还是她的幸运。”

陆小棠低头看着担架上陈晓松的尸体。没想到这个撕脸杀人案中的头号嫌疑犯，竟然是唯一清白的人。

郭淮接上刚才的话题说：“在那种时候，与其坐以待毙等待陈晓松发掘真相，不如先发制人，一劳永逸地解决问题。

“所以你跟白冰冰策划了这起撕脸杀人案。”

“在她清醒的时候我们共同策划的，目的就是同时解决陈晓松和蒋浩天他们。”

“相当大胆的想法。”

“首先我和她通过交友论坛选择一些对象。她负责联系男人，我负责联系女人。由我亲自动手。撕掉被害人脸皮，在墙壁上写 finding face，都是为了引人注意，通过媒体和人们的风传，把这个消息传扬出去。平常人不明白其中含义，对于当年那些参与绑架叶倩颖的人却犹如晴天霹雳。白冰冰当初假扮叶倩颖逃出前进旅店后，就给蒋浩天他们发送了一条短信——‘我去寻找我的脸，找到时，我就回来。’她发这条短信，原意只是想震慑一下他们，现在被我们利用与撕脸杀人案前后呼应，成了刺激他们的手段。”

“这些人看到新闻后，得知杀人案就发生在叶倩颖老家，肯定惶惶不安，疑神疑鬼，最后忍不住想要来了解实情。结果正中你们下怀，正好给你下一步施行谋杀计划做了准备。”

“同时，我想方设法将陈晓松变成杀人凶手。”

“聪明的计划，移花接木。”陆小棠感叹。

“对付陈晓松不容易，我不止一次潜入他家调查他，发现了一些他写过的小文章。我于是突来灵感，白冰冰可以伪装叶倩颖，我为什么不能伪造陈晓松的日记？把文字和纸张按照年代做旧对我来说是小菜一碟。唯一麻烦的是模仿陈晓松的笔体。这时我想到了一个人。”

“董树强？”陆小棠猜。

“对，一年前他因为吸毒被我们抓住过。不过他为人忠厚又很讲义气，除了吸毒没有其他恶习。我一时动了恻隐之心，就网开一面，故意少算收缴的毒品量，帮他免除了牢狱之灾。他对我心怀感激，一心想要报答我。所以，我找他帮忙他毫不犹豫地答应了……”

“我给他看了陈晓松的笔迹。然后给他一份我写的草稿，让他模仿陈晓松的笔体和口吻抄在旧日记本上。我本身对犯罪心理学有一定的研究。我把诸如杀人犯幼年三大特征这一类典型的反社会犯罪心理案例稍加修改，写在了他青少年时期的日记里。这样就会使他成年后的连环杀人更有说服力。”

陆小棠说：“你把我也当成了一枚棋子。我记得第一次去你家拜访，与你探讨案情，你告诉我你在陈晓松家里发现了三本日记，还着重强调，他初中时期如何把动物活活饿死，并记录它们死后腐烂的过程。其实根本没有所谓的日记，这些统统是你编造来骗我的，让我从一开始就对这个人抱有怀疑。”

“并非没有日记。我的确在陈晓松家找到了三本，只不过内容跟我说的不一样。我把那三本日记毁掉了。”

“你伪造的日记却始终在董树强家里，等四本完成之后，你偷偷埋在陈晓松药店后门，包括一名被害人的脸皮。”

“这原本是一个相当缜密的计划。但是，尽管我谨慎小心，我还是看错了人。”

“看错了谁？”

“董树强。”郭淮轻轻摇头，“我并没有告诉他我的计划，只是让他为我抄写四本日记。没想到，他大概猜出我正在冒着巨大的风险做违法的事情，便以此三番五次地要挟我。我向他承诺，一切结束后，一次性付给他十万。他不相信，提出要跟我见面谈。我那段时间避免见他，哪知道，他直接找到我家……”

“就是胡新月被害那天？”

“是。”

“没想到，你的未婚妻相当聪明，立刻怀疑到董树强，她一路跟踪董树强到他的复印社，并且发现了那四本日记，尤其是第四本还没有写完……”

郭淮闭上眼，喉结滚动，脸上的肌肉绞拧在一起。

过了很久他才开口，声音哽咽：“新月最大的毛病就是太聪明了，我平时办案经常征求她的意见。她有侦探的天赋，对待撕脸杀人案也不例外，李东生他们原地踏步时，她就已经对案件进行了相当深入的分析。她跟你一样，几乎直觉地把怀疑重点放在假叶倩颖身上，这让我很紧张。我不希望她对案件涉入太深，这会干扰我的行动，她却积极地想帮我。我一直都在担心，什么时候被她突然抓住破绽，一切就前功尽弃了。那段时间，叶倩颖的病情也急剧加重，已经开始不认识我了，她甚至不分时间随心所欲地给我打电话，我极力掩饰才没有被胡新月看破。但是没想到，在董树强这边出了岔子……”

“胡新月究竟是被谁杀的？你，还是董树强？”

“我。”

他说出这个字的时候，陆小棠感到砭骨的寒冷。

就是这个男人刚才还说期望与胡新月白头到老。

那个讨人喜欢的小女警被撕掉脸皮，抛尸荒野。

那个准备结婚的幸福女人在解剖台上开膛破肚，她的未婚夫站在旁边。

面对胡新月惨不忍睹的尸体，郭淮濒临崩溃，发疯地搜捕凶手。

但他永远都抓不到凶手，因为凶手就是他自己。

陆小棠重新审视面前这个男人。直到现在她都怀疑自己看到的是否是他真实的样子。他会不会也有白冰冰一样的假面？

陆小棠问：“你怎么能忍心下手杀死一个如此深爱自己的女人？”

郭淮的眼泪再也抑制不住。“我不想那样做。形势所迫，我不得不如此。胡新月跟住董树强不放，眼看事情要败露，董树强情急之下打电话向我求助，我没有办法才让董树强把她引到家里……我真的没有办法，真的没有……但凡有一线转机，我都不希望这样……”

陆小棠说：“我现在弄明白了关于胡新月的一个谜。”

“……”

“我们在解剖胡新月的尸体时，不知道你有没有注意到她的手？”

郭淮抬起泪眼，不解地看着陆小棠。

“她的两只手手指用力勾屈，仿佛忍受了极大的痛苦，说明她临死前是有意识的。她被你从后面掐死，按理说，那种方式不容易掐死人，你这样做，是不想面对她吧。”

郭淮垂下头。

“胡新月在有意识的情况下放弃了反抗，甘愿挺受着被慢慢扼死，你现在能猜到为什么了吗？”

郭淮仿佛被狠狠抽了一鞭子——

胡新月从电击中苏醒，吃力地从地上爬起，她抬起头盯住前面墙上的镜子。

她终于透过镜子看见了凶手，那个寻找脸的凶手。

她注视着凶手的脸，思索着“找脸”的含义。

那个人的两只手再次掐住她的脖子。

她放弃了挣扎。

这一次十根手指不再犹豫，深深地嵌进她的喉咙里。

那是一种难以描述的痛苦。

郭淮……她的眼泪顺着脸颊滑落……

“原来是镜子……”郭淮跪坐在地，泪如雨下。

他听到了胡新月临死前心碎的声音……

她直到死都在努力保护着他……

到头来，胡新月没有看透郭淮，郭淮也没有看透胡新月。

只有白冰冰，或者叶倩颖，张着那双雾蒙蒙的眼睛，看着哭泣的郭淮。

她没有同情，没有埋怨，她已经不认识郭淮。

在她眼中，所有人是一团雾，世界是一团雾……

2012 年 2 月 27 日，星期一。

小雨。

松河墓园。

叶倩颖的尸体今天下葬。来悼念她的人，除了她的父母，还有陆小棠。

这里是风水最好的墓址，石材是名贵的玄黑色大理石。

墓碑上书写——

爱女叶倩颖之墓

1988 ~ 2009

素颜照里，叶倩颖姿容淡雅，清丽脱俗。

既不同于白冰冰的假冒，也不同于霸道顽劣的太妹，更不同于墓穴里毁脸的干尸。她终于在人生的最后，留了最为动人的一瞬给这个世界。

叶秋生赵海兰夫妇身穿黑色西服木立在女儿墓前。

他们默然地把一束白玫瑰放在女儿墓碑下，默然注视女儿的照片。他们想离开时，发现陆小棠还站在那里。

“感谢你，陆警官。”叶秋生礼貌地向陆小棠道谢，“感谢你抓住真凶为小女申冤，告慰她在天之灵。”

赵海兰也向陆小棠点头示意：“感谢你，今天又来看望她。”

陆小棠打量着他们。他们的表情一如往常的平静、安宁，仿佛看淡人生，包括女儿的生死。

陆小棠望着叶倩颖的照片，有些话她原本不打算说。终于，她还是开口说道：“我并不认识她，谈不上深厚的友情。我今天之所以来，只想让她的灵魂得到真正的安息。让她看到真诚，而不是深藏心机的冷漠。”

叶秋生脸色微变。“陆警官，我不明白你这话是什么意思。”

陆小棠看着墓碑上叶倩颖的照片，继续道：“我在整理案件材料时，无意中看到了一份关于她在台湾的生活经历。叶家据说是基隆有名的望族，祖上靠船运发家，到了近代转行投资地产生意。美中不足的是，叶家香火一直不旺，到了叶秋生这一代，只有他一个男丁，再无其他兄弟姐妹，他膝下有一个女儿取名倩颖……”

“……”

“叶氏夫妇忙里忙外打理家族生意，在叶倩颖两三岁时，据说已经累计了十几亿台币的资产。在90年代初，叶氏夫妇有意到大陆投资，据说他们夫妇曾与一位熟悉大陆情况叫黄灿的台湾人特意到大陆考察。他们在大陆考察了将近两年时间，期间跟台湾没有任何联系，不知道都去过什么地方。两年之后，叶氏夫妇突然返回基隆，做出一个惊人的决定，关闭了所有企业，移居大陆。他们带着巨款移民到大陆之后，并没有开始新事业，而是选择了一个比较偏僻的小镇隐居起来，直到现在……”

叶秋生的表情变得有些僵硬，他看了看妻子，赵海兰与他的表情如出一辙。

他皮笑肉不笑地说：“陆警官把我们家底查得好详细啊。”

“也许，我还可以继续查下去。”陆小棠始终看着叶倩颖的照片，“当初叶氏夫妇来中国两年多的时间里究竟去了哪里？黄灿是什么人，现在人在哪里？他们是通过何种方式把资金转移到大陆的？为什么叶倩颖会如此叛逆？为什么她与父母的感情如此淡漠？”

叶秋生脸色涨红，显出罕见的愤怒。“我听不懂你到底想说什么。你身为警官就可以干预别人的隐私？你有什么资格指责我们家人的感情？”

陆小棠斜睨他。“我只想问你一个问题。一个外人整容成你们女儿的模样，就可以轻易骗过你们吗？”

叶秋生脸色陡变。

“即使她外表变得再像，她的行为习惯又怎么可能模仿得完全一样？难道你们真的看不出来？”

“……”

“两年前叶倩颖出国留学，之后不停向你们要钱，你难道从来没有怀疑过出了什么问题？你们没有想过查一查汇款地吗？”

“……”

“你们到底在害怕什么？”

“……”

“或者，叶倩颖的死对你们夫妇来说是一种期盼。”

叶氏夫妇激灵灵打了一个寒战。

“叶倩颖从台湾来大陆时，还是5岁的小女孩，尽管只有5岁，她也应该明白事了，她对家人的认识已经不再单纯通过外表，而是靠着亲人之间微妙的感觉。如果她看着父母的脸，却完全感觉不到他们的存在，你们可以想象，对于一个5岁的小女孩来说，那该有多么可怕，多么彷徨，多么无助……”

“……”

“她在这种诡异而冰冷环境中慢慢长大，强迫自己与陌生的家人生活在一起，她会变成什么样子？或许在外人眼中，她是一个顽劣不羁、无可救药的坏女孩儿。但是，又有谁能理解她内心深埋的痛苦？”

叶氏夫妇已不能说话。

陆小棠望着叶倩颖的照片，深深叹息：“我希望如果有来生，她不必是豪门的千金，不必有惹人妒忌的美貌，只拥有温暖的家和平安的亲人，让她像普通女孩那样健康地长大……”

说完，她头也不回地走出了墓园。

她的内心并不像外表看上去那么刚强，叶倩颖悲惨的遭遇深深触动了她，而陈晓松忍辱负重的复仇又令她感慨万千，甚至还有郭淮……到底什么是对，什么又是错……

她漫无目地……走路……乘车……下车……走路……

这样浑浑噩噩也不知道过了多久，当她恍然清醒，已经站在了灯火通明的城市街道。她一抬头，看见了C市医大附属医院的大门。

她居然不知道，自己是怎么走到这里来的。

她顿时感到心头久违的轻松，不由得会心一笑，快步走进医院。

就在她走到病房门前，刚把门推开一条缝的时候，忽然站住脚步。

房间里不只有慕容雨川一个人，还有一个人正背对房门坐在病床前，那是一个女孩儿的背影。

女孩正在殷勤又关切地询问：“雨川君，还疼吗？”

慕容雨川把她的手放在胸前包扎纱布的伤口上。“你的手放上去就不疼了。”

女孩居然很听话地轻轻把手放在他的胸口上。“那我就不要松开啦。”

站在门外的陆小棠心口忽地一颤。

这略显生硬又嗲声嗲气的声音她再熟悉不过。那个日本女孩儿还是来了。

她把手从门上轻轻放下。一刹那，她不知自己应该高兴，还是失落……